致书友：

以书识之

何日忘之

红

戲非戲240

我當道士那些年

仐三——著

【壹】

高寶書版集團

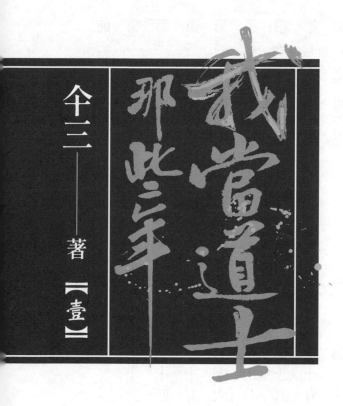

前言

我的職業是一個術士，當然這是好聽一點兒的叫法，在現在這個社會，人們更願意戲稱從事這種職業的人為「神棍」。

有時也有些無奈，畢竟老祖宗留下的「玄學」，真正懂肚子裡又有貨的人已經少之又少，而且因為一些忌諱，所謂的大師又哪裡肯為普通百姓服務？

所以，人們江湖騙子見得多了，神棍這個說法自然就深入人心了。

我也不想虛偽，近幾年來，我一共做了三十七筆生意，但服務的對象，基本上非富即貴，除了兩張單的生意是特殊情況。

時至今日，我閒了下來，也不接任何的單子了，當然我喜歡錢，只是天機不可洩露，有命賺，也得有命花，對吧？

只是太安逸的生活也未免有些無聊，回想了一下自己走過的這四十幾年人生，唯一的遺憾就是愧對自己的師傅，因為他老家人畢生的願望也不過是想為真正的術士正名，甚至可以發揚「玄學」。

容易嗎？在當今這個社會，我想說真的不容易！其實真正的國家高層是重視「玄學」的，更是把真正懂的人當寶貝。

但這是捂著藏著的事，不能讓百姓知道什麼的，別問為什麼，這一點能相信我的人，相信我就對了。

想想唯一能做的，就是把我這些年的經歷寫出來，讓人們理解真正的術士到底是咋回事兒，讓人們看看真正的玄學到底是咋回事兒。

當然，非常具體的手段我不會寫出來的，要是這玩意兒是人人都能學的，也不至於到如今都快失傳了，我不想誤導誰，甚至讓誰因為好奇有樣學樣。

至於我記錄的事情真不真實，我只想說一句，對比自己的生活想想吧。

好了，廢話就不多說了，下面就是我整理的這些年來我的經歷。因為一些特殊的原因，某些關鍵的地方我會做一些文學化的處理，就是如此。

第一章　神祕的胎記

我是四川人，一九六七年冬，出生在川西南一個貧窮的小村裡，我具體的生辰八字出於職業的忌諱，我是不會說的，但由於這是一切發生的引子，我還是必須得提一句，我出生的時間是中午的十二點整，一秒不多，一秒不少。

說到這裡，有人一定會問，沒那麼玄吧？還一秒不多，一秒不少的，誰能保證？就算當時我爸揣著一塊錶盯著時間也不能保證吧？

的確是這麼一個理！

所以，我要告訴大家的是，這個時間是後來我師傅按照我的八字精推，給我推出來的。我是不會懷疑我師傅所說的任何一句話的，後來的事實證明，他老家人給我說過的，也從來沒有錯過。

那麼中午十二點整出生的人有什麼特別？這個在不久後就會提到。不過，還是得先說一句，大概在這個時間段出生的人也別慌，其實踩著這個整點兒出生的人，全中國也沒多少，真的。

下面接著說。我出生的那年冬天，是一個很冷的冬天，冷到我的父母親到現在都印象深刻之極。

關於那年冬天，我爸是那麼形容的：「狗日的冷啊，冷到連院子裡的老母雞都是踮著那雞爪子走路的。」

我無法想像一隻母雞踮腳走路是怎樣一個滑稽的景象，只不過在我那幾乎不下雪的家鄉，冷到這種程度的冬天是讓人難忘，也正是因為不下雪，那種冷法比起寒冷的北方，更讓人難受，那是一種不同於寒冷的陰冷，濕冷，冷到人的骨子裡。

我就出生在這樣一個冬天，生下來的時候，我爸媽幾乎以為我是養不活的，特別是在這種冷到不正常的光景裡。

為啥呢？原因有三點。

第一、我非常的瘦小，我媽說我爸剛一把我抱在懷裡的時候，就喊了一句，這咋跟抱一隻小貓兒沒啥區別呢？

第二、我當時的哭聲非常虛弱，有一聲沒一聲的，就跟被啥東西掐著脖子似的，感覺是在拚命的掙扎、喘息一般。那個時候為我接生的那個經驗豐富的穩婆，以為我是嗆羊水了，還把我倒提著拍了幾下，但事實證明沒用。

第三、我爸和那穩婆為我洗澡的時候，發現我的後腦勺那個位置，有一塊胎記。按說胎記並不是啥大不了的事兒，可我那塊胎記的顏色就跟鮮血似的，仔細一看，像隻眼睛。

農村人迷信，當時那穩婆就有些害怕了，說了句：「這胎記像眼睛也就算了，咋我一看它，它就像盯著我看似的？這娃兒那麼虛，身上又長個這東西，你們要不要找人來看看哦？」

我爸媽也沒讀過什麼書，聽穩婆這樣說，又見娃兒這樣，當時就嚇著了。特別是我媽，剛生下我，本來身子就虛，一慌就癱床上了，倒是我爸還能有個主意，連忙問道：「劉婆婆，妳覺得這娃兒是有啥問題？這要找哪個來看嘛？是去鄉衛生院叫醫生？」

農村人窮，況且那個時候的醫療條件也不咋的，在我爸媽眼裡，這經驗豐富的劉穩婆無疑就是一個最大的權威，很讓人信服的。

見我爸這樣問，那劉穩婆先是神神叨叨地看了一下四周，才小聲給我爸說道：「才出生的娃兒虛，那東西容易來鑽空子，你們知道不，那東西是要留印記的啊。比如被抓了一把，身上就會有幾個黑漆漆的指頭兒印，踢一腳就會有個腳印。那種被水鬼拉去當替身的，你們都見過吧？那撈上來的屍身，大多腳上就是有手抓的印子的。」

聽這話，我爸當時就打了個抖，也立刻理解了劉穩婆嘴裡的那東西是個啥。如果說開始劉穩婆那些什麼留印記的話，我爸爸能當她是胡扯，可後面那句水鬼找替身，身上是有印子的，我爸卻不得不信了，因為他就親眼見過。

那是十幾年前夏天的事情了，我爸在那個時候也才十來歲出頭，山野的孩子沒啥子耍法，夏天誰不會去河溝裡泡個澡？

事情發生的那天和往常一樣，我爸幹完活，就約了平日裡五、六個玩一起的半大小子去泡澡，在這其中有對雙胞胎兄弟，就簡單的叫做大雙、小雙，事情就發生在他們身上。

具體是咋樣的，我爸也沒看見細節，他只記得他當時還在和另外一個娃兒在河邊上打泥巴仗，就聽見小雙大喊的聲音了：「我哥要沉下去了，快點，快點兒，幫我……」

聽見這喊聲，我爸驚得一回頭，而回頭就看見大雙的身子直愣愣的朝著河中間沉去，瞬間就只剩一個腦袋頂兒了，連掙扎都沒咋掙扎。

而小雙已經朝著他哥飛快的游去，後面也有兩個人飛快的跟上了……

這時，我爸也顧不了啥了，都是小兒，哪能見死不救，也朝著大雙那個方向游去，沒游幾步，就見小雙一把抓住了大雙腦袋頂上的頭髮，剛鬆口氣，卻聽見小雙吼了一句：「我日，好沉，王狗兒你快來拉我一把……」

王狗兒當時是離小雙最近的一個，他聽小雙那麼一喊，也顧不得多想，趕緊快游了二步，堪堪抓住了小雙那隻在水面掙扎的手。

「去抱我哥，我要抓不住了……」小雙連氣都顧不上喘，就大聲喊到，當時那光景就像用盡了全身的氣力。

接下來又是一陣手忙腳亂，畢竟是有五、六個人，加上還驚動了不遠處幹活的幾個大人，這雙胞胎兄弟終究還是被救了上來。

救上來之後，大雙昏迷不醒，也不知道灌了多少水在肚子裡，整個肚子都被脹得渾圓，而那小雙臉色鐵青，那麼熱的天氣裡竟然還微微發抖，但人們都以為是嚇的。

那時，人們也沒顧上問啥，都忙著救大雙，在這靠著河的村莊裡生活的人，哪個又沒有一點兒處理溺水的常識，一刻鐘過後，大雙終於醒了。

才醒過來的大雙，眼神有些呆滯，那樣子彷彿是不太相信自己還活著一樣，他還沒來得及說啥，就被李四叔一個巴掌拍腦袋上，罵道：「狗日的調皮娃娃，往河中間游啥？沒得輕重！」

這是真正帶著關心的責備，那時的人們淳樸，一個村的人大多認識，感情也是真的好，誰願看見哪家的娃娃出事？所以罵兩句是少不得的。

大雙也不回嘴，我爸在旁邊看著，倒是明白，是這小子還沒緩過神來，但一直在旁邊微微發抖的小雙卻忍不住說了句：「四叔，我覺得我哥不是要往河中間游，是被人拖過去的，真的。」

小雙聲音不大，可這句話剛一說出來，周圍一下就安靜了，連李四叔也愣住了。

農村人，哪個沒聽過一些山野詭事，小雙這一說，不是擺明了說是有水鬼在找替死鬼嗎？這事人們聽得多，議論得多，當真見了，倒還疑惑著不肯相信了。

「小屁娃兒亂說啥，是怕回去你老漢打你吧，這些事情不要亂說來嚇人。」李四叔的臉色頗為沉重，農村人敬鬼神，覺得拿這些事情來亂說，推卸責任，怕是要倒楣的。

「我沒亂說！」小雙一下子就激動了，他跳起來喊道：「我看著我哥游下去，一下就動不了了，看著他一下就往河中間沉去，像是被啥東西拖下去了一樣。而且，而且……」

「而且啥？」李四叔臉色不好看了，他知道這娃兒沒有撒謊，這事有些邪乎。

「而且我去救我哥，一抓住他就覺得他身子好沉，像是有人在和我搶我哥。還冷，一抓住我哥我就覺得全身發冷……」小雙一邊說著，一邊發著抖，這時誰都信了幾分。

我爸當時也是幫忙拖著大雙上來的人，他是知道的，大雙身上那個冷勁兒，像冰塊似的。只是，我爸他們幾個人卻沒受啥影響。事後回想，可能是幾個半大小子，陽氣重，那東西退避了，不然被纏上的人，哪兒那麼容易能救上來？

也就在這時，大雙終於說話了：「我看見河裡有魚，我去抓，一下去就有人在抓我腳脖子，一抓……一抓我就動不了了，全身都動不了，冷得動不了……」

大雙說這話的時候，眼神還是有些呆滯，只是臉上浮現出了明顯害怕的神情，也就在這時我爸看見了他終生難忘的一幕，他順著大雙的話，下意識地去看大雙的腳脖子，那腳脖子上很明顯的三個拇指印，青黑青黑的，看著都透著一股詭異。

「狗日的娃兒，算你命大……」大家都看見了，李四叔顯然也看見了，他憋了半天，也只說了那麼一句話，就再也說不出什麼。

我爸的回憶就到這裡了，想著這些，他的心裡更著急，因為我們家當時已經有二個閨女了，我爸對兒子是非常渴望的，眼看著好不容易有了個兒子，他不能眼睜睜的看著保不住啊。

「劉婆婆，那妳說我這娃兒他是咋了啊？妳看我這……」我爸已經著急得手足無措。

「這個印子像個眼睛，恐怕這是被盯上的原因吧？」劉穩婆壓低聲音，不確定的說到。

「那咋整嘛？」我爸對這個不確定的說法，顯然深信不疑，病急亂投醫就是我爸當時的心態。

「咋整？你怕是要去請……」說到這裡，劉穩婆盯著四周看了看，才小心的伏在我爸耳邊說：「請周家寡婦來看一下。」

意。

「啊，周寡婦？」我爸一聽這個名字，就忍不住低呼了一聲，皺起了眉頭，顯然他拿不定主

「周寡婦？」原本我媽是癱在床上的，一聽這名字，忍不住掙扎著坐了起來，一疊聲的說著不行：「不行的，不行，他爸，前天村裡開會才說了，毛主席說要橫掃一切牛鬼蛇神，要破四舊，不能搞封建迷信那一套的。」

劉穩婆一聽我媽這樣說，立刻起身說道：「老陳，我這可是為了你們家，好歹盼來個兒子不容易。至於我說的，你們自己決定吧，我這就走了。」

我爸瞪了我媽一眼，趕緊起來去送劉穩婆，快到門口時，我爸隨手就抓了一隻子雞，堅持的塞給了劉穩婆：「劉婆婆，我陳大是懂得起的人，鄉里鄉親的，我不得幹那沒屁眼的事兒，妳放心好了。等哪天我家么兒長好了，我還要提起老臘肉來感謝妳。」

「是啊，鄉里鄉親的，反倒是現在弄得大家都不親了。說起來，誰家是真心盼誰家不好啊？這世道……」我爸的話說得隱晦，劉穩婆還是聽懂了，念叨了一句，走了。

當然這些事情也怪不得我媽，她婦人家，膽子小。肯定也怪不得我爸和劉穩婆那麼小心翼翼，說話都得拐著彎說。六七年，是個啥樣的年代，大家心裡都有數。

我爸只是跟劉穩婆說了句他念她的好，不會去做揭發別人這種缺德事兒，而劉穩婆也只是感歎了一句如今這世道，弄得人和人之間都不再親密，更不敢交心了。

可是對比起外面世界的瘋狂，這個貧窮的小村子已經算得上一個世外桃源般的存在了，至少

這個村子裡的人們還有些人味兒，大家還是講感情的，沒被外面的那種瘋狂侵入得太深。

送走了穩婆，我爸臉色沉重的進了屋，而這個時候，我那兩個原本在柴房迴避的姐姐也在屋子裡了。

婦人生孩子的時候，小孩子要迴避，這是我們那裡流傳已久的風俗，我家自然也不能免俗。

剛踏進房門，爸就看見兩個姐姐趴在床前，非常好奇的看著小小的我，一副小心翼翼的樣子，特別是當時才五歲的大姐還小聲的提醒著我那才三歲的二姐：「二妹子，妳不要碰弟弟，也不要摸弟弟，妳看他那樣子好小哦。」

這句話勾起了我爸的心事，他走過去一把抱起了二姐，又摸著大姐的頭，再望著小小的我，眉頭緊緊皺起。

「老陳，你真要去請周……」媽媽還記掛著那事兒，見爸一進屋就趕緊的問道。

我爸咳嗽了一聲，打斷了我媽的話，然後把二姐放下，對兩個姐姐說道：「大妹，妳帶二妹去廚房守著雞湯，熬乾了妳們兩個晚上就沒雞肉吃了。」

那時因為我爸能幹，我媽勤勞，家裡的條件在村子裡還不錯的，至少我媽每次生孩子，都能有一鍋老母雞燉的雞湯補身子，我媽吃不完的肉，自然是給兩個姐姐吃的。

聽到吃雞肉，我的二個姐姐可積極了，答應了我爸一聲，就去了廚房，巴巴的守著了。

「這些話可不能在孩子面前說，萬一孩子不懂事兒，說漏了，不僅我們家，說不得還要牽連別人。」我爸輕聲對我媽說到。

「我這不是擔心嗎？你看老么這個樣子，又瘦又小，我又沒奶餵他，再加上今年冬天冷成這樣，我……」我媽說不下去了，拿手抱已經睡著的我摟懷裡，彷彿我下一刻就要離她而去似的。

「周寡婦現在是牛鬼蛇神，名聲不好，雖然村長加上村子裡的人念著情分，保了她，可上面來的幹部誰不是盯著她啊，就盼出點啥事兒，他們好掙功勞。」我爸就是掃盲的時候認了點兒字，可是在人情世故方面我爸卻是個人精。

「那可咋辦啊？」我媽頓時沒了主意，接著又嘀咕了一句：「毛主席說不要做的事情，我們真要做嗎？」

我爸又好氣又好笑，我媽就是一個平常婦人，除了我爸，她最信服的就是毛主席了。

「這是毛主席不知道我們家老么的情況，如果知道了，你想他老家人那麼偉大，會不同意救我們家么兒？你就別想這個了，我看這樣吧，我明天先帶老么去鄉衛生所看一下，如果醫生沒用的話，我再想辦法讓周寡婦幫忙吧。」我爸安撫了我媽幾句，接著就歎息了一聲，他那個時候擔心的是周寡婦不肯幫忙看啊。

第二章　過陰人——周寡婦

說起周寡婦，周家的大媳婦兒，以前在我們村，那可是一個名人，因為她會過陰，據村裡的老人講，她過陰說的事兒還挺準的。

所謂過陰，就是去到下面，幫忙找到別人去世的親人，然後讓那親人上她的身，解一些上面活人的問題。

其實那周寡婦以前就是挺平常的一個婦人家，她那過陰的本事是在她丈夫去世後才有的，至於怎麼有的，她本人諱莫如深，村裡人也只是聽到一些傳言。

那傳言是周家二媳婦兒，還有周家的姑娘講出來的，說是在他家周大（周寡婦的丈夫）頭七那天晚上，周寡婦不知咋的，就竄回了自己的那間西廂房。

周家沒分家，一家七口人是擠在一起住的，原本頭七家人應該迴避，但沒地方去啊，就只得空出了那間原本是周寡婦兩口子住的西廂房。

可周寡婦那天就是神叨叨的在半夜竄了回去，原本睡熟了的家人是不曉得的，直到挨著她睡的小姑子起夜，才發現了嫂子不在身邊。

小姑子一開始也並不在意，想是嫂子也起夜了吧？可到她出了屋子，剛準備去茅廁解決一下的時候，卻被忽然傳出的笑聲嚇了個半死。

畢竟是大哥的頭七啊，那笑聲在安靜的夜裡聽起來格外的嚇人，當時那周寡婦的小姑子才十四歲，哪裡經得住這樣嚇？當即就尖叫著跑回了屋。

一家人就這樣被弄醒了，全部跑到了院子裡，這時院子裡倒是沒有笑聲了，但是卻傳來了一個女人咕嘰咕嘰的說話聲兒，也不知道在說個啥，仔細聽也聽不清楚，就知道是一個女人在說話了。

周大去了，周二就是屋裡的頂樑柱，到底是個男人，膽氣壯些，仔細聽了一陣兒過後，周二撿起了一根柴棒子說道：「我聽這聲音是西廂房那邊傳來的，我去看看咋回事兒，是哪個在裝神弄鬼的。」

周二媳婦兒拉著周二不讓去，這是大哥的頭七啊，農村人迷信，她怕周二撞邪了。

也就在這時，又傳來了一陣笑聲，聽那聲音就覺得笑得人很開心，就是那聲氣兒有點飄，讓人寒得很。

「明明是我兒子的頭七，咋家裡鬧女鬼啊？」周家老爺子歎了一口氣，失子之痛還在心裡，他對於這天兒子不回來，回來個女鬼這事兒，頗不舒服。

「可我咋聽著這聲音像是我家大媳婦兒的呢？」周家太婆也疑惑著說了一句，剛才那聲音嘰哩咕嚕說話的時候，那口音太奇特了，他們也沒聽出個啥，可這會兒笑的時候，敏感的周家太婆總覺得熟悉得很。

經過周太婆那麼一說，一家人仔細一聽，可不是周寡婦的聲音。

「算了，這必須得去看看了，我怕嫂子這是氣出毛病了啊。」中年喪夫，本就是人生一大痛苦，周寡婦因此氣出點兒毛病，說明白點兒，就是精神病，那也正常。

加上那時人們之間的親情可說是很濃厚的，哪有不管的道理？

想著周二就握緊了手裡的柴棒子，一步一步朝著西廂房走去了。

還是那個熟悉的西廂房，可此時那緊閉的西廂房門在周二的眼裡看起來，卻是那麼的恐怖，彷彿一推開它，背後就是地獄似的。

走到房門前，周二深吸了一口氣，為了給自己壯膽氣，他忽然大吼了一聲，趁著這股氣勢，他一腳狠狠地踢在了房門上。

一個常年做活的農村漢子，用盡全身力氣的一腳力量還是很大的，可是那兩扇柴門並不是周二想像的那樣是插上的，只是掩上了而已，這下用力過度的周二一下子摔了個狗吃屎，生生的摔進了門內。

「老二，你咋了？」身後傳來了周老爺子擔心的聲音，失去了一個兒子，他很擔心這個兒子有個三長兩短。

「沒事，不小心摔了。」周二聲音悶悶的，這一下他是摔疼了，可是怕家人擔心，他還是趕緊答道。

周老爺子鬆了口氣，可接下來的周二抬起頭來，心卻一下子提到了嗓子眼。

西廂房不大，說白了就是一間臥室，人走進來一眼就可以把整個房間看個清楚，周二當時還沒來得及站起來，他半跪在地上，還在做著站起來的動作，只是頭抬了起來。

也就是這一瞬間，他看清楚了整個西廂房，能看不清楚嗎？此刻房間裡唯一的一張桌子上正點著一盞昏暗的油燈，他的嫂子，也就是周寡婦正背對著他，只不過她雙肩抖動，笑聲很是開心。

原本這樣的場景是不足以嚇到周二這個漢子的，他之所以心都提到嗓子眼了，是因為他嫂子此刻的姿勢非常的怪異，頭歪著，身子斜著，像是靠在什麼東西上一樣！更奇怪的是桌子面前有兩張條凳，嫂子就坐在其中一張上，按說一個人坐是要坐中間的，不然條凳會翻，可她就坐在條凳的邊沿上，還紋絲不動。

周二的嗓子發緊，也忘了站起來，只是半跪在地上，他有些想出去了，這場景太詭異了，可是面前的是他的親嫂子，大哥才走，他不好不管啊。

努力的吞了二口唾沫，周二鼓起勇氣喊了一聲：「嫂……嫂子……」

喊聲有些結巴，另外因為太緊張了，喊出來的這句嫂子竟然是顫抖的，可周二自己沒注意到。

他這一喊，周寡婦回頭了，回頭的時候她是帶著笑容的，在昏暗的油燈下，這笑容咋看咋詭異，嘴的二角向上翹著，眼睛瞇著，就是臉上的二塊肉卻是僵的。

這感覺就像是個泥塑的雕像似的！

「看，老二來了……」周寡婦盯著周二說到，那眼神非常的凝聚，給人的感覺就像是隻夜晚的貓在全神貫注地盯著啥雕像一樣。

一瞬間，周二的眼眶就湧上了淚水，這是嚇的，他不是傻子，他清清楚楚的聽見嫂子說了一個看字，看？給誰看？

而且嫂子那個聲音，周二說不上來，按說人的聲音再平靜都有股子生氣在裡頭，所謂生氣也就是指人的情緒，可嫂子那聲音就純粹只是聲音，那時沒有啥電腦，否則周二就能準確的說出，那聲音很像電子合成音了。

此時的周二起來也不是，繼續跪著也不是，往前不是，也不敢往後，只是覺得脊樑柱那一串骨頭生生的發冷。

忽然，盯著周二的周寡婦就不笑了，那表情瞬間就變得平靜到詭異，只是那眼神有些兇狠，她說道：「出去，別打擾我們，你不能進這間屋子。」

周二不答話，不是他不想，而是他根本已經不敢說啥了，人害怕到極致，不是歇斯底里的憤怒，伴隨著大吼大叫，就是沉默，那種沉默是一種想把自己隱藏起來的潛意識。

周二面對的是他嫂子，他憤怒不起來，就只好沉默。

站起來，轉身，周二強自鎮定的走出西廂房，可後背發癢，那是一種被什麼東西盯上之後的感覺，但他哪兒敢回頭，只得腳步發軟的朝前走，剛跨出房門，就聽見吱呀一聲，身後的柴門自己關上了。

「媽啊……」周二立刻喊了一聲娘，眼淚「嘩」一聲就流了下來，接著就快速地跑了起來，無奈腳步發軟，剛跑幾步就跌了下去，但他哪兒敢耽誤片刻？立刻手腳並用的朝著不遠處站著的家人奔去，那連滾帶爬的模樣，要多狼狽有多狼狽。

那聲媽叫得周太婆一陣心疼，踮著小腳跑了兩步，趕緊去扶住自己的兒子：「我的兒啊，你是咋了嘛？」

「媽，我覺得……覺得我哥他回來了啊。」周二眼淚都來不及擦，就喊了那麼一句，剛才那種情況除了解釋為他大哥頭七回魂了，還能解釋為啥？

「我的周大啊……」聽見這話，周老爺子忽然拍著腿就嚎了起來，許是聽見兒子的魂回來了，不禁悲從中來。

這頭七回魂夜，真的是一家都不安生，雖說念著是周大回來了，可因為周寡婦說了一句不要打擾，加上真是有些害怕，一家人一夜再也沒邁進西廂房。

這就是周家人流傳出來的周寡婦的事兒，說起來也真是玄乎，只不過在中國這片土地上的村子，哪個村子沒有幾個詭異的傳說？更加邪乎，更加解釋不了的事兒也多了去了，人們議論了一陣，也就沒當回事兒了。

也就在這事兒發生不久，周家就傳出了周寡婦會過陰的本事，一些人先是抱著試試的想法去看了看，卻沒想到這周寡婦還真有些神奇，這過陰的本事還挺靠譜，過了二年，不僅臨近的幾個村都知道小灣村的周寡婦會過陰，連鎮子上都有人慕名而來。

在這件事兒上值得一提的有三點。

第一是周寡婦在周大頭七之後就恢復了正常，聽說當天早上就從西廂房出來了，還給全家人準備了早飯。唯一就是她從此多了個毛病，那就是打嗝，一分鐘能打八、九個嗝，那聲音怪怪的，第一次見她的人基本都會被嚇到。

第二就是周寡婦強烈要求家裡的人把西廂房的窗子給封了，那窗戶朝著院子外，採光挺好，照得整個屋子都亮堂，沒病的人誰會理會這要求啊？可那夜之後，家裡的人總對周寡婦有種莫名的敬畏，周寡婦要求，那就趕緊做了。最後不僅封了窗子，連門上都罩了厚厚的黑布簾。

第三就是在周大去世五個月後，周寡婦生了兒子，關於這個村裡人倒是沒說閒話，傻子都知道那肯定是周大的遺腹子，村裡還有老人說，怪不得周大頭七搞出那麼大的動靜，定是知道他有了兒子，拋不下孤兒寡母啊。但不管咋說，這周寡婦憑著過陰的本事，和兒子在村子裡過得很不錯，連帶著周家人也受到了接濟。

如果不是那場運動的開始，周寡婦也許會做這行做到老，憑著這些收入，供兒子上學，工作，娶媳婦兒，但歷史豈會因為個人的意志轉移？周家人現在被嚴密的監控了起來，特別是周寡婦，更是好幾個人盯著，根本再不敢提會過陰這回事兒。

不管周家的日子過得咋樣，可是我家的日子確實是有些愁雲慘霧了，一切還是因為我。

我的身體並沒有好轉，儘管在我出生的第三天，我爸就把我包得嚴嚴實實的，借了驢車一大早就把我帶到了鄉衛生所，但那裡的醫生並沒看出來我有個啥病。

最後那醫生只是告訴我爸說：「這孩子大概有些營養不良，回去好好補補也就好了。」連藥都沒給開。

在回來的路上，我爸心情挺悶的，說孩子營養不良，不能啊！我媽在村子裡不說是吃得最好，保養得最好的孕婦，那也比絕大多數的人家好了，生個孩子咋能營養不良？比村子裡最弱的嬰兒都弱的樣子。

我爸想不通，可還是選擇相信醫生，畢竟去請周寡婦只是最壞的打算，弄不好害了自家人不說，還得害了周家人。

回來後，我爸就琢磨著給我進補，我媽沒有奶，我爸每天就去鄰村一個養奶牛的家裡弄些回來，用家裡的糧食換，不僅是奶，我爸還專門跑去鎮子上的供銷社，花大力氣弄了些啥營養品，反正是想盡了一切辦法給我進補。

那時小孩的條件是萬萬不能跟現在的小孩比的，就我這待遇已經是村子裡的獨一份了，不要說啥營養品，就算每天的牛奶，很多孩子也不要想，那個時候的孩子，如果沒吃上媽的奶，大多都是米糊餵大的。

因為給我進補，家裡的日子過得緊巴巴的，爸媽為了我自然是沒有怨言，更讓人感動的是，我的兩個姐姐竟然也沒有半點怨言。

大姐姐甚至還說：「爸爸，多給弟弟吃點奶吧，弟弟好小哦，哭都沒力氣哭的。」

二個女兒看著白生生的牛奶饞，是個人都看得出來，可她們不但不鬧，還如此懂事，是真的讓我爸很是心疼感動了一陣子。

閒話一句，說起來我其實家並不是很重男輕女，多年來，除了小時候的那一陣，我和兩個姐姐的待遇都是相當的。只是在當時的農村，沒兒子真說不起話，只因為兒子代表的最大意義是勞動力，沒有勞動力，一個家咋撐得起來？

就這樣我爸給我進補了一個月，到我滿月那一天，我爸原本堅定的信念終於崩潰了，因為到滿月時，孩子按照規矩都得過個秤，看看長了多少。

那天，我爸是懷著一種近乎虔誠的希望給我過秤的，但事實卻打擊到了我爸，我到滿月時，只長了二兩！

一直以來，我爸都咬牙堅持著，心想也許眼睛不見長，其實是在長呢？熬到了滿月，卻熬到這麼一個結果，我爸能不崩潰嗎？

「秀雲，我看我們得去找周寡婦看看這孩子了。」那一天我爸在愣了半天以後，終於給我媽說了那麼一句，這也是最沒有辦法的辦法了。

我媽的心揪緊了，說真的，到滿月也才三斤多一些的孩子，在那個年代也不多見，這麼一個補法，那麼精細的呵護著，都還這樣，那一定是不正常了。

如果說是因為身體有病長不好就算了，可醫生都說沒問題，而我那時的表現也就是虛，其餘連感冒受涼都沒一次。除此之外，不是邪了，那是啥？

「老陳，不然，不然再補一個星期來看看？我聽說過，有的孩子偏偏滿月前長得不好，滿月以後還長得飛快。再說……再說……」我媽猶豫著不好說。

「再說啥？」我爸揚眉問到，心裡的鬱悶簡直無法疏解。

「再說那周寡婦是過陰的，她會看陰陽嗎？好像跟我們孩子的事情搭不上啊？」我媽之所以猶豫著不敢說，是怕破了我爸唯一的希望。

「我知道，可十里八村的，也就她最靈了，還能找誰？再說劉穩婆也提點過我，找她看看，」我爸聲音悶悶的，思索了一陣，忽然又輕快了起來，充滿希望地說道：「你還記得王狗兒的娃娃不？就是我從小要好的那個王狗兒，他家王柱不是二歲的時候撞過邪嗎？那幾天全身發冷，人跟傻子似的，還流口水，還不是找周寡婦看好的啊？」

「那就去找周寡婦吧，可你必須要小心一點兒啊，莫給那些人逮著啥子了，要不我們這個家就垮了啊。」我媽無奈的歎了一聲，為了我，我的父親母親終於決定冒大風險了。

第三章　父親的請求

從那一次我的父母決定為我請周寡婦來看看之後，我爸最常去的地方就是周寡婦的家，為了怕傳出什麼閒言碎語，我爸總是選擇晚上九點以後才去。

農村沒啥娛樂活動，冬天天也黑得早，周寡婦的家在村西頭，而我家在村子東頭，去的路要走過幾條田坎小路，那樣的路窄而坑窪，因為太過小心，我爸連手電也不敢打，就在這樣的來來回回中不知道摔了多少次，可是依然沒請回周寡婦。

是心不夠誠嗎？不是！我爸每次去的時候，總是提著禮物，當時稀罕的奶粉、硬塊糖，加上家裡都捨不得吃的老臘肉，甚至還許諾給家裡一半的糧食。

可每次周寡婦的回答都幾乎一樣：「額……老陳……額……鄉里鄉親的……額……要是能幫……額……你，我哪敢收你……額……那多東西……額……現在是個啥世道……額……你比我清楚……額……我要出了事……額……不止我那沒老漢的……額……娃兒造孽……額……我還要連累我夫家……額……你就別為難我了……額。」

周寡婦的回答就和她那打嗝聲音一樣，讓人聽了難受，可我爸能有啥辦法？只能一次一次的去。

到後來，我爸去的頻繁了，終於引起了周家人的懷疑，把周寡婦叫來一問，知道了事情的緣由，先是周老爺子發話了：「老陳，你不厚道啊，你這不是害我們這一家子人嗎？先不說我家兒媳婦能不能給你家娃兒看好的問題，就說能看好，可我們敢嗎？你娃兒是命，我們一家子人不是命嗎？走吧，走吧……」

我爸不死心，還去，那周二就不由分說的拿起鋤頭要打人了，事情似乎陷入了僵局。

我的身體依然虛弱，特別是哭泣的時候，那斷斷續續被人掐著似的哭聲，更像是我家的一首哀歌，映照得我家更加愁雲慘霧。

依然是寒冬，屋裡守著燒得旺旺的火爐子，我的家人心裡依然感覺不到一絲暖意，包括我的兩個小姐姐，都非常的擔心，我一哭，她們就會害怕地望著父母，她們生害怕聽見父親沉重的歎息，看見母親哀傷的眼睛。

又是一陣抽噎聲，小小的我又開始哭泣，而這一次似乎特別的嚴重，我媽和往常一樣，摟著我又拍又抱，情況都絲毫不能好轉。

「該不會是娃兒餓了？妳給娃兒餵點子奶吧？今天去拿的，還有點沒吃完，我去熱熱。」小孩子哭鬧得厲害，一般就是肚子餓，這是農村人的常識。我爸聽見我那被人掐著脖子似的哭聲，實在難受，起身取了牛奶，給我放爐子上熱著。

家裡的氣氛更加地沉重，沒人說話，除了我那聽著讓人難受的抽噎聲，就是我媽小聲哄我的「吟哦」聲了。

終於，牛奶咕咚咕咚熱滾了，總算打破了我家那沉悶的氣氛，我爸拿碗接了牛奶，吹吹涼，給弄進了奶瓶子裡，遞給了我媽，然後全家都用一種期盼的眼神望著我媽手裡的奶瓶，指望我喝了這一點子奶能好一些，因為我那哭聲實在太揪心了。

一分鐘過後，我媽那驚慌而顯得尖利的聲音打破了家裡暫時的平靜：「老陳，老陳啊……你看我們么兒咋了啊？」

我媽的嘴唇在顫抖，而我爸幾大步就跑了過去，一看之下，整個臉色霎時變得鐵青。剛才餵下去的奶，根本進不到我的肚子裡，一到嘴邊，便被我的咳嗽聲給嗆了出來，這不是普通小孩子的嗆奶，是根本喝不進去。

我的整張臉憋得鐵青，那「吭哧，吭哧」的聲音竟然像個老頭子，這是我出生以來情況最嚴重的一次了，望著我小小脖子上鼓脹的青筋，我爸也第一次慌了。

我媽不停地拍著我，想讓我好受點兒，我的兩個姐姐甚至因為這情況嚇出了眼淚，可怕我爸媽心煩，一點兒也不敢哭出聲，我爸開始沉重的喘息，眼睛也紅了，熟悉我爸的人都知道，這是我爸憤怒了。

就這樣，靜默了幾秒鐘，我爸忽然衝出了屋，衝進了廚房拿了一把菜刀，又衝了回來，像瘋了似的在屋子裡揮舞。

「×你媽，我陳軍紅一輩子就沒做過坑蒙拐騙爛屁眼的事兒，你們弄我兒子做啥子？要弄啥子衝我來，衝我來，不要搞我的娃兒！×你媽哦，你們下得起手哦，一個小娃兒，你們都下得起手哦！出來，狗日的龜兒子給老子出來，老子和你們拚了！」

我爸這個樣子就跟中了啥魔障似的，但也怪不得我爸，只因為那次去了鄉衛生所沒查出什麼，我爸不死心，又帶我去了好幾家醫院，不僅是鎮上的醫院，連城裡的醫院我爸都去了一次，醫生都說我沒病，是營養不良。

既然沒病，特別是呼吸道方面的病，我這個樣子咋解釋？而且不止是我父母，就是據我兩個姐姐的回憶，都說我那個樣子，跟被人掐住了脖子沒啥區別！

原本由於劉穩婆的說法，我爸就對有東西盯上我這個說法有了幾分相信，加上此情此景，我爸已經認定有東西在搞自己的兒子了，這就是他那晚瘋魔了一般的緣由。

我爸這一鬧，終於嚇哭了我兩個姐姐，屋裡的情況更加的糟糕，這時的我媽表現出了一個女人特有的，柔韌的堅強，她反而是最鎮定的一個。

她一邊輕拍著我，一邊一把抓住了我爸還在揮舞菜刀的手：「老陳，家裡不是只有么兒一個，你要是這樣，我們幾娘母（幾母子）靠哪個去？你看大妹兒，二妹都怕成啥樣子了，你清醒點兒。」

我媽這一說，終於讓我爸清醒了過來，可奇怪的是，他這兇狠的一鬧，我的情況竟然好轉了幾分。

我不再呼吸困難了，那讓人難受的啼哭聲也漸漸止住了，小臉也從鐵青恢復成了平日裡蒼白的樣子，我爸見我好些了，終於徹底冷靜了下來。

我媽把我放床上，安撫了一下姐姐們，然後把她們哄去她們的房間睡覺了。

回到屋子裡，我媽望著我爸，非常平靜的說道：「老陳，我去找周寡婦，今晚就去。」

「都說鬼怕惡人，秀雲，我兒子的情況我算徹底清楚是咋回事兒了，我也是這個想法，我們今晚就去，再拖下去，我怕我們這兒子保不住。」我爸很認同我媽的說法。

既然決定了，我爸媽也不再猶豫，這一次他們是下定決心了，當下他們就抱著我出發了，估計是剛才我的情況刺激了他們，我爸竟然破天荒地的打起了手電筒，兒子的命重要，此時此刻他哪兒還顧得上小心？只求快點到周寡婦的家裡。

冒著寒風，一路無話，平日裡要走二十幾分鐘的路，我爸媽急匆匆的十來分鐘就趕到了，我長大後常常在想，如果當時不是抱著我的話，他們說不定更快。

人，潛力是無限的，玄學的「山」字脈主修身，說淺顯點兒也就是激發潛力而已。

趕到周家的時候，不過八、九點的光景，只不過農村沒啥娛樂活動，在冬天裡的此時，已是家家戶戶大門緊閉。

周家的大門也是緊閉著的，我爸也不說話，衝上前去就「砰砰砰」的把門敲得很響，在這安靜的夜裡，這急促的敲門聲是格外的刺耳。

許是敲得太急，太大聲，不久周家院子裡就傳來了人聲，是周二的聲音：「是哪個哦？」

我爸不說話，也不讓我媽說話，只是把門敲得更急。因為他怕周二聽見是我家，就不開門了，我爸這段時間的執著，確實惹惱也惹煩了周家人。

「是哪個龜兒子哦！開句腔卅（說句話啊）。」周二的聲音大了起來，顯然是對這樣的行為發火了。

我爸依然是執著地敲門，周二大吼道：「不開腔，老子不開門哈。」

我媽在旁邊有些著急了，小聲說道：「老陳，你就說句話唄。」

「說個屁，周二的性格是出了名的一根筋，他真要曉得是我們，那就真的不開了。我就這樣敲，敲到他煩為止，他還拿不定主意，肯定會開，妳也曉得，他膽子大（膽子不大，又咋敢夜探西廂房？）。」我爸的性格裡，也有些無賴光棍氣兒，只是平日裡不顯罷了。

果然不出我爸所料，就這樣執著的敲了十分鐘以後，周二怒氣沖沖的把門打開了，手裡還提著一把柴刀，敢情是把我們一家人當搗亂的了。

見周二看了門，我爸悶著頭就往裡闖，這動作倒把周二嚇了一跳，這誰啊？跟個二愣子一樣！

「站閂（站住），你是幹啥子的，別個家頭（別人家裡）你亂闖啥子？」眼看著我爸就把周二擠開，進到了院子裡，周二忙不迭地喊了起來。

我爸反應也是極快，一把就把我媽拉了進來，然後反身就把門關上了，這才說道：「周二，是我，老陳。」

「我說你這個老陳，你這是……」周二鬆了口氣，看來不是啥來找麻煩的，這年頭，誰不怕忽然就進來一群人，把家給砸了啊？

但對於我爸的行為，周二顯然還是又好氣又好笑。所以，語氣也不是那麼好。

「周二，鄉里鄉親的，我們進去說話，要得不？你曉得我老陳也不能逼你家做啥子，你今晚上就讓我把話說完，你個人（你自己）說，我老陳在村裡是不是厚道人，對你周二，對你周家，是不是以前怠慢過？」我爸這番話說得是軟硬兼施，也難為他一個農村漢子能把說話的藝術提高到這種境界，也算是給逼的了。

鄉里鄉親，在村裡好人緣厚道的爸，以前也常常和周家走動走動，這些顯然讓周二心軟了，那個時候的人感情到底淳樸，加上那句也不能逼你家做啥子，周二的臉色總算鬆和了下來，聲音悶悶的說道：「那進來說嘛，算我周二拿你沒得辦法。」

我爸鬆了口氣，周家最難應付的人就是周二，今天晚上過了他這關，看來還有戲。

進了屋，周家一家人都在堂屋裡烤火，旺旺的火爐子旁邊還堆著幾個紅薯，這家人倒是挺能窩冬的，熱爐子，熱騰騰的烤紅薯……

周老太爺看來人了，抬頭看了一眼是我爸，表情木然，鼻子裡輕哼了一聲，但隨後又看見抱著孩子的我媽，臉色稍微緩和了一下，但還是忍不住了歎息了一聲。

周寡婦倒是想說啥子，無奈只打了二聲嗝，就閉了嘴。

咬著菸嘴，吸了一口旱菸，周老太爺說了句：「月雙，帶周強，周軍去睡了。」

月雙是周二的媳婦兒，聽見老爺子吩咐了，趕緊哦了一聲，拉著周強，周軍就要出去，周強是周大的遺腹子，而周軍是周二的兒子，兩個孩子都上小學了。

「不嘛，爺爺，我要吃了烤紅薯再睡。」周強不依。

「我也要吃了再睡。」看哥哥那麼說了，周軍也跟著起鬨。

周二眼睛一瞪，吼道：「烤紅薯又不得長起腳杆子飛了，給老子去睡了，不然就給老子吃『筍子炒肉』！」

看起來周二還是滿有威信的，一吼之下，兩個娃娃都不吭聲了，乖乖被周二的媳婦兒牽了出去。

「軍紅，我曉得你這次是來幹啥子的，話我都說明白了，鄉里鄉親的，你不能逼我們家啊。」周老爺磕了磕菸鍋，平靜地說到，那語氣絲毫不見鬆口。

這不是他們無情，先不說這事兒有沒有把握，就說這形勢，萬一哪天誰說漏嘴了，就是個典型！況且周寡婦原本就在風口浪尖上。

我爸充滿哀求地盯著周老太爺，牙花咬得緊緊的，像是在做啥決定，終於這樣靜默了幾秒鐘之後，我爸的眼淚「嘩」一下就流了出來，接著他就給周老爺跪了下來，緊跟著我爸，我媽抱著我也跪了下來。

男兒有淚不輕彈，只是未到傷心處。

我爸這一輩子就沒哭過幾回，這一次流淚，看來也是真的傷心了，傷心他一個獨兒，咋就成了這樣，傷心有一天他這頂天立地的漢子也得給別人跪下。

這如此沉重的親恩啊，真真是每一世最難報的因果，所以百善孝為先，負了雙親，是為大惡。

「軍紅，你這是，你這娃兒，哎，你跪啥子跪嘛……」周老太爺顯然想不到我爸會這樣，一下子就站了起來，語氣也有些慌亂了。

農村的老一輩最講究這個，無緣無故受了別人的跪，那是要折福的。

好在我爸是小輩，也不算犯了忌諱，但生生讓一個漢子跪在自己面前，周老太爺的心裡又如何過意得去？

而周二已經在拉我爸了，就連周老太太也踮起個小腳，跑了過來，拉著我爸說道：「娃兒啊，你這使不得哦。」

「周叔，我老漢說男娃兒膝下有黃金，輕易跪不得，但我真的是沒辦法了啊。」說著，我爸就抹了一把眼淚，我媽也跟著抹眼淚，顯然打定了主意，今天咋也得求周寡婦幫忙一次了。

「唉，我不管了，讓我大兒媳婦個人決定。」周老太爺歎息了一聲，叫了聲周老太太，然後老兩口就轉身進了臥室。

這實際上就是周老太爺在幫我爸了，畢竟周寡婦死了丈夫，他周家憐惜這個媳婦兒，咋能指使周寡婦做這做那？那是欺負人孤兒寡母啊，話能說到這個份上，周老太爺已經盡力了。

而且，這其中的原因，除了我爸的一跪之外，還有就是我爸提起了我那已經過世的爺爺，我爺爺年輕時候和周老太爺交情不淺，起因就是我爺爺曾經救過周老太爺。

山村多蛇，周老太爺有一次在田裡做活時，我爺爺正巧路過，親眼看見周老太爺背後一條麻娃子（金環蛇）正準備攻擊他，按說毒蛇一般不會主動攻擊人，除非有人踩到牠或者靠近了牠的蛇卵才會這樣。

當時，我爺爺也來不及提醒周老太爺什麼了，只得一鋤頭鏟了下去，周老太爺聽到動靜，回頭一看是我爺爺，循著我爺爺的眼神往下看去，頓時驚出一身冷汗，被鋤頭鏟成兩截的麻娃子還在地上扭動，顯然沒有死透。

山裡人記恩，我爸提起這事，周老太爺哪裡還抹得開臉？所以，他甘心讓全家冒這個風險了。

周二見著老爺子鬆口了，他也不反對了，只說句：「老陳，你先起來，該咋樣我嫂子會決定的，你這樣跪著也不是個事，我先出去了。」

說完，周二也走了，一個堂屋裡就剩下我們一家三口和周寡婦。

此時再跪著就是折了周寡婦的福了，我媽抱著我站了起來，然後扯著我爸說道：「老陳，起來，不好再跪了。」

我爸依言起來，扯著袖子抹了幾把眼淚，倒是我媽平靜得多，她望著周寡婦說道：「月紅啊，我們都是當媽的人，妳看看我兒子吧，才一個多月，都被折磨成這個樣子了，我這當媽的心頭啊，跟天天在割肉一樣。」

天下共通的都是母性，我媽這樣一說，周寡婦立刻心有戚戚焉，趕緊擺了擺手，打著嗝說道：「額……秀雲……額……妳別……額……再說了……，我其實……額……要幫忙的……額，……就是以前擔心……額……太多了，今天晚上……額……我就幫妳……一把。」

周寡婦這樣一說，我爸媽登時大喜，他們不太懂過陰是咋回事兒，只是恨不得周寡婦立刻就「開壇作法」，他們認為用啥神通就是要「開壇作法」的。

幾分鐘以後，我媽抱著我被周寡婦牽進了西廂房，而我爸卻只能在外面等待。

周寡婦這過陰的本事，一般有個規矩，就是一律不准男的進入西廂房，有什麼問題，也只能女親屬來問，甚至有時候有的女人，周寡婦牽進西廂房望一眼，也讓請出來了。

這和其他過陰人的本事頗有些不同。

就這樣，我媽終於進入了周寡婦那個被渲染得過分神祕的西廂房。

一進屋，我媽的第一反應就是黑，黑得伸手不見五指，接著就是冷，原本這就是冬日裡，屋子冷就是正常，可這種冷卻不同於一般的冷，那是一種陰冷，更多的是作用於心理，讓人的後脊樑直起雞皮疙瘩。

「月紅，我咋感覺不舒展呢？像被啥盯著一樣。」此時我媽唯一能依靠的就是周寡婦了，她緊緊拉著周寡婦的衣角，站在西廂房的屋門口就不肯走了。

當然，主要的原因還是因為屋子太黑，我媽根本就看不見。

「不怕……額……我去點燈……」周寡婦依舊打著嗝說到。

我媽只得依言放開了周寡婦，在這種壓抑的漆黑裡等待是件難受的事，一分一秒都像是度日如年，這屋子給我媽的感覺是如此的不舒服，要放平日裡，我媽早就轉身就走了，她不是一個膽大的人。

希望。

但是為了我，我媽豁出去了，在我爸不能進來的情況下，我媽堅定的認為，她就是我唯一的希望。

好在周寡婦對這間屋子十分熟悉，窸窸窣窣一陣後，屋子裡終於有了光，原來周寡婦已經點上了一盞油燈。

這油燈的燈光非常的昏暗，但也足以讓我媽看清楚屋子的布置，只見這間屋子沒有任何的窗戶，牆壁四周竟然都掛著厚厚的黑布，也不知道是為了啥。

而屋子裡陳設也十分的簡單，原先的傢俱估計早就已經被搬出去了，只剩下一床一桌，兩條凳子而已。

桌子上擺著些吃食，也不知道是給誰吃的，再仔細一看地上還有個火盆，裡面有些灰燼，我媽一看就知道，這陣勢不就是燒了紙錢後才能留下的嗎？

另外那些吃食的旁邊還有一個蘿蔔，已經蔫蔫的了，上面有幾枝香的殘痕。

最後唯一能讓人感覺溫暖些的，就是那張床了，竟然收拾得十分齊整，白底藍花的背面簡單乾淨。

此時，周寡婦坐在桌子旁的一張凳子上，對著我媽招著手，示意我媽過去。

我媽深吸了一口氣，鼓足勇氣抱著我走了過去，在周寡婦對面的一張凳子，也是這屋裡剩下的唯一一張凳子上坐下了。

「額……秀雲……額……今天妳看到……額……什麼……額……都不能說……唯一能說

的……額……就是我等下……額……給妳說的話……記得嗎？」周寡婦十分認真地對我媽說到，雖然那打嗝的聲音讓周寡婦的話聽起來難受又有些滑稽，但這絲毫不影響周寡婦話裡的嚴厲之意。

我媽連忙怯怯地點頭應了，原本村裡人就重承諾，如果不是後來發生了一些事情，我媽是決計不會說出屋子裡發生的一切的。

而且，把這些說給一個人聽，也是周寡婦要求的，這是後話，暫且不表。

我媽答應之後，周寡婦就閉起了眼睛，我媽也不知道周寡婦在做什麼，只得靜靜的等待。

過了一小會兒，我媽就看見周寡婦的神情變了，她是在笑，那種笑是一種十分溫婉的，屬於女性特有的笑容，只不過在這詭異的環境下，昏暗的燈光下，這笑容看得我媽毛骨悚然。

笑啥呢？我媽覺得在這裡，就算送給她十隻下蛋的老母雞，她都笑不出來。

接著，周寡婦又皺起了眉頭，眉梢眼角都是一副驚奇的神色。然後，她用一種怪異的強調，嘰哩咕嚕開始念著啥，那語速實在是太快了，我媽根本沒聽清楚這周寡婦是在說啥。

在這過程中，最詭異的地方就在周寡婦始終是閉著眼睛的，而且從她開始笑之後，頭始終扭著，朝著另外一個方向。

我媽就是個沒啥大見識的村婦，這副場景已經嚇得她全身都起了雞皮疙瘩，也不知道她是用了多大的勇氣才能坐在這裡，看著這詭異的一切。

終於，周寡婦不再嘰哩咕嚕的念叨了，那表情也輕鬆了下來，接著，周寡婦全身一震，頭也轉了過來，她望著我媽睜開了眼睛。

在她睜開眼睛的這一瞬，我媽就有些楞了，同村的周寡婦我媽還是熟悉的，之所以愣住，是因為我媽覺得周寡婦睜開眼睛的那一刻起，眼前這個人吧，不像是周寡婦本人。

說是陌生吧，我媽又覺得不陌生，為啥不陌生？我媽說不上來原因。

「妳是要看看妳的兒子是咋回事吧？」周寡婦開口說話了，奇怪的是不打嗝了，語速很慢，但吐字清晰，只不過那聲音怪異得緊，明明是周寡婦的嗓音，卻像是另外一個人在說話。

那感覺我媽形容不出來，非要說的話，就像是你抓著別人的手在打一隻蚊子一樣。

而且，周寡婦不是一直知道，她是要看兒子的情況的嗎？

可我媽哪兒敢計較這些？會「術法」的人在她眼裡都是很神奇的人，可不能不敬，再說兒子的事情要緊，聽聞周寡婦這樣問，我媽趕緊的點了點頭。

「把兒子抱過來吧，我先看看。」周寡婦操著那怪異的語調平靜地說到。

我媽心裡一喜，趕緊的站起來抱著我，走到了周寡婦的面前，掀開了繈褓。

也就在這個時候，怪異的事情發生了，周寡婦的眼神剛落在我的小臉上，她忽然就尖叫了一聲，一下子就閉緊了雙眼，大喊道：「把娃兒抱開，把娃兒抱開。」

我媽被這突然的變故嚇得心裡一緊，然後又是一沉，周寡婦都這樣了，我兒子是惹上了多厲害的東西啊？

可抬頭一望周寡婦，又確是可憐，雙眼緊閉都不敢睜開，一張臉卡白卡白的。

這情況我媽還哪兒敢怠慢？趕緊的抱著我又坐回了原來的位置上。

「月紅啊，我這孩子……」擔心著我的情況，我媽一坐下來就趕緊的問道。

「先把孩子抱出去，抱出去妳進來再說。」周寡婦不理會我媽的發問，只是連聲的要我媽把我給抱出去，然後就走到床邊，蹲下身去，像是在床底下找著啥東西。

我媽又擔心又好奇，但哪兒敢怠慢，應了一聲，抱起我就出了西廂房。

一出房間門，就看見我爸在院子裡來回的踱步走著，一副著急的樣子，我媽一出來，我爸就趕緊迎了上去：「秀雲，我們兒子這是給看好了啊？」

「沒，我現在也說不清楚，你把兒子給抱著找周二擺龍門陣（聊天）去，別站在院子裡，把孩子給凍著，我還得再進去。」我媽也來不及說啥，她急著進去問周寡婦到底是咋回事兒，交代了我爸幾句，就往西廂房走去。

我爸抱著我，確實想再問問，可最終還是張了張嘴啥也沒說，轉身找周二去了。

進到西廂房，我媽看見周寡婦正蹲在地上燒紙，一邊燒著，嘴裡一邊念念有詞，敢情她剛才是蹲床底下拿紙錢去了。

我媽復又走到桌子前坐下，這一次周寡婦的話不再是一開始那嘰哩咕嚕怪異的語調，所以我媽也就聽清楚了周寡婦念叨些啥。

原話我媽記不得了，但大意是清楚的。

「我給你們敬些錢紙，你們拿了，就不要再來這兒，不要找麻煩，大家一條道上的，我更不容易……」總之，周寡婦就反覆的念叨著這些，而我媽越聽越毛骨悚然。

我媽不是傻的，這話明顯就是說給那東西聽的，咋周寡婦和那些東西是一條道的呢？更恐怖的是，周寡婦念叨完了，又開始嘰哩咕嚕的說我媽聽不懂的話，話剛落音，屋裡就捲起一陣一陣的風，一共捲了十七、八陣才算消停。

我媽哪見過這陣仗，這房子垂著厚門簾，連窗戶都沒一個，風哪兒來的？眼淚在我媽的眼裡包著，那真是害怕得不得了了，但同時我媽又努力得忍著，為了孩子她覺得自己不能就這麼怕了。

當風消停以後，周寡婦總算又坐回了她那張凳子，她望著我媽只莫名其妙的說了一句：「妳先等著。」

第四章　點燈問鬼

既然周寡婦叫我媽等著，我媽也只得等著，畢竟有求於人，就算心裡再急，也必須表現出足夠的耐心與誠意來。

周寡婦說完這句等著之後，就不再說話了，而是閉上雙眼，全身又是一震，然後趴在了桌上，好半天才緩過來。

休息了幾分鐘後，周寡婦走到床邊，也不顧我媽詫異的眼光，扯過被子就裹在了身上，然後整個人坐在了床上，身體還微微地顫抖著。

「額……秀雲……額……麻煩妳做……額……做碗薑湯……額……給我送來。」周寡婦說這話的時候，牙齒都打著顫兒。

我媽應了一聲，立刻就出去做薑湯了，沒有多問一句。

這是山裡人特有的善良與淳樸，雖然擔心著自己的孩子，但到底看不下去周寡婦凍成這個樣子，況且別人不也是為了幫自己嗎？

推門進了廚房，我媽發現廚房裡坐了個人兒，這樣猛地一撞見，還真把原本就驚魂未定的她嚇了一大跳。

結果仔細一看，在廚房的大灶前坐著的不就是周家的二媳婦兒嗎？

「妳咋在這兒呢？這天冷還不趕緊去睡了？」看清楚人之後，我媽鬆了口氣，也給周二媳婦打了聲招呼。

「我這在燒灶，準備燒點子水，做點薑湯。」周二媳婦一邊往灶裡添著柴禾，一邊很平常的說到。

「做薑湯？這可巧了，我也是幫妳嫂子做薑湯的。」我媽很是詫異，一邊驚歎著，一邊幫著周二媳婦往灶裡添著柴禾。

「就是做給我嫂子的，她以前做完事兒，常常要喝碗薑湯的，我估摸著這次她也要，我這不就趕著來做一碗嗎？」

「呵呵，妳們妯娌感情可真好。」我媽真誠地說到，要真這樣，周二媳婦對周寡婦真沒說的。

「我嫂子不容易，我覺著她苦。」周二媳婦起身從大水缸子裡舀了一瓢水，「嘩啦」一聲倒進了燒的滾熱的鍋子裡。

我媽也不知道這話該咋接，乾脆站起來，拿起菜刀，幫著她剁起放在案板上的老薑來。

兩人就在廚房裡沉默的忙活著，不一會兒，一碗滾燙的薑湯就做好了。

然後我媽端著盛在粗瓷碗裡的薑湯，小心翼翼的出了廚房，周二媳婦緊跟在我媽身後，我媽的前腳剛跨出廚房，周二媳婦就在我媽身後幽幽歎息了一聲。

「秀雲大姐啊，我嫂子苦哇。」

又是這一句，我媽真不知道說啥好，可接下來周二媳婦的一句話，讓我媽著實嚇了一大跳，端手上的薑湯也差點灑了。

「我有時真覺得我家大哥沒走，也不知道這樣纏著我嫂子好是不好？我嫂子的身體可是越來越差了。」

說完這句話，周二媳婦就轉身回屋了，估計有些情況她見多了，自己覺得說出來解口悶氣兒，也沒啥。

可我媽呢？好容易穩住了手裡的薑湯，自己站了半天才緩過神來，聯想著周寡婦在西廂房的表現，再想著周二媳婦那句話，心裡已經信了七、八分。

女人總是感性一些，相比於男人，這樣的事兒說起來恐怖，可也觸動了她們心裡比較柔軟的一塊兒，如果不是兩口子感情深厚，咋可能陰陽兩隔還要廝守在一起呢？

想到這裡，我媽對周寡婦也多了幾分同情，連眼神也柔軟了起來，再端著薑湯進了那間陰沉的西廂房時，心裡也就不那麼怕了。

端著薑湯，我媽一口口餵周寡婦吃了，許是心境產生了變化，我媽那動作都柔了幾分，餵完薑湯，我媽又情不自禁的抓起周寡婦的手，想幫她暖暖，可一抓之下，卻發現冷得瘆人。

周寡婦掙脫了我媽的手，搖搖頭，那眼神分明就是在告訴我媽無所謂，她甘願的樣子。

我媽看出了些什麼了，周寡婦是知道的，這次事情來得急，周寡婦做事的時候是顧忌不上啥了，要知道在以前她做「生意」的時候，可總是一個人先進屋子的啊。

如果這樣我媽都沒看出些啥，周寡婦自己都不可能相信。兩個女人，在這個時候，同時有了一些心照不宣的交流。

指了指凳子，周寡婦示意我媽坐過去，她一個人扭著頭，又在床上嘰哩咕嚕的說了起來，估計是真在商量什麼重要的事兒，周寡婦的表情豐富，語速也急，甚至還有些肢體動作。

我媽耐心地等待著，因為剛才周二媳婦的話，這場景在我媽眼裡看來，多像是兩口子在商量啥事兒啊，可憐的是，他們的距離何止隔了十萬八千里。

看著這兩口子，我媽就想起她和我爸也是感情深厚，也不知道如果其中一人先走了，會不會也做這種選擇？想著想著，我媽竟落下淚來。

這事也是我媽才能這樣，換成我爸這種粗神經，怕是只有一種詭異恐怖的感覺吧。

就在我媽傷心感懷的時候，周寡婦也停止了她的嘰咕聲，身子猛地一震，再次張開了眼睛，甩開了她的被子，和我媽隔著一張桌子坐下了。

這次周寡婦沒有任何的廢話，張口就對我媽說道：「我是周大。」

雖然早已有心理準備，周大還留在這裡，但陡然聽周寡婦說她是周大，我媽還是嚇到不行，一下子就站了起來，好半天才又坐了下去。

莫非這就是鬼上身？從來就沒咋離開過農村的我媽，其他見識沒啥，可是神神鬼鬼的事兒，她是聽說了不少的，「鬼上身」這點兒見識還是有的。

可是面前的周寡婦，不，應該說是周大卻沒半點心思跟我媽廢話，開門見山就說道：「妳娃兒的事情我整不清楚，妳抱他一進來，我就看見跟進來了一群凶得很的同道中人，明白是啥子吧？」

一聽這話，我媽嚇得面色慘白，這一個都夠駭人了，這跟著一群該咋整？

一想到我日日夜夜被一群鬼纏著，一想到我家日日夜夜住著一群鬼，我媽就覺得自己要瘋了，一下就沒了主意，當下顫著嗓子就開始喊：「老陳，老陳……」

這個時候，她需要家裡的男人拿個主意。

誰想她的聲音剛落下，面前的周大就大聲說道：「妳莫喊，男人身子陽氣重，我受不起這衝撞。」

好在我爸此時在周二的房間裡，估摸著也沒聽見我媽那因為顫抖而導致聲音不大的喊聲。

不過，周大這一喊，我媽總算恢復了些許冷靜，面對周大也不是那麼害怕了，男人陽氣的衝撞他就受不了，看來鬼也不是啥無所不能的東西。

再換個說法，兒子是有希望的。

見我媽安靜了，周大不待我媽發問就繼續說道：「妳也莫怪我，我在陽間待了那麼久，原本就虛得很，看妳抱著兒子一進來，我就曉得這個事情不好整，我本來是不想惹麻煩的。但是架不住我婆娘求我。」

說到這裡，周大歎息了一聲，嘀咕了一句：「求我積德也沒用啊，我和月紅這樣，積再多德都沒用。」

周大這說法其實挺淒慘的，可我媽聽聞了一群鬼之後，哪兒還顧得上深究周大和周寡婦的事情啊，一心就只想周大繼續說下去，說清楚。

她相信如果真的沒辦法，周寡婦兩口子也不會嘀咕那麼久，而且一副有話要跟自己說的樣子了。

要相信我媽這個時候已經徹底冷靜了，才有如此的分析能力。所以，任何時候都不要小瞧女人的智慧，和比男人對逆境的更大適應性。

果不其然，周大對我媽此時的冷靜很滿意，自顧自的說下去了：「它們威脅我，我原本是想幫你兒子看看天靈蓋的，看看有沒有死氣，結果一看，它們就齜牙咧嘴地威脅我。它們是孤魂野鬼，身上怨氣重得很，然後留在陽間的，和我都不一樣，不要說一群，就算其中一個，我要遇見了，也得繞著走。所以，我沒得辦法。」

「那要咋個弄嘛？」聽到這裡，我媽終於問了出來，周大講的纏著自己兒子的東西是如此凶厲，我媽哪裡還忍得住？

「妳聽我講完。」周大擺擺手，然後繼續說道：「鬼眼和人眼不一樣，多大的本事我也沒得，但是一個人的運道，我還是看得清楚。比如一個人要有好事兒，他的天靈蓋上必有紅光，這樣的人我遠遠看見了，還得躲。一個人若是沒得福，也沒得禍，天靈蓋上就啥也沒有。如果一個人有禍事，那必定是有灰氣，如果是黑氣的話，那就是死氣，不死也要大病一場。我呢，是想盡點本分，幫妳兒子看看有沒有死氣，再把有東西纏著他的情況給妳說一下就對了。但是我看不了妳兒子，感覺朦朧得很，想叫妳抱過來看仔細點兒，又被威脅，我望那一眼，卻望見妳兒子頭上有點點黃光，這個我就真的懂不起了。」

周大一口氣兒說完了這許多，算是把情況給我媽說清楚了，無奈聽他的言下之意，他根本沒有解決的辦法啊，我媽那問題算是白問了。

「那我兒子就只有那樣了嗎？」我媽不禁悲從中來，原本她是認定周大有解決之法的，可殘酷的現實讓她不敢抱這樣的幻想了。

但是不甘心，強烈的不甘心讓我媽又多問了一句。

「這……」周寡婦的臉上顯出了躊躇之色，顯然是周大在躊躇。

我媽一看有戲，頓時用充滿哀求和希望的眼神望著周大。

周大歎息了一聲，說道：「好了，我剛才和我婆娘爭的也不過是這個，但是……有沒有幫助，我不曉得。妳去找一個人嘛，他可能有點真本事，早幾年我婆娘日子好過的時候，他曾經莫名其妙來過我家，望了一眼我婆娘，就說了一句：『一口陽氣吐不出來，嚥不下去，枉我以為這裡有人會下茅之術。算了，走了，不應該在一起的，最後還不是互相拖累。』然後，這個人就走了。我和我婆娘的事兒，除了家人有點猜測，還有誰曉得這具體情況？他定是個高人。」

「他是哪個？他在哪兒？」我媽急忙問到。

「他……他妳肯定曉得的，就是姜老頭兒。」周大有些猶豫的說出，生怕我媽不信。

「姜老頭兒，你說是前幾年莫名其妙就到我們村的姜老頭兒？」我媽確實有些不信，追問了一次。

就那老頭，會是高人？可那老頭，就是高人，他也是我這一生最敬重的師傅，亦師亦父！

「就是他，妳去找他吧，如果找對了，我們也有求於妳，多的我不說了，我婆娘受不了了。」周大急急地說完，身子一震，整個身體軟了下來，顯然他又把身子還給了周寡婦。

周寡婦顯得比上一次更加虛弱，趴在桌子上是一動不動，我媽哪能問完了自己的事情就不管周寡婦了？她連忙過去扶住周寡婦，一碰她身子，覺得比剛才更加的陰冷，氣息也非常的微弱。

農村的女人也有把力氣，我媽很快就把周寡婦扶出了西廂房，然後背她到堂屋，放在了火爐前的椅子上，正巧我爸也抱著我在堂屋裡和周二擺龍門陣，想是堂屋裡有爐子，比較暖和。

周二一看這陣仗，哎呀了一聲，趕緊進屋去拿了條被子給周寡婦裹上，我媽則趕緊又去廚房煮薑湯了。

看著他們忙忙碌碌，我那一無所知的爸爸不禁說道：「秀雲，妳看我要幹點啥？」雖然我爸一無所知，但他總歸還是隱約明白一點兒，那就是周寡婦是為著我家的事兒，才成這個樣子的。

「哎呀，你啥子也不用做，就在這兒幫忙看著月紅就是了。」我媽現在可沒心情和我爸囉嗦。一番忙碌之後，周寡婦的情況總算好轉了點，人也回過了神兒，她望著我媽，一副有話要說的樣子。

我媽大概也能知道要說啥，不禁問道：「要不要老陳和周二先避下？」

周寡婦搖搖頭，估計她和周大也有啥大的困難，已經顧不得隱瞞什麼了，「高人說我們兩個是互相拖累，但我實在不想害了他，害了他，他就是絕路，我到底還能變成鬼，我一直都是這樣想的。而且我怕周強那娃兒可憐，雖說周家肯定照顧他，但是有媽的娃兒總要好些，沒爹又沒媽，娃兒的心裡受不了。你如果請得動高人，就幫幫我們嘛。」（這段話太長，就不打周寡婦的打嗝聲了，大家明白就好。）

「嫂子，妳在說啥子哦？啥子變成鬼哦，啥子沒爹沒媽哦？」周二關心嫂子，立刻大聲地嚷嚷起來，周寡婦只是擺手，讓周二不要再問。

我爸做為一個外人，就算滿肚子的問題，也不好說話，更不好在這個時候問我的事情。

至於我媽，很真誠地望著周寡婦，也不顧冰涼抓著她的手說道：「我一定盡力去做，妳就放心。其實，有句話我也想說，該放下的就放下，做對對方有好處的事情，也是感情深的表現，何況還有個娃娃？」

周寡婦感激的朝我媽點了點頭，疲累的她已經不想再說話。

就這樣，我爸忍著一肚子疑問和滿腹心事的我媽一起回到了家裡。

寒冷的冬夜，很多人已經早早睡下，甚至進入夢鄉了，可從周寡婦那裡回來的我的父母，卻沒有一絲睡意，甚至還在房間內點著兩盞很亮的油燈。

此時，我爸已經聽我媽講完了事情的經過，拿菸的手有些顫抖，過了半晌才說道：「姜老頭兒，可靠不哦？」

「毛主席說啦，實踐是檢驗真理的唯一標準，我們去找來看嘛。」我媽緊緊的靠著我爸說到，兩隻眼睛就是不肯閉上，想著家裡就跟「鬼開會」似的，我媽睡不著。

「也好，讓我們的兒子再苦一下，我明天就上山找姜老頭，今天……今天晚上就點起燈睡嘛。」我爸心裡也怕得很，不然咋會點起燈睡？

光明在某些時候是能給人強大的慰藉的。

一夜無話。

第二天，我爸媽起了個大早，我媽麻利的給我爸做了一頓簡單的早飯，我爸吃了以後披上他那厚厚的襖子，懷裡揣兩個饅頭就要上山了。

為啥要揣兩個饅頭？很簡單，我們村挨著的那片山不高，但是綿延幾十公里，那是夠大的，我爸知道這姜老頭兒一個人住在山上，可具體哪裡卻不知道，村裡人也不知道，反正就知道他會時不時的在村裡串串就對了。

所以說來，一下子要找到他也是極難的，不揣點乾糧咋行？

早晨的山路濕氣極重，我爸走了一會兒山路，兩個褲管就濕淋淋的了，眼看著天色已經泛著肚皮白了，我爸就收了手電筒，坐在一塊大石上，準備抽根菸，休息幾分鐘。

「這姜老頭兒該是個高人吧？」隨著煙霧的升騰，我爸心一靜，就開始嘀咕起來。

若不是高人，咋會一個人住在山裡？先不說鬼鬼神神，這山裡的蟲豸也是極多的，特別是那長蟲，就算本地人都不知道在這片山上有多少種。

反正一個普通人是決計不敢一個人住山上的。

我爸彷彿為姜老頭兒是高人找到了強大的藉口，皺著的眉頭也舒展開來，可過了一會兒，我爸又皺起了眉頭，姜老頭的形象和所作所為又在他心裡翻騰開來。

姜老頭什麼形象？頭髮花白，鬍子老長，面色其實極好，白且紅潤，可是髒啊，常常就看見他因不洗臉而留下的污垢，一行一行的，脖子上也是，就連鬍子上也掛著不知道啥東西的殘渣。

身上常穿著都快看不出本色的衣服，夏天還好，其他節氣裡，他的兩個袖口無不是油亮亮，硬邦邦的，這是有多久沒洗，擦了多少次嘴才能形成的啊？

說這形象也就罷了，可他的行為卻更是讓人哭笑不得，首先他好色，看見村子裡漂亮的大姑娘，眼睛都不帶眨的，有時還會一路跟著別人走，人也不怕他這一個老頭，都知道他沒膽做啥，就是看。

而且趕他罵他，他也不惱，嘴裡還念叨：「君子發乎情，而止乎禮。愛美之心人皆有之……」山裡人哪兒懂他念叨些啥，常常就罵得更厲害，他嘿嘿笑著，看夠了也就自己走了，至多在轉身回走的時候吼一首不著調子的山歌，再喊上一句：「大姑娘美誒……」

另外，姜老頭好吃，他在村裡轉悠的時候，若是發現哪家有啥新鮮東西熟了，總是要厚著臉皮問人討要，人若不給，他就賴著，當看到別人做活計時，就趕緊來幫忙，不要幫也不行，趕也趕不走。

反正討要的東西值錢點兒呢，他幫著做活計的時間就久點，討要的東西稀鬆平常一點兒呢，他就少做些。

通常這樣，很多人家也就給了，反正地裡的東西也不稀罕，山裡人淳樸，也見不得一個老頭子這樣。

可這怪老頭也不道謝，就說：「我幫你幹活，你給我吃食，兩不相欠，不沾因果，還結個善緣，大好，大善。」這話在平常人看來簡直瘋癲之極。

第五章　山中尋人

姜老頭就是這樣在村子裡晃悠，偶爾也與人說起就住村後面那片山上，他的出現也沒規律，有時一個月天天在村裡晃悠，有時一兩個月不見蹤影。

對於他住山上的話，人們是信的，他來到這片地兒五年了，人們多少還是對他有些瞭解，發現這姜老頭是不說謊的，不願說的事兒，打個哈哈混過去，也不瞎編胡造。

另外，村子裡的人大多都認為他是一個可憐的流浪老人，見這村子相對富庶，人心好，就在這兒留下了。

其實，不得不說這算是一個原因。

抽完一根菸，天色又稍微亮了一些，我爸起身來，乾脆把褲管紮在了襪子裡，繼續前行。

山上路不好走，還有很多地方根本沒路，我爸一路慢慢的轉著，不覺就過了三、四個小時，連姜老頭兒的影子都沒見著。

但也好在今天是個冬日裡難得的晴好日子，在暖洋洋陽光下我爸的心情還算開朗，也沒過多抱怨，心裡只想著，找個乾淨地方，吃了乾糧，下午再找找，然後趕在晚飯前回去。

「如果沒找到，明天繼續找，多找些日子總能找到，說不定運氣好，還能在村子碰上。」喝了一口山泉水，我爸自言自語的說到，山裡沒啥人聲兒，自己說個話，也當是解個悶。

山泉水甘洌，這一大口灌下去，當真是解乏又解渴，尋思著這地方不錯，就著山泉水吃饅頭，也是格外香甜，我爸就決定在這吃乾糧了。

可剛坐下沒多久，饅頭才剛拿出來，我爸就聽見一聲不著調的山歌，配上那破鑼嗓子，簡直影響人的食欲。

但我爸高興啊，這種調調他簡直太熟悉了，不是姜老頭又是誰？他在村子裡晃悠的時候，沒少唱不著調的山歌，沒讓鄉親們少聽他那破鑼嗓子，根本是想不熟悉都難。

「姜老頭兒，姜老頭兒……」我爸扯開嗓子大聲喊著，畢竟山勢蔓延，山路曲折，我爸此時也是只聞其聲，不見其人。

大喊了幾嗓子過後，果然就聽見在我爸挨著的那條山路背後，傳來一個中氣十足的聲音：「誒，是哪個喊我嘛？」

「姜老頭兒，這邊，這邊……」我爸高興的大聲嚷著，又蹦又跳，簡直跟見著了親人八路軍似的。

循著我爸的聲音，不一會兒姜老頭就背後的山路鑽了出來，天曉得他在這片山上的哪裡晃悠著，碰巧就遇見了我爸。

還是那副髒兮兮的樣子，甚至透著那麼一絲猥瑣。和農村人的印象想像裡的高人差太多了，在他們看來所謂高人是要有一副不錯的「賣相」的，比如仙風道骨啊，比如鶴髮童顏啊，再不濟也是一副高深莫測，生人勿近的樣子。

不過以上這些，和姜老頭是沾不上半點兒關係的。

但已經是病急亂投醫的我爸，哪兒還管得了這些，就算周寡婦告訴他一頭豬是高人，他此刻也是能看出高人相的。

「姜老頭兒……」我爸一見著姜老頭兒的身影，立刻就奔了過去，站在姜老頭兒面前，不由得又改口喊了聲：「姜師傅……」

姜老頭兒沒半分詫異的樣子，也不問我爸啥事兒，老神在在地享受著我爸恭敬的態度，等我爸呵呵的陪笑臉喊完了，他舉起其中一隻手說道：「饅頭給我吃，夾泡菜沒有？」

他一舉起手，我爸嚇了一跳，這啥啊？一條「繩子」差點砸自己臉上了，再仔細一看，這姜老頭兒手裡提著一條軟綿綿的竹葉青。

四川多竹，竹葉青是一種常見的毒蛇，但並不是牠常見，牠的毒性就不烈，反而是劇毒無比，山裡人關於竹葉青的傳說可多了去了。

這姜老頭兒……我爸已經說不出多餘的話，冬眠的蛇他都能搞出來，還專搞毒蛇，真有本事，想著姜老頭素來的秉性，我爸一點兒都不懷疑這竹葉青是他拿來吃的。

想歸想，可我爸還是恭敬的把饅頭遞了過去，並解釋道：「泡菜怕久了變味，就沒夾，姜師傅將就著吃嘛。」

姜老頭兒也不客氣，「啪嘰」一聲坐在地上，把手裡那條估計已經被抖散了全身骨頭的竹葉青扔在地上，接過饅頭就開吃。

我爸奇怪他咋不用另外一隻手，用抓過蛇的手就開始，卻哭笑不得的發現姜老頭的另外一隻手上提著一隻野雞。

那個時候，山林裡野雞野兔還是不少的，甚至連狐狸猴子也能見著，但經過了那饑餓的三年，牠們就消失了好多，這姜老頭這都還能搞到野雞，也真能耐。

想到這兒，我爸笑眯眯的看著姜老頭，此時這個在他面前毫無形象，大吃饅頭的人簡直就是仙人的化身。

姜老頭吃完了一個饅頭，拍了拍手，隨便抓了抓鬍子，便大喝起山泉水來，喝完了他打了一個嗝，我爸趕緊又遞上一個饅頭。

姜老頭也不客氣，抓過就吃，終於在把饅頭吃完後，姜老頭拍了拍肚子，站了起來，說了一句：「有泡菜就好了，這四川的泡菜是又脆又酸，還帶點點微辣，好吃得不得了。」

「那你去我家吃，吃多少包夠！」我爸正愁不知咋開口，提姜老頭提起泡菜，趕緊說到，他此時恨不得坑蒙拐騙的把姜老頭兒弄去我家。

「泡菜？喊我幫忙，就拿泡菜打發我？你想得美？」姜老頭兒一副不屑的樣子，隨手抓起地上的竹葉青，加上手裡的野雞一股腦的塞在我爸手裡。

我爸聽姜老頭兒的話，簡直就跟遇見了神仙一樣，半响反應不過來，只得傻傻的，下意識的就接了姜老頭兒遞過來的東西。

「毒蛇的味道最為鮮美不過，和著這個野雞一起燉，最好了。記得小火慢燉，要燉足了時候。另外，你家有啥好吃的，拿手菜統統拿出來招待我，酒我也是要喝的，不喝外面賣的瓶裝酒，要喝上好的自家釀酒。我明天中午就到你家來吃，走了！」說完，姜老頭兒轉身就走。

留下目瞪口呆的我爸猶自還在那裡發愣。

我爸是下午時分回到家的。

我媽剛把門打開，我爸就竄進了屋，也不顧我媽詫異的目光，把手上的野雞和竹葉青往地上一扔，拽著我媽的胳膊就往屋子裡竄。

「我說老陳，你這是幹啥去了？上山去打獵去了？你說你咋不辦正事呢？」我媽看到我爸扔在院子裡的東西，氣不打一處來，當下就罵開了。

我爸心裡又急，又解釋不得，乾脆大力把我媽拉進了屋子，待到把門關上，我爸才說道：「我打啥子獵？妳覺得我有那本事？妳覺得我會放下我們兒子事兒不管，然後有那閒空去打獵？」

我爸一疊聲的問題，把我媽問懵了，是啊，按說我爸不是那麼不靠譜的人啊。

「先給我倒杯水來，我慢慢跟妳說，這次是真的遇見高人了！」

一個小時以後。

先是我爸挑著一擔糧食出門了。接著我媽到院子裡麻利的處理起雞和蛇來。

在那個年代，農村人吃蛇不稀奇，毒蛇應該咋處理，我媽還是得心應手的。

兩個小時以後，一條竹葉青，一隻野雞就被我媽處理得乾乾淨淨，雪白的蛇肉，新鮮的雞肉被我媽分別用兩個盆子裝了，用塑膠袋蓋好，然後紮好。

接著，我媽把兩個盆子放在了一個木盆裡，來到後院的井邊，把盆子綁好在井繩上，然後把這盆肉吊了下去，在離水面大約十釐米的地方停下了。

最後，我媽再費力的搬好一塊大石頭，蓋在了井上，嚴絲合縫，不留一點兒空隙。

水井就是我家天然的冰箱，我爸媽一直到老都認為在水井裡保存的東西最是新鮮，明天高人要來吃飯，我媽可是一點都不怠慢。

忙活完這一切，我媽又挎著籃子，去了後坡的竹林，現在的冬筍可是極好的，我媽要去弄一些兒來。

我媽剛採完冬筍，就看見我爸回來了，我媽急急的問道：「肉弄回來沒？」

農村人沒肉票，殺完豬吃不完的都做成臘肉了，吃新鮮肉得拿糧食去換，招待客人沒肉是說不過去的。

不過就算這樣，肉也不好弄。

我爸急急地去鎮上跑了個來回，難為他大冬天都跑出了一身兒的汗，他喜孜孜地說道：「弄到了，一斤多肉呢，挺順利的。」

「唉，一擔糧食就換了這點兒肉……」我媽到底心疼得緊。

「好了，為了兒子，這點糧食算啥，人只要到我們家吃頓好的，夠意思了。」我爸喜孜孜的，姜老頭兒那句求人幫忙讓我爸認定他是遇見真正的高人了。

這些都還不算，接著我爸又跑去了河邊，總之為了明天他是要傾盡全力了。

到傍晚的時候，我爸弄回來兩條新鮮的河魚，接著又要出去。

「老陳，你飯都沒吃，這又要往哪兒趕？」我媽接過河魚，直接扔進了水缸子裡，看我爸又要出去，不禁疑惑地問到。

「去弄點黃鱔，妳知道我那爆炒黃鱔的手藝可是極好的，一定要讓姜老……姜師傅吃得滿意。」我爸彷彿處於一個極亢奮的狀態。

「這大冬天的，又不是夏天，你哪裡去弄黃鱔啊？」我媽簡直哭笑不得。

「誰說冬天弄不到，冬天牠就藏在淤泥底下睡覺，藏得深而已，妳放心，我弄得到。」我爸充滿了信心。

第六章　百鬼纏身童子命

我媽也不攔著了，畢竟雞和蛇都是別人提供的，咋說自家也要拿出足夠的誠意來，弄點黃鱔就弄點黃鱔吧。

這一天，一直到半夜，我爸才竄了回來，一身的淤泥，他還真弄到了二十幾條黃鱔。

我媽心疼我爸，趕緊打了熱水給我爸擦洗，我爸還在抱怨：「要趕在夏天，弄到這時候，我要弄好幾斤的黃鱔！讓姜師傅吃個痛快！」

「好了，好了，明天還要早起，你就別在那兒興奮了。」我媽嗔怪到，也不知道我爸咋那麼興奮。

她哪裡瞭解一個男人所背負的壓力，這些日子我爸一直抱著希望在為我治病，可他心裡苦啊，就像一只壓了一塊沉重的石頭一般，這一次姜老頭兒的出現，讓我爸有一種壓力被釋放出來的快感。

一切，都為了明天準備著。

第二天中午十一點半多一點兒的樣子，姜老頭如約而至。

還是那副不修邊幅的樣子，給人感覺還是那樣的散漫，他背著雙手，一副我很熟的樣子進了我家家門，迎接他的是我熱情的爸媽，和一大桌子菜，另外還有我那兩個望著桌子直嚥口水的姐姐。

姜老頭進屋後，並沒看那一桌子菜，而是繞著我家各個房間走了一圈，看那樣子就跟參觀一般的閒散，我爸媽哪兒敢怠慢，緊緊在他屁股後頭跟著。

走完一圈後，姜老頭搖搖腦袋，莫名其妙說了句：「挺普通的，不是很有錢。」

我爸媽聽完後差點摔倒，這姜老頭是啥意思？莫非是來我家參觀來了？

姜老頭也不多解釋，那時他又如何跟我爸媽解釋，我家的格局沒有任何問題呢？打一句幌子過了就算了。

「走，吃飯。」看完這個，姜老頭就直奔飯桌去了。

他老實不客氣地在上首坐下了，再一看桌子上擺的菜，就忍不住吞了兩口口水。

擺正中的就是那道野雞燉蛇，加入雪白鮮脆的冬筍，湯頭火候又正好，那裊裊升騰的香氣，連神仙聞了都忍不住。

旁邊同樣擺著幾個大瓷碗，一碗是油光剔透的老臘肉，一碗是回鍋肉，再一碗是爆炒黃鱔，旁邊還有一個缽子，缽子裡裝得是熱騰騰，香辣辣的豆瓣魚。

這是正宗的四川農家菜，農家做法，要多新鮮有多新鮮，看那幾個辣菜，光是紅彤彤的二荊條，配上綠油油的蔥花兒，就已經讓人食指大動了。

為了怕姜老頭膩著，我媽還特地涼拌了個蘿蔔絲兒，弄了一碟子泡菜。

我爸也不囉嗦，上好的米酒也呈了上來，這還是找村子裡最會弄米酒的人家拿東西換來的。

姜老頭不客氣啊，待我爸給他倒上酒以後，抓起筷子就開始大吃，這菜還沒完全嚥下去呢，又「哧溜」一口酒，吃得那是一個風捲殘雲，不過也辣得直吐舌頭。

我爸看出點兒端倪，直接就問：「姜師傅不是四川人？」要四川人，這辣度固然是辣，還不至於吐舌頭。

姜老頭兒不答話，還是忙著吃。

我爸尷尬一笑，也不繼續追問，姜老頭不願答的問題，一般都是迴避，這點兒我爸知道。可是在飯桌上，無論我爸媽怎樣想辦法想說點兒啥，姜老頭兒都是不答，就是吃，就是喝。

將近一個小時以後，姜老頭總算酒足飯飽，把筷子一擱，杯子一放，直接用袖子抹了一把嘴，這次不待我爸媽說啥，他直接說道：「把你們兒子抱過來我看看。」

神仙，真神仙，我爸媽簡直驚喜非常，二話不說，我媽就牽著兩個姐姐出去了，我爸直接就去抱我了。

但其實哪兒有我爸媽想的那麼神奇？過了一些年，我師傅就告訴我，他的卜相之術遠遠不如一個人，在山上遇見我爸，是真真的撞了緣，而他的那點面相之術，雖然不算他的看家本事，但還是能一眼看出我爸定是有所求。

至於在吃飯的時候，我師傅細看了我爸媽的面相，心裡就有譜是子女不順，而我兩個姐姐就在飯桌上，我師傅細看之下沒任何問題，那麼唯一的問題就出在我身上。

村子裡就那麼些戶人家，我師傅常年在這裡晃蕩，誰家生了個孩子，還是知道的，況且剛才轉屋子的時候，也看見放大床上的我了。

這就是全部的經過。

但是命運就是這樣，我師傅當年卜出了他在哪個地方會有徒弟緣，加上一些特殊的和歷史原因，他特地到了這一帶，一待就是好幾年，卻不刻意尋找，道家講究自然，若真是自己徒弟，撞緣也會撞上，命裡有的跑不掉。

不到一分鐘，我爸就把我抱到了姜老頭兒跟前，他細細的打量著我，眉頭微微皺起，還輕輕咦了一聲。

不待我師傅說話，我爸就心裡急，趕緊把我翻了一圈，指著我後腦勺那個胎記說道：「姜師傅，你看這個有問題嗎？」

說完，我爸又神祕兮兮地補充了一句：「聽說，這是被那東西盯上的印記。」

我爸這句話彷彿讓姜老頭兒回過了神，他喝了一聲：「胡扯，把孩子的生辰八字說給我聽！」

「是，是……」我爸趕緊的把我的生辰八字說了。

姜老頭兒站起來，背著走，開始來回走動，嘴裡念念有詞，盡是我爸聽不懂的：「六七年，天河水……日支……這時辰，嘖……會那趕巧？」

說到最後，姜老頭兒竟然說起了一口京片子，可見入神之深。

「不不……那只是表面的看法……」說到最後，姜老頭兒又叫我爸把我給抱過來，他細細地看起我的面相，尤其注意眉毛和鼻樑。

末了，他不放心，抓起我的手看了一番，最後再細細摸了一遍我的小胳膊，小腿兒。

這番功夫做完，他挪不開眼睛了，細細地盯了我一會兒，然後才嚴肅地對我爸說道：「這孩子是真童子命，還是道童子！註定他沒多大父母緣，你們可受得了？」

「你說啥，意思是我兒子要死？」我爸不懂什麼命，什麼命的，他一聽沒多大父母緣，就慌得很。

「不，有我在，他不會的……有些事情待會兒再給你們細說，現在我要問你一個問題，你仔細想想再回答我。」姜老頭兒嚴肅地說到。

「啥問題，姜師傅儘管問。」我爸聽見有他在，我不會沒命的，放心了許多，面對姜老頭兒的問題也有心回答了。

「你兒子出生的時候可是十二點整？」

「這個？這個要咋算？」我爸有些不明白，這具體咋才能算出生，露頭出來？整個身子出來等等等等……要定點兒就頗有些不可細說的味道了。

「胎兒落地之時，就是整個身體脫離母體之時。」我師傅非常嚴肅，說話也開始文謅謅的了。

「姜師傅，這個我就真不知道了，掐不準是不是整點兒，這個很重要嗎？」我爸小心翼翼地問到。

姜老頭兒早料到也是這樣，擺擺手，並不理會我父親，而是背著雙手在屋裡來回地走動了起來。

所謂推算一樣東西，有時也不一定要卜卦，就跟求解數學題一樣，有時有了必要的條件就可以解題，就是說不是每道題都會用到數學公式一樣。

我的情況已經給了姜老頭兒充分且滿足的條件，沉吟了半晌，他說道：「我推算出來了，你兒子是踩著正點兒出生的，這問題就出在他是童子命，且是正點兒出生的原因上。」

「中午十二點？姜師傅，那可是青天白日，一天中最敞亮的時間，咋會被那東西纏上？」我父親的思想簡單，他覺得按照民間的說法，這時候絕對是最陽的時間，咋可能惹那些東西。

姜老頭也不言語，出了門，在院子裡隨便撿了一根樹枝，畫了起來，正巧我媽也把我兩個姐姐哄去玩了，剛看到了這一幕。

我爸和我媽以為姜老頭兒會畫個啥高深的陣法，結果姜老頭兒三、兩下就畫好了，原來是個太極圖。

「姜師傅，這是？」我爸問到。

「正午是最敞亮的時候？誰告訴你的，正午是陰氣最重的時刻！最陽的時候，偏偏是天亮前最黑暗的時候，那公雞第一聲打啼兒的時候。」姜老頭兒平靜地說到。

「為啥啊？」我媽也想不通這個理兒，大中午偏偏還成陰氣最重的時刻了。

「具體的說了你們也不懂，我簡單的說一下吧，看這圖，這兩條陰陽魚……」姜老頭而指著那太極圖陰陽魚交匯的地方說到，交匯的地方恰恰就是二個最尖的點兒。

「我要跟你們說的不是啥陰陽交合之類的事兒，而是盛極必衰的理兒，任何事情到了極致，就會朝著另外一個方向走，陰陽魚也蘊含了這個意思，十二點是個一個極致，也就是一天白日裡盛陽陡然轉陰的時候，你說陰不陰？連一個過程都沒有，就這樣轉了，踩著這個轉點的人，就等於踩著了最陰的時候。」姜老頭兒儘量淺顯地解釋，他的說法簡直令人驚奇，至少我爸我媽是沒聽過這種說法的。

姜老頭兒也不強求他們相信，把樹枝一扔拍拍手說道：「誰說夜晚才鬧鬼，大中午的一樣容易鬧上，特別是那時間段兒是它們白天唯一可以活動的時間，它們生前都是人，當然喜歡白天一點兒。」

姜老頭兒的一席話，說的我爸媽心裡涼颼颼的，我媽也想起了她中午午睡的時候挺容易被迷住的，原來是這麼一個理兒。

第七章　百年虎爪

「那我兒子到底是啥問題啊？」我爸知道了我出生的時刻極陰，但他相信那麼大的中國一定還有其他人是這個時候出生的，咋就自己的兒子百鬼纏身呢？

「巧就巧在你兒子是童子命，又踩在這個點兒上出生，童子命的魂魄極為強大，有時甚至會出現重八字的現象，那就是身體裡的童子魂，和投生的本魂沒完全融合，形成了雙魂的特殊現象，所以就有重八字，也就是兩個八字！簡單的說，魂魄屬陰，那麼肉體必定屬陽，魂魄太過強大，整個人就是陰盛而陽衰。屬陰並不是啥壞事兒，至少靈覺非常強，你兒子腦後的胎記就是靈覺已經強大到形成眼的現象了，而且魂魄強大，極易感悟天地！」姜老頭細細地解釋著，我爸媽聽得似懂非懂。

就算這樣，我爸媽也明白了一點兒，那就是兒子命陰，還踩著個陰時出生，那還了得？

「那我兒子……」我媽很是著急。

「陽體弱，身子自然虛，童子命本就劫數多，一般是難以養活的，不過也不是無法可解。另外，妳兒子把附近所有的孤魂野鬼都招來的，先是童子命的人本就容易招惹這些，加上他出生的這個時候。小孩子魂魄不穩，加上是童子命，陰盛陽衰，就如天包地，陽關陰一般，妳兒子的身體極不易關住他的魂，那些孤魂野鬼個個都想取而代之，能得人身，強過孤魂野鬼四處無著落的境遇百倍！」我師傅三言兩語把所有問題說清楚了。

「那姜師傅，你說能救我兒子，現在就救？」我爸非常著急。

「不忙，你兒子的情況要做場法事來解，可驅除鬼怪，我現在食了葷酒，不宜作法，今晚我現在你家住下，明早我上山去拿點兒東西，然後再做法事。這個你拿去給你兒子先戴著，情況會緩解一些。」說完，我師傅從懷裡摸出一件物事兒，遞給了我爸爸。

我爸接過一看，那是東西足有三寸長，油黃色，溫潤可人，而且爪尖尖銳無比，而另一頭是用黃色的金屬包著，上面還有紋飾，黃色的金屬上有一個小洞，一根紅色的繩子從中間穿過。

「姜師傅，這是啥？」我爸實在是認不出這件物事兒。

「虎爪！五十年以上，老成精的老虎的虎爪。給你兒子戴上就是。」姜老頭兒輕描淡寫的說到，彷彿這件物事兒在他眼裡不值一提。

我父母是農民，也根本明白不了虎爪有多麼的珍貴，何況是這樣的虎爪。

只有我媽眼尖，一眼看見了那黃色的金屬，猶豫著開口說道：「姜師傅，這包著的東西是黃金吧？」

「嘿嘿。」姜老頭兒不願多說，笑過之後就只說了一句：「這是我該盡的力，我和妳兒子的緣分長著呢，先給他戴上吧。」

說的我爸媽那是一個莫名其妙，卻也不好多問。

民間只知狗辟邪，邪物最怕狗牙不過，說是狗牙能咬到魂魄，其實和狗比起來，貓才更為辟邪，只不過因為貓性子慵懶，心思冷漠，不願多管而已。

總的說來，邪物對狗只是忌憚，對貓才是真正的懼怕，尤其怕牠的爪子。

而虎是大貓，正對四象裡的白虎，那爪子才是真正最好的辟邪之物！虎的壽命不長，老成精，五十年以上的大貓，更是稀罕之極，也是我師傅才拿得出手，一般的道士哪裡去尋這種物事兒。

我爸拿過虎爪直接給我戴上了，說來也是奇怪，我的呼吸霎時就平穩了起來，哼哼兩聲也沒有了平日裡那種被掐著脖子的感覺了，真的是有奇效！

我父母對姜老頭兒更是信服了，真正是畢恭畢敬的伺候，可姜老頭這次不接受我爸媽這種態度了，只是說道：「你們平常對我就是了，我們以後都算是有淵源的人了，這態度不合適，否則我就走了。」

這姜老頭兒說話越來越奇怪，也不解釋為啥，我爸媽那是一個雲裡霧裡，可也不好多問。但是他們真的怕姜老頭轉身就走，態度只能強裝著自然。

姜老頭兒在我家裡住下了，但他對其他的不感興趣，晚飯更是只吃了點素菜，不似平日裡那老饕的樣子，而其他時候，他就喜歡抱著我，細細打量，時不時「嘿嘿」傻笑一下，看得我爸媽心驚膽顫。直到臨睡之際，姜老頭兒才冷哼了一聲：「還是聚而不散，真正是給臉不要臉，明天全給鎮了。」

第二日一大早，我父母就醒來了，可一覺醒來，卻發現姜老頭兒不在了，他昨天說過要到山上去拿點兒東西，想是去山上了，但誰也不知道他多早走的，只是覺得從出生以來就一直睡得不甚安穩的我，昨夜竟然一點兒沒鬧，直到他們醒來時，我都睡得香甜無比。

我爸媽心裡高興，更不會認為姜老頭兒是自己跑了，我媽昨天細細看過我那虎爪墜子，認定了那東西是黃金給包著的，我媽的嫁妝裡最珍貴的就是我奶奶給她的一個黃金戒指，所以黃金她是認得的。

既然黃金那麼貴重的東西都隨手給了我，而且給的東西還那麼有效，他怎麼會跑？

果然，天剛大亮，姜老頭就來到了我家，身上和往常不一樣，他背了一個布包，還提著一個桶子，桶子裡竟然裝著水。

放下東西之後，姜老頭兒就對我媽說道：「燒水，我要沐浴更衣。」

「沐浴更衣？」我媽一時反應不過來。

「就是洗澡換衣服。」姜老頭隨口說到。

應姜老頭兒的要求，我媽整整燒了一個小時左右的熱水，因為姜老頭要求我媽準備三個盛水的物事，其中一盆他要用來擦洗身體，其中一盆是給我沐浴之用，最後是我家洗澡用的大桶，姜老頭兒要用來沐浴。

這可夠繁複的，我媽簡直不能想像姜老頭洗個澡那麼多規矩，而且在我媽燒水之時，姜老頭一直就在神神祕祕的熬煮著什麼東西。

而熬東西的水，就是姜老頭自己提來的水，我爸問他：「姜師傅，那是什麼水啊？不能用我家的水？」

「不能，這是無根之水，不占地氣兒，熬香湯的水是要特殊之水的。」姜老頭兒還是那風格，不解釋，直接就答了。

姜老頭兒熬了二小鍋水，在熬製的過程中，加入了不少零碎的東西，而且整個過程中不離灶台，時時在調整著火候。

等我媽把姜老頭兒要求的水兌好之後，姜老頭指著他熬製的其中一缽水說道：「這缽主料是白芷，妳兌入盆裡，這是給三小子用的。」

「這盆的主料是桃皮，是我用的，兌入那個大木桶就行了。」

我媽按照姜老頭兒說的做了，然後疑惑地問道：「姜師傅，那麼小的孩子泡水裡合適嗎？」

「妳抱著他，全身都用這種水泡到，可以泡一段兒休息一段兒再泡，注意添些熱水就行，對妳三小子，我絕對不會不盡心，這香湯我輕易是不會熬製的，因為太費功夫，而白芷香湯辟邪，去三屍，是再好不過，妳照做就可以了。」一提到我，姜老頭兒的解釋就多了起來。

而他自己用的桃皮香湯，其中的主料是桃樹去掉栓皮後的樹皮製成的，最是醒腦提神，這是為了等下他要做的事兒做準備。

香湯不易熬製，配料火候無一不是有著嚴格的要求，水也必須配套的特殊之水，外加還需要澡豆，和配合的蜜湯。姜老頭兒確實是為我費了大功夫。

也是因為重視這件事，甚至自己都會親自泡香湯，以求萬無一失。

第八章　驅百鬼

姜老頭兒這次沐浴整整用了二個小時，細細的擦洗不說，還特地刮了鬍子，整理了頭髮，還泡湯泡了一個小時。

最後，姜老頭兒整理完畢以後，竟然穿上了一身道袍，而整個人的氣質已經迥然不同，哪裡還有一絲猥褻老頭兒的樣子？不知道的人仔細一看，還以為是一個正值中年的道士，而且給人一種信服的感覺，會覺得這個人肚裡頗有乾坤。

「把桌子搬到院子裡，我要上香作法！」站在院中，姜老頭兒朗聲說到。

姜老頭兒吩咐下來了，我爸媽哪兒敢怠慢？兩人急急忙忙把堂屋正中的方桌給抬了出來，因為趕急，兩人步調不一致，還差點摔了跟斗，看見其心之切。

當桌子擺放好以後，姜老頭兒拿過他帶來的布包，從裡面扯出一張黃布，雙肩一抖就整齊地給鋪在桌上了，看得我爸忍不住喊了一句：「好功夫哦。」

姜老頭兒卻絲毫不在意，只是扭頭對我爸說道：「等下我作法之時，你不要大呼小叫的，作法講究心神受一，你一喊，我破了功，那就換你來做這場法事。」

我爸哪懂什麼做法事？被姜老頭兒這番玩笑般的「威脅」以後，連忙閉了嘴。

姜老頭吩咐我媽把昨天叫她準備的東西去拿來之後，就從包裡又掏出了一個精巧的小爐子、一疊金紙、名香，按照特地的方式擺好了。

接著他掏出了一些紙剪的小物事兒，就是些兵將甲馬之類的，也按照特定的方位擺好。這時我媽用托盤端了一碟子中心點了紅點兒的饅頭，一碟子水果（也只有青柑橘），另外還有一杯茶也給姜老頭兒送來了。

姜老頭兒一一放好，最後接過我爸遞過的一缽清水，一個簡單的法壇就算做好。其實我師傅本人是很不喜歡設法壇的一個人，常常是能簡就簡，這就是私人傳承與名門大派的區別，在很多細節上隨意了一點兒。

至於那些兵將馬甲雖然他也祭煉過，但他之所長不在這裡，所以很少用到。擺法壇於我師傅最主要的目的，是對道家始祖的一種尊敬之意，作法之前祭拜是必須虔誠的。另外，就是要在掐手訣之前上表。

法壇布置好以後，我師傅拿出了九枝香，點燃之後，畢恭畢敬的拜了三拜，然後把香插入了香壇。

接著，他在院子裡慢慢踱步，終於選定了一個點兒，挖了一個小坑，挖好小坑之後，我師傅從布包裡拿出一把黑白石子。

這些石子並無出奇之處，就是仔細一看，打磨的十分光滑，上面還有一層經常用手摩挲才能產生的老光。

手裡拿著石子，我師傅四處走動，偶爾走到一地兒，就扔下一顆石子兒，院子裡，房間裡，他都走過了，最後停在院門前，連接扔下了幾顆石子兒。

做完這些，我師傅走回剛才挖的那小坑面前，拿出一個銅錢，想了想，放了回去。接著又拿出一塊雕刻粗糙的玉，思考了一陣。

最終，我師傅歎息一聲，把那塊玉放進了小坑。

我媽看見這神奇的一幕，不禁非常小聲的問我爸：「你說姜師傅這是在幹啥呢？」

我爸恰好小時候在別人家看見一個老道做過類似的事情，也非常小聲的回答我媽：「小時候，我聽村子的老人講，這是在布陣。」

其實我爸也不是太有把握，畢竟小時候見過那老道天知道有沒有真本事，但這次還真被他給矇對了，我師傅就是在布陣，布了一個鎖魂陣。

銅錢和玉，都是我師傅精心溫養的法器之一，最終選擇玉，是因為用玉當陣眼，相對溫和一些，銅錢本身就是對鬼怪靈體殺傷極大之物，原因只是因為在人們的手裡輾轉流傳了太多，沾得陽氣太重！

道家一般勸鬼，驅鬼，鎮鬼，但就是不會輕易滅鬼，畢竟魂飛魄散是天地間最淒慘的事兒，若是把一個人直接用歹毒的方式弄到魂飛魄散，是最大的殺孽。

上天有好生之德，我師傅在陣眼上不想太違天和，因為這法陣的原本之意也只是為了鎖住這院子裡的孤魂野鬼，不讓它們跑掉而已。

布好陣眼以後，姜老頭兒開始閉目養神，整個人站在那裡的感覺竟有點模糊不清的樣子，這就是斂氣寧心，收了自己的氣場，給人的感覺也就是這樣。

只是一小會兒，姜老頭兒就睜開了眼睛，而在他睜眼的一瞬，整個人的氣勢陡然爆發開來，然後以我父母眼花繚亂，根本看不清楚的速度雙手結了一個手印。

那手印在我父母看來十分複雜，用他們的話來形容，那就是根本看不清楚哪根手指是哪根手指，盤根錯節在一起，結成了一個奇怪的圖形。

而在手印結成之時，父母發現姜老頭兒的嘴巴開始念念有詞，語速之快，而且是極不規則的短語，同時姜老頭兒的眼神十分的凝聚，一看就知道在全身心的投入心中所想的事情。

最後姜老頭兒大喊了一陣：「結陣。」

頓時，我爸媽就感覺姜老頭兒所在的陣眼，有什麼東西落下了一樣，那感覺非常的不真實，接著整個屋子就給人一種玄而又玄的自成一方天地的感覺。

布陣必須請陣帥壓陣，這才是關鍵中關鍵，請陣帥必須配合道家的功法，行咒、掐訣、存思同時進行，能不能成功，則取決於布陣者的功力了。

所謂行咒就是道家特有的咒語，分為「祝」和「咒」，「祝」加持於自身，而「咒」多用於行功之時，這特有的口訣是不以文本記載的，而是口口相傳，加以傳授之人的領悟和講解，最是神祕不過。

至於掐訣，就是姜老頭兒剛才結的手印，也是一種繁複的功夫，平常人把手指頭弄骨折了，都不一定能結成，就算勉強做到了，也只具其形，不具有這手印中獨特的神韻。

存思簡單的來說，就是集中精神力，凝聚於腦中所想，剛才姜老頭是在請陣帥，不同法陣坐鎮的鎮帥並不相同，姜老頭兒在請特有陣帥的那一刻，腦中所想，全部的精神力必須全部繫於這位陣帥身上，這其實就是意念的應用。

無意中，姜老頭兒就在我父母面前展示了真正的道家絕學，玄學山字脈中的祕術！

結成法陣後，姜老頭兒收了勢，看他的精神竟無一絲疲累的樣子，雙眼神采奕奕且神色平靜，彷彿這鎖魂陣只是小兒科而已。

問我媽討了一口茶水徐徐嚥下之後，姜老頭走到了法壇面前，從包裡拿出一枝符筆，一盒朱砂，一疊黃色的符紙，卻不見有任何動作。

但此時在屋內的我卻又開始哭鬧，姜老頭兒輕咦了一聲，轉身朝著我哭鬧的方向，手掐一個訣，輕點眉心，緩緩的閉上了眼睛，好半天才重新睜開來。

這一次，姜老頭的神色才稍許顯出了一些疲色，嘴中只是說道：「竟然還有一隻如此凶厲之物？昨日沒開天眼，竟然沒有注意到它。見我結陣，還要瘋狂反撲？」

姜老頭兒這一陣念叨就是平常聲音，當然被我那站在一旁的父母聽了去，剛開始輕鬆一些的心情竟又緊張起來。

可姜老頭兒卻並不緊張，走到法壇前，直接把那疊黃色符紙收回了他的包裡，這一次他拿出了幾張藍色的符紙，神色間才有了幾分鎮重。

待到剛才那絲疲憊恢復後，姜老頭才問我媽討了一個小碟，細細地調兌起朱砂。

朱砂調好以後，姜老頭兒雙手背負於身後，再次閉目，嘴中念念有詞。

這一次他念的只是一般的寧神清心口訣，並不是什麼了不得的東西，可畫符之前，是最講究心如止水，一氣呵成，在這之前，絕對要把心境調整到最恬淡的境界。

一切準備工作做好，姜老頭兒提起已經飽蘸朱砂的符筆，深吸了一口氣兒，然後果斷落筆，那口氣竟然含而不吐，一直到符籙完成，姜老頭兒才徐徐的吐出了那口氣兒。

寫符籙為免分神，一般都是念心咒，一口氣含而不吐，講究的就是那一氣呵成的功夫，在這過程中，念力由符筆傳於符紙上，在最後收筆之時，用特殊的結煞或落神口訣，賦予一張符籙「生機」，或者理解為啟動符籙。

畫符是姜老頭兒的長項，雖是藍色符籙卻也不顯太過吃力，符籙畫好之後，姜老頭兒擱下符筆，卻是不去動那張符，只是等它放在桌上靜靜風乾。

休息了一小會兒，姜老頭兒指著院子的西北角，開口對我父母說道：「你們站那個位置去，免得等下受了衝撞。」

我爸媽一聽，就趕緊走了過去，誰吃飽了沒事兒，才去和那東西衝撞。

其實布陣、畫符都是準備工作，這一次才是姜老頭兒真正開始動手驅邪的開始。

他焚了三炷香，高舉過頂，又一次口中念念有詞，念完之後他神色恭敬的用一種特殊的手法把香插於香爐之中，而在這同時，他雙腳一跺，全身一震，眼神忽然變得比剛才更加神采奕奕，而整個人的氣勢更加強大，甚至有了一絲特殊壓迫力在其中。

接著，姜老頭兒還是以那個熟悉的手勢輕點眉心，並閉上了雙目，可顯然比剛才輕鬆很多，隨著他大喝一聲：「開。」之後，眉心處竟然有一絲不易察覺的紅光一閃而過。

可姜老頭兒卻還是沒有睜開眼睛，而是立於院中，口中繼續行咒，最後做了一個奇怪的手勢，分別點了全身三個地方，而這之後他整個人竟然讓人感覺所有外放的氣勢、氣場全部沒有了。

最後，姜老頭兒開始邁動一種特殊的步伐，配合著行咒，緩緩走動，只是走動的位置飄忽而雜亂，當最後一步落下時，他的雙腳以一個奇怪的角度站定，再也不動。

上表請神。

開眼觀勢。

封身定魂。

封七星腳定神。

在開始用真正的手訣之前，姜老頭兒把這些施展手訣的必要功夫如行雲流水般的完成，如果不是這樣，妄動手訣的話，是一件極其危險的事情。

接下來，姜老頭兒雙手舉於離胸口三寸之處，開始掐動第一個手訣，依然是繁複得讓人看不清楚，也依然配合著口中的咒語，只是這一次的手訣成形之後，竟讓人感覺有一種說不出的神韻。

交纏的十指間，其中一指高高豎起，其餘手指呈眾星環繞之狀，有一種聚的感覺。

果不其然，隨著姜老頭兒最後一個音節的落下，院內竟然吹起了陣陣旋風，全部朝著姜老頭兒所站之處匯去。

看著旋風吹起，全部朝著姜老頭兒彙聚而來，我媽擔心的捏起了衣角，她在周寡婦家看見過這些孤魂野鬼來領錢紙的樣子，就是平地起風，而且是打著旋兒。

平常人尚且怕衝撞，姜老頭兒就算藝高膽大，也不能這樣吧？足足二十幾道旋風啊！

可我媽擔心的情況並沒有出現，姜老頭兒連眼睛都沒有睜開，而是雙臂向前平推，而雙手在這個時候竟然快速地又結了一個手訣，於此同時，他開始邁動步子，步法與剛才又有些許不同，只覺得大開大合，又似在舞蹈一般，同樣的只是腳步散亂，不知道是按照啥規律走的。

奇異的事情發生了，隨著姜老頭兒的下一個手訣成形，那一陣陣的旋風忽然就沒有了，那感覺就像被定住了一樣，此時我爸才看清楚姜老頭兒結的那個手訣，同樣是由於指頭的位置奇特，根本分不清楚哪根手指是哪根手指，唯一能看清楚的就是一掌在前，大拇指與小指掐在了一起。

姜老頭兒腳步不停，在院中繼續以奇異的步伐飄忽行走，接下來更加奇異的事情發生了，姜老頭的手訣所指之處，竟然又出現了一道一道的旋風，這一次這些旋風全部朝著那法壇吹去。

法壇離我爸媽的位置不遠，見旋風吹來，連我爸都嚇得臉色煞白，可是在這種對於普通人太過神奇的事面前，我爸媽又怎麼敢自作主張，只能站在原地不動，連聲兒都不敢出，就怕驚擾了姜老頭兒。

但很快我爸媽就不擔心了，同時也更為驚奇，那些旋風竟然吹不過法壇，明明是見著法壇朝著朝著旋風那面的黃布都被吹起，卻就是吹不到另一面來，以至於整個法壇出現了一種奇異的現象，一邊的黃布被風吹得飛揚不止，另一面的黃布卻紋絲不動。

姜老頭兒的手訣不停地指向各處，旋風亦不停的吹起，全部湧向法壇，過了好一陣才平息下來。

這時，我爸媽同時鬆了口氣兒，他們再不懂也看得出來，姜老頭兒的法事應該做完了，他們剛準備邁步走出去，卻聽見姜老頭兒的聲音如炸雷一般的在院中響起。

「冥頑不靈，當真要我將你魂飛魄散嗎？」

這一聲吼威勢十足，我媽甚至被驚起了一背的雞皮疙瘩，就感覺心中的什麼東西都受了驚嚇一般，我爸同樣也是。

他們不知道，姜老頭兒這一吼，含了他的功力，和「鎮」的法門，對陰魂一類有一種天生的壓迫，就算是普通人的生魂一樣會有感覺。

姜老頭兒這一吼之下，院中竟不見動靜，姜老頭兒閉著眼睛，似乎動怒，連連冷笑，忽然雙手就舉過頭頂，整個人如同標槍一般的挺直，而口中更是連連行咒。

當咒停訣成之時，看見姜老頭兒手訣的我爸都被那手訣的威勢駭住了，那手訣說不出來是什麼樣子，但只覺得二根豎立並稍稍併攏的手指，有一種沉重大刀的感覺，讓人必須得避其鋒芒。

「你可要我斬下？」姜老頭兒的聲音如滾滾天雷般在這院中迴盪，而整個人的氣勢更是凝聚到了極限，就如戰場上的猛將即將一刀劈向敵人。

隨著姜老頭兒的這聲質問，忽然院中就起了一道空前的旋風，這一次也朝著法壇吹去，到法壇的時候，甚至吹得法壇上的擺放的清水都溢出來了一些，但終究還是過不了法壇這一關，漸漸的就停止了。

姜老頭兒緩緩地收了訣，再慢慢睜開雙眼，神色竟是疲勞至極，但也不忘點頭示意我爸媽可以走動了。

我媽看這情況，連忙進屋端了杯茶水遞給姜老頭兒，見姜老頭兒接過喝了，她又忙著進屋去端凳子，順便望了一眼在屋內的我，竟然安穩地睡了，而且神情比往日裡看起來都要平靜輕鬆很多，我媽搖搖頭，也不知道是不是自己的錯覺。

而我爸則走到正在法壇前收拾東西的姜老頭兒面前，神色非常崇拜的問道：「姜師傅，那些東西已經被你給滅啦？」

姜老頭兒隨手抓起法壇上的那張藍色符籙，遞到我爸面前，說道：「全在裡面鎮著呢？你要不要，我送您？」

我爸嚇得往後一跳，連連擺手：「不了，不了，還是姜師傅你留著吧，我拿這東西可沒辦法。」

我媽把凳子端出來了，姜老頭兒往上一坐，休息了一會兒，然後才說道：「我這次是送三小子一些功德，算是我刻意為他積福，所以還要一個朋友來幫幫忙，順道解決一下周寡婦的事情。所以，我要出去些日子，時間不會太長。三小子現在已經無礙，記得好好給他補補身子。」

我爸媽連連點頭，我媽還問了句：「姜師傅，今天晚上還是在這宵夜吧，還是吃素！」

姜老頭兒一聽，一下就蹦了起來，憤怒地大聲說道：「吃個屁的素，老子累死累活的，就等著晚飯吃肉喝酒呢！」

當天晚上，姜老頭兒吃了晚飯就回山上去了，臨走前說了一句：「明天我就出發，等到此事了了，我要和你們說說三小子的事兒。」

姜老頭兒走後的第二天，我媽就去了一次周寡婦的家裡，把姜老頭兒的話告訴了周寡婦，周寡婦一聽姜老頭兒肯幫忙，自然是歡喜不已。

只是她的情況真真是越來越糟糕了，整個人臉色蒼白，吃東西也吃不了多少，身子隨時都是冰涼涼的，看得我媽那是一陣唏噓。

但可喜的是，我的情況真是好了，用我爸的話來說就是快養不起了。

為啥？從姜老頭兒作法那天過後，我當天的食欲就大增，除了「咕咚咕咚」喝完了我爸給打的牛奶之後，還吃了一些米湯。

從此以後每天牛奶都是不夠吃的，必須吃些米湯才算完，我爸是有心讓我每天光喝牛奶的，可惜的是我家還沒那能力。

就算如此，我的身體也一天比一天好，以前不見長，可這七、八天下來，竟然長到了七斤多，臉色也紅潤，哭聲也有力，再不見以前那虛弱的樣子，活脫脫的就是一個壯小子。

我的毛病好了，我爸媽就覺得日子滋潤了起來，唯一還有些掛心的就是姜老頭兒臨走前曾說，要和他們說說我的事兒。

他們私下裡琢磨我還能有啥事兒啊？也曾經想過，這姜老頭兒怎麼無緣無故對自己兒子那麼好，又是送帶金的虎爪，又是做法事，還要送功德？

但只要是為了我好，我爸媽是不會介意的，說實在的，骨子裡的淳樸讓他們註定就不是愛算計的人。

日子一眨眼又過去了七、八天，算起來這姜老頭兒一走就是半個月還多些了，這些日子小村一如既往的平靜，除了偶爾召開村會議，傳達傳達上面的文件精神，都沒啥大事兒。

說起來，這個小村子就沒鬥過誰，也沒人去刻意揭發過誰，什麼武鬥啊之類的，對這村子裡的人來說，那是天方夜譚般的東西。

在這些裡唯一起變化的就是我的體重，又長了，長成了一個快九斤的真正的大胖小子了。

這一日裡，姜老頭兒回村了，背著個雙手，依然是一副在別人田裡地裡亂瞄，盯著大姑娘瞧的本色，唯一不同的是，這次在他身後跟了一個老頭兒。

這老頭兒穿一身深藍色的中山裝，但可不是啥領導才穿得起的那種筆挺的，毛料的中山裝，就是普通人穿那種。另外他還戴了頂同色的帽子，也就是那種老頭兒常戴的，前面有帽檐的帽子。

天兒冷啊，虧那老頭兒受得住，連姜老頭外頭都套了件髒兮兮的襖子走在前面，不過和姜老頭兒比起來，那老頭全身上下可是乾淨得不得了。

兩人走在一起，就跟要飯的和退休幹部一般的差別明顯，當然，姜老頭兒肯定是要飯的那一個。

村子裡的人對姜老頭兒是熟悉的，見兩人這樣大剌剌的走在村裡的大道上，都會打聲招呼，順便也好奇一下：「姜老頭兒，好些日子不見了，連鬍子都刮了？你去看親戚了？這位是你親戚不？」

村裡裡淳樸是淳樸，可是淳樸並不影響他們的八卦之心，要知道山裡的日子基本是無聊的，東家西家的八卦就是他們最大的娛樂。

每當這種時候，姜老頭兒就會點頭說道：「嗯，對的，這是我侄兒。」

「那麼老個侄兒？」

「哦，我輩分高，我是他二舅。」

而每當這種時候，他身後那個老頭兒也會笑瞇瞇的站出來，用一口陝西普通話親切的說道：「額才四他二舅咧，這娃次嗎二愣的（不機靈），連輩分都搞不明白。」

雖說是普通話，可那方言詞兒，常把問的人聽得一愣一愣的，不過大致還能明白一點兒，就是這老頭兒才是姜老頭兒的二舅，是姜老頭糊塗了，沒搞清楚輩分。

從形象上來說，那老頭兒親切和藹，還頗有一些知書達理的氣質，哪兒是跟盲流似的姜老頭兒能比的？一般這樣的對話發生後，人們都相信那老頭兒是姜老頭兒的二舅了。

接著，無論姜老頭在後面怎麼蹦躂，怎麼吼著他才是那老頭的二舅，都沒人聽了。

這樣的對話多發生了幾次，村裡一會兒就傳遍了，姜老頭兒的二舅來了！

在這樣的情況下，姜老頭兒踏進我家院子的時候，整個人氣呼呼的，嘟著個嘴，鼓著個腮幫子，直接就把我爸媽看愣了。

可他身後那老頭笑眯眯的，氣定神閑，還明顯的有一股子小得意。

「姜師傅，這位是？」知道姜老頭兒去找朋友幫忙了，我爸走上前去，還是小心翼翼的問到，也不敢去觸姜老頭兒的楣頭，要知道前些日子，姜老頭兒展現的功夫已經徹底的把我爸給鎮住了，多少對姜老頭兒有些崇拜。

「我侄兒。」

「額四他二舅。」

二個聲音同時回答到，這下不僅我爸，連我媽也愣住了，這是一個咋樣的零亂關係？兩個人都又是舅舅，又是侄兒的？

這下姜老頭兒不幹了，跳起來大罵道：「老禿驢，你一路上占老子便宜還沒夠？都說出家人不打誑語，咋就有你這種說謊成性的禿驢。老子要和你打一架。」

那老和尚也不甘示弱，張口就說：「你包社咧，你包社咧（你不要說了），包曉得是啊個先遭怪（不曉得是哪個先撒謊），說四額二舅（說是我二舅）。額又包四傻咧（我又不是傻子），額幹嘛讓你？」

姜老頭兒還好，至少他現在說的是四川話，我爸媽還聽得懂，那老和尚一開口，我爸媽頓時零亂了，這都啥跟啥啊？這姜老頭兒沒個正形兒，連他的朋友（從剛才的對話中，我爸媽已經聽出來他們兩個絕對不是什麼舅舅侄子的），還是個和尚，也是這個樣子？

那老頭兒一看我爸媽聽不懂陝西話，貌似自己很吃虧，馬上一口純正的普通話就出來了：「貧僧交友不慎，卻也不忍心見友墮落，路上他又犯口業，為他能及時回頭是岸，貧僧略施懲戒，是為他明白一因一果皆有報，他想當我二舅，就必須試試我當他二舅的滋味。」

我爸媽一聽之下哭笑不得，這和尚一開始還頗有高人風範，咋到最後又扯到二舅身上去了呢？

這時姜老頭兒已經蹦了過來，大吼道：「慧覺老禿驢，你就是仗著形象好點兒，老子和你拚了。」

眼看兩個老頭就要打起來了，我爸媽哪兒還能旁觀？立刻連拉帶勸的，好容易才勸開這兩個說話做事都感覺極不靠譜的老人。

當然，他們只是歷來都如此，跟歡喜冤家似的，不是真的動了氣，或是真的要動手。否則，憑我爸媽是絕對沒那本事拉開他們的。

兩老頭兒不吵了，都氣哼哼的進了堂屋，剛一坐下，姜老頭就給我媽說道：「大老遠的回來，直接就趕這兒來了，肚子餓了，給做點飯吧。」

我媽忙點頭答應了，還在琢磨弄點啥給他們吃呢，姜老頭立刻就補充說道：「也別太麻煩了，我這有酒有肉就行了，啥肉都可以的。這老頭兒，給他弄點兒素菜。」

那老頭兒一聽，立刻伸長了脖子說道：「雞蛋四要咧，雞蛋四要咧。」

和尚還興吃雞蛋？不光是我媽，連正在忙著倒茶的我爸也愣住了，姜老頭兒冷笑一聲，說道：「還真是新鮮，啥時候和尚能吃雞蛋了？」

「你懂個啥？除了再（咱們）國的和尚不吃肉，啊（哪個）國的和尚不吃點兒肉？知道啥叫『三淨肉』嗎？還有『五淨肉』咧，吃個雞蛋算啥？大不了額多念幾次經，消消業。」面對姜老頭兒的冷嘲熱諷，那叫慧覺的老頭兒是絕對不甘示弱的。

「先消了你的口業再說！」

「干你嘛事兒？（關你啥事兒）。」

眼看著兩人又要爭執起來了，我爸趕緊來勸著了，面對這活寶老頭兒還真是夠嗆，任他們鬧，怕是房子都要給拆了。

最後，我媽殺了隻雞，推了豆花，炒了幾個素菜，還特別煮了幾個雞蛋給兩老頭兒吃了，這倆老頭兒才算消停，估計是面對吃食比較滿意，懶得跟對方爭了。

吃完飯，這兩老頭坐堂屋裡喝茶，我爸媽陪著。姜老頭這才慢悠悠地說道：「上次收那些孤魂野鬼還在鎮魂符裡鎮著，這次請這老禿驢來，就是為了超渡這些孤魂野鬼的。」

「說起這渡人的本事兒，我們佛家說第二，是沒人敢說第一的。」一口純真的普通話又從慧覺老和尚的嘴裡冒出來了，只是那得意的神色咋也掩飾不住。

「說正事呢，你又要挑著吵架是不？」姜老頭兒脖子一梗，火氣兒立刻就上來了。

這兩老頭兒互相佩服，但是為啥一見面就得吵嘴，給對方找不自在呢？主要就是因為都想辯過對方，自己所學的道，所在的宗門才是最厲害，最強大的。

以為老和尚會爭執什麼，卻不想老和尚聽了姜老頭兒這話，卻出奇的安靜，念了一句佛號，不說話了。

姜老頭喝了一口茶，繼續說道：「渡了這些孤魂野鬼，也就算是三小子的一場功德。孤魂野鬼因他而被渡，說起來也可以讓他以後的命裡劫數消弭一些。」

原來如此，我爸媽聽的心裡又是感動，又是緊張，感動的是為了送自己兒子一場功德，這姜老頭兒不惜請高僧來超渡亡魂，因為姜老頭兒自己都那麼厲害，他請的和尚一定不是啥普通和尚。

緊張的是，聽見我以後還會有劫數。

第九章　超渡亡魂

「超渡這些孤魂野鬼比較費功夫，我看可以將你說那件人鬼又做了幾年夫妻的事兒先辦了。只不過，鬼魂可渡，人卻已經損了太多陽氣，怕是沒幾年可活了。阿彌陀佛。」那老和尚說到最後不禁念了一句佛號，不知道是在感歎世人情之一字誤人，還是感歎這周寡婦最後的結局。

一聽周寡婦沒幾年可活了，我媽的神色不禁有些黯然，望著姜老頭兒說道：「姜師傅，這周寡婦就沒法可救了嗎？」

「能有啥辦法？人鬼共處，人的陽氣傷鬼，鬼的陰氣傷人，日子久了，鬼會魂飛魄散，人也陽氣盡消，一命嗚呼。他們就是在逆天而行，不然為啥會說人鬼殊途呢？周寡婦當年自己選擇這條路，就是她的命！當日，我聽說她的事兒，還在琢磨著一個山野村婦咋會下茅之術，請鬼上身。更想著，該不會是更厲害的高人，還能真正的下陰，要知道下陰之人都是有神靈庇佑，不然魂魄離體入陰那一刻，衝上來的陰氣就會衝散了陽氣，一口陽氣吐了出來，人也就死了。你看下陰之人，下陰的時候打嗝，就是神靈在幫著壓住陽氣，讓陽氣不能離開人的身體。」說這麼多話，姜老頭兒也是極為口渴，喝了一口茶，繼續說到。

「所以，我道聽塗說周寡婦的一些事兒，不禁好奇，上門去看了看，一看就發現她不停的打嗝，那情況根本就是身體的陽氣被消耗得太甚，一口本命的陽氣是吐不出來，也嚥不下去，說白了，就是半條命在活著。再到她西廂房一看，她丈夫的鬼魂就住在那兒，也是一條極其虛弱的魂魄了，你說這兩人……唉……」姜老頭兒歎息了一聲，也說不下去了，其實要幫周寡婦多活些日子也不是沒有辦法，可惜的是做這事是有違天道，不報在她的下世，也會報在她的親人身上，僅僅只是為了多活些日子。想必這樣，周寡婦自己也是不願意的。

「所以，我去渡了她丈夫的魂，經我超渡，她丈夫的魂上帶著佛家的念力，也可保他走上陰間路時魂魄不散，說不定還能有輪迴的機緣。出家人慈悲為懷，也不忍世人太過淒慘，阿彌陀佛。」此時的慧覺老和尚臉上哪裡還有一絲剛才的無賴樣子，滿臉全是悲天憫人的慈悲相，這才像是一個得道高僧。

「好了，事不宜遲，我們這就去周寡婦的家，待得此事了了，再來超渡這些孤魂野鬼，和你們說一說三小子的事兒。」姜老頭兒的性格雷厲風行，說做就做，當即就起身，帶著慧覺老和尚出了院門，直奔周寡婦家。

我媽從心底憐憫周寡婦，趕緊跟了去，姜老頭兒和慧覺老和尚也沒反對，就任我媽這樣跟著。

這姜老頭兒在村裡原本也就是走西家，串東戶的，所以，他去誰家都不奇怪，村裡人也不好奇，指不定又看上誰家的吃的唄，只是我媽跟著，大家有點好奇，路上也有人問。

面對這樣的問題，我媽一般就會說：「給兒子補身子，家裡的蛋都吃完了，我去周家借點兒，聽說周二媳婦兒餵的老母雞可能生蛋了！這姜老頭兒帶著他家親戚正好在我家蹭了飯，聽到下蛋多的母雞，一定要去看看。」

我爸媽在村裡，那人品口碑可是極好的，再說歷來知道姜老頭兒的秉性，哪裡還會懷疑？

就這樣三人一路到了周寡婦的家，還是周二開的門，進到屋子，已經虛弱的躺在床上的周寡婦一見到姜老頭兒，也不知道哪裡來的力氣，一下子就從床上掙扎著起來了。

一邊嚷著「師傅救命」一邊就要給姜老頭兒跪下。

姜老頭兒一把扶住了周寡婦，嚴肅的說道：「救妳的命我做不到，倒是我身後這位還能救救妳丈夫。」

聽聞姜老頭兒說他身後那位看起來慈眉善目的老頭，能救自己丈夫，周寡婦立刻轉頭就想朝著慧覺老和尚拜去，怎料姜老頭兒一雙手的氣力大得驚人，周寡婦發現自己竟然動彈不得。

「渡妳丈夫也是一場功德，他不會受妳一拜的。倒是妳，因此能多活幾年，好好珍惜著吧。」姜老頭兒的語氣非常平靜，許是世間因果，生生死死看得太多，也早已看淡。

而慧覺和尚只是念了一聲佛號。

我媽也緊跟著勸解了周寡婦一陣，至於周家人從上次我家來求周寡婦之後，斷斷續續也知道了前因後果，聽得姜老頭兒說周寡婦時日無多了，全部都傷心了起來。

特別是被周二扶著的周老太爺，一聽這話，不禁悲從中來，老淚縱橫，一手拍著大腿，開罵了起來：「狗日的周大啊，你死了就死了嘛，你就安心地走嘛，你拖累你婆娘幹啥子哦……我可憐的媳婦兒啊……」

被周二媳婦兒扶著周老太太也是直抹眼淚。

說起來一家人對周寡婦的感情是極深的，且不說周大死後，這媳婦兒無怨無悔地為周家生下遺腹子，還待在周家盡心盡力地伺候老人，照顧孩子。困難的時候，她過陰所得豐富，油蛋米糧之類的，她都是拿來接濟周家的，那段兒困難的日子，是周寡婦撐起了這個家。

現在才曉得，她每一次過陰，都是讓周大上她的身，她就一個普通婦女，又不懂個法術，這每上一次身，就是傷她自己一次啊。

姜老頭兒不願看這人間悲慘，老和尚也只是閉目頻念佛號，歎息了一聲，姜老頭兒說了一句：「去西廂房吧，去渡了那周大。」

終究是要超渡自己的丈夫了，周寡婦一行清淚從眼眶一直流到了臉頰，執意要跟著去看，姜老頭兒望著慧覺，慧覺說道：「無妨。」

就這樣，我媽扶著周寡婦，姜老頭兒和慧覺走在前面，一行四人走進了西廂房，至於周家的一眾人則站在院裡看著，只是難掩面上的悲色。

進了西廂房，一如既往的陰冷，而被我媽扶著的周寡婦面色更加的蒼白，差點就站立不住，姜老頭兒輕歎了一聲，直接走到周寡婦的身後，直接在她背上或按或揉了幾下，然後又輕拍了幾下，這樣周寡婦才緩過了一口氣。

見我媽那驚奇的神色，姜老頭兒輕描淡寫的說道：「普通的導引推拿之法罷了。」

這姜老頭兒到底是有多少本事啊，還件件本事都有奇效。姜老頭兒是輕描淡寫，我媽可是感歎的不得了。

而慧覺老和尚在西廂房裡轉悠了一圈，直接就席地而坐了，他和姜老頭來這裡，一直就提著個黑色的手包，就是六十年代常見的那個樣式，半圓形的包，上面二個提把兒。

他坐下之後，把這手包拿了出來，拉開拉鍊，裡面就二串珠子，一本佛經。

拿出這些東西後，老和尚盤腿而坐，把佛經恭謹的擺在面前，然後掛上長的那串掛珠，雙手合十，念了一聲：「阿彌陀佛。」

這聲佛號的聲音不大，卻給人感覺似波浪連綿不絕，心頭莫名有了一種寧靜之感。

念完佛號以後，慧覺和尚拿起了念珠，單手行佛禮，開始聲聲不絕地念起經文。

聞聽那經文之聲，竟然給人一種從內而外的寧靜祥和之感，彷佛世間的一切煩惱恩怨都是微不足道的小事，不足道爾。

「呸，這老禿驢幾年不見，功力又見長了。」只有姜老頭兒啐了一口，其餘人皆沉浸在神奇的精神體悟中去了。

「罷了，能聽到這老和尚誦經，也算你們的機緣。」姜老頭兒雙手一背，走出了西廂房，也不嫌髒，直接就在西廂房門邊的空地上坐下了。

那神態像極了一個吃飽喝足，正在曬太陽的普通農村老頭兒。

第十章　天生道士？

說來也奇怪，特別是我媽站在屋裡感受最深，隨著那老和尚的誦經之聲，聲聲落下，這原本陰冷無比的屋子竟然給人感覺漸漸敞亮起來，連原本那透骨的冷意也慢慢感覺不到了。

估摸只過了二十幾分鐘，那姜老頭兒就站了起來，走進西廂房，四周打量了一下，對周寡婦說道：「妳家周大要走了，妳有啥話趕緊說吧。」

周寡婦一聽，原本才乾的淚水跟著就不停的掉下來，扯著嗓子就喊道：「周老大啊，你這次就安心的去吧，不用掛心我們兩娘母（母子），下輩子……下輩子我還和你好。」

周寡婦不打嗝了？我媽疑惑地望了周寡婦一眼，可聽著周寡婦的話，又被勾起了女人家的心事，也由不得自己的，跟著一塊兒落淚。

「陽氣總算重新落了下去，可惜太虛弱了。」姜老頭兒小聲說了一句，都說大道無情，姜老頭兒自問還勘不破世間情之一字。所以忍不住提醒周寡婦周大的魂魄就要走了的事實，讓這對深情的夫妻能有機會說一會兒最後的話兒。

再有機會踏上黃泉路，是周大的福分，他希望周寡婦能明悟這一切。

屋子再也不像從前那樣陰冷，給人感覺就是一間正常的屋子了，想是周大的亡魂終於踏進了黃泉路，只是老和尚的誦經聲依舊不停，還響徹在這間屋子裡。

我媽輕聲問到姜老頭兒：「姜師傅，這周大不是走了嗎？慧覺師傅咋還在念呢？」

「周大亡魂太虛，怕過不了黃泉路，這老禿驢想多與些念力給他，也算送佛送到西，讓他走完這黃泉路。」

這老和尚不愧為出家人，果然慈悲為懷，我媽感歎了一句，全然忘記那個非得要當姜老頭兒二舅的老頭兒。

老和尚足足為周大誦經了一個小時才算做完法事，周家人自然是千恩萬謝，一定要留姜老頭兒和慧覺和尚吃飯，卻不料慧覺老和尚神情分外嚴肅的說道：「不成，不成，做法事本是我的功德，吃了飯就成做生意了，不成，不成的。」

這番話說的讓所有人哭笑不得，這老和尚說話咋那麼讓人摸不著頭腦？偏偏還一副道貌岸然的樣子。

只有姜老頭兒見怪不怪的說道：「別理他，他算計得精著呢。」

告別了周家眾人，我媽依照姜老頭兒的話先回了我家，而姜老頭兒和慧覺老和尚不知道去哪裡閑晃了，一直到晚上快十點了，才到我家來。

二杯熱茶奉給兩位師傅後，我爸問道：「姜師傅，慧覺大師，你們咋那麼晚才來，弄得我提心吊膽的，以為你們不來了。」

姜老頭兒不緊不慢的喝了一口茶，然後才說道：「雖說村裡人家隔的遠，但我常常跑你們家，也難免別人會有個猜測。所以，有時還是稍微避人耳目一下比較好。」

我爸一想那也是啊，現在這個環境，還是小心一些為妙。

兩人沒坐多久，慧覺老和尚就是為上次姜老頭兒鎮壓的鬼魂作法超渡，這場超渡法事足足做了一夜，直到第二天雄雞打鳴時，才算結束。

陪著慧覺老和尚，我爸媽也是一夜沒睡，同時我媽還特別叮囑了兩個姐姐，家裡發生的事兒可不許拿出去亂說，半個字兒都不能透露。

姜老頭兒倒是好興致，一夜沒睡，就光逗著我玩了，我睡了，他就盯著我傻樂，偶爾給他添茶送水的我媽看見這場景，往往是一身雞皮疙瘩就出去了，我爸對我也沒見得有那麼肉麻。

一夜過去，法事已畢，稍許有些疲憊的慧覺老頭洗了把臉，和姜老頭兒一起吃了早飯，卻也不睡，和姜老頭兒一起嚴肅的坐在堂屋，看那樣子，姜老頭兒是要和我爸媽說說我的事了。

我爸是個啥人？耿直、憨厚，卻在心裡跟明鏡似的，深通人情世故的人，見兩位師傅這個架勢，知道有正事兒要說，而且是關於自己兒子的，他立刻在姜老頭兒面前恭謹坐好，然後開口說道：「姜師傅，我兒子有啥問題，你都說，我承受得起。」

姜老頭兒歎了一聲，放下茶杯，似是不好開口，沉吟了半天才說道：「還記得我上次跟你說的一句話嗎？」

「啥話？」

「你的孩子沒啥父母緣啊。」姜老頭兒慢慢的說出這句話，兩隻眼睛一直盯著我爸的臉，想看看我爸有啥反應。

我爸立刻就緊張起來了：「那姜師傅，您的意思是我兒子還有劫難？我們始終保不住他，對不對？」

「劫難是一定的，他是童子命，本就應劫，應命而生，道家面對劫難的態度一般都是自己去渡，這是避免不了的。我說他沒父母緣，是因為他是道童子，始終會歸於我道，強留在你們身邊，不是他的命數啊，如果勉強強留，他怕是渡不去這很多劫難。」姜老頭兒這番話語速說的很慢，在仔細斟酌字句而說，怕我父母一時接受不了。

「那姜師傅，你的意思是，我要送他去山上修道？」我爸的臉色難看極了，這在他簡直是不可想像的事兒，唯一一個兒子，才剛滿月沒多久，就送去修道？不可能，絕對不可能。

不只我爸，這時我媽也激動了起來：「姜師傅，孩子還那麼小，我是不會把他送出去，他是我的兒，身上掉下來的肉，我這條命不要了，也得養大，養活他。我不管他什麼命，我這當媽的給他擋著！」

這一番話一說出來，姜老頭兒立刻尷尬了起來，在一旁的慧覺老和尚也不禁念了一句佛號，屋裡的氣氛一下子冷了下來。

「妳這婆娘，說啥子喃？姜師傅咋幫我們的？妳說話咋就這難聽？」屋裡氣氛沉悶，姜老頭兒的尷尬我爸都看在了眼裡，在子女的事情上，女人肯定是不講什麼理性的，這是當媽媽的天生護子的本性，但我爸做為一個男人是萬萬不能這樣處事的。

再說做人要知恩圖報，姜老頭兒不僅救了自己的兒子，還送虎爪，送自己兒子一場功德，咋能讓別人這樣難堪。

我爸很少對我媽發脾氣，這一通吼，我媽先是一愣，接著就聽出意思來了，臉立刻就紅了，趕緊的就給姜老頭兒道歉了：「姜師傅，對不起，我剛才……我剛才真的是太激動了，畢竟他那麼小，我則心裡不忍心啊……」

姜老頭兒擺擺手，站起來歎息一聲，說道：「這事不怨妳，換成哪對父母一定都不能接受兒子的身體才好些，就要和他分離。其實，我救妳兒子是緣分，對他那麼好，則是我的本分。我們這一脈傳承有一個規矩，在算命一事上，算天算地算人獨獨不算己身，不過修為到了一定的程度，自然會有感應。」

說到這裡，姜老頭兒頓了一頓，背起雙手，在堂屋裡來回走動起來，思索了一陣兒才說道：「早在幾年前，我就隱隱感應到我將有一場師徒的緣分，會有弟子來傳承我的所學。我一身孤獨漂泊，到了這把年紀會有個弟子，也是一件喜事兒，我去找了一個人，幫我大概算了算，指明了我的弟子大概就會出現在這一帶，具體他問我再算嗎？我拒絕了，畢竟窺天道，他也得付出一定的代價，我不想欠他太大的人情，這欠了的人情總得還啊，如果我不還，這因果註定報在我的徒弟身上，這是我不想看見的。」

第十一章　「陌生」的姜老頭兒

姜老頭兒說了這一通，我爸媽忽然就明白了，姜老頭兒為什麼會在這一帶跟一個流浪漢似地到處流浪，弄了半天是為了收個徒弟啊？而且這個徒弟，我爸媽也隱約感覺到了和自己的兒子有關。

「我知道了我的徒弟將會出現在這一帶，具體在哪裡，我卻也不知道，就在這一片兒的村子裡等待著和我弟子的撞緣。這幾年，外面世道也亂，雖然我自不怕，但在這片兒村子裡，卻感覺到世外桃源的感覺，也就樂得留在這裡了。我和你們兒子遇見是註定的緣分，從看見他起，我就知道，他會是我未來的弟子，所以說，對你們兒子好，是我的本分。」說完了這一切，姜老頭兒重新坐下了，看他的臉色，竟然也出現了少有的忐忑，看得出來，他對這弟子，對這傳承，是非常在意的。

這時，一直沒有說話的慧覺老和尚也開口了：「你兒子是道童子，註定是和道家有緣分，這對他自身也是有好處的，所謂應命，就應該順命勢而為。若是一個佛童子，我也少不得會出手收徒的。」

原來不是要送去修道，而是姜老頭兒要收徒啊，這也解釋了姜老頭兒為什麼會對自己的兒子那麼好。

我爸鬆了口氣兒，如果是兒子性命攸關的事兒，必須送兒子去學什麼道，他最終還是會答應的，可是在那年代，且不說一些道觀是不是自身難保，就自家這舉動，一定就是一個典型，絕對是連累全家的事兒。

給姜老頭兒當徒弟的話，再聯想到姜老頭兒的一身本事……我爸有一些鬆動了，可是一想到幼小的我，我爸覺得捨不得，再往深一想，想到分離，我爸的心就疼了起來。

還不待我爸開口，我媽就已經是眼淚包在眼眶裡了，她可憐兮兮地望著姜老頭兒，說了一句：「姜師傅，我……我捨不得啊。」

還不待姜老頭兒開口，我爸也跟著說道：「姜師傅，不怕你笑話，不只他媽捨不得，我也捨不得啊！我知道你為孩子好，也知道你有一身真本事兒，可……可我……」

姜老頭兒第二次長歎了一聲，說道：「如果事情變成強為，反倒沒意思了，那倒是違背了我的本心，再說三小子現在年紀尚小，也沒個決定權。我已幫他驅除纏身邪物，想必這幾年的歲月是無礙的。這個弟子我不強收，一切隨緣吧。」

說完此番話後，姜老頭兒起身告辭，慧覺老和尚念了一句佛號，也跟著起身告辭，就在兩人準備離去的時候，我媽想起了什麼，連忙取下我脖子上的虎爪，遞給了姜老頭兒。

「姜師傅，我沒別的意思，你沒收成徒弟，我們又咋好意思接受如此貴重的東西？你幫我們那麼多，我們都沒……」我媽有些語無倫次地說到，她也的確沒有多餘的意思，就是單純覺得姜老頭幫了大忙，自家又拒絕了姜老頭，咋還好意思收別人這麼貴重的東西呢？

「妳也看出這東西貴重？」姜老頭兒頗有些不可思議的看著我媽，一個村婦能有此見識？

「是啊，我認得出來，這一圈抱著的東西是黃金。」我媽神色真誠。

姜老頭哭笑不得地說道：「給孩子戴上吧，他先天靈覺就重，特別容易撞見邪物，保不定就會起衝撞，有此虎爪護身，也可保他平安。」

「姜師傅，這……」我媽是真的感動了，一涉及到自己兒子，她倒捨不得還了，絕不是因為貪財，就是那句保我平安，打動了她。

「走了。」姜老頭兒倒也瀟灑，把他的破襖子扯緊了一些，轉身就走了。

倒是慧覺老和尚，很真誠的對我媽說了一句：「妳若是想通了，可以到山上來找我們，我這幾日會陪他在山上住些時候，別的本事我也沒有，不過天眼通，天耳通還修習得頗有心得。」

說完，慧覺老和尚也緊跟在姜老頭兒的屁股後頭走了，弄得我媽握著那虎爪有些發愣，你說這慧覺老和尚和姜老頭兒的關係是好還是不好呢？簡直想不清楚。

時間一晃過得飛快，從那件事情以後，一轉眼就過了幾個月。

雖說是一個不甚安穩的年代，可天大的事情也擋不住人們對春節的熱情，這冬天就要過去了，春節臨近了，這偏遠的小村子人人都忙活起來，為了過春節而準備著，到處洋溢著一年到頭難得的喜氣兒。

我家也不例外，紅對聯兒，紅燈籠，糖塊，瓜子花生兒……我媽是忙得腳不沾地兒，我爸呢？雖然今年我家沒有餵豬，但是哪家殺豬也是少不得要去幫忙的，去一次也會帶回一些豬肉，豬下水什麼的。

我的兩個姐姐穿上了嶄新的紅布襖子，那是我媽存了小半年的布票給我兩個姐姐做的，至於我也戴上了虎頭帽子，穿起了虎頭鞋子，一家人是喜氣洋洋。

可臨近春節，天氣兒也越發的冷起來，這一天晚上，我媽收了手裡的針線活兒，從櫃子裡拿出一件襖子跟我爸說道：「你明天上山去一趟吧。」

「咋了？」我爸喝了一口甘蔗酒，有些不解，這大冷天的，又是要過春節的，沒事兒上山去做啥？

「好些日子沒看見姜師傅了，你不覺得嗎？」我媽始終念著姜老頭兒的好。

「是啊，我還琢磨著這大年夜讓他下山和我們吃個團圓飯呢，沒想到妳比我還著急。」其實我爸也沒忘了姜老頭兒的好，只是他和我媽顯然沒想到一塊去。

「請他吃個年夜飯是肯定的，大過年的，咋好讓人孤零零的在山上待著？我要你上山去，是給姜師傅把這件襖子送去，我找了些舊棉花，又弄了些新棉花加著，用你的舊衣服改的，你看這天氣冷的哦。」女人的心到底要細些。

「呵，妳還真有心，我前些日子看見，還以為妳給我做的呢。也不知道那慧覺老和尚還在不？不然我上山可是找不到姜師傅的。」我爸有些擔心。

「姜師傅一身本事，他一定會見你的，放心就是了。」我媽對姜老頭兒的一身本事可是有著強大的信心。

「那行吧。」

我爸媽對這件事兒的商量就到此為止了，本想著第二天上山去找姜老頭兒的，卻不想，一大早的，姜老頭兒卻自己找上了門來。

「是姜師傅？」此時臨近春節，天亮的尚晚，看著門口模模糊糊的人影兒，開門的我爸還有些不確定。

「嗯，進屋說。」姜老頭兒簡單回到。

我爸一聽之下，連忙把姜老頭兒迎了堂屋裡，一邊喊著：「姜師傅來了。」叫我媽起來燒爐子，一邊拉亮了堂屋裡唯一一盞燈。

隨著黃亮的燈光照亮屋子，我爸看清楚了姜老頭兒，他就一下子愣住了。

在我爸的印象裡，姜老頭兒就乾淨過一回，那還是給我做法事那回，當他和那老和尚再回來時，又是一副鬍子拉渣的邋遢相了，卻不想今天的姜老頭兒不僅乾淨，還是如此的不一樣。

此時的姜老頭兒是個啥形象呢？頭髮是理過的，已經不是以前那半長不短的樣子，而且全部整整齊齊的梳攏在後方，是當時幹部流行的大背頭，雖然髮色有些花白，可卻自有一股威嚴的感覺在裡頭。

臉是乾乾淨淨的，鬍子早刮了，而且臉上就不見啥皺紋，只是憑那滄桑的感覺，知道他不在是個年輕人了。

衣服姜老頭兒裡頭穿的是一身嶄新的灰色中山裝，還是毛料的，那扣子扣得整整齊齊，看起來筆挺而有氣勢。

至於外頭，姜老頭罩了一件黑色的大衣，一看是呢子料的，更了不得。

這一身分明就是城裡那些人，而且是大幹部才穿得的，沒想到姜老頭兒還有這一身衣服，一輩子就沒穿過啥好衣服的我爸簡直羨慕得不得了。

唯一不搭的就是姜老頭兒提了一個蛇皮口袋，簡直破壞了這一身的氣勢，再咋這一身也該配個公事包嘛，就是上次慧覺老和尚提的那種。

另外就是姜老頭兒那年輕的感覺又回來了，哪兒還像個老頭兒？在做法事那回，我爸就覺得姜老頭兒看起來像個中年人，這次的感覺就更明顯了。

一時我爸有些恍惚，他覺得有些弄不清楚姜老頭兒的真實年紀了。

第十二章　姜老頭兒的告別

「麻煩你媳婦兒整一頓飯，要肉，要酒的，我吃一頓就要走了。」見我爸愣著，姜老頭兒自顧自地開口說了一句。

「走？走哪兒去？」我爸沒有反應過來，下意識又問了一句：「慧覺師傅呢？」

「他前些日子就回去了。」姜老頭兒直接回答，對於我爸的另外一個問題卻暫時沒有回答。

「姜師傅來了？」我媽這時也出來了，手上捧著那件襖子，卻陡然看見姜老頭兒那身打扮，愣住了，連襖子都覺得不好意思送出手了。

姜老頭兒卻不以為意，開口說道：「襖子給我的？」

「嗯。」我媽有些愣愣的。

「那就拿過來唄，妳還不準備送了啊？」面對著我爸媽這樣吃驚的態度，姜老頭兒倒是自在的多。

沒辦法，大早上就要吃肉喝酒的人恐怕唯獨姜老頭兒這種怪人了，可我爸媽是絕對不會怠慢姜老頭兒的，一番忙活下來，天色九、十點鐘的光景，就給姜老頭兒弄了幾個菜。

姜老頭兒提起筷子就開始吃，酒也是喝得「哧溜」作響，那副樣子是吃得甚至香甜，就連我爸拉走我媽，他也不以為意。

在廚房裡，我爸跟個小孩子告狀似的，緊忙地跟我媽說道：「姜師傅說他要走！」這時，我爸總算回過味兒來了，在他心裡其實已經不知不覺把姜老頭兒當我家的守護神了，一聽他要走，我爸就覺得心裡沒底。

「啊？他是生我們的氣了？」我媽也沒了主意。

我爸咬牙沉思半晌，才說道：「姜老頭兒孤身一人也確實可憐，我其實吧，一直都在想，不然把我們兒子過繼給他當乾兒子吧？山上陪陪他也不是不行的，我不想姜師傅走，我想以後給他養老都成。」

「我看也行！」我媽對我爸這想法是萬般贊成的，接著她又補了一句：「可你看姜師傅那樣子老嗎？怕是輪不到我們給他養老吧？」

兩人在廚房商量了一陣兒，回到堂屋，姜老頭兒依舊在大吃大喝，時不時的還拿他那呢子大衣的袖子擦擦嘴，看得我媽心裡一陣抽搐，咋這麼糟蹋衣服啊？

趕緊的拿了一張布帕子，讓他當做擦嘴用。

再喝了一杯酒，姜老頭兒感慨道：「我這人一輩子就沒別的愛好，就在一個吃上了，天上飛的，地上跑的，水裡游的算啥？樹上爬的只要好吃我也不錯過，這吃遍天下美食就是我這輩子最大的追求。」

我爸在旁邊應著，一邊感慨著姜老頭兒的追求不俗，一邊琢磨著咋給姜老頭兒開口，把他留住。卻不想姜老頭兒自己把杯子一放，卻說開了：「我是來給你們一家道別的，要走了，這一走就不知道回不回了，更不知道啥日子回來了。」

姜老頭兒的話剛落音，我爸就激動了，立刻站起來就說道：「姜師傅，你可是生我們家的氣了？你別走，我都和婆娘商量好了，三小子明天就過繼給你當乾兒子，上山陪你，跟著你學東西都是可以的，以後他敢不給你養老送終，你看我不打折他的腿！你可別走！」

姜老頭兒望向我爸媽的眼神有些感動，他抓起酒瓶子就想給自己倒酒，我爸連忙搶過給姜老頭兒倒上了，一直連飲了三杯，姜老頭兒才停住。

他開口說道：「我和你家三小子的緣是師徒緣，不是父子緣，緣分這東西到了就是到了，除非改命，否則避不開，現在不能為師徒，不過是時候未到而已，也說不定是有緣無分，你說我和你們生啥氣？」

我爸媽連忙應著，想來這話還是有道理的，就像周寡婦遇見姜老頭兒，然後牽著這根線讓姜老頭兒來幫助了自家，接著又幫了他家，這就是一場緣分，扯也扯不開。

「我要走，那是每個人的命裡都有著一份責任，那不是你想不想的問題，而是你必須要做的問題，我不喜歡可我也逃避不了，所以我要走。我講究個順其自然，我和三小子以後會咋樣，就隨緣，是有緣有分，這輩子註定是師徒，還是有緣無分，空歡喜一場，我都等著。」

姜老頭兒這番話說得太過模糊，我爸媽聽得是似是而非，但也聽懂了姜老頭兒的意思，他要走這件事兒，是他們兩個留不住的。

道家講究自然，自然講究順應而為，那麼緣分二字當然就最被修道之人所看重，光是有緣，是不夠的，必須要有分，才能把事情落到實處，否則不過就是一道虛無之緣罷了，就如很多人生命中匆匆而過的人，有過交集，也最終只能消失在人海。

看破就不歎無奈，有緣無分罷了。

姜老頭兒說過這番話，就不再提這件事兒了，任我爸媽怎麼說，也不再應聲。

直到酒菜吃完，他才從兜裡掏出了一枝鋼筆，一個小本子。

首先，他寫的是一串電話號碼，這在那個時候還是個新鮮東西，我爸開始拿著的時候，愣是沒搞清楚這串數字是咋一回事兒。

「這是電話號碼。」姜老頭兒解釋到。

我爸立刻就想起了他去過的一次鄉上的辦公室，那次還是陪村裡的幹部去的，只因為那時那個村幹部是上面來的，剛到這裡，路不熟悉，隨便找個村民領路，就逮著了我爸。

在那裡，我爸就看見了一部黑色的電話，那就是我爸這輩子唯一一次看見電話這東西，在他眼裡可神祕了，說是上頭的命令基本都是通過這玩意兒傳達的。

「我送三小子虎爪，在一定程度上是逆天的行為，畢竟三小子這一輩子註定了命運多舛，有了虎爪，本該他遇上的，他承受的，他可能就不用承受了。但是，天道輪迴，報應不爽，報不在他身上，恐怕會連累你們家人。如果在往後的日子裡，你們家人要是遇上了什麼不可解決的問題，可以打這個電話，就說要找姜立淳。」

這時，我爸才知道了姜老頭兒的本名叫姜立淳，可他還是一副為難的樣子：「我不會用電話啊，我這哪裡去找電話啊？」

「你這蠢蛋，這時候不精明了不是？你提些好酒好肉去找人幫幫，還怕用不了電話？別人也會教你咋用的！這都用我教？」姜老頭兒指著我爸鼻子罵到，那副老痞子的形象又出來了，直罵得我爸唯唯諾諾，不敢應聲。

接下來，姜老頭兒又在紙上寫了一個名字，遞給我爸，說道：「到找我的時候，就報這個名字，說你是這個人的爸爸，記得了？」

我爸打開那張紙一看，勉強認得了前面那個字，和後面那個一字，就認不得了，畢竟我爸只有掃盲班的水準。

很簡單，一字誰認不得？前面那個是我爸的姓，他能認不得嗎？

「姜師傅？這陳啥一是誰啊？我為啥是他爸？」我爸有時候也挺愣的。

「陳承一！你咋就不能是他爸？你家三小子不是你生的？這是我給你兒子取的名字，你說你這人咋就傻成這樣？」姜老頭兒氣得直翻白眼，一番解釋下來，一拍桌子提起他那蛇皮口袋就往外走去。

我爸媽想攔卻不敢攔，就這樣，在這個晚冬的上午，看著姜老頭兒飄然而去，留下一個高幹似的身影，再也沒回過頭。

姜老頭兒走了，我家的日子又恢復了平靜，山村的生活總是那麼乏善可陳，時光就這樣在柴米油鹽中過去，一轉眼已經是七年以後了。

第十三章　七年以後

七年，在這匆匆流逝的時光洪流中，也許不算什麼，可是七年也足以改變很多事情，就如山村外面的世界已經慢慢趨於平靜，不復當年的瘋狂，就如我家，兩個姐姐已經長成了半大的小丫頭，而我也是小學二年級的學生了。

陳承一，小名三娃兒。村裡最皮的娃娃，學習成績趕他兩個姐姐差得老遠，這就是村裡人對我的評價。

當然有時他們也會議論，這娃兒小時候身體弱得很，幸好遇到他爸有本事，弄了好些營養品給他吃，看現在長得跟個小牛犢子一樣。

是的，我從小學一年級起，就是班上長得最高的男娃娃，身體也很壯實，為啥說是長得最高的男娃娃呢？因為女娃娃的發育畢竟比男娃娃早一點兒，班上還有一個女娃娃比我高。

也因為如此，我就常常欺負人家，於是被別人的家長找上門來是常有的事情。

這年九月，剛開學沒多久的日子，暑氣兒還沒完全消去，下午四點一放學，好些男娃娃就相約要去河溝裡泡澡，不同於我們村的小河，那河溝是村裡人專門挖掘引水做灌溉之用的，最深的地方不過一米，在那裡面泡著沒啥危險。所以，家長老師是一概不管的。

以往這種事情我是最積極的，可是今天卻沒啥心情，別人叫我去我都一概推了，只因為今天我在學校犯了一個天大的錯誤，我不敢回家，在想要咋辦。

說起來事情也簡單，我今天上學出門前偷了一盒我老漢的洋火，帶去給同學顯擺，畢竟那個時候洋火在鄉下小娃娃當中也是一件稀罕的東西。

顯擺顯然收到了預期的效果，每個人都羨慕我能有一盒洋火，都圍在我身邊。直到上課的鈴聲被學校主任敲起來了，大家才不捨地散去。

我的性子本來就好動，又是人來瘋，上課了，別人平靜了，可我還在興奮中，一興奮就顯得課堂格外無聊，原本我也不是那種能認真聽課的學生，於是，就趁著老師不注意劃火柴玩。

巧的是我前面坐的就是我最討厭的那個個子比我高的女娃娃，盯著她的背影，看著她那兩條烏黑的大辮子，我也不知道我咋想的，劃燃了的火柴，伸手就朝著別人的辮子燒去。

其實，我發誓我只是抱著惡作劇的心理，天曉得她的頭髮咋那麼好燒，洋火一碰就燒著了，教室裡頓時飄起一股子難聞的焦臭味兒，可她還渾然不覺的在認真聽課。

坐在她身後的我慌了，因為坐在我們周圍的學生已經忍不住嗤嗤笑了起來，要是引來正在寫黑板的老師的注意我就徹底完蛋了。

我一開始使勁的吹，想把火吹滅，可是它燃燒得很快樂，我一急，乾脆往那個女娃娃頭髮上吐口水，但顯然我比起水龍頭差遠了，根本無濟於事。

周圍的學生娃娃開始哄堂大笑，被燒得頭頂冒煙的女娃娃還渾然不覺，但這樣的動靜已經足以引起老師的注意了，那個年輕的女老師一轉身，就看見了頭頂冒煙，跟「修仙」似的學生，再仔細一看，就忍不住尖叫了一聲。

接著，她抓起放在講桌上的書本就衝了下來，連解釋都來不及，就狠狠的朝著那女娃娃的頭上使勁拍去，那女娃娃被老師的舉動嚇得一愣，差點就哭了出來。

但在後來，也不知道誰喊了一句：「劉春燕，妳的頭髮燒起了。」她才曉得發生了啥事兒，頓時大哭了起來。

「來幫忙，另外幾個同學去打水。」年輕女老師的聲音因為生氣變得尖銳起來，她這一吼，大家才反應過來，坐的近的同學拿起書七手八腳地就朝劉春燕的腦袋上拍去，另外好些個同學借著打水之名，跑出了教室。

總之，好好的課堂被我在一分鐘之內弄得一團糟。

其實，火也不大，這麼七手八腳一拍早滅了，可這時打水的同學一回來，也不看啥情況，不管三七二十一的「嘩」一聲，當頭就給劉春燕澆了下來……

一直處在崩潰情緒中的劉春燕終於被這一澆由大哭變成了嚎哭，這下把隔壁班的也惹來看熱鬧了。

最後，一根辮子已經被燒得只剩半截，全身濕淋淋的劉春燕被老師安排幾個女同學送回家了。當然，在這之前，老師已經審問出來了這件事情的罪魁禍首就是我。

於是，我被罰站了一上午，午休的時候除了吃飯，都還必須得站著，對的，別人不回家的同學趴桌子上睡覺，我就在教室最後站著。

另外，老師宣布了，明天我必須帶著家長來學校，因為我實在太不像話了！我呢，其實才不怕罰站啥的，怕得就是請家長來學校來。

我那時候深深討厭我爸，對我兩個姐姐是輕言細語的，對我常常就是一頓老拳伺候，惹了這事兒，我可以預見這遠遠不止是我爸給我一頓老拳就算了，搞不好是我媽也要加入的「混合雙打」。

我憂慮，但是也還帶有那麼一絲歡喜，因為我讀的是鄉場上的小學，這離我家遠，光上學就要走足足一個半小時左右，所以，我爸媽就算知道了，下午也不可能來學校，頂多是等我回去，這就意味著我還有一下午的時間可以想辦法，連老師也說的是明天把家長帶來！

就這樣，我一個上午加一個中午都在想辦法，可是，下午的時候，劉春燕的到來卻讓我絕望了。

我是一個問題學生，而人家劉春燕是一個好學生，天大的事情都擋不住別人對學習的熱情，今天就是一個最好的證明，上午才如此狼狽地被送了回去，下午人家剪了個男式頭，又雄赳赳的「殺」回了教室。

「陳承一，我給你講，我已經告給你媽老漢聽了，你老漢說了，你回去絕對要好生收拾你，你就等著嘛。」劉春燕一來教室，就給了我一個下馬威。

話說這鄉場上的小學，好幾個村的學生，我和妳劉春燕好歹是一個村的，妳就這樣整我？

我臉上不屑的瞟了劉春燕一眼，心裡卻糾結成了「麻花」，想起我爸那力道十足的老拳，再輔以我媽的「鐵掌」，那銷魂的滋味兒讓我腿肚子都在打顫兒。

下午我可以坐著上課了，可是我不感動於這待遇，我把頭皮都快抓破了，也沒想到一個良好的，可行的辦法。

所以，您說，他們叫我去河溝泡澡我能有心情嗎？我第一次覺得學校那麼可愛，我不想離開它，我就想在學校待到老死。

「三娃兒，你真的不去？」說話的是蘇來富，我小時候最鐵的哥們，因為好吃，所以是那個年代難得一見的胖娃兒，外號叫「酥肉」（四川的一種小吃，做法是把半肥半瘦的肉裹上調製好的麵粉，放油鍋裡炸酥，炸脆就行了，在四川農村尤其盛行）。

「去個屁，你又不是不曉得我爸打起我來有好心黑，想起來就心煩。」酥肉是我可以「推心置腹」的哥們，我不介意把煩惱跟他分享。

「那就更要去了，反正你不想回家，乾脆耍高興了再回去，就像我老漢打我的時候，我一般都給他講，你等我吃飽了再打。三娃兒，你當真怕得連耍都不敢去耍了啊？」酥肉沒心沒肺的，也只有他小小年紀的時候，才想得出吃飽了再打這種說法，這句話當時在我們村是流傳了很久的「笑話」。

我這人最怕激，最怕別人說我沒膽，更怕別人說我因為沒膽，成不了「戰鬥英雄」，再說了，酥肉說的也有道理，反正都要遭打，反正也不想回去，為啥子不去耍？

一想這裡，我「豪氣頓生」，把書亂七八糟的收進我的黃挎包，說了一句：「怕死不當ＧＣ

黨，毛主席還等著我成為他光榮的戰鬥英雄，走，酥肉，泡澡去。」

在河溝裡面泡澡是件快樂的事情，十幾個男娃娃脫得光溜溜地跳下去，一瘋玩起來就什麼都忘了，連時間過得飛快這件事兒也忘了。

也不知道在河溝裡瘋玩了多久，漸漸的，就有人要回家了，隨著人越來越少，我開始心慌了，最後這河溝裡就剩下了我和酥肉兩個人。

酥肉在水裡泡著，唇色已有些發白，這日子雖然暑氣沒退，可下涼也下得快，此時天色已經擦黑，太陽都快落下去了，水裡自然是冷了。

「三娃兒，我受不了，好冷哦，我肚子也餓了，我想回去吃飯了。」酥肉可憐兮兮地望著我，有些猶豫地說到。雖然只是小娃兒，酥肉還是頗講義氣，不忍心丟下我一個人。

「上去再說。」我也冷得受不了了，估計那嘴唇的顏色和酥肉有得一拚。

上了岸，我們兩個抖抖索索地穿好衣服，感覺才稍微好了一點兒，而這時太陽也已經落山了。

「三娃兒，不然我們回家了嘛，你也不可能一直不回家啊。」酥肉餓不得，此時鄉場上的人家已經飄起了裊裊炊煙，那飯菜的香味在這空曠的田地裡能傳出很遠，酥肉一聞這味兒就受不了了。

酥肉這麼一說，我也很想回家了，再說我也餓了。

我想起了我今天早上上學的時候，我媽給我說了，晚上會吃燒黃鱔，而家裡也的確有小半桶黃鱔，一看就知道是我爸晚上去逮的。

燒黃鱔啊，一想到這菜，我就想起了我爸做黃鱔，活的黃鱔逮起來，「啪」的一聲摔昏牠，然後往處理黃鱔專用的木板上一摁，「嘩啦」一刀一拉，再一刮，新鮮的黃鱔就處理好了。

然後切成鱔段兒，洗一洗備著，然後鍋裡燒好滾燙的熱油，「嗤啦」一聲鱔段兒倒進去，爆炒，香味兒就出來了，接著加豆瓣兒……

想著，想著，我的口水都快流出來了。

見我心思動了，酥肉在旁邊使勁兒慫恿：「三娃兒，走嘛，我們回去了嘛，大不了你去我家，我家今天晚上吃「燒白」（類似於梅菜扣肉），然後我喊我媽老漢幫你求情，你又不可能一輩子不回家的。」

一聽求情這兩字兒，我又蔫了，我爸要是那種能聽求情的人兒，我能挨那麼多打嗎？想以前，我爸打我，我嚎得那是一個淒慘，路過的村裡人都忍不住來勸勸，嘿，好了，我爸把別人的勸解當加油聲，越打還越來勁。

配上旁白：「男娃兒不打不成器，不像女娃兒！男娃兒不管的話，以後能『敲沙罐，吃花生米』（槍斃）。」

最終，我對我爸的恐懼壓過了我對燒黃鱔的渴望，而且紅軍翻雪山，過草地的精神也激勵著我，我早就嚮往著我要做一名小戰士了，我也要去翻雪山，過草地，找個地兒當紅軍去。

紅軍都是好人，見我一個小娃兒，能不收留我嗎？一輩子不回家又咋了？只要紅軍收留了我！

想到這裡，我興奮了，決心也堅定了，我拍拍酥肉的肩膀，大義凜然地說道：「你回去嘛，酥肉，等我當了紅軍，我再來找你一起當紅軍，我絕對不忘了你。」

「你要去當紅軍？」酥肉忽然被我這沒頭沒腦的話給搞糊塗了。

「嗯，反正回去也要挨打，還不如我今天就去找紅軍，找到他們肯定會收留我的，你等著我就是，而且你千萬不要給我老漢說哈。」我鄭重地吩咐到。

「但是你要到哪兒去找紅軍啊？」酥肉有些不放心，也的確好奇紅軍會在啥地方。

「聽說鎮上就有，我往鎮上走就是了，你放心好了。」其實我那時根本就錯把公安當成了紅軍，可是那時候年紀小，哪裡能區別他們？

「好嘛，我等你的消息，我絕對不會出賣你，等你當上紅軍了，記得把我也帶著。」酥肉對當紅軍這事兒也相當渴望，可是他又沒犯錯誤，給他十個膽子他也不敢不回家。

在他想來，只要我帶著紅軍找上門來，他爸媽就能同意他當紅軍，他盼望著我的好消息。

於是，他忘了問我，你知道鎮上咋走嗎？

於是，我也忘了想這個問題，鎮上該咋走啊？

躊躇滿志地走了一會兒，我就發現了問題所在，抬頭望去除了一片片田野，就是連綿不斷的山嶺，哪裡有啥鎮子的影子？這鎮子上應該咋去啊？

太陽落山以後，天黑得特別快，此時一勾彎月已經悄悄爬上了天際，天色是一種將黑未黑的青黑色。

四周有些安靜，只聽見些蟲鳴蛙叫，在這樣的環境下，我發現我有些撐不住了。

回家吧？這個想法從我的腦海冒了出來，我想姐姐，我想媽媽，我想熱氣騰騰的晚飯……

可一想起我爸那「無堅不摧」的鐵拳，我又放棄了這個念頭。

「呸，陳承一，苦不苦，想想紅軍二萬五！」我自言自語的激勵著自己，只要一提起那些英勇的紅軍戰士，我的熱血就沸騰了起來。

又走了一陣兒，連我自己也不知道走到哪裡了，又餓又累的我終於撐不住了，一屁股坐在了地上開始「計畫」了起來。

我媽為怕我走丟，常常教育我，別怕沒有路，鼻子下面就是一條路，那意思就是找不到路的時候多問問，現在天都黑了，我也不知道往哪兒去問路，我決定明天天一亮，就去問問別人去鎮子上咋走。

至於肚子餓了，我四周看了看，倒也有了主意，這個季節，地裡還有很多包穀（玉米）沒收，我身上又有洋火，烤兩個包穀吃是沒有問題的。

那麼剩下就只有一個問題了，今兒晚上我該住哪裡？這個問題我冥思苦想了很久也沒想出個辦法來，索性也就不去想了，無論如何先填飽肚子再說。

「三娃兒，你那腦殼裡頭裝的是豆渣吧？一天到晚咋個不想事情喃？」我媽常常這樣罵我，我的沒心沒肺可見一般。

包穀地兒到處都是，既然決定了目標，我就鑽了進去，不一會兒出來的時候，我的黃色帆布包裡就裝得鼓鼓囊囊的了，開玩笑，我可是挑了三個極大的包穀給自己。

這樣的事情對於在農村長大的我太稀鬆平常了，小時候沒偷過包穀，都不好意思說自己是××村的人。

偷好了包穀，剩下的就是找個竹林子，乾枯的竹葉可是極好的柴火，四川多竹林，借著月光我四處轉悠了一陣兒，就發現了一處竹林，興高采烈地跑了進去。

那時的我全然沒有注意到，在竹林的不遠處，就是一片墳地，可就算發現了，我估計也不會害怕，農村裡到處都是墳包兒，見多了，早麻木了。

一進到竹林，我就自己忙活開來，先把包穀的外皮兒撕掉，留下薄薄的一層，然後再聚攏了一堆枯竹葉，把包穀埋在了下面。

枯竹葉極易燃燒，不消片刻，竹林裡就升起了一堆火。

此時我的全部心思就在那三個包穀上，全神貫注地守著，不時地添著竹葉，這片兒竹林很大，在裡面生火也估計也沒什麼人看見，但我也不想被誰看見發現。

時間一分一秒過去，也不知道過了多久，我的燜包穀總算熟了，我高興地把燜好的包穀從火堆裡扒拉出來，撕開剩下的皮兒，也顧不得燙，大口大口地吃了起來。

燜包穀很香，我吃得很高興，一邊吃還在一邊感歎，今天的燜包穀熟得真快，要知道燜包穀可不比烤包穀，要吃到燜好的，是要等很久的。以前，在村裡，我和村裡其他小娃娃一起燜包穀，常常一等就是一下午，沒想到今天感覺沒等多久就熟了。

其實，實際的情況是我等了將近二個小時，只是我全神貫注的等著，沒有注意到時間的流逝罷了，更不知道現在的時刻已經接近深夜了。

守在火堆旁，吃完三個大包穀，肚子總算飽了，感覺像是疲累了很久，一種昏昏欲睡的疲累向我的全身襲來，我想睡了。

農村的孩子都知道在竹林生火是一件極為危險的事情，我打著呵欠把火堆踩滅了之後，就再也控制不了傳來的疲勞感，把我的黃挎包往地上一扔，然後整個人枕著黃挎包，迷迷糊糊的睡了過去。

具體那一夜我睡了多久，我不記得了，就只記得自己做了一些光怪陸離的夢之後，就再也扛不住從身體傳來的陣陣寒意，給凍醒了。

下意識的摸了一把衣服，我發現衣服很潮，想換個地方睡覺，又覺得全身沒有氣力，仍然很睏，說不清楚是啥感覺，就覺得自己迷迷糊糊的，似醒又非醒。

想閉眼再睡，卻忽然發現自己周圍的不遠處有很多聲音，似乎是很熱鬧，可又搞不清楚這熱鬧是從哪兒傳來的。

第十四章　荒墳群鬼

「哪個半夜都還不睡覺嘛？」我嘟囔著罵了一句，在那不知道害怕為何物的年紀，我就覺得這似乎存在，又似乎不存在的吵鬧聲吵到我睡覺了。

身體開始有些發燙了，在竹林的地上翻來覆去的想睡，卻發現那些聲音不但沒有漸漸消失，反而是越發的大聲了起來，間雜著似乎還有敲鑼打鼓的聲音。

我「霍」的一下坐起身子，這一下我感覺自己似乎完全的清醒了過來，可周圍的場景卻讓我陌生了起來，不知道該怎麼樣形容自己那種感覺，就像是眼前的竹林依然是那個竹林，可是我卻看見了許多的光點。

就像在我的不遠處吧，有一團淡黃色的光點，正慢慢的接近另外一團小一些的淡黃色光點，接著我就看見那大的光點猛地接近了那團小的光點，然後似乎在吞噬那團小的光點。

奇異的事情發生了，那團小的光點竟然慢慢變成了灰撲撲的一團……

這是咋回事？這個竹林簡直是個奇妙的世界，隨處都可見這種淡黃色的光點，或小或大。

我甩了甩腦袋，非常想弄清楚那變色了的光點是咋回事，越發的仔細看去，卻發現這竹林裡哪裡有什麼光點？那一團大些的淡黃色光點分明就是一條蛇，而那團變色了的光點分明就是一隻被牠咬死了的老鼠，蛇正在吞老鼠。

我根本無法思考在這黑漆漆的夜裡，我是咋會看見一條蛇的，只是忽然就覺得害怕了，我咋能睡在竹林裡？農村多蛇，竹林這陰涼的環境，蛇是極愛的。

我剛才就在這竹林睡了，萬一蛇爬上了我的身子……？我身上起了一串的雞皮疙瘩，再往四周一看，依舊是那些或大或小的黃色光點，低頭一看自己身上也發出黃色的光芒，只是和那些淡黃色的光點比起來，這黃芒的顏色濃烈了許多！

這是咋回事？我也變成了光點了？我身上起了一身的冷汗，一個激靈就睜開了眼睛，這才發現，我半坐在竹林裡，剛才根本沒有睜開眼睛！

剛才那是咋回事？難道是我在做夢？身體越發地滾燙起來，很口渴，也有一種說不出來的乏力感，抹了一把額頭的冷汗，我又重重地躺下了，實在是沒有力氣挪動。

想起剛才那個怪夢，我也沒啥大的害怕的感覺，就是覺得非常的神奇，但在心裡還是開始盼望起天亮來。

不知道又磨蹭了多久，我感覺自己快要睡著了，忽而又想起那個怪夢，夢中竹林裡可是有蛇的，我不能待在這裡！

耳邊依舊是嘈雜的聲音，我用盡全身的力氣站了起來，背起我的黃挎包就走，當時心裡就只有一個想法，不管走到哪兒去都能睡，反正不能睡在竹林裡。

竹林子雖大，但我也沒多深入，沒走幾步就走了出來，只是恍惚中覺得竹林裡又充滿了那種淡黃色的光點，連竹子本身都有一種綠色的光芒籠罩著，不過有濃有淡罷了。

這樣看去，其實頗是好看，我真的就沒覺得有多怕，想是自己受了那怪夢的影響，現在還有些恍惚而已，就像是早晨我爸媽叫我上學，我明明沒醒，卻在夢中已經在穿衣服，刷牙洗臉了，而且就好像自己真的起來了一樣。

不再看那怪異的竹林，我邁步向前走著，那熱鬧的聲音漸漸清楚了起來，我心裡有些興奮，下意識就朝著聲音最大的地方走去。

走了沒多遠，我就看見了一片片的屋舍，密密麻麻地挨得很緊，心裡奇怪得很，話說這村裡地多的是，誰家的房子不是隔著老遠的距離啊？這裡咋就把房子修成了一片兒呢？

仔細聽來，像是有許多人在說話，可我看不見一個人影子，就覺得在那成片的房子間，有許多的黑影兒，間或著還有一兩個紅影子，這些影子也好似光點組成，跟竹林裡的很像，只不過顏色不同而已。

我似乎整個人非常的恍惚，也缺乏必要的思考能力，只是想把這些影子看個清楚，這樣想著精神就非常的集中，再一看，我就鬆了口氣兒，哪裡是一團團的影子，分明就有許多人嘛！

好熱鬧啊，我的內心徹底地興奮了起來，我就是個愛湊熱鬧的主。

那些人好像是在彼此交談，又好像沒有交談，只是那麼多人，那麼大的聲音，一定有啥事，我的好奇心空前的強大，朝著那裡邁動的步子也快了起來。

原本在竹林裡那個詭異的夢就讓我心裡不舒服，這下見著人了，我感覺格外的興奮。

距離越來越近了，可就算是我這麼神經大條的人也發現了一些不對勁兒的地方，漸漸就放緩了腳步。

為啥不對勁兒呢？

第一，我發現那些人穿的衣服不對勁，都是黑色的長衣長褲，上面的樣式是對襟褂子，下面是闊腿長褲，這衣服怪異得緊，我似乎在哪裡見過，反正意識中好像不是啥愉快的地方，但我此時咋也想不起來。

第二，那些人似乎發現我的靠近了，可他們並沒有普通人的友好和好奇這是誰家的小孩啊之類的，而是一個個全部盯著我，那眼神似乎是戒備，好像我身上有什麼讓他們不喜歡的東西，又似乎是陰沉，我說不上來，但感覺心底發寒。

第三，就是這些人中，大部分都是老人，只有少數的年輕人，其中一兩個給人感覺特別的凶！我好像又在他們身上看見了紅色的光芒，但卻看不真切。特別是這紅色的光芒，是不同於那種喜氣洋洋的紅的，那是一種暗沉的，壓抑的紅。

這是一群啥樣的人啊？我有點搞不懂了，他們不歡迎我的樣子，而且他們讓我感覺有些不舒服，也說不上來哪兒不舒服。

「哪家的小娃兒，快回去了，跑這裡來做啥子？」在我猶豫不定間，一個蒼老的聲音傳到了我的耳中，聲音有些陰沉，聽了讓人覺得遍體生寒。

我打了個冷顫，到處尋找聲音的來源，卻發現是一個離我最近，大概有五十米的老人在對我說話，是他在對我說話吧？我沒見他張嘴，話說那麼遠的距離，應該是用吼的吧？

但我覺得就是他。

這是一個老頭兒，表情雖然也是陰沉，還有一種那表情凝固了的感覺，可也看得出來是慈眉善目的，我好像有沒那麼害怕了。

可也就在這時，我發現一個人飛快的朝我靠近，是那少數年輕人中的一個男人，他嘿嘿的笑著，我也不知道他在笑啥，但我就是隱約感覺他是不懷好意的。

「唉……」似乎是那老頭歎息了一聲。

我有些搞不清楚狀況，只覺得全身一片麻木，也不知道是被嚇的，還是心頭迷糊，可也就是這一轉眼，那年輕人奔到了我跟前，要朝我狠狠的撞來。

我下意識的往後退，卻不想這時候，我胸前發出了一道極為刺目的白芒，還隱隱有虎嘯之聲，只是一剎那，我還沒搞清楚是咋回事兒的時候，那年輕人又怪叫著向後退去了。

那年輕人一直退到很遠的地方才停下，那望向我的眼神分外的怨毒，而我定睛一看，那慈眉善目的老人早就不知道往哪兒去了，這裡原本很多人，一下子就少了很多。

只剩下少數人全部都定定的看著我，那眼神就是剛才那麼一大幫子人中最不友好的那種，是他們全部都還在，其中也包括兩個身上有紅芒的人，一男一女。

其中那個男的我認得，是剛才向我撲來那個，另外一個女的，給人的感覺更不舒服。

這個時候，我終於發現事情透著一種讓人說不出來的詭異了，我開始害怕，原地站著不敢動，而他們也不動，就是這樣看著我，像是怕什麼，顧忌什麼，可又像是我身上有特別吸引他們的東西，不願意放過我。

他們怕什麼？難道是我胸口剛才那道光？我從小身上就掛著一個掛件兒，我媽跟我說那是虎爪，一直讓我不能取下來的。他們怕這個？

我不敢肯定，只是下意識的往胸口摸去，一把就抓住了那長長的虎爪，心裡才稍微定了點兒，心一定我一下子就想起了關鍵的一件事兒，這件事兒非常關鍵！

那就是我終於記起來這些人身上穿的衣服我在哪兒看過了，那還是兩年前的事兒，我們村的李大爺去世，我媽去幫忙，因為當時我爸不在，兩個姐姐上學，我媽忙不過來，就把我帶著的，我是親眼看見他們收斂李大爺入棺的，穿的就是那麼一身！

我媽還特別跟我說過，那是壽衣！

原來這些人身上穿的都是壽衣！

我是祖國的花朵兒，我是在毛主席的關懷和教育下長大的，這世界上哪有什麼鬼神？一瞬間，我的腦子裡冒出了許多的念頭。

不要問我在這種時候咋會冒出這些不靠譜的念頭的，我自己也不知道，因為在這個時候我就知道一件事情，那就是這些念頭在此時此刻再也無法激勵出我的勇氣了，一個令我心驚膽顫的想法壓也壓不住了地冒了出來。

那就是——有鬼！

我先是無意識狂吼了一聲，接著一屁股坐在了地上，然後開始毫無新意地嚎啕大哭起來，而這一哭，隨著淚水的湧出，我才發現我的眼睛剛才是閉著的，現在才睜開了。

我根本無暇去想我是咋閉著眼睛走路的，誰也別指望一個七歲的小孩在這種時候還有啥邏輯思維，再說這眼睛不睜開還好，一睜開我就發現啥人影兒啊，屋子啊全部都不見了，在朦朧的月光中，就只看見一個個小山包似的剪影。

那不是墳包兒，又是啥？

一個小孩，在半夜三更的，處在一片兒墳地中是一件多麼殘酷的事情！況且這種殘酷的事情現在就發生在我身上，我完全不知道該咋辦？連走路的勇氣都沒了，就知道哭，就只知道下意識的握緊脖子上掛著的虎爪，也只有它才能帶給我一絲安全的感覺。

淒厲的哭聲在這安靜的夜裡傳出了很遠，連我自己都覺得刺耳，可是我沒有辦法停下來。

也不知道哭了多久，遠處亮起了十幾個橙黃色的光點，讓我一下子就想起那個詭異的夢，這一切的發生不就是從做了那個夢開始嗎？

我不能再坐在這裡傻哭了，我用盡了全身的力氣站起來，哭喊著朝另外一個方向跑去，也就在這時，一個熟悉的聲音從遠處響起：「三娃兒，是不是三娃兒？」接著就是挺嘈雜的人聲和紛亂的腳步聲。

這聲音在我聽來熟悉又親切，可是已經被嚇傻的我，硬是想不起那是誰的聲音，也不敢停下，只是一邊跑一邊哭問著：「你是哪個嘛？」

我對那聲音就是莫名的信任，所以才會下意識地回答，但是我當時就真不知道是誰？

我的話剛落音，那邊立刻就傳來了一個非常憤怒的聲音，幾乎是用怒吼的方式喊出：「你說我是哪個嘛，老子是你老漢！」

這聲音這麼一喊，我馬上反應過來，這不是我爸的聲音是誰的聲音？我站住了，哭得更加大聲了，如果說前幾個小時這個聲音會讓我感覺無比恐怖，那麼現在這個聲音在我聽來簡直就如天籟之音。

我剛站定沒有一分鐘，那些橙黃色的光束就打在我身上了，基本已經鎮靜下來的我，這才發現這根本就是手電筒的光，接著就看見一群人匆匆忙忙跑來，為首那個不是我爸又是誰？

我爸看見我，先是一把把我拉過去，接著手電筒光從我從頭照到了尾，仔細打量一番，確定我沒啥傷之後，一下就把手電筒咬嘴裡了。

他二話不說的提起我，一巴掌就拍屁股上來了，嘴裡還嘟囔著啥，我估計當時他一定是想罵你個龜兒子，看老子不收拾你，只是咬著那麼粗一個手電筒，不方便講話。

這一巴掌可給的真「結實」啊，才止住哭的我，被這一巴掌拍下去之後，又開始嚎起來，在我爸身後一個叔叔看不下去了，拉住我爸說：「老陳，娃兒找到就是了嘛，這半夜三更的，看他哭得那麼慘，肯定是被嚇到了，你先帶娃兒回去安慰一下嘛，你那麼凶，娃兒又跑了咋辦嘛？」

以前，別人勸我爸那是肯定沒用的，可這一次也不知道是哪一句話打動了我爸，我爸不打我了，反倒是臉色有些沉重起來，也不知道想起了什麼。

沉默了一會兒，我爸才說道：「我這不是給氣到了嘛，算了，我先帶他回去，謝謝大家了哈，改天我在家裡請大家吃飯哈。」

村裡人就是那麼淳樸，聽說我不見了，就那麼多人陪我爸出來找，也不計較天晚了，也不計較到鄉場上路遠……。

我爸把我抱起來，和大家一起往回村的路上走去，剛才經歷了那麼多，擔驚受怕的，一下靠在了父親的懷裡，覺得整個人都放鬆下來了。

身子依然覺得熱騰騰的，嚎了那麼久，口渴的感覺更厲害了，爸爸撫著我的額頭，一邊走一邊自言自語的說道：「這娃兒有點發燒嗎？」

我卻答不了腔，突如其來的強大安全感，讓我又開始昏昏欲睡，但就在要睡著的一瞬間，我迷迷糊糊的看見好像一個紅光點在跟著我們，再仔細點兒一看，是那個給人感覺最不舒服，笑得特別陰森的女人！

我一下子就清醒了，整個人也僵硬了一下，我爸在我屁股上一拍，輕聲說道：「還不老實？」我才發現哪兒有什麼紅點兒？哪兒有什麼女人？

剛才所經歷的一切原本就似夢非夢，而且好幾次我發現自己並沒有睜開眼睛，就算小小的我也無法說服自己這是眼見為實的事兒，因為那種感覺說不清楚，現在想起來根本就介於真實與虛幻之間。

躺在爸爸的懷裡，看著身邊的一大幫子人，我一時間也不去想這些事情了，這一次是真的靠在爸爸懷裡睡著了，也再也沒看見什麼紅色的光點。

回家之後，我就迷迷糊糊地躺床上睡了，這一夜，不停的在做夢，盡是些稀奇古怪的夢，卻又不知道自己夢見了些什麼。

第二天醒來的時候已經快接近中午，我渾身覺得不痛快，腦子也重得抬不起來。守在我床邊的媽媽見我醒了，趕緊就餵我吃藥，我稀裡糊塗的，反正她餵我就吃，這時也才從媽媽的嘴裡得知我發燒了，藥是我爸一大清早去村裡衛生所給拿的，現在條件稍許好些了，村裡也有了一個簡陋的衛生所。

只不過，我媽也說了，要是下午些燒再沒退，就必須帶我去鄉衛生所打針了。我怕打針，連忙在心裡請求毛主席保佑我病快些好，我媽才不理會我這些小心思，端來稀飯，就著泡菜餵我吃了。

其實我想吃肉的，也惦記著昨天晚上的燒黃鱔，可是我不敢提，昨天才接二連三地闖禍，沒挨打已經是萬幸了。再說，生病了，我媽也不給吃的，我家誰生病都這樣，反正就是稀飯泡菜！

第十五章　父母的安撫

一頓寡淡的稀飯還沒吃完呢，我爸進屋了，望了我媽一眼，問道：「啥時候醒的？吃藥沒？」

「醒了有二十幾分鐘了，餵了藥了，現在餵點稀飯，等他吃了，等會再給他吃飯後吃的藥。」我媽一邊餵我稀飯一邊回答到，我見到我爸戰戰兢兢的，連吃稀飯也利索了幾分，就怕我爸逮著理由收拾我。

我媽在我爸在我床邊坐下了，一副欲言又止的樣子，趕緊的說道：「你有啥子話等我把飯餵他吃了再說哈。」

她怕我爸一「審問」我，我飯都不敢吃了。

提心吊膽地吃完稀飯，我爸咳嗽了兩聲，清了清嗓子，果然開始了：「三娃兒，你為啥子把劉春燕的頭髮燒了？」

「我……沒為啥子，我不想燒的，就是想要一下，結果就燒起了。」我小心的回答著我爸的問題，撒謊是根本不敢的，一般犯事兒了，認了還好，撒謊的話，我爸是不介意把我打到滿院子跑的。

「想要就可以燒別人頭髮？那我想要是不是要把你頭髮也給燒了嘛？」我爸來氣兒了，聲音陡然就提高了三分，話說我家兩個姐姐長得清秀，人又懂事兒，簡直是村裡人見人誇，我爸的驕傲！他就想不通他唯一的兒子——我，咋就成了村裡「反面教材」的典型，愛面子的他常常覺得我太丟他的臉了。

我嚇得一縮脖子不敢說話了，也就在這時我媽拚命扯我爸的衣角，像是在提醒著他什麼。

經我媽一提醒，我爸這才反應過來，說了一句：「再有下次，你就等著當一年的光頭，頭上別想有半根頭髮長出來。」

說完這句話後，我爸的臉色緩和了下來，竟然沒再提劉春燕頭髮的事兒，而是沉默了下來，像是在考慮著什麼話要怎麼說的樣子。

我當時是沒想那麼多的，只是為自己又逃過了一大「劫難」而開心，話說我爸收拾我，我媽是極少阻止的，除非是打得太厲害的時候，更難得的是我爸還那麼「聽話」的接受了阻止。

哈哈，太陽要打西邊出來，我能有啥辦法？難道我還會問句為啥，然後再給它塞回東邊去嗎？我可不犯這傻。

這人一鬆下來，加上吃了點熱乎的東西，我又開始犯困，可我爸卻又開始說話了：「三娃兒，你昨天晚上做了些啥，詳細地給爸說說？」

難道開始追究昨天晚上的事兒了？我全身又是一緊，趕緊回道：「沒幹啥，走啊走的，肚子餓了，我就掰了三個包穀，然後去竹林燜包穀吃，然後我就睡了，然後我也不曉得咋迷迷糊糊的……」

昨天的事情，我一想起來，就覺得心裡堵得慌，而且發現我根本沒有辦法詳細說清楚來龍去脈，發現我爸越來越嚴肅的臉色，我就說不下去了。

誰知我爸根本沒在意我哪兒掰的包穀，也根本沒有追究我離家出走的意思，而是儘量的讓自己面目線條柔和起來，非常溫和的說：「然後咋了？給爸爸說。」

「然後我也不曉得咋的，就走到墳地邊上了，我……我感覺……我是閉著眼睛走過去的。」難得我爸這麼溫和，我還不快說？再說這事兒也堵在我心裡，我希望從大人那裡得到一個合理的解釋。

我爸的臉色徹底的沉了下去，連我媽的臉色也非常的難看，我不知道這一節到底出了啥問題，讓我爸媽嚴肅成這個樣子，就算我上學期期末考試考了個倒數第五，他們也沒這樣啊？

我感覺有些怕，很是不知所措地望著他們，奇怪的是我爸根本沒和我計較的意思，而是站了起來，在屋裡來回踱步，接著從褲兜裡摸出了他的捲菸，想捲上一枝抽，看了看我，卻又出去了。

而我媽呢，眼神變得非常奇怪，只是摸著我的腦袋不說話，那神情分明就是非常擔心的樣子。

我不知道發生了什麼，總是覺得我爸媽這回有心事，有大的心事。

過了一會兒，我爸進來了，一身的菸味兒，估計剛才是出去抽菸了，一進屋，他就坐在我旁邊，把手放在我的肩膀上說道：「三娃兒，你要老實給爸爸說，你昨天哭啥，又怕啥？說的越詳細越好，不管是啥事兒，爸爸都相信你。」

此時我的父親眼神堅定而充滿了信任，放在我肩膀上的手也給了一種男人之間的力量，這種感覺連小小的我都能察覺到，一時間我有了莫大的勇氣，非常乾脆的，把昨晚的經歷一五一十的講了出來，包括那莫名其妙的光點夢，那房子，那穿壽衣的人，還有胸口那刺目的光芒，隱隱的虎嘯聲，全部全部講了出來。

只是最後我恍惚看見了一個紅點兒跟了上來的事兒我沒講，因為那感覺真是太不確定了。

我爸的臉色是越聽越難看，到最後乾脆一把把我摟在了懷裡，不停的，使勁的摸著我的腦袋，也不知道他想表達個啥，總之弄得我一身雞皮疙瘩，因為我爸幾乎對我就沒那麼肉麻過。

至於我媽竟然掉眼淚了，也不知道是為啥。

過了好半天，這屋裡奇怪的氣氛才散去，我爸最後拍了拍我腦袋，說了句：「好兒子，好樣的，昨天還沒嚇到尿褲子。」

我爸這一誇，我心裡得意，趕緊說道：「我開始就不怕的，就是那個男的要來撞我，我都不怕！要不是發現他們穿那麼嚇人的衣服，我都不得哭……」

事實也的確如此，我爸第一次沒反駁我，只是又摸起我的腦袋來，嘴裡不停地念叨：「好兒子，好兒子……」

我從記事開始就沒被他那麼誇過，那一聲聲的好兒子啊，喊得我全身不對勁，快被我爸肉麻死了，於是迅速的轉移話題：「爸，你說昨天到底是咋回事兒啊？」

昨天咋回事？我爸爸被我這個問題問到愣住了，一時間摸著我的腦袋就沉默了起來，反倒是我媽把眼淚一抹，大聲說道：「能有咋回事兒？你昨天在竹林子受了涼，發了燒，人就糊塗了唄。」

有時候，男人的急智是不如女人的，在這個問題上，我爸的反應顯然不如我媽那麼快。

但由於回答的匆忙，我媽的答案是不能令對於啥都充滿著好奇心的我滿意，我有些疑惑的望著我爸，我爸這時也反應過來了，臉色有些不自然地說道：「你這就是夢遊，夢遊的人，咳……就像是在做夢一樣，你眼睛沒睜開就是最好的證明，加上你發燒，腦子有些不清醒。」

夢遊我是知道的，班上有同學就說過他哥哥夢遊，半夜起來在院子裡逮雞，被打醒了之後，還什麼都不知道……。

我當時覺得這事兒特神奇，沒想到還真發生在自己身上了。

嗯，我爸這個夢遊的說法我比較能接受，一時間又覺得安心無比了，也不胡思亂想了，漸漸的困意也就湧了上來，又在床上睡著了。

當我再次醒來的時候，是被大姐捏臉給捏醒的，一睜開眼就看見大姐那氣哼哼的樣子，還有二姐溫和的笑臉。

說起來我這兩個姐姐性格迥異，大姐叫陳霞，性格裡還真有些俠（霞）氣，豪爽，說話也直，脾氣是典型的四川妹兒，辣得很。

二姐叫陳曉娟，溫溫柔柔的，說話也細聲細氣兒的。

在小時候，相對於大姐，我是比較親近二姐的，因為我要是皮了，我大姐急了就會揍我，而我二姐從來不會，頂多紅著臉細聲細語地勸兩句，連罵我都不會。

被大姐捏著臉，我可不敢掙扎，只好強擠個笑臉問道：「大姐，妳咋那麼早就回來了？」

大姐當年十三歲，已經讀初一了，雖然也是在鄉場上的中學讀，可是課業比還在上小學的我和二姐都重，所以一般回來的都比我們晚。

「好意思問？昨天晚上哪兒去瘋去了？中午二妹就回來過一次，說你病了，放學來我學校找的我，我最後一節課請假，就看你這娃兒得了個啥病？」

聽大姐這樣說，我心裡有些感動，二姐和我一樣在鄉場上小學，難為她中午不在學校吃飯休息，惦記著我，大老遠跑回來看我，也難為大姐一聽我病了，最後一節課都沒上，我大姐、二姐都是挺愛學習的那種人。

「好了，大姐，別掐著他了，我們媽說他發燒。」見大姐一直掐著我的臉，二姐在旁邊細聲細氣兒地說到。

大姐估計也是因為我病了，懶得和我計較，鬆開了我的臉，從書包裡掏出一個白鐵飯盒，那是大姐中午帶飯用的飯盒，她把飯盒打開，放我面前說道：「便宜你了，吃吧。」

我一看那飯盒，就高興了，因為飯盒裡裝了一串紫色的葡萄，那樣子一看就是熟透的。

迫不及待的我就要伸手去抓，二姐卻一把搶過飯盒，還是那麼溫柔的說道：「要洗洗的，等姐給我去洗洗。」

我嘿嘿乾笑了兩聲，轉頭問大姐：「哪兒弄的？」

「我同學家院子裡栽的葡萄樹，掛果兒比地裡的晚，聽你病了，我不死皮賴臉的去要的嗎？這下得給幫別人抄一個星期筆記，以後你再這麼皮，看我不揍你。」大姐說話風風火火的，而我的心思完全在那串葡萄上，大姐說啥，我都傻笑地應著。

很快，二姐就把葡萄洗好了，坐我床邊，細心的剝皮兒餵我，而大姐嘴上還是喋喋不休的訓我，我不在意，那葡萄可甜，被訓兩句有啥關係？

吃著吃著，二姐忽然就望著大姐說了一句：「姐啊，妳剛跟我一路回來的時候，看見個怪女人沒？」

「啥怪女人？」大姐一心忙著訓我，毫不在意地答了一句。

「就是站在我家不遠處的那棵大槐樹下啊，我無意中看見的，她……」二姐的臉色不好看，似乎那回憶不怎麼愉快。

可大姐卻毫不在意，就是一個女人嘛，這村裡女人孩子還不多啊？有時隔壁村的過來也是常事兒，再說了站樹下避太陽不是再正常不過嗎？

不僅大姐沒在意，連我也沒在意，我說了我的心思全在葡萄上，就算沒葡萄，我肯定也不會注意這小事兒。

所以二姐提起的話題，最終被大姐一句：「我沒看見啊，再說一個女人她怪就怪唄，又不關我們的事兒。」給帶了過去。

就這樣，我二姐不說話了，有些悶悶的，只是一顆一顆的餵我吃著葡萄，顯然忽然心事兒就很重了，而我和我那一樣大大咧咧的大姐壓根兒就沒注意到。

沒注意到，我二姐也就不提，她就是那個性格，很安靜，好像很怕麻煩到別人的樣子，很柔弱。

吃了一會兒葡萄，我二姐好像鼓足了勇氣，望著我大姐，一副非常想說話的樣子，但好巧不巧，我媽在院子裡喊了一句：「來富來了啊。」引起了我的注意！

酥肉來了？我的心裡興奮起來，說實話，生病是好，可以想睡多久睡多久，但是無聊啊，這下酥肉來了，可就不無聊了，我立刻從床上蹦起來，大聲喊著：「媽，是不是酥肉來了？」

這一喊，貌似打消了二姐好不容易鼓足的勇氣，屋子裡就只剩下大姐訓斥我的聲音：「陳承一，你看看你那個樣子，哪點兒像個病人，我簡直上你的當了，還給你帶葡萄。」

酥肉一來，我大姐就牽著我二姐的手出去了，她們還要寫作業，也樂得有酥肉陪著我。

那酥肉一進來，也不顧因為胖而跑得氣喘吁吁的樣子，開口就說道：「三娃兒，我不是叛徒哈。」

原本我沒想起這茬兒，他一說我倒有點明白過來了，要不是這小子，我爸他們昨天能到鄉場上來找我嗎？我故意虎著臉說道：「還說不是叛徒，我爸都跟我說啦。」

酥肉不好意思的撓著腦袋笑了，給我解釋道：「我開始真是咬牙頂住的哦！我爸昨天拿起掃把要打我的，我都沒出賣你。我當時就想，給我下辣椒水兒，上老虎凳兒，我都不得出賣你。」

「少扯，那你最後還不是出賣我了，你個叛徒，紅軍的隊伍不得要你！」我就是詐酥肉的，這小子有時憨的可愛，不然也不能老被我欺負著。

「哎呀，不是的，你曉得我不怕罵，也不怕打，但是我就是怕吃不到飯，我爸昨天說了，要是我不說，他一個星期都不得給我飯吃，還說我家雞吃啥，就給我吃啥！你曉得不嘛，我家雞吃的是菜葉葉，還有糠，我咋吃得下去嘛。」酥肉一臉誠懇。

我卻不依不撓，掀起被子就蒙酥肉腦袋上去了，嘴裡嚷著：「同志們，我們要打倒叛徒……」

結果，就這樣我和酥肉在屋子裡瘋鬧了起來，說起來，酥肉也算間接的解救了我，我壓根就沒生他的氣，我就是無聊了，想扮演個打倒叛徒的戰鬥英雄。

瘋夠了，酥肉和我兩個人直挺挺的躺在床上，因為這一鬧，我出了很多汗，一身的沉重也感覺輕鬆了不少。

這時候，酥肉說話了：「三娃兒，我覺得我不想當紅軍了。」

「為啥？」

「我爸爸說紅軍吃得不好，又辛苦，要當就當個有本事的人，天天喝酒吃肉，家裡電燈電話，住大瓦房，大院子的，才算厲害。」

「聽起來還可以，你要有一天真那麼厲害了，你要請我吃飯不？」

「吃飯？我要請你吃紅燒肉！我覺得你比我厲害，狗兒騙你！我以後肯定要想盡辦法當那麼厲害的人，我長大了要賺一百塊錢，但是我覺得你要幫我，恐怕我才做得到。」

「好！」

這對話在當時挺幼稚的，可是回憶起來又覺得命運是一件兒挺神奇的事。

我們的對話就到這裡，因為過不了一會兒，我媽就叫酥肉在我家吃飯了，而我依然是稀飯泡菜。

我的病在第二天就鬆緩了很多，在第三天我就能活蹦亂跳的去上學了，在學校的生活依然那樣，只是我和酥肉多了一樣任務，就是每天放學跟在劉春燕背後吐口水。

然後，遇見劉春燕告狀，就接著被揍！

可我是誰？我是戰鬥英雄，越揍我，我就越發「堅韌不拔」，那充滿活力的樣子，讓我爸媽頭疼不已。

而在我爸媽頭疼我的同時，還更頭疼著另外一人，那個人就是我二姐，和我的生龍活虎對比起來，她這些日子非常的「焉巴」。

原本我二姐就是一個安靜的人，一開始她的沉默並沒引起我爸媽多大的注意，是直到後來，她一天也說不了一句話，讓我媽覺得家裡少了個人似的，才注意起我二姐的情況。

這一注意，我媽發現的問題就多了，比如說，我二姐的眼睛很大，挺水靈的，可最近那眼神常常不聚焦，看起來空洞得緊，誰一叫她，她那樣子就非常驚恐。

另外，我媽還發現我二姐在有眼神兒的時候，那眼神兒都挺憂鬱的，也不知道在想啥。

接著，我二姐的飯量越變越少，人也更加的蒼白。

在發現這些問題以後，有一天夜裡，我爸媽屋裡的燈就一夜沒熄過，我為啥知道這情況？因為我住的小房間，是他們的大臥室隔成一間房的，那天半夜我甚至被他們的說話聲兒吵醒了，但那聲音是壓著的，刻意去聽，又聽不見個啥。

在聽見這些聲音的同時，我也注意到了門縫裡透來的燈光，總之到天亮我醒了，它都還亮著。

第十六章　女瘋子？

那夜過去後的第二天，是一個星期天，我們三姐弟都不用上學，而在那天早上，我媽破天荒地的下了肉絲麵給我們做早飯，總之我瞅見了，是饞得口水直流。

也是在那天早上，我爸也沒出去忙，反倒是等著九點多鐘，我們都起床了，和我們一起吃早飯。

一切看似很平常，一切又很不平常，可惜那時我年紀小，根本就不在意，只顧著埋頭稀裡嘩啦吃著我的肉絲麵，只是吃著吃著的時候，我就聽見我媽那有些急切的聲音響了起來：「二妹，妳咋又吃那麼少？」

那聲音都急得變聲了，說不上來是因為生氣，還是因為擔心，總之震得我都抬起頭來，看是咋回事兒了，嘴巴上還掛著二根麵條。

「飽了。」二姐回答得很直接，聲音如往常一般細聲細氣兒的，只是不知道為啥，就是透著一股虛弱。

再說了，照平常，溫柔的二姐是怎麼也得給我媽解釋兩句的，可在今天她給人感覺就是不想說話。

更不可思議的是我媽，她忽然把筷子一扔，望著我爸，喊了一聲：「老陳……」就哭了。

這下，我大姐也愣住了，這家裡唱的是哪齣啊？咋高高興興吃個肉絲麵，就給弄成這樣了？感覺上二妹吃不下也不是啥大事兒，媽怎麼就哭了呢？

奇怪的是，我爸也一臉沉重的放下了筷子，看他那碗麵也沒動多少，顯然他也沒心思吃，捲了一根菸，我爸給自己點上了，望著二姐說道：「二妹，天大的事兒，有爸媽頂著，妳有啥就說啥，乖。」

二姐沉默著，我媽急得在旁邊幾次想說話，都被我爸給阻止了，直到我爸一根菸抽完，想捲上第二根抽的時候，我二姐才開了口：「爸爸，不要抽了。」

我媽常常就念叨我爸菸抽得多，以後要得肺癆病，沒想到就這樣被心細如髮的二姐給記下了，一直不怎麼想開口的她，終於因為我爸想多抽一根菸而開口了。

我爸一聽我二姐終於說話了，趕緊就把菸給收了，眼眶紅著，也不知道是因為給感動的，還是擔心的。

「二妹，爸擔心妳啊，妳把事情好好說說，爸放心了，也就不抽那麼多菸了。」

聽著我爸都這樣說了，二姐點了點頭。

我媽在旁邊緊張地說道：「要大妹和三娃兒迴避不？」

我爸沉默了一會兒，說道：「不了，就當是我們一家人擺龍門陣，一起幫助二妹。」顯然，我爸這樣做，是為了緩解二姐的緊張情緒，也可能覺得有些事情終究會發生，該提前給孩子們打個預防針了。

顯然，有我和大姐在，二姐終歸是輕鬆一點兒的，她理了理耳邊的頭髮，開始了小聲的訴說。

「就是弟弟生病那天，我和大姐一起回來看弟弟，在快到我家的時候，看見了一個奇怪的女的，就站在離我家門不遠的老槐樹下，我當時也沒看清楚，就覺得她穿的衣服怪得很，像是那種唱戲的衣服。」

二姐說到這裡，大姐一下子就想到了，她那風風火火的性子哪裡還忍得住，急忙說道：「就是，就是，二妹那天提過，我當時沒在意，因為我的確沒看見啊。」

我爸一聽到這裡，手抖了一下，轉頭問我大姐：「妳沒看見？還是沒注意？」

「我……」大姐仔細回憶了一下，然後說道：「我真的沒看見，要是有個穿唱戲衣服的女的，我不可能不注意的啊，那麼明顯，咋會看不見？」

我爸得到了我大姐的答案，手又抖了一下，他強行控制住了，可我媽就不行了，在那裡急得直扯衣角。

「沒的事，我覺得就是大妹沒注意，二妹，妳繼續說。」這個時候，我爸認為必須是要安撫二姐情緒的，可他想不到，他這樣一說，二姐反而激動了起來。

「爸爸，不是的，大姐沒有亂說，我覺得就我一個人看得見她！」

見二姐激動了，我媽終於忍不住走了過去，一把摟住了二姐，心疼地說道：「那說不定就是個女瘋子，有媽媽在，妳啥子都不要怕，大不了媽媽和她拚了。妳把事情講清楚就對了。」

我媽一邊說，一邊摸著二姐的臉，母親的身上總有一種能讓人安靜的神奇的力量，在我媽的安撫下，二姐終於平靜了下來，偎在我媽的懷裡，繼續述說起來。

「當時我覺得她穿的衣服怪，我就盯著她多看了兩眼，哪曉得她也盯著我看了一眼，那樣子好嚇人，我不知道咋形容那嚇人的感覺，就記得她那雙眼睛看人的眼神嚇人。」二姐極力的想形容，可是她卻完全形容不出來是怎麼一個嚇人法，恐怕連這種回憶都是一件痛苦的事情。

「我當時就不敢看她了，我還以為大姐也注意到了，就拉著大姐趕緊往家走。後來，我們兩個去看弟弟，我又想起那個女人了，怕得很，我就想問一下大姐，結果大姐說她根本沒看見。後來，我一晚上都在做惡夢，老是夢見那女人的眼睛，我又不敢說，一個在被窩裡頭哭。」

說到這裡，我媽把我二姐摟得更緊了，我爸也心疼的摸了摸我二姐的頭髮。

至於我和我大姐聽得目瞪口呆，臉色也不好看，覺得很害怕，特別是我，又想起了那晚上的經歷，也不知道咋的，還特別想起了那個跟上來的紅色光點，和那個紅色光點變成了陰惻惻的女人，我起了一背的雞皮疙瘩。

「再過了兩天，我又在放學的路上，在那棵老槐樹下看見了她第二次，我遠遠的就看見了，我根本不敢望她一眼，我就跑回家，我覺得她愛在那兒站著，我每次過那裡的時候都是跑。但是……但是……」說到這裡二姐哭了，她沒哭出聲，只是眼淚大顆大顆的掉，她用帶著哭腔的聲音說道：「但是，我發現這幾天我在哪兒都看得見她，我在學校中午休息時，轉過頭，就發現她站在我們學校操場的樹下面，好幾次了……遠得很，我看不清楚，但我就是感覺她在盯著我看。」

二姐有些語無倫次，眼淚掉得更厲害了，但我們是一家人，血脈相連，都能聽得懂她話裡的意思，也都能體會她現在的心情。

「我問同學，你們看見操場站的有人沒有，他們都說沒，每一個都是那麼說的，晚上睡覺，我總覺得她在窗戶邊兒看我，不，不是的，有時候，我覺得她就站在我家門口。我怕得很，我又不敢說……我覺得我好想擺脫她哦。」

二姐總算把話絮絮叨叨的說完了，說到後面，完全是在拼湊句子了，可是我們一家人卻聽到沉默了。

我也不知道哪兒來的一股衝動，一下子就從凳子上站了起來，大喊道：「爸爸，我曉得她是哪個，我曉得，那天晚上我就看見一個女的跟著我們的，肯定就是她！肯定！」

我爸媽完全不明白我在說啥，因為我沒提起過這件事兒，可他們的臉色卻異常的難看，也不知道他們心裡到底在想什麼。

這時候大姐站了起來，走到二姐面前摟著她：「二妹，妳不要怕，書上說了的，這個世界上沒有鬼神，都是騙人的，以後我和妳一起，我就要看看是哪個女瘋子敢欺負我妹妹！」

其實大姐她自己都沒察覺到，她這番話說得特別沒有底氣，因為她那天確實就什麼也沒看見，她連想都不敢想，自己妹妹是不是瘋了，這個結果她是絕對不願意面對的。

如果是這樣，她情願相信世上有鬼！

第十七章　夜半驚魂

我大姐這番話無疑是安慰到了我二姐，她不那麼怕了，反而我被我爸吼了一句閉嘴。

最後商量的結果是，從今天開始我媽就陪著我二姐睡，包括晚上上廁所，也由我媽陪著，至於二姐上學大姐陪著，放學就由我陪著。

我爸總結的話就是一定把那個瘋子逮住了，逮不住也得嚇走她。

在我們全家的刻意迴避下，那女人直接就被定調為瘋子。

只是我大姐二姐不知道的是，在這之後，我被我爸媽找個藉口單獨帶進了屋子，詳詳細細的問起了那什麼女人跟來的事兒。不過，最後給我定調的是，我那還是發燒給發得神志不清！

在這之後兩天，二姐的情況好了一些，她自己說的，除了偶爾在學校看見，其他時候沒看見了。

這種情況下，我爸媽又命令我中午也去陪著我二姐，讓人高興的是，這樣做之後，我二姐在學校也沒看見那女的了。

事情好像就這樣結束了，我爸媽也鬆了一口氣。

現在想來，他們是不願意輕易去找姜老頭兒的，只因為姜老頭兒說過我父母緣薄，當時我還小，這句話的傷害也還小，隨著我長大，和父母的感情加深，這句話的傷害就大了。

他們不是不尊重感激姜老頭兒，而是怕姜老頭兒一到，這句話就應驗了。

但事情真的就這樣平息了嗎？

十天以後，我二姐已經三天沒看見那個女人了，而就在這一天，我二姐跟我媽提出了她要單獨睡。

因為我媽是個睡眠很輕的人，夜裡容易警醒，這樣也很影響二姐的睡眠。我二姐感覺這段時間學習拉下了不少，好不容易不受那女人影響了，可晚上沒睡好，也挺影響的。

再加上我二姐本身才十一歲，也算是一個小孩子，小孩子的忘性總是大的，加上小孩子畢竟沒那麼多忌諱，一忘了，也就真的不留啥陰影了。

可我媽不同意，畢竟她和我爸深知是咋回事兒的，我媽還是非常謹慎的選擇了繼續陪著我二姐睡，睡到啥時候再定。

可也就是在那天晚上，我二姐出事了，我是第一個見證人。

那天晚上我家吃的是老臘肉，眾所周知，老臘肉很鹹，但這也阻止不了無肉不歡的我，我吃了很多。

吃了很多臘肉，我也就喝了很多水，所以，在那晚上，我睡得特別不安穩，老是夢到尿尿，終於被一股尿意給憋醒了。

農村的房子，廁所一般是修在主屋外面的，我迷迷糊糊的起來，就直奔廁所去尿尿了。

夜晚是那麼的安靜，除了一兩聲狗叫，剩下的就是蟲鳴，在這種安靜的環境下，我直到尿完尿都不是那麼的清醒。

接近十月的天氣已經開始涼了，特別是夜晚，和白天的溫差特別大，一出廁所，冷風一吹，我凍了個激靈兒，才稍微有些清醒。

我可能會忘記成長歲月中許多事情的細節，可我咋也忘不了那一夜特別的黑。

只因為稍微清醒的我下意識的抬頭看了一下，那一夜不要說星星，連月亮都沒有，我站在院子裡都感覺黑得伸手不見五指！

「好歹是我家我熟悉，要在外面我不得掉進去？」這是我當時唯一的想法，想完之後，我就摟著胳膊，打了個噴嚏就快速地朝屋裡衝去。

接下來，也不知道因為是巧合，還是因為太黑，我又衝得太快，我在院子裡摔了一下，而就是摔這一下，讓我發現了不對勁兒。

咋說呢？人的眼睛都是有適應黑暗的能力的，畢竟我是已經清醒了，所以也稍稍能看見一點兒了，再說這是在熟悉的環境——我家院子，我才能抬頭一看，就發現不對勁兒。

不對勁兒的地方在哪裡？就在我家大門那裡！我發現我家大門那裡有一片兒陰影，就像是有個人站在那裡！

夜很黑，所以我又不能確定，我只是懷疑著，不自禁的朝前走了幾步，這一下我看清楚了。

而這一看，驚得我差點叫出來！二姐站在門口！

「二……姐，二姐……」我不確定的叫了兩聲，二姐不回答，連頭也沒回。

可我極其肯定是我二姐，她身上穿的是我非常熟悉的，睡覺時她愛穿的小褂子。

此時的二姐就一個背影，但給我的感覺也非常的不好，總覺得是哪裡不對勁兒，但又說不上來，我想叫我爸媽，我又想拉我二姐回去睡覺，我就這麼猶豫了一秒。

最後，我決定先拉我二姐進去，再去叫爸媽，所以，我努力壓制著那不好的感覺，朝著二姐走去！

就快走近二姐的時候，二姐忽然就轉身了，那一轉身嚇了我一跳，我也清楚的看見，二姐平時連睡覺都喜歡鬆鬆紮著的頭髮，此刻是披散下來的，也不知道是為啥？

「二姐，妳幹啥呢？」我壯著膽子喊了一句。

二姐不答我，朝著我就笑了笑，這原本該是很平常的一笑，卻讓我非常的毛骨悚然，那樣子有些淒涼，又很凌厲，還非常的飄忽，最重要的是她那個笑容有一種怨毒的味道在裡面。

這根本就不像是我二姐在對我笑。

我的心收緊了，人本能的覺得害怕，我愣住了，就在我一愣神的時間，我二姐飛快的轉過身去，毫不猶豫的就打開了院子的大門，朝外衝去！

這時的我終於反應過來了，在院子裡大喊了一聲：「媽，我二姐不對勁，她現在朝外面跑了。」

我喊的聲音很大，不僅我那睡眠原本就輕的媽媽醒了，就連我爸睡的大房間燈都亮了，這天色很黑，我二姐一衝出去，轉眼就要看不見人影子了，我一邊著急著想爸媽快點，一邊擔心著二姐就快哭出來了。

終於，我媽衝出來了，一到門口就嚷道：「三娃兒，你二姐往哪兒跑了？」

我衝到門口一看，二姐的背影都快看不見了，也不知道哪兒來的勇氣，吼了句：「媽，妳跟著我，我去追我二姐。」

「三娃兒，你……」我媽在喊著什麼，可我已經衝出了大門。

我追著二姐的背影，跑得很快，耳邊的風呼呼作響，我忘記了害怕，腦子裡全是二姐平時對我好的場景，我只有一個念頭，不能讓我二姐出事兒。

可是二姐跑得好快，我竭盡全力都追不上她，平時二姐根本就跑不了那麼快，更不要說跑得贏我，今天她是咋了？我追不上二姐，心裡又急又無奈，跑著跑著眼淚就流下來了，有一種就快要失去我二姐的感覺。

「姐，二姐啊，妳等等我……」我跑在二姐身後邊哭邊喊，可我二姐根本不理我。

因為跑得太快，天又黑，我終於摔倒在了地上，鄉村的土路原本就凹凸不平，也不知道是什麼東西磕到了我，我全身疼痛，也就在這時，我回頭一看，爸媽也追了上來，我爸拿著手電筒，那明晃晃的燈光正好照到我。

「三娃兒，你回去……」我爸在我身後氣喘吁吁大喊到。

「我不！」我飛快從地上爬起來，轉頭就跑，繼續朝著二姐追去，年紀小的我還不懂親情那種不能割捨的情緒，我只認為我現在回去了，就是拋下了我二姐。

就這樣，我二姐在前面跑，我，我媽，我爸在後面追，彷彿只要二姐不停下來，我們也就不會停下來。

也不知道這樣追了多久，我漸漸的覺得不對勁兒，村子裡我太熟悉了，二姐跑這條路是去哪兒？

分明就是要跑去村子裡的墳地！

第十八章　厲鬼上身

墳地，一想到墳地我全身就起雞皮疙瘩，因為在墳地我才有一場不咋愉快的回憶，這次二姐又要跑去那裡！這個時候，不要和我說啥世界沒有鬼神之類的話，發生了這些，就算年紀小小的我，也感覺世界觀被顛覆了。

我怕，我真的很怕，可我不能停下，我不能放棄我二姐，那墳地在我感覺就像一個黑漆漆的深洞，我二姐只要跑進去了，就會被吞噬！

二姐的確是跑向墳地的，跟著她再追了一會兒，已經上氣不接下氣的我，就這樣看著她率先跑進了村裡的那片亂墳崗。

在這片亂墳崗，村裡不知道祖祖輩輩有多少人葬在這裡，聽說抗戰的時候，這裡還埋葬過很多不知名的人，平日裡，如果不是上墳祭祖，村裡人根本就不會到這裡來。

二姐跑進亂墳崗後，就停了下來，我在她身後也氣喘吁吁的停了下來，距離她大概就一、二十米的樣子，我實在跑不動了。

半蹲著身子，我大口大口的喘息著，抬起頭剛想跟二姐說點什麼，我發現二姐忽然轉身了。

也不知道是風吹散了雲，還是其他什麼原因，此時天上已經掛著一勾朦朦朧朧的彎月，由於雲沒散開，那月光毛露露的，但就算如此，我也可以清楚的看見離我不遠的、二姐的臉。

二姐的神情詭異，望著我似笑非笑，那眼神裡彷彿包含了很多東西，絕不是我那單純的二姐那種純淨的眼神，總之，在月光的映照下，那樣子要多可怕有多可怕！

這時，我爸媽也追了上來，我媽半抱著我，我爸連氣都來不及喘一口，就對我二姐說道：「曉娟，妳大晚上的幹啥呢？跟爸回去！」

二姐還是那表情，似笑非笑木木的看著我爸，就跟看一個陌生人似的，也不說話。我爸一步一步朝著她走著，一邊走著，一邊喊道：「曉娟，走，我們回家。」

「哈哈哈……」二姐忽然狂笑了起來，那聲音癲狂又陌生，彷彿是在嘲笑我爸的提議是多麼的可笑。

「曉娟啊，妳這是在笑啥啊？」我媽已經哭了出來，二姐這個樣子，我媽根本不能接受。

二姐停止了狂笑，輕蔑的看了我爸一眼，轉身又動了，這次她沒有跑，而是朝著她身後的一座大墳包兒爬去，很快就爬上了墳頭。

「你不要過來。」爬上墳頭的二姐忽然就指著我爸說到，那聲音非常的陌生，根本就不是我二姐的聲音。

「曉娟，我們回家。」我爸此時怎麼肯聽，還是執意的朝著二姐走去。

「哈哈哈……」在墳頭上的二姐又開始狂笑，可接下來，她一把把手放進了嘴裡，使勁的咬了起來，也不知道那是用了多麼大的勁兒，只是咬了一下子，那鮮血就順著我二姐的手腕流了出來。

「曉娟啊……」我媽開始哭了起來。

「你不要弄我女兒！」我爸幾乎是憤怒地狂吼到，可他卻再也不敢動了。

見我爸不動了，墳上的二姐終於不咬自己的手了，她再次用那種輕蔑的眼神望了我爸一眼，在墳頭上坐了下來，接下來發生了一件更詭異的事兒。

我二姐她竟然坐在墳頭上開始唱戲！

「良辰美景——奈何——天……」二姐全然沉浸在自己的世界，唱得是那麼的投入，只是聲音飄渺，有種不落實處的感覺，讓人聽了毛骨悚然。

我實在不懂欣賞什麼戲曲，只是單純的覺得在這樣的環境下，還是坐在墳頭上，無論我二姐唱的是什麼，都會讓看見的人做惡夢。

二姐就這樣持續唱著，我和爸媽也只得在下面守著。

心裡又心疼又無奈，害怕也是有的，可就是不敢挪動半步，就連小小的我只要一想起把二姐一個人扔在這裡唱戲都傷心，何況是我爸媽？

我們只能守著！

夜裡的冷風一陣兒一陣兒的吹著，毛月亮時有時無，二姐唱得如此投入，有時還會站起來比一兩個動作，哪裡管站在墳地裡的我們心中淒苦？

當天色終於濛濛亮，村裡的雄雞終於發出了第一聲打鳴聲兒之後，二姐不唱了，她用一種說不出的眼神望了我們一眼，忽然就昏倒在了墳頭上。

這時的我們像被繃緊的弦，終於被放鬆了一樣，都長呼了一口氣，我媽甚至抱著我一屁股坐在了地上，一晚上站著動也不動地守著二姐，我媽的腿早麻了，一直都是在憑意志力支撐。

我爸也好不到哪裡去，他使勁地活動了一下手腳，待緩過來後，大起膽子靠近我二姐坐的那座墳包兒，一把拉下二姐，背在背上就開始走，我和我媽見了趕緊跟著。

二姐一直在我爸背上昏迷不醒，我媽心疼地去摸了一把我二姐，那身子冰涼得就跟剛才冷水裡泡過了似的，這讓她想起了當年摸周寡婦的感覺，心裡一傷，又開始落下淚來。

路上碰見了村裡的王老漢，他看見我們一家人，臉色有些不好看地走過來問道：「你們家二妹是咋了？」

我爸媽支吾著，也不知道在說啥，我更不會應付，乾脆就沉默。

那王老漢卻也好像不是太在意這事兒，聽我爸媽支吾了一陣兒，他禮貌地說了句注意給孩子看病，就臉色無比難看地對我爸說道：「老陳，我昨天晚上在地裡守夜，不太安穩啊。」

「咋了？」我爸其實無心聽他說，一心牽掛著二姐，嘴上敷衍的味道甚重。

可王老漢那樣子確實也是很想找個人訴說，也不在意我爸的敷衍，逕直的說道：「就從昨天半夜開始，我一直聽見有個女人在唱戲，那聲音可寒磣人了，跟個鬼一樣，嚇死我了！老陳，你們聽見沒？」

聽見王老漢如此說，我們一家人心裡同時「咯噔」了一下，我爸忙說到沒聽見，沒聽見……然後安慰了王老漢兩句就把我二姐背回了家。

回到家後，大姐已經做好早飯在等我們了，看她眼睛紅紅的，就知道大姐也是一夜沒睡。

後來，我才知道，昨天晚上我那一聲喊，是把大姐也吵醒了的，她原本也是要跟來的，是我爸叫住她，讓她在屋子裡守著的，她也是擔心了一晚。

看見我爸背著我二姐回來，我大姐非常擔心的問道：「爸，我二妹是咋了？」

我爸歎息一聲，也不答話，我媽去把院子門關上了，半天才說了一句：「等下再說。」

然後我媽吩咐我大姐弄來熱水，一起把二姐全身擦洗了一次，再由我爸把我二姐抱上床，給蓋上了厚厚的被子，那早飯就涼在了那兒，誰都沒有心思吃。

最後，是我爸掐滅了手中的菸，沉重的說了一句：「我要去趟鄉場，是該找找姜師傅了。」

我和我大姐聽得迷茫，都不禁問了一句：「姜師傅是哪個？」卻沒得到任何回答。

我爸當天早上就去了鄉場，手上提著菸酒，那是別人人情往來送我爸的，我爸是捨不得自己享用的，這下算是派上了用場！

七四年，隨著時代的發展，鄉場上的鄉政府辦公室也裝上了電話，我爸是知道，也就不用那麼麻煩的跑鎮上了。

我媽和我是跟著一起去的，我媽是為了給三個孩子請假，我二姐肯定是上不成學了，我大姐今天要留家裡照顧二姐，至於我，我爸莫名其妙的說了句：「姜師傅也許最樂意聽見三娃兒的聲音。」

我實在不知道姜師傅是誰，更不明白他為啥會樂意聽見我的聲音，但是在這種時候，我是不會給我爸添亂的，就算心裡悶著想，我也沒問什麼。

到了鄉場，我爸找了鄉場上的一個熟人陪著，也沒費多大的勁兒，送了些禮，就得到了使用電話的權力，從褲兜裡摸出一張看起來已經很陳舊的紙，我爸遞給了辦公室幫忙的人，說道：「就麻煩同志幫我打一下這個電話。」

那手搖式電話在我爸眼裡看起來是那麼的神祕，他根本就不知道咋用，別人能幫忙打一個，是再好不過的了。

那人接過那張紙一看，頗有些震驚的問道：「看不出來你北京還有親戚啊？」

北京？我爸愣住了，他咋也想不到，姜老頭兒抄給他的電話號碼竟然是北京的！那時候的老百姓哪兒能看懂電話號碼是哪裡的？

姜老頭兒在我爸眼裡越發的神祕了起來。

第十九章　神祕的北京電話

「也就是我們才知道，這個號碼是直接轉到專線接線員，這個接線員是專轉北京啥地方的，反正是上層人物。話說，這是彙報專門的工作才能用上的……」幫我爸這人是個啥官的祕書，知道的不少，他接過號碼喋喋不休的說著，看向我爸的目光也就越發琢磨起來。

這是普通老百姓不能接觸的層面，那就是所謂的專線，那時候普通老百姓打電話無非就是撥個總機號碼，扯著嗓子喊接哪個地兒，哪個單位，找誰誰的，專線是什麼概念？不知道！

這位祕書也只是模糊的知道，當有啥重大事件的時候才能使用專線，而且專線號碼是各不相同的，背後代表的是啥，恐怕也只有少數人才知道。

這條專線的具體情況，這位祕書顯然也是不知道的，他模糊地知道這條專線是北京的，已經相當了不起了。

我爸被說得一愣一愣的，根本不知道咋接腔，就是那祕書琢磨的目光都讓他不自在，只得笑而不答，弄得那祕書越發覺得我爸說不定有挺深的背景。

電話很快撥通了，電話那頭傳來一個好聽的女聲，標準的北京腔，問道：「請問您轉接號碼？」

和普通電話不同，在這專線不需要報具體的單位什麼的，只需要念一個專門的號碼，就會被轉接到指定的地方。

那祕書是懂得這些的，趕緊念了三個數字，電話被轉了，接著又是一個女聲詢問轉接號碼，祕書又念了最後三位數字，這時電話才算正式打通。

這一通的功夫簡直把我爸給繞昏了，直到那祕書叫了我爸一聲，我爸才戰戰兢兢地接過電話。

看我爸接過電話，那祕書並沒有離開，畢竟在那個年代，沒有隱私權這一說，何況誰也不想犯錯誤，必須防備我爸是特務的可能性！

我爸自然也不能計較這個，好歹姜師傅也交代過該說啥，不用說什麼特別的話，反正能打電話就不錯了。

「喂……」電話通了，在電話那頭傳來一個沉穩的男聲，只是喂了一聲就讓我爸在電話這頭立刻站直了身子，搞得像是在和大人物彙報事情一樣。

有的人就是這樣，那分氣度就是聲音也能表現出來，電話那頭的人好像就有這種上位者的氣度。

「你……你好……」我爸憋了半天，憋了句「椒鹽」普通話出來，畢竟那邊是標準的京腔兒，他可不敢保證別人能聽懂他這四川「土話」。

「請問您找誰？有什麼事嗎？」儘管氣度不凡，那邊的語氣也是相當客氣，只是這種客氣有種自然的疏離感和距離感，並不讓人感覺到親切。

「我，我找姜立淳，姜師傅。」我爸那「椒鹽」普通話本就說不順溜，加上電話那頭傳來的壓力，給他帶來的緊張，說話更加結巴，就連那祕書都替我爸捏了把汗。

電話那頭沉默了，弄得我爸捏著話筒的手都滑溜溜的，沒辦法，流了太多的手心汗，他生怕那邊忽然就冒出一句沒這個人。

好在那邊也沒沉默多久，忽然就有些急切地問道：「那您又是哪位？」

「我，我，我是陳承一的爸爸。」我爸照著姜老頭兒的交代報上了他是誰，這時不僅那祕書納悶，連我也納悶，為啥我爸不說自己是誰，偏偏要說他是我爸爸，我認識那人？我那麼有面子？

那祕書還不知道陳承一是誰，估計心裡只是想難道這位貌不驚人的村民有個叫陳承一的本事孩子？

「承一？承一！不錯，不錯。」電話那頭莫名其妙的冒了那麼一句，似問句，又似在感歎，加上兩個不錯，搞得我爸糊裡糊塗的，也不知他是個啥意思。

「那好，我知道了，我會通知姜立淳的，還有什麼話要轉告嗎？」那邊在感歎了幾句我的名字後，那意思就準備直接掛電話了，只是禮貌的問詢了一句。

我爸可不幹了，這就要掛了？不行！也不知道哪兒來的勇氣，我爸那「椒鹽」普通話也流利了，大聲的說道：「請你一定要轉告姜師傅，我女兒有些不好了，要他幫忙，我這邊急得很啊。」

電話那頭依舊那麼沉穩，聽了只是不疾不徐說道：「我會儘快的。」

說完，還不等我爸說別的，就掛斷了電話，留我爸一個人拿著話筒，有些目瞪口呆的聽著那「嘟」「嘟」聲，半天回不過神來。

總之，我爸已經盡了最大的努力來挽救我二姐，和我二姐的命比起來，就算要面對以後和我的緣分薄，也必須得忍著，我爸是抱著這樣的想法來打這個電話的。

只是，這電話打得讓人一頭霧水，莫名其妙，我爸內心不安，也只得歎息一聲，然後離開了鄉辦公室！

盡人事，安天命吧。

轉眼間，一個星期過去了。

我二姐的情況越來越糟糕，在前幾天一天還總有那麼一、二個小時的清醒時間，在那時間裡，她會哭，會喊著媽媽，我怕，也會告訴家人她什麼都記不起來。

而這幾天，我二姐白天大部分的時間就是昏迷或者說是昏睡，醒著的時間也是睜著一雙空洞的大眼睛，什麼也不說，什麼也不答，像一個沒魂兒的人！

至於晚上，就是我們全家最痛苦的時間，因為只要一過了晚上十一點，我二姐總會爬起來，往墳地走。

這個時候的她就跟換了一個人似的，眼神表情總會變得很陰森怨毒，家人也攔不住她，一攔她，她總會變著方法傷害自己，就算綁住她，她也會咬自己的嘴，咬自己的舌頭。

我爸媽極度痛苦，沒有辦法之下，只能把二姐的嘴給塞住，她就拚命的撞自己的頭。

最痛苦的時候，我爸甚至拿出了菜刀，直接對著我二姐嚷道：「你出來，你別搞我女兒，老子和你同歸於盡。」

換來的只是一連串瘋狂的笑聲和輕蔑的眼神，這樣的結果連我爸這個一向堅強的漢子看了，都忍不住蹲在地上抱頭痛苦！

自己女兒難過，父母的痛苦也不會輕多少。

無奈之下，我們只能放任二姐去墳地，實在不忍心已經虛弱不堪的她還弄到一身傷痛了，她還是坐在墳頭唱戲，我們一家人就只能輪流守著。

可最糟糕的情況遠不止於此，村裡的人已經察覺到了這件事兒，你想，夜夜從墳地裡傳來那詭異的唱戲聲，誰心裡不寒得慌？

王老漢只是最初發現的一個罷了。

這樣連唱了三天以後，村裡有幾個膽大的漢子就相約到墳地查看了一番，最終他們發現了我家的事兒。

村裡人善良，同情我家的人不少，可在那個年代，是不能輕易說「怪力亂神」的，想幫忙出個主意，也只能悄悄的到我家來，悄悄的說。

而且村裡有了傳言，基本的傳言都是：「老陳家那好個妹子，咋就得了精神病呢？」

「唉，那丫頭我去看過，已經瘦得不成人形了，臉色也白得嚇人。」

諸如此類的話，天天都能傳到我爸媽耳朵裡，只是更讓人心傷罷了。村裡的人看得也唏噓，可是大家都是平常的百姓，就算在農村，神神鬼鬼的故事聽得多，真遇上了又能有啥辦法？其實，大家都是明白人，知道我二姐是不可能忽然得啥精神病的，全部心裡都明白著，我那二姐是撞上東西了。

另外，同情歸同情，因為我二姐的情況，村裡人也人心惶惶起來，這鬧鬼鬧得大啊，誰家都怕那鬼下一個就找上了自己。

周寡婦來我家了。

她是村裡唯一一個正面接觸過鬼魂的人，畢竟她和周大的鬼魂一起生活了七年，也算有經驗的人，我家幫過她和周大，她記著恩，也想來我家看看情況，出個主意。

「秀雲妹子，一般這東西纏人，都是有啥心願未了，就像我家那口子，走的時候瞧見了我有身孕，擔心我們孤兒寡母的，捨不得走，所以就纏著我。你們要不問問纏著妳家二妹的東西有啥心願未了。」周寡婦挺真誠的說到。

「可是那東西不像有啥心願未了的樣子，我感覺她就是要弄我家二妹，不弄死不甘休的樣子。」我媽心裡苦，但面對周寡婦還能說兩句真心話，畢竟兩人也算同甘共苦過。

周寡婦沉吟了半晌，才臉色頗為沉重的跟我媽說道：「這東西可能是個惡東西，我聽周大那會兒說過，他這種鬼就是一般的，普通的鬼，有一種鬼那是惡鬼，連他都不敢惹，那種鬼怨氣重，也無顧忌，反正纏上人就是一件惱火事兒。這事兒，怕妳只有找姜師傅了啊。」

「找了，可是過了那麼久，都還沒個信兒，我這心裡啊……」

那時候的通訊遠遠沒那麼發達，除了苦等，我爸媽沒有別的辦法了。

又是三天過去了，這個村子因為二姐的事情變得有些愁雲慘霧起來，往日的祥和寧靜正在漸漸消失，大家心裡都有心事，見面聊天打招呼變少了，每夜每家每戶都是早早的睡下，無奈很多人家還是能聽到半夜那詭異的戲曲聲。

因為我二姐的情況已經嚴重到每天夜裡十一點一過，她在走去墳頭的路上都會邊走邊唱。

我不敢說，更不敢承認，在我心裡認為我二姐快要死了，現在在白天她幾乎已經不咋睜開眼睛了，偶爾睜開眼睛，那眼神都也不再是前幾天那種空洞，而是用一種怨毒的目光細細打量我家的每一個人，像是在思考什麼。

我知道那個時候絕對不是我二姐，而是那個女鬼！看看吧，那女鬼在白天都能纏上我二姐，我二姐不是快死了嗎？

想起這個我就很傷心，可是我又無能為力。

有好幾次我都想起了那夜在墳地裡的遭遇，想起了脖子上掛的虎爪那晚驚人的表現，我想取下來拿給二姐戴，可是都被爸媽堅決阻止了，我連偷偷給二姐戴上都沒機會。

因為他們現在幾乎是日夜都守著二姐，我爸幾天都沒幹活了。

我最後一次憋急了，問我爸：「這個東西真的有用，為啥不讓我給二姐戴上？」

我爸考慮了半天，最後第一次無奈的回答了我：「如果你取下來，只怕後果更嚴重，有更預料不到的事情發生，再說也不一定能救你二姐。你二姐我會盡力，我不能再失去一個兒子了。」

我爸話裡的意思，對那時的我來說，理解起來困難了一點兒，可我卻聽懂了，我取下來了，會有更可怕的事情發生，我不能取下這個東西。

所以，我無能為力，那種感覺像是一隻冰冷的大手，直接握緊了我那小小的心臟，讓我感覺到前所未有的沉重和壓抑。

三天後的下午，一個老頭兒出現在了村子裡。

這個老頭髒兮兮的，穿一件灰色的短袖的確良襯衫，並大刺刺敞著胸，一條有著肥大褲管和褲襠的褲子，用一條布繩繫著，可笑的是那條肥大的褲子，一條褲腿被他提到了膝蓋以上，一條就那麼直接的垂著，更剛下完田似的。

再仔細點兒看，這老頭兒哪裡穿的什麼灰色的的確良襯衫，明明就是白色的！只是因為太髒，看不出本色了而已。

另外他的頭髮也亂糟糟的，半長不短的鬍子也糾結著，臉上也是有著一些莫名其妙的痕跡，說不清楚那是灰塵，還是泥土。

就這樣一個老頭，下午無聲無息的出現在了村子裡，背著一雙手，眼睛賊溜溜的在九月的田地裡東看看，西看看，還不時的笑一聲。

彷彿他也在讚歎九月秋天的地裡，成熟了的農作物是那麼的豐盛。

這樣的老頭，讓村子一群六、七歲的孩子看得莫名其妙，心生警惕，卻讓村裡的大人們沒由來的感覺到一種親切，這副形象他們太熟悉了，這不是在村裡已經消失了很久的姜老頭兒嗎？

他消失之後，村裡的人們也曾念叨過他，誰都會對一個孤老頭子有一些同情心的，就算這個老頭子很猥褻。也曾有人擔心的想過，姜老頭兒會不會在七年前那個很冷的春節給凍死了，但一說出來，都被大家否認了。

比起這個，大家更願意相信這老頭兒是投靠親戚去了，有一次他二舅不是來了嗎？

「是姜老頭兒嗎？」村裡有村民開始給他打起招呼來，對於曾經在村裡「浪蕩」了那麼久的一個人，淳樸的村民是有感情的，否則也不會心生親切了。

「是咧，是咧。」姜老頭兒熱情的回應到。

「這些年你都到哪兒去了哦？怕是有好些年沒見著你了。」又有熱心的村民問到。

「去北方親戚家了，想起這兒的海椒（辣椒）巴適（好，舒服的意思），姑娘兒漂亮，我又回來了。對了，村裡的劉芳她想我沒有嘛？你們不能豁（騙）我哈，給我講老實話，她想我沒有？」姜老頭兒一本正經的回答到，在場的村民一頭的黑線，可終究又忍不住發出了一陣爆笑的聲音。

姜老頭兒就是姜老頭兒，本色不改啊，劉芳是村裡最漂亮的姑娘，姜老頭兒最愛跟在別人後面，有一次還被氣急了的劉芳老漢提起掃把跟在後面追過，就算這樣都攆不走姜老頭兒，第二天他照樣跟著劉芳。

好在村裡人後來熟悉了他的秉性，也就由他去了，沒想到這一回來，呵呵……

「姜老頭兒，人家劉芳嫁人了，怕是不會想你囉……」有村民調侃到。

這姜老頭兒一回來，就如同給這個人心惶惶的村裡注入了活力劑，大家莫名其妙的開心起來，那麼多天以來的陰霾彷彿也一掃而空。

劉芳嫁人了？這句話彷佛一個晴天霹靂打在了姜老頭兒的心上，這個老頭兒立刻就「焉巴」了，嘴裡念叨著：「真是的，劉芳老漢也不考慮哈我，劉芳也不等我，等我去賺份嫁妝唄。」

「唉……唉……唉……」姜老頭兒連連歎息，一副痛心疾首的樣子。

劉芳老漢也在人群中，被姜老頭兒搞得又好氣又好笑，偏偏發作不得，村裡誰不知道，這個老頭兒是個滿嘴跑火車的貨？由得他去說唄，瞧他那樣子，也不是真的要娶了劉芳。

「姜老頭兒，我家地裡的茄子熟了，你要來吃點兒新鮮茄子？」

「姜老頭兒，我家地裡番茄還掛著果兒，紅彤彤的，好吃的很，你要……」

「姜老頭兒，我家……」

「……」

「不去了，不去了，劉芳都嫁人了，今天老子要絕食，不去了！」姜老頭兒把手一背，分外沮喪的走了，留在一地兒的歡笑在他的背後。

人們笑吟吟的看著他的背影，覺得這老頭兒太可樂了，改天一定得弄點兒地裡的新鮮貨給他，嗯，不讓他幹活！淳樸的村民都這樣想到。

姜老頭兒一溜煙兒走了，村民們也散了，反正很多年前就習慣了，這老頭兒「神出鬼沒」

的，這時，也心思活絡點兒的村民會想，這老頭兒啥時候回來的呢？咋不見個行李？他還住在山上？

不過也沒往深了想，這姜老頭兒彷彿極有存在感，又彷彿極不引人注意，他的到來就和他的離去一樣，人們是摸不著頭腦的，人們似乎已經習慣於他的「神出鬼沒」了。

我家並不知道姜老頭兒回來了，只因為我二姐的事兒，我爸媽已經好幾天沒出過門了，除了二姐晚上出去唱戲的時候，他們會跟著。

現在的我父母，連休息也是極少的。

姜老頭兒在村子裡鬧騰的時候，我媽正在給二姐「灌」粥，二姐現在已經不會主動吃任何食物了，原本就清瘦的她，現在更是只剩一把骨頭。

我爸媽對這樣的情況，心疼之極，無奈之下，只得把瘦肉和青菜細細的切碎了，加些米，熬成似流食一般的粥，等涼些了，強行給我二姐灌下去！

就算是這樣，我二姐也是吞進去的少，吐出來的多，情況糟糕之極。

到如此，我爸媽唯一的希望就是姜老頭兒，他們不相信姜老頭兒會「爽約」，他們對姜老頭兒的信任一如當年，只是這時間久了，他們也難免焦躁，嘴角起了一大串的燎泡。

這天晚上八點多，村裡安靜了下來，在往常也並不會那麼早就靜得跟深夜似的，最近因為我二姐的事情，大家休息的是格外的早，天一擦黑，就不再出門，生怕也衝撞了啥不乾淨的東西。

我家還亮著等，反正夜晚對於我家來說已經沒了任何意義，總是要守著二姐的。

這個時候，我媽和大姐守在二姐的床前，我媽拉著二姐的手，一個勁兒的流淚，我大姐臉上也掛著淚珠兒，神情也分外的沮喪麻木，受到了太多正統教育的她，在這幾天來，世界觀無疑已經改觀了，只是還難以接受罷了，只是更不能接受的是，二妹正被那神祕的東西折磨著，她這個當姐的卻愛莫能助。

而我爸呢？蹲在屋簷下的梯坎上抽菸，雙眼有些無神，他最近總習慣這樣發呆，每當這種時候，我也蹲在他旁邊守著，我心裡也難受，一老一小的背影是那麼的悲涼。

男人總歸和女人不同，就算小小年紀也有差別，那傷心的事兒一旦悶心裡了，沉默就如影隨形了，儘管那沉默就如山一般的要把人壓垮，他也哭不出來了。

就在這個對於我家來說還算「正常」的時候，門外響起了一陣敲門聲兒。

我爸騰的一下站起來，狠狠的把菸甩在了地上，咬牙切齒的罵道：「這個狗日的惡鬼，她還要害哪個？衝老子來吧！」說完，就瞪著個雙眼跑去開門了，我也一臉憤怒的緊隨其後。

在這個時候，是不會有人來敲門的，要知道村裡已經是人心惶惶！所以，我和我爸第一時間想到的就是惡鬼。

這也怪不得我們風聲鶴唳，在長期的折磨下，一點點刺激都可以讓已經很脆弱的我們家人「發瘋」了！

怕？早已不怕了，反正見慣了，有時都恨不得自己代替可憐的二姐受那折磨，剩下的只是悲涼和心疼，這都是無能為力造成的創傷。

所以，我爸能毫不猶豫的衝去看門，我也能毫不猶豫的跟著，就算門口站著一個青面獠牙的惡魔，我們都能拚了。

「我看你狗日的要幹啥！」我爸怒氣沖沖的一把打開了門，我也捏著小拳頭一副拚命的樣子。

「我狗日的上門喝酒吃肉來了。」一個懶散的聲音在門口響起，一個髒兮兮的老頭兒正背著雙手站在我家背後，那雙眼睛笑眯眯的盯著我。

原本已經有了拚命的心情的我，在他的注視下忍不住倒退了一步，只因為那笑容要多猥褻有多猥褻，這老頭著實把我盯得一陣惡寒。

媽的，他有啥目的？

相對於我的警惕，我爸看見來人，卻忽然整個人都鬆了下來，那是一種小小的我形容不來的狀態，就像整個人終於找到了依靠，然後被放心的抽去了一直在支撐的意志，整個人都鬆軟下來的感覺。

我爸蹲在地上，哭了，是那種嚎啕大哭。

我傻在那裡有些不知所措，話說鬼都不怕了，我爸還能被這猥褻老頭兒給嚇哭？

可接下來我爸的動作更讓我大吃一驚，他忽然一把抱住那老頭兒的腿，大聲哭喊道：「姜師傅，救命，救命啊。」

這，這，這……？我爸已經傻了嗎？還是病急亂投醫？咋會喊這猥褻老頭救命？

「啊……」一聲尖叫在我身後響起，那是我媽的聲音，在下一刻，我就看見我媽跟一陣風兒似的，一下就跑到了門口，望著那老頭話也說不出來，只是泣淚橫流。

我家人這是咋了？

可那老頭兒很淡定，也不知道他哪兒來的力氣，一把就提起了我那哭得跟個小孩子似的爸，然後一步跨了進來，很自然熟悉的把我家院門關上了。

「哭啥？有我在，那個不長眼的東西能把你家二妹帶走？」進了院子，那老頭兒非常平靜的說到，而這句話讓剛才還哭得非常淒慘的我爸和我媽一下子就收住了淚，開始抹起眼睛來。

「我說過會管，會回來，你們就放一百二十個心。這不，事實也證明，我和我的乖徒弟那是有緣也有分啊。」那老頭兒忽然就猥褻的笑了起來，然後那髒兮兮的「大爪子」，一把就向我頭摸來。

事實上，他還小聲嘀咕了一句：「我都以為我快沒命了，結果是要留著來見我的乖徒弟。」只是聲音太小了，我爸媽根本沒聽見，我呢，是聽得個雲裡霧裡，只當他胡言亂語。

「呸，呸……你是哪個？憑啥相信你能幫我二姐！」這老頭兒盯著我笑的樣子，太讓我討厭，我一邊跳起來躲著他那伸向我的「魔爪」，一邊不服氣的頂撞他，反正就是要和他過不去。

「三娃兒……」我爸在一邊呵斥我，我媽也趕緊來逮過。

可那老頭兒根本不以為意，笑著擺擺手，一把就摸在了我腦袋上，任我咋躲，就是甩不脫那放在我腦袋上的手！

接下來，更是我的噩夢，他一把拉過我，兩隻手都捏我臉上來了，使勁的揉臑著我的臉和腦袋，直到我臉上也有了幾道髒兮兮的指頭印，他才罷手，然後非常滿意的望著我說道：「嗯，這才像個樣子。」

我委屈的嘟著嘴，不敢鬧了，一是我爸惡狠狠的瞪著我，好像非常反感我忤逆那老頭兒。二是，我被他弄怕了，現在臉上都麻麻的，頭都暈乎乎的。

「秀雲，快去給姜師傅弄吃的，要有肉，還要有酒！」我爸已經抹乾了眼淚，大聲對我媽吩咐到。

「誒，誒……」我媽也忙不迭的答應到。

「不急，不急，我去看下二妹再說。」那老頭兒背著手，回了我爸媽一句，抬腳就進了屋，我爸媽在後緊緊的跟著。

雖然那姓姜的老頭在我心裡是非常討厭的，但莫名的，我對他也非常好奇，趕緊的，我也跟了進去。

進了屋，姜老頭兒一眼就看見在了躺在床上的二姐，此時的二姐骨瘦如柴，面色蒼白如紙，呼吸也是非常的微弱，看得姜老頭兒也是歎息了一聲，眉眼間又似是憤怒。

大姐也看見了姜老頭兒，她站起來吃驚的看著姜老頭兒，姜老頭兒笑眯眯的看著大姐說道：「長恁大了，嘿嘿，黃毛小丫頭出落得水靈靈的，不錯，不錯。」

大姐對姜老頭兒是有些印象的，她指著姜老頭兒想說些啥，卻不想姜老頭兒此刻的神情卻嚴肅了起來，說道：「你們看著就好，切莫出聲打擾我，我倒是要和這害人之心不淺的惡鬼鬥上一鬥！」

我大姐不出聲了，我爸媽更是安靜，連我也是屏住了呼吸，想看看這姜老頭兒究竟有啥本事。

只見姜老頭兒上下打量了我二姐一陣，又翻開了她的眼皮看了看，說道：「三魂七魄，丟了一魂四魄，必須要找回來，只怕這惡鬼再來，被擠出陽身的魂魄更多，到時候，我怕也是要大麻煩一陣兒了。」

我爸忍不住說道：「姜師傅，這東西現在在不在我二妹身上？這要是魂魄都丟完了，人咋辦啊？」

「現在不在，它也不是時時都能上你家二妹的身，也得看時辰，看期會。如果丟完了魂魄，陽身生機未絕的話，那就會成為活死人，再也醒不來。如果陽身生機已絕，你說會咋樣？到時候怕是神仙也沒辦法。」

說完，姜老頭兒就沉吟了一陣兒，然後望著我爸非常嚴肅地說道：「說起來，大多怨鬼，惡鬼也是可憐之人而化，三小子童子命，更應多造善行，以圖消弭劫數，或者逢凶化吉！另外，我道家雖然不濟天下，只為修己身己性，隨眾生自然，但不到萬不得已，也不會違天道所含之善，也就是說，不到萬不得已，不忍讓鬼魂魂飛魄散。不過二妹這個樣子，怕是你們心中也有一口惡氣難出，是收是勸是打，你們決定吧！」

這番話對於我爸媽這半個文盲來說，確實高深得過了頭，不過大概還是能明白姜老頭兒的意思，更明白這其中還牽扯到我的善緣，不由得仔細考慮了起來。

第二十章　鎖魂結

說實話，我二姐被折磨成這個樣子，他們是深恨這個女鬼的，恨不得立即讓它消失了才好，可是……這其中一是牽扯到我，二是那句大多是可憐之人所化敲打著他們的心。

一時間，他們也做不了決定，沉默了許久，我爸才說道：「姜師傅，你看著辦吧！」

至於我，如同晴天霹靂的站在那裡，手腳都冰涼，腦子裡就一個念頭，我二姐是我害的？那鬼是我引來的？

姜老頭兒望了我一眼，他此時也來不及安撫我什麼，而是一把從包裡拿出了一卷紅線，這時，我才注意到他背了一個黃色的布包，一直就掛在他背後，所以不明顯罷了。

拿出紅線後，那姜老頭把紅線一抖，那紅線就散開了，然後他仔細琢磨了一陣兒，開始按照一種特殊的規律，在我二姐身上捆綁起來。

那結紅線的方式極為複雜，就算打一個結也好像極有講究似的，我根本就搞不懂這姜老頭兒到底在做啥！

他接下來又要做什麼？而且這看起來挺普通的紅繩有用嗎？

姜老頭兒的繩結打了整整半個多小時，整個過程極其複雜，最後所有繩子的結頭都散在胸口，姜老頭兒又在胸口打了最後一個繩結，這個結是最大的一個結，也最為複雜，姜老頭兒打好它又用了十幾分鐘。

「好了。」打好繩結，姜老頭兒伸手擦了一把汗，彷彿打那繩結是一件極其費力的事，因為我注意到在打繩結的時候，每一個結成，姜老頭兒都會念念有詞，同時在嘴裡念著的時候，他神情也十分的專注，那樣子根本就容不得半點分神。

在姜老頭兒忙完以後，此時再看看我的二姐，四肢以及腦門頂都被紅繩纏繞，每隔幾寸就有個結，最後在胸口處有一個最大的結扣兒在那裡，整個人像是被綁起來了一樣。

也不知道是不是我的錯覺，我總覺得在這姜老頭兒給二姐做了這樣一番功夫以後，我二姐的神情彷彿安穩了一些。

「姜師傅，茶。」我媽把茶水遞給了姜老頭兒，姜老頭接過喝了一口之後放下，然後才慢慢的說道：「這是鎖魂結，所用的紅繩也經過了特殊的處理，我這樣做是為了鎖住二妹的生魂。因為這段時間的種種事情，二妹體內的魂魄已經極不安穩，一點兒驚嚇都會逃出體外，加上那惡鬼夜夜糾纏，強入陽體，也是很容易被擠出去的。」

我爸媽聽得一陣難過，原來自己的女兒每天都在遭受這種折磨，為人父母卻無能為力。

說到這裡，姜老頭兒也有些愛憐的摸了摸二姐的頭髮，歎道：「這孩子也算意志力堅強，一直都在和惡鬼搶奪著自己的身體，換一個意志力薄弱點兒的人，三魂七魄早已被擠了出去。如果惡鬼不用她身子還好，大不了就是我跟你們說那種情況，也算解脫。若是要強佔她的身子，只怕對家人朋友來說才是一件傷害極大的事情。」

「二妹……」聽到這裡，我媽再也忍不住，把躺在床上的二姐摟在了懷裡，真是苦了二姐，這些日子都是她一個人在和惡鬼苦苦搏鬥。

「姜師傅，那惡鬼是為了占我家二妹的身子？」我爸有些憤怒的問道。

「也不一定，對鬼物來說，占人身子也不是一件輕鬆的事兒，至少平常的鬼是不太容易辦到的。比如周寡婦和周大，如果不是周寡婦完全的願意周大去上她的身，周大是做不到的，只要周寡婦有半點反抗的念頭，他就會被擠出去，因為說到底周大就是一隻凡鬼。如若惡鬼，帶怨氣而成，就強大了很多，但是它占人的身子也只能是在陰氣濃重之時，借天時地利加上本身的強大才能成功！而且在人體內還有生魂存在的時候，它也不能長時間的占據。如若體內的生魂被完全的擠走，還要看陽身和它合不合，不合的話，它頂多就只能借這陽身辦完它要辦的事，就必須離開。」

說到這裡，姜老頭兒頓了一頓，又接著喝了口茶，想是解釋那麼多，也頗為費神，如果是平常人，姜老頭兒就算出手，也懶得解釋這其中的關節，就是因為我，他才願意說那麼多，他在後來曾經給我提及，這就是「入學忽悠」！一是提起我的興趣，二是給我講解些知識。

「遇見合適的陽身是非常不容易的，就如同閉著眼睛在水裡一抓，抓到魚的可能性那樣小。所以，基本上這惡鬼並不是為了占二妹的陽身，它只是為了報復而已。」姜老頭兒不厭其煩的解釋著。

「它要報復啥？」我爸不解，怎麼也想不通我家有啥值得它報復的。

「惡鬼害人本就不需要任何理由，它恨意越大，所受波及之人也就越多，也就是說得看它的怨氣有多大。當然一般情況下，惡鬼是冤有頭，債有主，找完債主，也就了事兒了。可是若它所受的怨氣並不是單獨一個人給它造成的，還有整個環境的原因，那就不好說了。」姜老頭兒給我爸解釋到。

「可你說惡鬼是三娃兒引來的，它原本在鄉場上，沒見鄉場上有啥人出事兒啊？」我媽也非常的疑惑。

「這個就和三娃兒的體質有關了，他極易感受陰陽，天生就容易看透事物的本質，或者整個世界的氣場流動，這樣說吧，這就相當於是天生的天眼通。可是，萬事萬物，你在觀察它的同時，它也會觀察你，三娃兒看見它們的同時，它們也就看見了三娃兒，鬼這種東西，不能用人來衡量，就是說什麼一雙眼睛，一對耳朵之類的，然後想像它會去聽，去看，它們的感官不是這樣，我也不知道該咋解釋，這個說起來就非常的複雜。簡單點兒說，三娃兒看見它們，就如同點醒了它們，接著，三娃兒的體質原本就屬陰，極易和它們相合，簡直是塊香饃饃，這就容易惹鬼纏身，只不過……」

姜老頭兒說到這裡頓住了，他實在也不知道該怎樣淺顯的給我爸媽解釋這抽象的概念，還在思考該怎樣才能把事情的來龍去脈整理給我爸媽聽。

「是啊，它是怎麼找上二妹的啊。」我爸緊皺著眉頭，還在等著姜老頭兒解疑，另外，我爸也不懂，什麼叫看見了它們就點醒了它們。

但是，我爸也不打算懂，這個對於他和我媽來說，確實是太過高深了。

「惡鬼纏人是看怨氣的大小，怨氣折磨生人，同時也在折磨著它們自己，發洩一次怨氣對它們來說，是非常舒服的一件事兒，簡直就是非做不可的一件任務。它看中了三娃兒，想要纏上三娃兒，只是三娃兒有我的虎爪護身，它近身不得，那咋辦？它的怨氣沒得發洩，總歸是不會甘心的，在這種情況，體質較弱的二妹當然就成為了它的目標。至於為啥不找村裡其他人，這原因也很簡單，只因為你們都是三娃兒的家人，總是血脈相連，氣息相同的，它極易感受得到，村裡其他人除非衝撞到它，否則是無憂也無須擔心的。」說到這裡，姜老頭兒笑眯眯地看著我爸媽，接著說到。

「你們身在農村，聽過的鬼物傳說也不少，你們可以回想一下惡鬼害人的事兒，哪次不是同是一家人被纏上，有聽說過波及到近鄰嗎？新生之惡鬼怨念最大，也最為可怕，那個時候的它才可能會波及一整片兒地方，發洩完最初的怨氣後，它們就會無意識的存在，這也就是孤魂野鬼的一種，直到再次被啥事兒刺激到醒來。」

說到這裡，姜老頭兒才算解釋完了整件事情，時間也不知不覺到了晚上十點，我媽有些害怕的看了一眼我家的小鬧鐘，說道：「姜師傅，它要來了，這麼說來，要不要把三娃兒的虎爪給二妹戴上？以前三娃兒就想過這樣做的，我們想到了你的吩咐，就沒讓三娃兒這樣做。」

「不這樣做的是對的，三娃兒被纏上才是件麻煩事兒，少不得我大費手腳。再說，道家有養器一說，虎爪在三娃兒身上已經溫養了有七年，取下反而是件不美之事，讓別人戴了以後，這七年的功夫就算白費了。」

「那姜師傅，它要來了啊。」一直沒出聲的我大姐終於忍不住說了一句。

姜老頭兒嘿嘿一笑，說道：「怕啥，有我在，它來了就來了唄，若不是不想滅它，我哪兒需要費這些功夫？」

的確是這樣，姜老頭兒有很多手段可以滅了這隻惡鬼，只要有鎖魂結，鎖住了我二姐的生魂，不讓它再次飛散，姜老頭兒面對惡鬼做什麼都是百無禁忌的，之所以這麼麻煩也是為了給我多造功德，就如我小時候的超渡群鬼，就如現在他刻意選擇的慈悲做法。

「搬桌子來吧。」姜老頭兒答完我大姐的話，就對我媽吩咐到。

我媽趕緊搬了一張桌子過來，她以為姜老頭兒又會像上次一樣做法事，卻不想姜老頭兒只是隨隨便便的拿出一疊黃色符紙，拿出朱砂，然後讓我爸遞了一小碟子水，就在桌上寫寫畫畫起來。

原來姜老頭兒只是要畫符而已，而且這一次畫符遠沒有上一次畫那藍色符籙那麼嚴肅，那黃色符籙彷彿是輕鬆了許多，而姜老頭兒也只是在符成之時，念了幾句符咒，當然別人是聽不懂的。

甚至連請符煞，結符煞的動作有沒有。

第二十一章　正面相鬥

不一會兒姜老頭兒就畫好了三張符籙，遞給我媽，吩咐道：「這個符籙只是擋煞符中最簡單的一種，你分別貼在屋門口，這間臥室的門口，和床頭。我現在不想傷及那惡鬼，只是簡單的把它擋住，讓它知難而退，三張擋煞符倒也足夠了，一切之事，都要我明天走一趟才能完全解決，解決完惡鬼之事後，我們再去找回二妹丟失的魂魄。」

我媽趕緊照著姜老頭兒的吩咐做了，把三張符籙分別貼在姜老頭兒指定的位置上。

接下來，就沒有什麼事兒了，大家只是靜靜的等待，都很緊張的樣子，除了姜老頭兒和我，我是莫名的對姜老頭兒有種放心信任的感覺，雖然比較討厭他的猥褻，此刻我全部的心思都放在對姜老頭兒的好奇之上了。

而姜老頭兒呢，也許這種陣仗對他來說只是小兒科，他根本不用一丁點兒的緊張。

時間過得飛快，很快十一點到了。

以往的十一點，那女鬼來糾纏二姐之時，都是無聲無息的，而今天十一點剛一過，從屋子的大門外竟然傳來了類似於敲門的「砰砰」聲。

「那鬼物上門了。」姜老頭兒氣定神閑的站起來，背著雙手走了兩步。

「姜師傅，我咋覺得這鬼物變凶了呢？以往都是無聲無息的，今天咋還會敲門了呢？」我媽被那「砰砰」的聲音攪得心神不寧，臉色有些蒼白的問著姜老頭兒。

「它不是在敲門，門口有擋煞符擋住了它，它在和那符籙糾纏，不過那樣的擋煞符是擋不住一時半會兒的，看著吧。」姜老頭兒平靜的說到，果不其然，他的話剛落音，那「砰砰」聲就停下了，一陣風吹來，那原本黏得很結實的符竟然打著旋飄落了下來。

因為角度的關係，我們家人全部看見了這個場景，不禁有些毛骨悚然，只有姜老頭兒非常淡定的喝了一口茶，說道：「第二張！」

第二張符就黏在這間臥室門口，我們全部都緊張的盯著這第二張符，果然，只是一眨眼的功夫，第二張符籙竟然無風自動起來，伴隨著「嘩啦啦」的聲音。

「喂，老頭兒，你說要是這三張符擋得住那女鬼不？要是擋不住咋辦？」我這性格也算大大咧咧，剛才還為纏二姐的鬼物是我引來的而難過，見二姐的情況好了，心裡又舒服了些，只是發誓以後要對二姐好！既然走出了這陰影，我也有了說話的心思，見這情景，就忍不住問起來。

「砰」，迎接我的不是姜老頭兒親切的回答，而是他的二根手指，狠狠的敲在我腦袋上！也不知道他的手指是不是鐵做的，那敲下來的聲音竟然如此清脆，我也終於知道了眼冒金星是啥感覺。

「臭小子，世界上所有人都可以對我不敬，那也於我是清風拂過。可你不行，什麼叫老頭兒？尊師重道懂不懂？」姜老頭兒把我訓斥得莫名其妙，可我捂著腦袋也不敢說話，其實我對這老頭兒是感激的，他在救我二姐，我也相信他是有真本事的。所以，我就忍了，不敢回嘴。

可訓斥完後，姜老頭兒又給我解釋道：「三張擋煞符我是精確算過的，剛好讓它力竭而退。再說了，擋不住它，不是還有我在嗎？你急什麼？修道之人最忌心浮氣躁，心浮氣躁之人，氣場不定，降低本身氣運不說，也容易被乘虛而入，你給我定神。」

卻不想到，解釋到最後，姜老頭兒竟然對我訓斥開來，我根本不懂他在說啥，只是閉了嘴，心裡暗罵自己多嘴，那老頭兒誰都不罵，就愛罵我。

就是這一會兒的功夫，第二張擋煞符竟然也飄落了下來，坐在屋子當中的家人，明顯感覺到一陣陰冷的風撲面而至，那股涼意，讓每個人都打了個寒顫，除了姜老頭兒。

「嘿嘿，果然怨氣深重，兩張小小的擋煞符，竟然讓你有這種心思，可你有這個本事嗎？」說著姜老頭兒忽然踢著奇怪的步子繞著我們坐著的家人走動起來，最後站定在一個方位，一隻腳將落未落。

隨著姜老頭兒這番動作，屋子裡原本環繞的陣陣冷風竟然停了下來，而下一刻，我看見二姐床頭的枕巾竟然被吹起，它朝著二姐去了，這是我很明顯的感覺。

姜老頭兒冷哼了一聲，那隻腳輕輕的落下了，只是冷眼望著二姐那邊，只是過了一會兒，二姐床頭的那張符籙就飄然而落，姜老頭兒閉眼凝神一感，不由得說道：「竟然如此瘋狂？哼……我親手打的鎖魂結豈是你可以破的？」

說話的同時，姜老頭兒忽然幾步就踏在了二姐的窗前，一手背在身後，一手伸向前，嘴裡念念有詞，於此同時，他伸出的那隻手，手指快速地變化，在嘴裡的碎碎念停止的同時，手訣也已經結成。

隨著姜老頭兒的手訣完成，他整個人的氣勢也陡然一變，看起來剛直而威猛，伸出的那隻手結成的手訣就如一根鐵叉，竟讓人有種那手很鋒利，很有力的感覺。

「我本不欲讓你魂飛魄散，你也破不了這鎖魂結，若你一而再，再而三的挑釁，我今天少不得要鎮了你。」姜老頭兒大喝到，同時那隻做鐵叉狀的手訣就要往前送去。

這時，我們全家都感覺屋裡陡然溫暖了起來，好像有什麼東西離去了一般，想是那厲鬼已經離去。

姜老頭兒此時也全身放鬆了下來，然後看了看二姐的情況才說道：「這厲鬼怨氣之重，已經算是罕見，先前兩張擋煞符，惹怒了它，進屋之後，竟然想衝撞你們全家人，我及時踏出步罡，在最後請神上身之時，駭退了它，它不甘心，又想去弄二妹，在符破它力竭之時，還想憑著一股恨意，繼續上二妹的身。」

說到這裡，姜老頭兒冷哼了一聲，說道：「可是我的鎖魂結豈是它能突破的？就算如此，也容不得它如此囂張，我使出了鐵叉指，只要它再稍有不遜，我定然讓它魂飛魄散。」

姜老頭那番話讓我聽得熱血沸騰，好威風啊！僅是幾個動作，就嚇退了一隻惡鬼，簡直比我脖子上掛的那只虎爪還威風，要是我也會這幾手就好了。

那姜老頭原本是在給我們家人解釋發生的事情，此刻他卻閉口不說了，而是轉身笑眯眯的看著我，彷彿看穿我心思一般的說道：「三娃兒，你可是眼熱我這身本事？也罷，現在就叫聲師傅吧，等你二姐的事徹底解決之後，我再帶你上山去完成拜師禮。」

我一聽卻不幹了，當即就在屋裡蹦老高的吼道：「我才不稀罕你那啥本事，我長大是要當紅軍的，我才不要當個道士！」

姜老頭兒在我眼中是個抓鬼的，那麼在我的邏輯思維裡，抓鬼的就等於是道士，要我長大了去當個道士？不可能，絕對不可能，那和我心中那戰鬥英雄的理想也差得太遠了。

姜老頭兒見我那個蹦躂勁兒，只是嘿嘿嘿的笑著，笑完之後，我只看見他走了幾步，眼睛一花，就被他提在手裡了！咋回事兒？這是咋回事兒？

被姜老頭兒提得離地三尺的我，一陣驚慌，才見面不久我就是吃了兩次大虧，這是要來第三次嗎？這姜老頭兒動作真的太快了，他咋抓住我的，我簡直一點感覺都沒有。

抓住我後，我還在掙扎，姜老頭兒也不理會我，直接就當著我爸媽的面，對了，還有我大姐的面兒，「嘩」一聲就把我褲子剝了，然後給我按凳子上，根本不等我哭喊，「啪」就是一聲，清脆的打在我屁股上。

「臭老頭兒，你敢脫我褲子！」我的臉紅得跟要滴血一樣，這好歹大姐也在，這老頭兒竟然把英雄如我的褲子給脫了，要是給酥肉等人知道了，我的一世英名就毀了。

「不懂尊師重道。」姜老頭兒根本不理我，獨自念叨了一句，「啪」又是一下。

「我要和你拚了，臭老頭兒，有種就和我單挑，不要用打屁股這種手段。」我已經瘋了。

「桀驁不馴。」「啪」又是一下。

「臭老頭兒……」

「啪」「啪」「啪」，無論我怎麼喊叫，回應我的始終是這清脆的，被打屁股的聲音！

一開始在狂怒中的我根本還沒啥感覺，可是過了一會兒，那屁股上火辣辣的痛簡直讓人無比難受，這老頭的鐵掌可比我老爸的重拳厲害多了。

「嗚嗚……我錯了……」我求饒了，我簡直沒有辦法，我十分悲憤，我那爸爸媽媽就這樣任我被一個陌生老頭打，我明明看見大姐心疼，想來勸，被我媽拉住了！

這是啥爸媽啊？出賣自己的兒子！悲憤歸悲憤，但我也不能總挨打吧，在姜老頭兒又打了十幾下之後，我終於求饒認錯了。

「喔？哪裡錯了？」姜老頭兒笑眯眯的，看那樣子好像十分的不過癮，還沒把我打夠。

「我……我不尊師重道……我……我桀驁不馴……我……我死不悔改……」我一邊抽噎著，一邊背著姜老頭兒剛才訓我的話，一副老子栽了的樣子。

姜老頭兒「嘿嘿」一笑鬆開了我，說道：「就你這樣兒，還紅軍戰士，十幾個巴掌，你就認錯了，這不典型的漢奸嗎？」

這老頭兒！簡直我哪兒痛，他就戳哪兒，我趕緊提起褲子站好，雙手再緊緊的拽著褲腰帶，這時才以一副豁出去的表情說道：「我這是在放鬆敵人警惕，我是絕不屈服的。」

嗯，英雄也不能不穿褲子，我就是在放鬆敵人警惕，好把褲子穿上。

「呵呵……呵呵……好……好……」姜老頭兒笑眯眯的，也不動怒，天知道他在打啥主意，只不過我終究是有些心虛這老頭兒的，不自覺就倒退了幾步。

「三娃兒，你是不是想我揹你，你曉得他是哪個不？你小時候被百鬼纏身，就是姜師傅救的，你以為你脖子上那根虎爪誰送的？是姜師傅送的，你這樣子你說是不是在討打？」我爸原本站在旁邊一直沒說話，可看我這個樣子，忍不住出來說了兩句，為的就是呵斥我不要放肆了。

當然這也是變相的心疼我，這姜老頭兒在我爸眼裡是看不透的，有時威嚴無比，有時吊兒郎當，簡直都搞不懂哪個才是真的他。

雖然我爸知道這姜老頭兒把我看做徒弟，心疼我，但這看來，教訓起來也是毫不留手，加上他這多變的性格，保不定自己兒子又得吃啥虧，偏偏自己這個做爸的還不好管。

且不說我爸咋想的，而我聽了這番話之後，卻是愣住了！

第二十二章　認了師傅

見我愣住的樣子，姜老頭兒卻又不急著「收拾」我了，而是老神在在的坐下，喝了一口茶，才慢悠悠的說道：「你小時候被百鬼纏身，救你本是小事兒，可我卻不嫌麻煩，煮香湯，開陣，連使三大手訣，畫鎮魂符，為你渡百鬼，送你一場功德，你要不是老子徒弟，我用得著這麼麻煩？上面哪一樣不是磨人考功力的事兒？特別是連使三大手訣，道行淺的，哼哼……」

這時，我有些迷糊，但隱約感覺姜老頭兒好像為我這個徒弟做了很多，可是我爸媽卻琢磨出來了姜老頭兒的言下之意，那就是當年那百鬼纏身，姜老頭兒是有更簡單的辦法處理的，但是為了我的一場功德，他選擇了異常艱難的處理方式。

就如現在纏我二姐的惡鬼，他也可以簡單處理，但是他不願意為我平添一場因果，又想為我多做功德。

這份心思，確實令人感動。

另外，我爸在某些時候也跟個人精似的，他下意識的就會為我打算，他知道這一次收徒一事兒是推脫不了了，可仔細想來卻是一件非常令人高興的事兒。

第一、姜老頭兒對我有這份心思，那就不止是傳道授業了，而是那種亦師亦父的情感了，在這樣的師傅手底下，我是可得到很好的照顧的。

我爸不知道的是，道家玄學祕術非常注重傳承，不可輕易傳人，可一旦傳了嫡徒，那徒弟就是半子，或者根本就是一個兒子了，姜老頭兒一生孤獨，撞緣撞到了自己的「兒子」，能對我不好嗎？

第二、我爸隱約猜測姜老頭兒的身分不一般，他想起了姜老頭兒七年之前要走之時的那身「高幹服」，更重要的是他想起那個打往北京的專線電話，和電話那頭傳來的氣度不凡的聲音。兒子跟著他，總比在一個村子裡有前途！只要兒子有前途，也就不貪圖那點兒父母緣了，畢竟好男兒志在四方，家怎麼能成為兒子的枷鎖呢？

可憐天下父母心啊。

至於第三、我爸一點兒都沒有瞧不起道士，術士，他雖然是個文盲，可他聽了不少鄉野傳說，正兒八經的段子也聽過不少，就如三國。他知道，一般在古代帝王身邊是有一些很受重視的人的，這些人或會觀星，或會看風水，或會各種祕術，連帝王都得尊敬他們。特別是開國的帝王，身邊往往都有一個這樣的人，那諸葛亮不就是嗎？他就是憑感覺，像姜老頭兒這樣的「高手」，一定是得到了重視的，道理很簡單，你說古代帝王都如此重視，沒道理現今的領導還不認老祖宗傳下來的東西啊？

我那在關鍵時候就跟人精似的爸爸在想通了這三點後，還不待我說話，就大聲的呵斥道：「三娃兒，爸爸咋個教育你的？有恩不還，畜生不如。你面前的姜師傅是你的救命恩人，不要說收你當徒弟，就是叫你過去當兒子，讓你養老送終，你龜兒也不能說半個不字！聽到沒有，還不跪下喊聲師傅？」

的確，我從小受到的教育就是如此，非常之鄙視忘恩負義的人，在我眼裡那樣的人豬狗不如，面前這個老神在在的姜老頭兒於我有救命之恩，我要是不還，我還真就是個狗日的了。

算了，我的紅軍夢，再見了，我心中的戰鬥英雄，毛主席，我對不起您老人家，沒能成為您手下光榮的解放軍戰士。

我此刻心裡簡直是五味雜陳，但是男子漢大丈夫總得要有自己的原則，是吧？在默默的哀悼了一番我的夢想之後，我走過去，大喊了一聲：「師傅。」就要給姜老頭兒跪下。

「誒，慢點兒……」卻不想姜老頭兒一把扶住了我，說道：「這跪拜之禮可不能那麼隨便，拜入我們這一脈，是有正宗的拜師禮的，不可不講究。不過，這聲師傅嘛，我是受了，沒完成拜師禮前，你算是我半個徒弟，就這樣。」

呵，你以為我想跪，見他不讓我跪，我還樂得輕鬆，管他半個徒弟，還是大半個徒弟，反正我該吃飯吃飯，該睡覺睡覺，該上學上學，這老頭兒還能把我咋地？

這也就是我幼稚的地方，道家收徒授業，豈會讓我那麼舒服，我也低估了師傅在我生命中的分量。

「徒弟，給我續些茶水來，順便給我搥搥肩膀。」姜老頭兒望著我吩咐開了，我想不從，可一回頭就看見我爸那「兇狠」的目光，再一想，我現在都是別人徒弟了，還能咋辦？

俗話說，人在屋簷下，不得不低頭，雖然是個便宜師傅，可當徒弟的，要孝順師傅這個道理我還是懂的，西遊記的段子聽多了，也知道有本事的孫悟空，還是得聽那沒本事的唐僧的。

乖乖的去給姜老頭兒倒了茶，遞給他，又非常不服氣的在他身後給他捶著肩膀，心中有氣，我那一下一下的，捶得可就重了。

可我越重，這姜老頭兒越享受，還說：「嗯，少了些力氣，再重些！」

媽的，你說這老頭兒咋這麼「賤」，還嫌我打他不夠重？我憋著一口氣，簡直是拚命的往姜老頭兒身上捶，可人家就跟鐵打的似的，完全不在意。

我在這邊累得氣喘吁吁，而姜老頭兒卻在那邊說開了：「我昨天其實就回了村子，昨天晚上就在那片墳地兒，看見了二妹的事兒。」

「你昨天就在？」我爸覺得非常驚奇，他說咋這姜老頭兒看一眼，就把二妹的事情看得那麼清楚。

「是啊，我又不是真的神仙，不可能一下子把事情的前因後果馬上就推清楚的。昨天晚上我本想出手的，但是這附近都是普通鄉民，難保人多眼雜，有些事情普通老百姓還是不知道的好。另外，這事兒緣起三娃兒，我不想給他造殺孽，也才在昨晚忍住了出手的念頭，想著，今天來和你們商量一番，看看你們的想法。」

姜老頭兒徐徐的說著來龍去脈，這時，我媽終於忍不住了，也不顧我爸在旁邊一直使眼色，甚至拉她，而是直接的衝到姜老頭兒面前問道：「姜師傅，你這收了三娃兒當徒弟，可是要帶他走？」

我爸歎了一口氣，坐旁邊不說話了，也不能怪他沒有阻止我媽，其實我媽問的，也正是他心裡正痛苦著的事情。

姜老頭兒一愣，還沒來得及答話，我那一直沒說話的大姐就跳出來了：「姜師傅，不然我給你當徒弟，你不要帶我弟弟走，如果家裡沒個男孩兒，我爸媽老了在村裡的日子可就難過了。」

我大姐相當的懂事，也難為她能想到這一層去，更難為她願意為了我去當個「道姑」，我大姐心高氣傲，學習也優秀，她有很多理想，反正沒一個會是當「道姑」。

至於我，這個時候也顧不上「打」姜老頭兒了，站出來想說點啥，卻又說不上來。

第一、我雖然和姜老頭兒沒大沒小的，可是我是信服他有本事的。

第二、姜老頭兒的救命之恩，我沒有什麼記憶，所以沒有啥感觸，但在心底是已經肯定了，要報恩，要對這老頭兒好。不過我從小就這樣，不會表達感情，情願嬉笑怒罵的遮掩過去。

第三、那個虎爪是真真實實的救我過一命，那聲充滿威勢的虎嘯之聲，直到現在我都不能忘懷，我知道那虎爪不是個簡單的東西，姜老頭兒能給我，並在我很小的時候就給我了，可見他對我真的好。俗話不是說，拿人手短嗎？

我是絕對不想離開我爸媽的，但是反悔的話，基於以上那點兒小心思，我是說不出來的。所以，也就造成了我愣愣的站在姜老頭兒面前，說不出話的場景。

「唉……」姜老頭兒長歎了一聲，起身摸了摸我大姐的頭，又摸了摸我的頭，然後才說道：「大妹子，曉得妳懂事兒，但這師徒的緣分可不是隨便誰都代替的。」

接著，姜老頭兒轉身望著我媽：「三娃兒我現在不會帶走，我會帶著三娃兒就在這村子的山上住下的，平日裡也是可以和你們相伴的。只是十五歲以後，三娃兒是要隨我離開的，不是說我心腸冷，逼得你們母子分離，而是有些事情是命定的，強留身邊也不過是害人害已。三娃兒沒有啥父母緣，只是不能常侍於父母身邊，而不是終生不見，也不是不能為你們養老送終，偶爾陪伴。你們別把事情想得太過悲觀。」

姜老頭兒是不說謊的，這點我父母深知，就像他走之前說過我有災，會報在家人身上就是最後的例證，不是嗎？

另外，我爸媽也深信姜老頭兒不是那種為了收徒弟而危言聳聽的人，要危言聳聽，七年前就可以這樣做了，再說，收個徒弟對他來說，又有什麼具體的好處？

第二十三章　引魂燈

我爸點上了一枝菸，像是在勸慰我媽又像是在勸慰自己：「十五歲離開就離開吧，十五歲也不小了，男娃兒都該獨立了，我十三歲那會兒就幫別人幹活路了，再說男娃兒守在父母跟前也沒啥意思的，你看隔壁村何老太爺的大兒子有大出息，聽說在市裡頭當大官，人家大兒子不是早早的就離家讀書了？現在也沒空經常回來的。我看要得，三娃兒，你就乖乖的給姜師傅當徒弟。」

要和自己兒子就在這片村裡住到十五歲？以後也只是不能常侍於父母身邊而已，這些話我媽聽了也稍覺安慰，我爸的觀點她是贊同的，雖然她不明白一個道士能有啥大前途，可是姜師傅是有本事的人不假。

「要得，姜師傅既然這樣子說了，我也就放心了，你曉得的，孩子小了，就離開我，我的這個心啊，真的比割肉還疼。三娃兒，以後姜師傅就是你師傅了，你就算不聽爸媽的話，也要聽你師傅的話，把本事學好。」我媽也溫言軟語的勸慰了我一番。

反正說來說去，我給姜老頭兒當徒弟是鐵板上釘釘子的事情了，正可謂紅軍戰士也得英雄氣短，我故作深沉的長歎了一聲，算是默認，對於十五歲以後的離別，因為太過遙遠，我也沒啥感覺。

「屁娃兒。」我爸見我那裝老成的樣子，忍不住打了我一下，但無論如何，這一直釘在他和我媽心上的心頭刺兒總算是拔出了。

「三娃兒拜入我們這一脈門下的事情過幾天再說，擇吉日是少不了的。眼下，還是要先解決二妹的事情，明日三娃兒跟我一起去鄉場走一趟，既然拜了師，也得長長見識，不過我現在還有一事要做。」姜老頭兒言語簡單的說到。

聽見我明日要和姜老頭兒一起做事，我媽嚇得不得了，不過她是不敢打擾姜老頭兒的正事兒的，在姜老頭兒的連聲吩咐下，她為姜老頭拿來了一些東西。

姜老頭兒就著這些東西在院子裡忙開了，至於我做為他的徒弟，少不得是要看著的，以前要敢那麼晚睡，我爸非抽死我不可，但今天有師傅罩著，我爸媽也只得任我去了。

漸漸的，我就看出姜老頭要做啥了，他是在做一個燈籠！

我必須得承認，姜老頭兒的手挺巧，一個燈籠做得非常精緻，只是樣式卻有些特別，是那種長長的白燈籠，感覺是靈柩前面才掛的那種。

做好燈籠後，姜老頭兒仔細的打量了一番，這才滿意的拿起朱砂筆在燈籠上寫寫畫畫起來，我實在忍不住好奇，於是開口問道：「老……師傅，你做個燈籠幹啥？給我玩的啊？」

「你要玩這個？既然你喜歡引魂燈，那就拿去唄。」姜老頭兒嘿嘿一笑，就準備把燈籠塞我手裡，我連連後退，引魂燈，一聽就不是啥好東西，我瘋了才會玩這個。

「師傅，這到底是做啥用的嘛？」我在保持適當的安全距離後，還是忍不住好奇心。

「這是給你二姐引魂用的，你二姐丟了一魂四魄，而且丟了一些日子了，不用引魂燈，怕是引不回來，而且在荒郊野外待久了，魂魄怕是虛弱，有盞引魂燈在前面引路，你二姐的生魂在回來的路上會輕鬆很多。」姜老頭兒一邊給我解釋著，一邊在引魂燈上認真的用朱砂畫著，而他畫的那些東西在我眼裡簡直就是鬼畫符，我一點點都搞不明白是啥東西。

「想問我畫的啥是不是？」姜老頭兒轉頭問我，彷彿我在他那兒有求知欲對他來說就是件挺高興的事兒。

看姜老頭兒問我，我忙不迭的點頭，我其實很好奇，為什麼寫寫畫畫一些東西，就會賦予那些東西很神奇的作用。

「鬼魂和我們人看見的光亮是不一樣的，不是說人提著個有光亮的燈籠，鬼就能看見，我這畫的是一種轉化符文，為的就是把陽火轉化為鬼魂能看見的陰火。除了這些符文外，一些燈油也有這個作用，不過你家是拿不出來的。」姜老頭兒解釋得很詳細，而我也越發覺得姜老頭兒的一身本事太神祕了。

畫好燈籠後，姜老頭兒就一腳踢在我屁股上說道：「快去睡覺了，明天和我一起去鄉場幹活。」

我一點兒也不生姜老頭兒的氣，非常愉快的去睡覺了，明天和他一起去鄉場，也就意味著明天我不用上學了，狂笑三聲後，我忽然覺得當姜老頭兒的徒弟也是一件不錯的事情。

第二天一大早，我就起來了，小孩子總是對未知的事物有著莫名的好奇，恐懼之心反而少了很多。

這也就是為什麼當日我被百鬼纏身，也只是虛弱，沒丟魂魄的原因，那是因為我還小，除了一些非常特殊的事物，我對任何事物都是沒恐懼之心的。

如果沒有恐懼之心，心神則定，氣場也正，那些孤魂野鬼倒是一時半會兒拿我沒辦法。

二姐的情況就有所不同，她是非常害怕那女鬼的，所以才被擠掉了魂兒，全靠意志在拚搏，所以說，受驚嚇會掉魂是有一定道理的，這就是心中的恐懼會使魂魄不定，簡單點兒理解成想逃走也是可以的。

閒話少說，話說我帶著興奮的心情起了床，卻發現姜老頭兒老早就在院子裡了，此時的他正在練拳腳，我當時不知道他打的是太極，只是看他在院子裡練著，心神也情不自禁的被吸引。

打了一會兒，姜老頭兒睜開了眼睛，同時也看見了我，他並不吃驚，隨手就擦了把汗說道：「我剛才打的是太極，可好看？」

「嗯，就是看著軟綿綿的沒力氣的樣子。」

「呵呵，太極講究剛柔並濟，在拳腳間的一停一頓更是有大學問，窮其一生，能不能打好一次太極都未可獲知，你小娃兒知道啥？」姜老頭兒倒也不惱，和一個啥也不懂的小孩子計較什麼？

吃過早飯，姜老頭就帶著我出發了，在村裡遇見好奇的人，姜老頭兒一律答到我已經是他的乾兒子了，至於原因叫他們去問我爸媽。

畢竟是要在這裡待到我十五歲，不立個名目那是不行的，可是那姜老頭兒根本就懶得想理由，一句話全部推給我那無辜的爸爸媽媽，讓他們來滿足村裡人的好奇之心。

十月間的山村，早晨常常籠罩著濃霧，而當我和姜老頭兒走到鄉場上時，濃霧已經盡然散去，走在鄉間的小道上，一路都在注意著人家地裡和偶爾走過的大姑娘的姜老頭兒終於第一次望向了我。

他頗有些嚴肅的說道：「三娃兒，我知道厲鬼是因你而來，卻不知道詳細的過程，現在你要帶我去你最初撞煞的地兒，然後，必須把那晚發生的事情一字不漏的說給我聽。」

看見姜老頭兒那麼嚴肅，我哪兒敢怠慢，連忙一五一十的把那天晚上發生的事情，包括所做之夢都給姜老頭兒說了一遍。

聽完我的訴說後，姜老頭兒非常驚奇的連續咦了幾聲，然後又一把把我拽過去，扯開我的衣領，仔細的看了看我的後腦勺。

其實我一直知道我後腦勺有一塊胎記，血紅的，跟眼睛似的，不過隨著我慢慢長大，這塊胎記已經越來越淡了，現在恐怕就只剩下了一圈影兒了吧？

「狗日的娃兒，竟然在迷迷糊糊之下自己就開了天眼，這份靈覺實在難得。」說到這裡，姜老頭兒都忍不住感慨了一番。

我非常迷糊的望著姜老頭兒，可這一次，姜老頭兒好像並不太想給我解釋，而是直接讓我帶著，直奔墳地而去。

我憑著模糊的記憶，七彎八繞的帶著姜老頭兒去找那晚撞煞的地兒，無奈那天天色太晚，我又是隨便亂走的，所以，找了好一陣兒才找到了。

再次看見那片熟悉的竹林和竹林不遠處的墳地之後，儘管是大白天，我的心裡也覺得涼氣兒直冒。

「三娃兒，你可聽好了，你現在心裡或當這是平常風景，平常看待。或可悲天憫人，從內心真心憐憫死後的蒼涼，再或者你可以背背你學的課文，全神貫注的背。就是不能露出一絲兒怯意，哪怕是山崩地裂，你也只當等閒。」姜老頭兒看我畏畏縮縮的樣子，不禁很嚴肅的跟我說到。

但這時的我分外敏感，不由得拽住了姜老頭兒的衣角，第一次非常真誠的喊道：「師傅，是不是有啥危險啊？你要這樣跟我說？」

「能有啥危險？我告訴你這些，是要你記得，在任何情況下，都不能輕易的心生怯意，必須守住自己的一點清明，懂嗎？」姜老頭兒交代完我這一句，就牽著我的手逕直朝著那片竹林走去。

那天晚上因為太晚，我看得並不真切，今天一看，才發現，那天我進的竹林是一片緩坡，那片墳地兒就在緩坡之下，而在墳地的另一頭也是一片竹林，再在後面就是一個陡峭的小崖壁，只有正面有一條路可以直通這片墳地。

這墳地的周圍也並沒有什麼田地，我那天在這片竹林的邊緣，正好臨近那條通往墳地的路，我爸他們就是在那路上發現我的，要是我是走竹林過去……想到這裡，我不禁冷汗布滿了額頭，但一想到姜老頭兒的不可心生怯意，又趕快去轉移起注意力，拚命的背起課文來，在全神貫注之下，我竟漸漸的平靜了下來。

第二十四章　聚陰地

姜老頭兒並沒有注意到我，而是仔細觀察起這裡的地勢來，看了半晌，他才低聲說道：「被兩片兒竹林夾著，怪不得陰氣那麼重，後面鄰著一小崖壁，連氣場圓潤流通都不行，正面倒是大路坦途，怕是陽氣還沒到這裡，就被沖散了。巧的是這片兒墳地還在地勢低窪之處，陰氣正沖，這是在養厲鬼嗎？還是巧合？」

姜老頭兒牽著我的手四處走動起來，在很多位置停留著，東看看，西瞄瞄，也不知道他在幹啥，就這樣轉了半天，他才感慨道：「這竟然是天然的地兒，沒有一點人為的痕跡，可葬在這裡是否是巧合呢？」

姜老頭兒陷入了沉思，我等得著急，不禁喊了一句：「師傅，不是說來解決纏住我二姐那厲鬼的事兒嗎？」

「哦，也是，也是，這件事兒等會再說。」姜老頭兒回過神來，拉著我就朝墳地走去。

我因為剛才那背課文的經歷，心裡也不是那麼害怕了，一路走我一路問道：「師傅，你剛才在想啥啊？都在那裡發起呆來了。」

「也沒啥，我發現這處墳地，是一個極陰之地，且氣息流動不暢，極容易鎖住魂魄，一般的鄉民就算不懂這些，也會憑藉本能下意識的迴避這些地方啊。嗯，我懷疑有陰謀。」姜老頭兒忽然就嚴肅的對我說到有陰謀。

我一滴冷汗流下，有些不確定地說道：「師傅，巧合吧？」

「嗯，也說不定。」姜老頭兒也是一本正經的回答。

我差點兒跌倒，我忽然覺得很沒安全感，自己是跟了一個啥樣的師傅啊？

說話間，兩個人已經走進了墳地，即使是在大白天，這片墳地那股陰冷的感覺也揮之不去，我和姜老頭兒在矗立的墳頭間走動著，忽然我就停下了。

姜老頭兒疑惑的看著我，只見我臉色蒼白，指著一座墓碑，半晌說不出話來。

姜老頭兒一把把我手拉下，又在我的背心拍了兩拍，我只覺得一股暖流在我背心流動，心裡剛才堵塞的一口鬱悶之氣瞬間就通了，心神也恢復了。

「不要手指墓碑，就算不犯衝撞，也是不敬。三娃兒，你如我修道之門，就要懂得萬事萬物均構成自然，所以你我必須對萬事萬物都有一份敬畏之心。」姜老頭兒在我旁邊，輕聲的說到。

我回過神來，有些結巴對著姜老頭兒說：「師……師傅，我認得他。」

我指的是墓碑上的人！

那時候的墓碑很少有人能燒張瓷像，更別說農村裡的人了，除非家裡有點權勢的，而我所指的墓碑也是這片兒墳地少有的墓碑上有燒張黑白瓷像的墓碑。

上面那個人我確實認得，那天晚上我遇上一群「好兄弟」，其中印象最深就三個，一個要對我下手的男的。第二個是那個纏住我二姐的女的。第三個就是墓碑上這人，是那個老爺子，他提醒過我快點走。

現在看著墓碑上的他，儘管有了心理準備，我還是被嚇到了。

我把事情給姜老頭兒說了，他點了下頭，望著墓碑上那張慈眉善目的照片，開口說道：「難得，難得，成為鬼物後也有一分慈悲心，倒是為後輩積福了。」

姜老頭那麼一說，我的心裡就不害怕了，想起這老爺子那天晚上的提醒，我恭敬的在他墳前拜了兩拜，知恩要圖報，我爸媽給我的最大的教育就是這個。

看到我的舉動，姜老頭兒的表情也變得慈和起來，還伸手在我頭上摸了幾下，可我卻忍不住起了一身雞皮疙瘩，雖說是師傅，可也掩飾不了他是一個猥瑣老頭兒的事實，被他這樣「慈祥」的摸兩下，我……我……確實反應非常的本能，起雞皮疙瘩也是正常。

「狗日的娃兒。」姜老頭看我一副「驚恐」的小樣兒，笑罵了一句，倒也不跟我計較，而是拉著我在這墳地四處逛起來。

逛墳地！多麼了不起的事情，平常都是被我媽，我姐帶著逛集市，或者偶爾逛逛鎮子，跟了師傅以後，我就馬上提升了境界，改逛墳地了。

而且，最大的問題是，我逛著逛著還習慣了，不怕了，心情也很平靜，就是早上起得太早了，有點瞌睡。

十來分鐘以後，姜老頭兒停在了一座墓前，說道：「怨氣沖天的墳墓有兩座，纏上你二姐的應該就是她了。」

聽姜老頭兒這樣一說，我的瞌睡立刻就醒了，抬頭一看，憑我二年級的水準還勉強能認得那墓碑上的名字李鳳仙。

看名字是個女的，那應該也就是纏住我二姐的那個鬼了，不知咋的，我想起了那晚那個男的，不禁抬頭對姜老頭兒說道：「師傅，那晚那個男的，我覺得也不是啥子好東西，你要不要把他收了？」

「收個屁，只聽過收妖，沒聽過收鬼的。不過破了這個天然的風水局，倒也是件好事兒，到時候破了局，我自然理會的。」姜老頭兒隨口答了我兩句，然後望著墓碑沉吟了一會兒，接著拉著我逕直走出了這片兒墳地，逕直往鄉場走去。

只是走到那條唯一的路上的時候，我忍不住回頭看了一下，也不知道是不是幻覺，我忽然發現那晚害我那男的又出現在那片墳地裡，正惡狠狠地盯著我。

我情不自禁的發了一下抖，姜老頭兒彷彿有所感應，停了一下，轉身「哼」了一聲，我一個冷顫打過，再仔細一看，哪裡有啥人？剛才反正也看得迷迷糊糊的，說不定還真是我的幻覺。

「你現在自己不能控制你的靈覺，倒也是件麻煩事兒，如果在無意中你又看到了什麼，記得這四句口訣，反覆吟誦，可立刻讓你清醒過來，也可清心凝神。」說完，姜老頭兒當真就給我念了四句口訣，怕我記不住，他反覆念了十多次，直到我一字不差的記得了，連發音都準了，才算讓我過關。

那四句口訣，以我當時的水準，根本不知道啥意思，因為那口訣本身也晦澀難懂，發音更是古怪。不過，我那師傅不給我解釋什麼，我也不會去問，畢竟，我一個小孩子初初接觸玄學，還沒那麼大的積極性。

我只是憑著我本能的對姜老頭兒的信任，記住了那四句口訣。

一路走到鄉場，姜老頭兒帶著我四處閒逛，遇見年紀比較大的就會去搭白兩句，那個時候的人熱情，騙子也少，一般姜老頭兒搭白，還是會得到積極的回應。

姜老頭兒能吹啊，尤其和老人家，總是三兩句就讓別人樂呵呵的了，一會兒就能聊得興起，甚至還有人拉我們去吃中午飯，可奇怪的是姜老頭兒一一拒絕了。

我當時是不知道姜老頭兒那好吃的本性的，要我爸媽在場，肯定會被姜老頭兒這拒絕吃的樣子驚得眼珠子都掉出來。

就這樣，我也不知道姜老頭兒要做啥，反正就和他四處逛著，一直到下午一、兩點鐘，我都餓得前胸貼後背了，也不見姜老頭兒著急。

「師傅，我餓了。」小男娃娃哪能挨餓？終於，我要賴不走了。

姜老頭兒倒也不惱，牽起我說道：「就那邊那戶人家吧，我們去討碗水喝，整點剩飯吃。」

「師傅，吃剩飯啊？」我有些苦惱。

「廢話！你沒種因，憑什麼要承受無端的果。簡單的說，就是你沒給別人付出什麼，憑什麼要別人好吃好喝的？有剩飯給你，都是你的福氣，你還少不得客客氣氣，心懷真正感激的謝著，這才不折福於你自己。平常老鄉，老百姓的東西最好你就抱這樣的想法。」姜老頭兒開口訓斥我，我在當時卻有些不懂，可模模糊糊也知道一點兒道理，這世界上是沒有什麼你可以白拿，還心安理得的。

「老鄉，討口水喝。」姜老頭兒進了院子，大喊了一句。

很快，我們得到了回應，一個中年婦女從屋裡走了出來。

第二十五章　那一世情牽

我和姜老頭兒最後不僅得到了水喝，還一人得到一大碗新鮮豇豆煮的燙飯，外加一碟子脆生生的泡白蘿蔔皮兒。

飯菜簡單，但新鮮的豇豆甜咪咪的，泡白蘿蔔皮兒又爽口，我吃得是開開心心，姜老頭兒也稱讚了幾句，然後開始和那婦人拉起家常，不一會兒，她的老婆婆也出來了。

這老婆婆和姜老頭兒聊得更加開心，東拉西扯了一陣兒，姜老頭兒扯到了李鳳仙這個人兒，扯得很隨意，那老婆婆答的也很隨意，她說：「這村裡你要問別人可能還不知道，這有多少人是打鬼子那會兒遷來的，可我祖上就是這村裡的，她的事兒我還真知道，可你問來幹啥？」

姜老頭兒神祕兮兮的對那老婆婆說：「妳不知道，我年輕時候可稀罕她咧，這不回鄉里了，打聽打聽嗎？」

我一口飯差點噴出來了，當即就嗆到有一種天花亂墜的感覺，這師傅……！我找不到形容詞，只能無語問蒼天。

沒想到那老婆婆也是個老八卦，一聽就來勁了，說道：「真的啊？你哪村的？說真的哈，不止你稀罕，以前這十里八村的，好多年輕小夥都喜歡李鳳仙，只是可惜啊，可惜。」

「是啊，我就曉得稀罕她的人多，我也沒敢說，後來離開鄉里，也就淡了，這不回來了，就想著問問嗎？妳也曉得，這人老了啊，就會懷念年輕時候的純真感情，唉……」姜老頭兒一副悲悲戚戚的樣子。

可憐我那劇烈的咳嗽才好，又被他一席話刺激的噴了一桌子的燙飯，還年輕時候的純真感情，天曉得昨天晚上是哪個要鎮壓別人，今天又成了愛慕者了。

「你這孫沒得事嘛？又是咳嗽又是噴飯的？」那老婆婆疑惑的問了一句。

「沒得事，他是氣管有問題，吃急了就噴飯，大了就好了。」可憐我爸媽昨天還一直念叨姜老頭兒不撒謊，是個誠實的人，就今天他就給我安了「噴飯病」。

得了，我惹不起，乾脆小口小口的吃飯，免得待會兒又噴出來。

「大姐，妳倒是給我說一下，可惜啥子？」姜老頭兒一直追問著，天曉得他為啥要追問一個女鬼的生平，對於這神神叨叨的師傅，我懶得過問了。

那老婆婆的話匣子一打開也就收不住了，開始對往事徐徐道來，到最後連我也聽得入了神，唏噓不已。

跟以前俗套的故事一樣，李鳳仙是半個孤兒，小小年紀死了媽，爹是個酒鬼，反正是這鄉里數得著的可憐人兒。

後來爹爹另娶，對李鳳仙更是不加在意，可就這樣，李鳳仙還是慢慢長大了，十二、三歲的人出落得極其水靈。

按說，那時候的農村到這個時候，就應該給姑娘說個夫家了，她爹雖然對她一般般，但這事兒還是上心的，第一想著姑娘水靈，說個好夫家，能得到多些彩禮錢補貼家用。二是找個好夫家這女人以後的生計就不愁了。

原本事情按照這樣的走向，李鳳仙的命運倒還是可以的，至少不會太過淒慘，可無巧不成書，偏偏就在她爹為她找夫家的時候，村裡的大戶，王地主家請來了戲班子。

這戲班子是市裡的名班子，裡面還有名角兒，誰說那時候沒有偶像崇拜？至少人們很是追捧一些唱戲的名角的。

這個戲班子是王地主過壽，費了老大勁兒，花了好大錢請來。

在川地兒，川劇是主要的，不過京劇班子也不少，這個戲班子就是京劇班子，最出名的戲目就是那《鳳求凰》。

戲班子來那一天，鄉里可熱鬧了，那王地主倒也不是一個啥剝削鄉鄰的壞人，在大壽那天是請了全鄉的人看戲，那天能趕來的人都來了，追名角兒嘛，這裡面當然也包括了李鳳仙。

戲熱熱鬧鬧的開演了，那一天鄉里是極熱鬧的，可也在那天發生了一件事兒，戲班子裡的老闆看中了李鳳仙。

這看中了不是指看中她的美色，而是看中她有成為名角兒的潛質，至於是咋看到以及看中，鄉里人也不知道具體的過程，反正就知道戲班子老闆鄭重其事的找了李鳳仙的爹，最後帶走了李鳳仙。

畢竟成為一個名角兒，可是比找個這鄉里的殷實人家前程來得遠大的，這鳳仙爹雖然是個酒鬼，可對這事兒不糊塗。

窮人家也不講名聲兒，至少窮人家的人不會覺得梨園眾人是下九流，他們實在且淳樸。

反正鳳仙爹曾經得意洋洋的給村裡的人吹噓過，戲班子老闆說了，鳳仙年紀學戲雖然大了點，但確實是可造之才，這旦角兒非鳳仙莫屬！

一轉眼，五年過去了，鄉里人也漸漸淡忘了這件事兒，也就在這個時候，有在鎮上的人傳來了一個消息，那出名的戲班子更出名了，又來鎮子上演出了，那陣仗可不得了，連軍隊的大人物都來聽了戲。

但這並沒啥，重點是啥？重點是那戲班子最紅的戲目《鳳求凰》裡的旦角兒是誰？就是醉鬼李家的李鳳仙！

李鳳仙回鄉里了，風風光光的回鄉里了，那儀態，那氣質，果然在城裡待過的人兒，就是和鄉里的人不一樣。

醉鬼李的生活變好了，連帶著後來生的兩個兒子都跟著在鎮上尋到了一份差事兒。

誰叫人家有一個好女兒呢？說起李鳳仙，鄉里人哪個不說一句，這勢頭，以後得成全國都知道的大名角兒。

一時間，醉鬼李風光無兩。

而這李鳳仙也非薄情之人，念著小時候鄉里人照顧的舊情，也不咋的，說動了戲班子老闆，來免費為鄉里的人表演了一場戲，這中間當然少不了《鳳求凰》。

李鳳仙的扮相美啊，婀婀娜娜，如弱柳扶風，那唱腔更是字正腔圓，尾音繞樑不絕，怕是卓文君在世也美不過她三分。

而更令人稱奇的是，和李鳳仙對唱生角兒的那個人，那小生扮相俊美，豐神俊朗，唱腔也是極為出色，彷彿那才子司馬相如再世。

這兩人在舞臺上簡直就是才子佳人的最佳寫照。

就算是一個動作，一個對望的眼神兒，都無不情意綿綿，簡直演出了這《鳳求凰》的精髓！

這戲班子老闆得意，要說這李鳳仙和唱生角兒的人都是他發掘的苗子，在當時戲班子裡的名角兒要走，要尋求更好的發展，他在情急之下挑中了這兩人，卻不想是青出於藍更勝於藍。

更讓戲班子老闆高興的是，這唱生角和旦角的兩姑娘都說了，這一輩子都不離開他的戲班子。

這場免費為鄉親唱的一台戲，在鄉里是引起了轟動，這片兒的大戶人家紛紛都找媒婆去向醉鬼李求親，雖說戲子的地位確實不高，可人家是名角兒，見過大世面，配個鄉紳之流是綽綽有餘了。

沒想到的是，所有的媒婆都碰一鼻子灰回來了，李鳳仙拒絕了所有人的親事。

醉鬼李是沒有辦法的，畢竟他現在的風光生活是女兒帶來的，這個婚事他做不了女兒的主。

鄉里人議論紛紛，話說這小鳳仙（李鳳仙唱戲的藝名）到底是要找個啥樣兒的男人啊？這鄉里大戶人家的兒子她看不上，鄉紳的兒子都看不上？

人們以為李鳳仙是想找個城裡人，說不定人家要找個軍官呢？或者，以後人家想去北平唱戲呢？誰知道？

這日子久了，人們也就淡忘了這件事兒，日出日落，歲月流淌，一轉眼間又是十年過去了。那個當年風頭無兩，美麗動人的李鳳仙被送回了鄉里，原因是——她瘋了！

為啥說她瘋了呢？戲班子送她回來的知情人給鄉里的少數人透露出了一件事兒，慢慢的這件事兒傳得十里八村都知道了。

只因為這李鳳仙因戲成癡，她戀上了和她一起唱戲的那個生角兒，也就是《鳳求凰》裡的司馬相如。

可那司馬相如是個姑娘家啊！

雖說，那姑娘私下裡頗有豪氣，眉目間也英姿勃發，有一種男兒獨有的俊美之姿，但也是個姑娘啊。

可這阻止不了李鳳仙的癡情，她癡癡的戀著那個叫于小紅的姑娘。說起來，也不知道是李鳳仙的癡情感動了于小紅，還是那于小紅也因戲成癡，總之她接納了李鳳仙的癡情，兩人戀上了。

那是一段纏綿的歲月，兩人同吃同住，同台唱戲，李鳳仙就是最賢慧的妻子，而于小紅則是那個疼愛妻子的丈夫。

兩個人分不清楚現實，也分不清楚演戲，戲如人生，人生如戲。

李鳳仙以為這一輩子她終究就和于小紅這樣走下去了，相濡以沫，白頭偕老。

可那是個什麼時代？戲班子也不是世外桃源，給不了你躲一生一世的庇護，且不說她倆的事兒在戲班子裡傳得沸沸揚揚，被戲班子老闆給壓下了，就說她們戲班子所在的市裡也傳得沸沸揚揚，畢竟這兩人當時已經是個不大不小的名角兒。

如果說外界的傳言還可以忍受，不能讓李鳳仙忍受的是，于小紅的家人鬧進了戲班子，開始數落她們兩人的「醜聞」，並逼著于小紅嫁人。

其實說起來數落都還是表面的事兒，重點是一個「貴人」看中了于小紅，要她做妾，那人聽說是個大官僚！

而且那人最愛的，就是那種英姿勃發的女人。

于家當然拒絕不了那優厚的條件，這不上門來要人了嗎？

于小紅一開始是堅決的，她要和李鳳仙廝守，可這淒風冷雨的亂世又哪裡能庇護一段原本就不被世人所祝福的愛情？

就算對她們倆抱有同情態度的戲班子老闆，還有一些角兒，也是無能為力，無可奈何，看上于小紅的，那可是大官僚啊，一個小小的戲班子哪兒能和別人鬥？再說，她們既不能明媒正娶，又不可能有生死契闊的婚姻，有理由站住腳嗎？

壓力越來越大，最後于小紅的二哥找上門來哭求，一切改變了。

于小紅小時候幾乎是在她二哥背上長大的人，家裡兄弟姐妹多，爸媽顧不過來，是她二哥上山砍柴，下田犁地都把她背著的。

那大官僚施加壓力是肯定的，于小紅的一個嫁或者不嫁，就決定了于家或是天堂，或是地獄。

世間可有兩全法，不負如來不負卿？

世間有沒有兩全法誰知道？可是在于小紅和李鳳仙那裡沒有。

于小紅決定嫁了，李鳳仙在那一天懸樑自盡，被戲班子老闆和于小紅救了下來。

兩人免不了又是一番抱頭痛哭，山盟海誓卻不能再說，真真只能讓人更加心碎，在于小紅好言相勸之下，李鳳仙似乎好些了，至少蒼白的臉上有了笑容，兩人更加恩愛，更加珍惜，也更加悲傷的過著餘下不多的相守日子。

這真真是天不老，情難絕，心似雙絲網，中有千千結。

這番情意，這番歲月，這千千結，李鳳仙怎麼還能解得開？

于小紅終於到了出嫁的日子，兩人離別了。

在這一天，李鳳仙非常的平靜，安安穩穩的描紅圖彩，穿上了最漂亮的衣服，就算已經是二十幾歲的大姑娘，可這番美態也讓人感歎不已。

「她的好日子，我怎能不收拾得漂漂亮亮地去送一番？」這話似乎是想開了。

那一天的婚事極熱鬧，街邊的人，人山人海的擠著看大戶接新娘，那大官僚稱心如意之後，極為大方，竟然令人沿街拋灑糖果，更是營造出了非一般的喜慶。

李鳳仙出現在了迎親的隊伍前面，那一定紅轎子裡坐著的是她此生最愛的人。

「嗟餘隻影繫人間，如何同生不同死？于小紅，我李鳳仙願和妳同生共死，這命妳拿去就是，我此生不願負妳，但更不願妳負我。」說著，李鳳仙拿出了一把剪子，眼看就要朝著心口扎去，卻被兩旁的軍人帶走了，那是那個大官僚的護親隊伍。

迎親繼續著，那聲聲喜悅的嗩吶聲兒，淹沒了李鳳仙的哀傷，轎裡沒有一絲兒動靜，誰也不知道于小紅此時在想些什麼。

李鳳仙被關了兩天，送回了戲班子，在戲班子裡她變得安靜了，安靜的過分，不吃不喝甚至不睡，哪裡還有一絲名角兒的風采？

這世間從來不缺癡男怨女，紅塵中也不乏為情癡纏，鑽進了死胡同，牛角尖的人，李鳳仙如是！

戲班子老闆哪裡還敢留她？縱然心中有千般憐憫，可也無可奈何，試想送回家人那裡或會好一些，李鳳仙就這樣被送回了鄉里。

走前她只是幽幽的說了一句話：「淒涼別後兩應同，最是不勝清怨月明中。」

在這戲班子裡的一切湮滅了，剩下的只是她身為一個旦角兒，不可避免接觸的一些纏綿悱惻的詩詞，宛如她和于小紅的哀歌！

送回來的李鳳仙並沒有好多少，人日漸的憔悴了下去，中年時混帳的醉鬼李到晚年卻心疼起女兒來，李鳳仙之所以能活到現在，是他跪著求女兒吃飯。

可是在這個時候，鄉里的流言卻傳了開來，而且當年李鳳仙拒絕了多少求親的人，很多人多多少少還是懷恨在心的，一時間，說什麼的都有，各種難聽的話從四面八方的擠來。

李鳳仙的後媽首先挨不住，開始在家裡摔桌子扔碗，接著是她兩個在鎮上工作的弟弟，聽聞了流言，也有了各種怨言，終於，有一天，在承受不住壓力爆發之後，李鳳仙的後媽把那些惡毒的流言一股腦的砸向了李鳳仙。

人言可畏，人言往往能殺人於無形，只因這世人看不破，也放不下，有多少人能在人言面前談笑自如，把它視若無物呢？

李鳳仙不能，她太脆弱，活在戲班子那個不真實的世界裡，她的承受能力比普通人還差。

在那個下著大雨的日子裡，她赤腳跑出了屋，跑到了鄉場最大的曬穀壩上！

李鳳仙跑到了那裡，也是死在了那裡，那一天她瘋瘋癲癲的，在雨中狂哭，狂笑，甚至唱起了戲曲，那哀婉的姿態讓鄉里的鄉親們都忍不住心生愧疚。

其實人言也不是由什麼惡毒的人傳出來的，這些普通的鄉親不懂得有時一句無心之言會給別人多大的傷害，也許他們並不惡毒，只是貪一時的痛快說了，可誰又能知道，你今天的痛快，會不會成為明天戳進別人心裡的刀子呢？

在世間有一大善，就是克己，不僅克己身，己性，更要克己言，修者苦，苦在一個克字，在心態上的自然，在行為的克制，更是難以辦到。

所以，正果難尋，只求一世無愧於心。

雨「嘩啦啦」的下著，圍觀的愧疚鄉親也越來越多，不知道為啥，大家不敢去阻止發瘋的李鳳仙，因為她此時雖然瘋，卻是那麼凜然不可欺犯的感覺。

「鳳仙啊，鳳仙……」醉鬼李遠遠的跑來了。

李鳳仙回頭看了一眼在雨中奔跑的醉鬼李，一滴清淚，或是雨水從臉頰滑過。

「我有啥錯？我問你們我有啥錯？我不偷不搶，不淫不貪，我孝順，我也記恩，我問你們，我愛上了一個女人有啥錯？值得每個人惡語相向？」李鳳仙指著圍觀的鄉親們一一的問著，沒人回答，每個人臉上都是愧疚的神色。

「為什麼？為什麼要把我們分開？到底是錯在哪裡？」李鳳仙仰天而哭，大吼著問了一句。

這時，人群中有人叫了聲不好，衝了過去，哪裡還來得及？只見李鳳仙把一把磨得亮閃閃的剪刀戳進了自己的心窩，然後頹然倒下了。

「鳳仙啊，鳳仙……」醉鬼李撥開眾人，抱著女兒的身體仰天悲號起來，這雨，一時間怕是不會消停了。

「我當時都才十幾歲，我親眼看見的，那李鳳仙流了好多血，好多血哦！染紅了好大一片壩子。鄉里人都說她是存心求死的，不然那把剪刀咋個能磨得那麼光亮？而且你想要使多大的勁兒，下多狠的心，才能一剪刀戳進自己胸口哦。」那老婆婆非常感歎的說著，很是歎息的樣子。

我聽得入了神，唏噓之餘，心裡也有了一點兒淒涼的感覺，轉頭看我那便宜師傅，立刻憋不住想笑，他竟然淚光盈盈的。

第二十六章　前往小鎮

真的，我沒有不善良，因為我自己也想流淚，可我那便宜師傅的樣子太猥瑣了，那兩眼眼淚倒像是被辣椒給辣出來的。

「這個姑娘真的太癡了，感情這個東西，只要是真的，就是好的，好的東西你可要讓它一直美麗下去，就好像讓記憶裡有一份美好。何必因癡生恨，生生把好的東西變成悲劇喃？」姜老頭兒抹抹眼睛，忽然感歎地說到。

我卻聽不懂，這情情愛愛恐怕離我這七歲的娃兒有點兒遠了，我只是覺得李鳳仙可憐，也只是覺得其實她也沒得錯，其實我打心裡覺得她喜歡女的，也沒有啥，就和我喜歡夏天到水溝裡頭去泡澡一樣，高興就是了，又沒整到哪個，或者影響到哪個。

「老弟，你還真看得開，你不是說你稀罕李鳳仙啊？你不覺得她喜歡女娃兒可惜啊？」那老太婆忽然問到。

「那個……哎呀……反正我也只是悄悄的稀罕，再說了，妳覺得她喜歡女娃兒可惜嗎？」姜老頭兒扯了半天，把問題扯回別人身上了。

「我其實當時的想法很簡單，覺得她們不在一起多可惜的，其他倒沒覺得啥。」這老婆婆反映的就是鄉親們最簡單的淳樸，意識到了自己錯了，很坦誠，也就想使勁兒的祝福別人。

「唉……其實想起多慘的，我還記得我很小很小的時候，她回來唱戲的風光樣子，沒想到十幾歲又看見她死在穀場上，有時候呢，覺得人這一生啊，簡直是猜都猜不到，像我，簡簡單單的，還活了那麼大的歲數。」那老婆婆又補充了一句。

「嗯，簡單好，簡單的想，簡單的活，無愧於心最好。猜來猜去，想來想去，其實又有什麼意思？反倒不高興，也不幸福。」姜老頭兒也挺感歎。

我那碗豇豆飯都冷了，只因為我聽得太入迷了，現在就只有吃冷飯，望了一眼我那便宜師傅的碗，太可惡了，他啥時候吃得乾乾淨淨的？

「那李鳳仙死了之後，鄉裡頭的人咋想喃？有沒有發生啥事兒啊？」姜老頭兒問的樣子挺無意，彷彿是對故事意猶未盡的樣子。

「哦，你不說我都忘了，這李鳳仙死了以後，她老漢就瘋了，這都沒啥。主要是那一年裡頭，鄉里死了二十幾個人啊，都說是瘟疫，我也不曉得，我去看過，那個死的樣子好嚇人，有人是口吐白泡泡，有人的嘴巴張多大……我就在想是不是遭報應了哦？那些人好像都是說李鳳仙說得最凶的。但是，又好像是病，他們死之前嘛，都很虛弱的樣子，飯也吃不下，一天到晚都在睡。」那老婆婆挺熱情的回答到。

「這奇怪的事兒？你們鄉里沒人懂？沒人喊來看看？」姜老頭兒忽然問到。

「喊了，真的喊了。」那老婆婆一拍大腿，大聲的說到。

「哦，那喊的是個啥人啊？誰喊的啊？」姜老頭兒問到。

「具體誰喊的，我就不知道了，反正鄉里死了二十幾個人吧，先來的洋醫生，不是洋人，就是學洋醫那種，他說是瘟疫，具體是哪一種也說不好，也治不到。後來吧，這鄉里就來了個先生，神神祕祕的，說是要把李鳳仙的墳遷到那啥，哦，就是現在鄉里那片兒墳地去，才得好，而且他說鄉里的人以後最好都往那兒葬。不過，還真的靈，從那以後，鄉里就沒死過人了，這日子久了吧，這茬事兒，大家也就忘了，不咋提起了。」老婆婆回答的很詳細。

而我那便宜師傅卻咦了一聲，從我見到他到現在，這疑惑倒是頭一次，不過我卻不在意，反正他神叨叨的。

「那大姐，妳還記得那先生的樣子嗎？」姜老頭兒有些急的問到。

「哎呀，這個你說起來，我倒還真想不起了，只曉得有這麼一個人，他什麼樣子我發現我這幾十年來就沒啥印象，有點怪誒。」那老婆婆也有些疑惑，不過轉瞬即逝，畢竟是普通老百姓，想不通，也離自己太遠的事情就不去想它了。

再和老婆婆閒扯了幾句，姜老頭兒就帶著我準備離開她家了，當然走之前，姜老頭兒是非常真誠的感謝了老婆婆的招待，我也是，非常誠懇的謝謝了人家。

其他不說，姜老頭兒那段兒話在我心裡分量還是挺重的，我聽進去了。總之，沒人是天生該為你做啥的，人要懂得感恩及圖報。

走出了老太太的院子，姜老頭兒的臉色挺沉重，皺著眉頭也不知道在想什麼。

我受不了這種沉默，乾脆問道：「師傅，你咋了？」

「沒啥，只是沒想通一些問題，我們先去把李鳳仙的事情解決了。」姜老頭兒顯然不願意說，不過他說解決那個厲鬼的事情倒是成功引發了我的好奇心，在今天的談話以前我是深恨那個厲鬼的，可在今天的談話之後，我又有些同情她了，我很想知道我這便宜師傅會咋處理她。

於是，我小心翼翼的開口問到：「師傅，你不會真收了李鳳仙吧？」

「你這娃兒，是木頭腦袋啊？我才給你說過，鬼是鬼，妖是妖，收只能收妖！你說我聰明伶俐的，咋就找了你這樣一個笨徒弟？」姜老頭兒說他自己聰明伶俐！

「又不是我願意讓你找的。」我小聲嘀咕著。

「你說啥？」姜老頭兒怒目圓睜，讓我想起了他脫我褲子，打我屁股的時候。

於是我趕緊說道：「師傅，你要咋對付李鳳仙嘛？」

「只能消它怨氣，渡了它。」姜老頭兒的語氣頗為感慨。

我是不會問姜老頭兒具體要咋做的，反正問了我也不懂，我只是非常好奇一個問題，於是就開口問了：「師傅，這李鳳仙吧，生前也不是啥壞人，咋變鬼之後那麼惡呢？」

「因為它有怨氣，怨氣沖天，變鬼之後，生前種種都化為了怨氣，哪裡還有多少人類的情感？簡單點兒說吧，你要給自己煮碗薑糖水，如果薑放多了，糖放少了，那不就是只有薑味兒了？李鳳仙含怨而死，怨氣把它為人時的其他情感全部遮住了，就是這樣。要幫她，只能了她的願，否則，也只能讓她魂飛魄散。」關於這些，我那便宜師傅是很願意為我解答的。

接下來，姜老頭兒帶我去了鎮上。

我是千想萬想都沒有想到，出來和姜老頭兒辦事兒，還能到鎮上，得了便宜的我，一路上簡直笑得嘴都合不攏。

鄉里距鎮上不算太遠，走過那條黃土大道，就有一條柏油路直通鎮上，一般鄉親都是步行，那個時候就算有路，也看不見啥車的。

總之到鎮上步行個兩個小時，也就差不多了，這對走習慣山路的鄉親們真是小兒科。不過，今天，我不僅能跟著姜老頭兒混到了鎮子上，還生平第一次坐上了車。

那是一輛綠解放貨車，真真是少見，在我還在發呆的時候，姜老頭兒死乞白賴的就把人家給攔住了，也不知道咋說的，反正我和姜老頭兒得到了允許，可以坐在後面的車廂裡。

坐在後面，那是一個四面全是風呼呼吹的位置啊，還跟一堆水泥在一起，可這絲毫不能抵消我的興奮，坐上車那一刻，我覺得這車是一件兒多麼神奇的東西，反正比姜老頭兒抓鬼還神奇多了。

有時必須得感慨，現代科技帶給人的感覺和衝擊，在某種時刻比玄學還厲害！

第二十七章　普通小院兒？

姜老頭兒看我那樣兒，笑罵了一句：「狗日的娃兒，土得很。」可是眼神裡卻全是慈愛，當然，他罵的時候，又伸手摸了摸我腦袋，我如常的起了一串雞皮疙瘩。

可是，我卻沒有問他，我們到鎮子上去幹啥。

車子就是快，平常要步行一個多小時的柏油路，坐車上就二十幾分鐘。

這二十幾分鐘的坐車經歷對於我來說簡直太寶貴了，我是戀戀不捨的從車上下來的。

鎮子上依然很熱鬧，有小飯館，有供銷社，有公園，還有電影院呢！當然還有一些小推車，賣些零嘴兒的。

我很饞，可是我卻沒開口找我那便宜師傅要，看他那樣子，也沒錢。

可不想我那便宜師傅卻主動給我買了一包炒花生，另外我第一次喝上了橘子汽水，我喝得那叫一個珍惜啊，在一旁等著我退瓶子的老闆恐怕不耐煩到想一把給我搶過來，不讓我喝了。

喝完了汽水，我剝著裝衣兜裡的炒花生，一路非常乖的任由姜老頭兒牽著走，這便宜師傅挺大方的，我發現我有些喜歡他了，反正有零食塞著嘴，我也不去問他七彎八繞的要帶我去哪裡。

大概在鎮子上走了二十幾分鐘，姜老頭兒帶我走進了一條比較偏僻的胡同，這裡有很多獨門獨戶的小院，他拉著我逕直走到了其中一個看起來很像辦公室的小院門前。

在那個時代，是有很多這樣的辦公室的，反正有的是「統戰部」，有的是「××辦公室」，到了七四年，這樣的所謂臨時指揮部少了很多，不過也還有，總之這個小院是不太起眼。

姜老頭兒在門前大剌剌的敲門，過了一會兒一個慵懶的聲音響起：「誰呀？」然後一個穿著普通軍裝的年輕男子來開了門。

「你是誰？」那男子說不上多友好，但也沒有多凶。

姜老頭兒從衣兜裡隨手摸了一個髒兮兮的東西給他，我目測是一個沒有了殼子的，類似戶口本的東西，反正被姜老頭兒弄得髒兮兮的。

那人有些嫌棄的接過來仔細看了看，一看之下臉色就變了，立刻就要給姜老頭兒行軍禮，卻被姜老頭兒一把拉住：「別搞這一套，我不喜歡。若非是必要的事兒，我還是情願當個閑雲野鶴。」

說著，就拉著我進了這個小院，小院裡一派清閒，有兩個人在喝茶，另外還有幾個人在打牌，這幾個人咋看都不像軍人，偏偏穿著一身軍裝，反正我也說不好，就覺得這院子裡的一切有些神奇。

姜老頭兒無視於那幾個人，拉著我逕直往一間屋子走去，那幾個人也各做各的事兒，無視姜老頭兒。

直到給我們開門那個年輕人對那幾個人說了幾句啥，那幾個閒散無比的人表情才開始認真了起來，望向姜老頭兒的眼神也充滿了一種類似於崇拜的東西。

那幾個人猶豫的商量了幾句，然後其中一個看起來接近中年的人快步走了過來，非常尊敬的說道：「姜師傅，我們能幫你啥嗎？」

「暫時不用，現在我要用下電話。」姜老頭兒的神情也淡然，既不高高在上，也沒了平常的猥瑣。

那人也不廢話，跟著姜老頭兒進了辦公室，直接拿出鑰匙，打開了一部電話的小鎖。

而姜老頭兒逕直拿過電話，就開始搖動起來，然後就是各種接通。

我在那辦公室，大口大口的吃著炒得焦香無比的花生，才懶得理會我那便宜師傅說些啥。

只不過，過了一會兒，我那便宜師傅的一句話引起了我的注意。

「對，我要于小紅的生辰八字，越詳細越好。」

師傅要于小紅的生辰八字做啥？電話那頭又是啥人？這個地方到底是啥地方啊？

我一口把花生殼吐在地上，蹲在凳子上，兩手捧著腦袋，居然也開始思考起來。

可那姜老頭兒可惡啊，明明那麼嚴肅的在打著電話，還能注意到我，見我這個樣子，他在那裡吼道：「誰也不許給他掃花生殼，啥子行為哦！等會你自己把花生殼給我掃乾淨了！」

他這一吼，嚇得那個拿著掃把準備把花生殼掃了的人手一抖，接著那人就把掃把塞在了我手裡，充滿同情的望了我一眼，出去了。

還真聽話！啥人哦！我才七歲啊，你就忍心讓我掃花生殼？

我憤怒的，卻不敢反抗的下地去掃花生殼了，我深刻的覺得我那便宜師傅買花生給我吃，就是在坑我！不過，這下花生也吃完了，我一邊掃地一邊尖著耳朵聽姜老頭兒到底在說啥。

「你隨時都可以翻閱人口檔案，這事情難嗎？」

「呵呵，你繼承了那兩脈，這點逆推的本事還沒有？我要精確的生辰八字！」

「得了，你別繞我，當我欠你個人情，還有我要于小紅的照片，傳真過來吧。」

「別廢話，我掛了。」

這姜老頭兒真有脾氣，說掛「啪」一聲就掛了，我也剛好掃完地，眼巴巴的望著他，也不知道接下來要做啥。

至於這時辦公室還有另外一個人，就是給我們開門那個人，正端著一杯茶進來，他是完全聽見了姜老頭兒那不客氣的語氣的，也不知道為啥，竟然一臉驚恐。

「姜師傅，你要用傳真機？」那人放下茶，小心翼翼的問到。

「嗯，一個小時以後我再來，還要用一次電話，傳真機也要用的。」姜老頭兒點點頭，隨意的喝了一口茶，又牽著我出了那個小院。

自始至終，我都不知道我這便宜師傅到底是要做啥，還有傳真機是個什麼東西？

一個小時的時間對於我來說是比較無聊的，姜老頭兒一出門就給我又買了一包炒花生，外加一包炒瓜子兒，然後帶我到鎮子上最繁華那條街上的樹下一坐，就不動了。

他笑眯眯的左看看，右看看，我就蹲在他身邊嗑花生，嗑完花生，我就嗑瓜子……

這樣，半個小時過去以後，我耐不住了，就問：「師傅，你在看啥嘛？」

「呵呵，你看那邊，就那個推著自行車，紮兩條辮子的姑娘乖不乖？」姜老頭兒興致勃勃的指著一大姑娘給我說到。

「不曉得。」我吐了二片瓜子皮兒，直接回答到，在七歲的我眼裡，大姑娘絕對不如一把玩具槍，甚至不如一頂綠軍帽。

「算了，給你說了也是白說。」姜老頭兒不理我了，繼續笑眯眯的在樹下打望著，我沒辦法，就無聊的在他身邊蹲著。

好在一個小時的時間也不算太長，估摸著時間快到了，姜老頭兒站起來，滿足的長吁了一聲，伸了個懶腰，牽著我回到了那個院子裡。

一進到院子裡的辦公室，一個人就走了過來，遞給姜老頭兒兩張紙條，恭敬的說道：「姜師傅，我們剛才接了……」

姜老頭兒咳了一聲，打斷了他的話，直接就問道：「他打電話來了吧？那這就是我要的東西？」

「是的。」那人趕緊說到。

「那就好，我走了。」說完，姜老頭兒也不待那人回答，牽著我轉身就走。

剛走了兩步，他又牽著我走了回去：「這都快五點了，這樣吧，你們弄輛車，把我們送到××鄉的路口吧。」

「是！」那人立刻大聲的回答到，似乎他也知道了姜老頭兒不喜歡廢話，還有可能就是在我面前有些顧忌著什麼。

我興奮，我很興奮，我相當興奮。

我做夢也沒想到我能坐上這種車，這車是我見過的最高級的車，綠色的軍用吉普車，在我印象裡，只有高官才能坐這種車，沒想到有一天我也能坐上。

第二十八章　替身娃娃

坐在車裡，我有一種幻覺般的感受，也對我這便宜師傅生出了幾分疑惑。

「師傅，他們為啥能弄到這種車給我們坐啊？」

「沒啥，他們是當官的，我呢，以前幫他們的頭頭抓過鬼。」姜老頭兒的回答似乎沒有任何問題。

我當時小，也沒多想，他說什麼也就是什麼了，連那點僅有的疑惑也消去了。

「三娃兒啊。」姜老頭兒忽然喊到我。

「嗯？」

「回去別和你家裡說，我們坐了這車啊，也別說去了鎮子上。」

「為啥？」

「不為啥，你下次還想坐車，就給我保守祕密！還有，我是你師傅，師傅說啥就是啥，尊師重道曉得不？」姜老頭兒利誘加恐嚇的威脅著我這個只有七歲的娃娃。

「好吧。」我倒乾脆，啥尊師重道我不知道，我就知道我非常的想再坐一次這車。

回到家裡的時候，已經是晚上八點左右了，畢竟車子只把我們送到了鄉場土路的入口處，剩下的路是我們自己走回來的。

我回家倒是累了，呼呼嚕嚕的吃完飯，就賴在床上躺著了，可我那便宜師傅連飯都沒顧上吃。

我在床上躺了一會兒，覺得舒服了，又想去看看姜老頭兒在做啥，其間，我爸媽幾次進來看我，又幾次都欲言又止的出去了，弄得我有些摸不著頭腦。

在現在想來，估計他們是想問一問這一天姜老頭兒帶我去做啥了，可是又覺得不合適，畢竟他們已經把兒子交給別人當徒弟了，只要姜老頭兒把我帶出去，然後能安全的帶回來就是最大的安心了。

到了院子裡，我發現姜老頭兒在院子裡點了一盞油燈，在燈光上，他正仔細糊著紙。

我跑過去一看，原來他用竹片兒紮了一個架子，現在正在往架子上糊紙，看那架子的輪廓，一眼就能看出來是個人！

「師傅，你在做啥？」我好奇的問到。

「看不見嗎？紮紙人呢。」姜老頭兒做得挺仔細，在糊紙的同時，一邊又用一種色澤很奇怪的墨，在竹架上寫畫著，反正我是看不明白了。

我就蹲在姜老頭兒的身邊，看他認認真真的紮著紙人，看了一會兒無聊了，就發現旁邊的石桌子上擺著兩張紙，我好奇的抓過來一看，發現其中一張紙上寫著什麼什麼年，什麼什麼月的，反正以我二年級的水準是認不全，另外一張紙是一個人的照片，像是照片，但是又是在紙上，這個我知道，是印上去的，課本不就是這樣的嗎？

我仔細的打量著這張畫像（姑且叫它畫像吧），上面是一個女子，非常好看，兩條眉毛飛揚入鬢，一雙狹長的眼睛，眼波流轉，高挺的鼻子，嘴唇小而薄。

這樣看去，既像個好看的女人，又像個英俊的男人，我又不笨，一下子就猜到了，開口對姜老頭兒說道：「師傅，這是于小紅吧？你拿她照片做啥？」

「不止是照片，還有她的生辰八字我也要到了，我這是要做個替身娃娃，沒這兩樣東西不行。」姜老頭兒糊完最後一張紙，也很詳細回答我。

「替身娃娃？」我有些不解。

「李鳳仙最大的心願是啥？就是和于小紅廝守到老，要化解她的怨氣，就只能解開她的心結，這替身娃娃就是代替于小紅的意思，也可以把它當做于小紅，去陪伴李鳳仙。」

「一個紙娃娃能代替嗎？」我抓了抓腦袋，有些搞不懂。

「一個紙娃娃當然不能，這替身娃娃做起來可不簡單哪！就比如這做骨架的竹片必須按照于小紅的骨重比例來做，這骨重不是頭骨的重量，而是八字的稱骨重量，還有骨架上必須寫化身紋，一種專門的轉換符文。在上古的傳說裡，厲害的化身紋，能夠暫時的化腐朽為神奇，就比如你折一隻鳥兒，畫了化身紋，打上自己的功力，那鳥兒就能飛一陣兒。另外還有許多講究，反正麻煩。」姜老頭兒不厭其煩的給我解釋著。

在解釋的同時，他已經拿起一枝筆，開始在那已經糊上紙的粗胚上畫了起來，看樣子是準備畫一個人的臉。

姜老頭兒的畫工確實了得，就一會兒工夫，他照著照片，已經畫了人的眉眼，和那于小紅的照片對比起來，竟然有七、八分相似，我有時真的覺得，我想不出來有啥是我這便宜師傅不會的？

看了一會兒，我困了，一會兒趴姜老頭兒身上，一會兒趴石桌子上，不停打著呵欠。

「三娃兒，去睡會兒，我這還要個把小時才能完成，完成了以後，我要帶你去辦事兒。」姜老頭兒隨口說到，估計是不耐煩我像個小猴子似的，在他周圍轉來轉去的打呵欠吧。

我依言進去了，明天是星期天，雖說可以名正言順的不上學，但架不住我今天折騰一天困啊。趴床上，我連衣服都沒脫，一分鐘之內就睡著了，迷糊中只記得我媽來給我脫了衣服，蓋了被子。

我是被我爸叫醒的，他叫醒我後，小聲的說道：「三娃兒，快點，你師傅已經在外面等著你了。」

邊說還邊給我擦了冷水洗臉，被冷水一激，我就完全清醒了，還是免不了嘀咕，當個道士也挺辛苦，這白天跑一天不說，晚上還要辦事兒。

穿好衣服，走到院子裡，果然看見姜老頭兒已經在等我了。

「師傅，我睡了多久，這都幾點了啊？」我伸了個懶腰問到。

「不久，兩個小時吧，我紮好了紙人，上山去拿了東西，才叫你媽叫你的，現在還差十來分鐘十一點。」說話的時候，姜老頭兒看了看手腕，我一下就看見一塊亮閃閃的大鋼錶。

「師傅，你可真有錢吶。」大鋼錶可是稀罕東西，絕對是有錢人的象徵，而且我師傅那塊還與眾不同，不過我也沒看仔細。

「呵呵，你也想要吧？」

「嗯，是想要。」我就是個老實孩子。

「不給你！」姜老頭兒得意的一仰頭，走了。

我那個氣啊，這便宜師傅難道就不覺得這樣逗一個七歲的小孩子挺沒勁兒的嗎？

我被姜老頭兒牽著往趕往鄉場的路上走著，他一手牽著我，一手還拿個紙人，這紙人身穿粉色的小生戲袍，戴個小生帽兒，栩栩如生，唯妙唯肖，那臉看起來像極了畫像裡的于小紅。

「師傅，那李鳳仙今晚上不會來找我姐吧？」我非常擔心這一點兒。

「不會，三張符起碼也耗了她一半的煞氣，要再找你姐也起碼得等個兩三天。就像一個人熬夜做了件事兒，而且在過程中很認真，第二天少不得就要休息很久，如若不然精神就會不好，那就是傷了神，得養養，鬼也是一樣。」

「哦，那兩三天後呢？」

「啪」回答我的是腦袋上的一巴掌，我特無辜的抬頭望著巴掌的主人——我那便宜師傅姜老頭兒，弄不懂為啥就挨打了，卻只見他怒目圓睜的吼道：「老子像是那麼沒本事的人嗎？不要說兩三天，今天晚上就能把事情給辦成了。」

就這樣，我和姜老頭兒連夜往著鄉場上的墳地兒趕，興許是嫌我走得太慢，姜老頭兒乾脆一把把我背在了背上，大步向前走著。

我在他背上趴著，也感覺不到他走多快，但就覺得，往日裡很遠的路，他一會兒就能到一大截。

「師傅，你走挺快的啊？」我在他背上，舒服的就快要睡著了，還不忘迷迷糊糊的嘟囔一句。

「這也算快？你是沒見著真正有本事的術士，他們可是可以飛遁千里的。」姜老頭兒挺不屑的哼了一聲。

「你又在宣揚封建迷信了，師傅！難不成你見過？」我也不屑的。

「沒見過，不過真有，以神魂遊千里，到了一定程度是可以帶動肉身的，只是那些人才是大能之人，怕是已成人仙，世人不得見吧。」姜老頭兒思考了一陣兒，挺認真的回答我。

「哼哼……」就算我信鬼，我是絕對不信神的，用哼哼聲表示對姜老頭兒的話的不屑，結果屁股蛋兒上被姜老頭狠狠擰了一下，我不敢吭聲了。

說快，是真的很快，平常我要走一個半小時的路，趴姜老頭兒背上只感覺一會兒就到了，姜老頭兒得意的瞅了瞅他那塊大鋼錶，嘿嘿一笑：「我這輕身功夫練得還不錯，一個小時不到，嘿嘿……」

我撇撇嘴，心想又不是撿到糧票了，不過沒敢說。

「走，辦正事兒去。」姜老頭兒拉著我，一老一小就這樣在半夜走進了這片墳地兒。

一進墳地，我就感覺陣陣冷意直衝心裡，姜老頭兒大喝了一句：「我教你的凝神口訣呢？自己在心中默念，如果覺得效果不好，可大聲念出來。」

我一聽，趕緊的在心裡念了起來，說實話，我是不想再看見那些東西的，還別說，姜老頭兒教我的口訣還真的靈，就在心裡默念了幾次，我發現自己心裡一點都不發寒了。

走了一小陣兒，我們就走到了李鳳仙的墳前，姜老頭兒四下張望了一番，就從他背的包裡取出一卷線。

「這就是墨線，封棺封墳是很好的。」姜老頭兒給我解釋到，邊解釋邊按照一定的方式把這墳頭給圈住了，只不過留了一個缺口。

「師傅，你把李鳳仙的墳封住做啥呢？」我有些不解。

「這不是要封李鳳仙，而是為了讓其他的鬼魂勿進，搶走這個替身魂。」姜老頭兒簡單的解釋了一番。

封好了墳，姜老頭兒在李鳳仙的墳頭點了三根香，燒了一疊紙錢，接著他拿過那個替身娃娃，嘴中念念有詞，然後燒起了替身娃娃。

很快大火淹沒了那個替身娃娃，姜老頭兒也站起了身子，盯著火光，也不知道在想啥。

「師傅，你剛才念的是啥啊？」我好奇問到。

「祝詞，是解怨念的一種禱詞，也是給予魂靈祝福。」姜老頭兒解釋著。

過了一會兒，火堆熄滅了，那替身娃娃也隨著火光燒成了灰燼，周圍安靜了下來。

我剛想問姜老頭兒這方法有用嗎？咋就沒啥反應，就聽到耳邊若有似無的哭聲，那聲音太過熟悉，就跟我二姐被上身時的聲音一樣。

隱約中，我看見了一個女子，身穿青色戲服，緊緊靠在一個身穿粉紅色戲服的女子懷裡，兩眼全是淚光。

「不惜現形感謝，不怕魂飛魄散？還是一口怨氣散了，妳也就不在了？」姜老頭兒眉頭緊鎖，聲音中竟然有一種悲涼。

現形感謝是啥？我不懂，我剛才以為我那什麼天眼又開了，原來不是啊！不過一聽姜老頭兒的語氣有些悲涼，還聽見魂飛魄散，我的心也提了起來。

模糊中，那女子也不多言，只是拉著粉紅色戲服的女子朝著我和師傅盈盈一拜，這才開口說道：「哪怕是一時的相聚，也不枉千百年的等待，所幸我沒有等太久。所幸我的眼睛裡沒再看見一片血色，再多造孽，謝謝，謝謝……」

那女子的聲音極其婉轉，哪兒還有附身於我二姐時那種充滿怨恨與瘋狂的樣子？這時再仔細看她眉眼，當真是柳眉如畫，雙目含秋水盈盈，美到了極點，不愧是當年紅極一時的名角兒。

「我為妳引路。」就在這時，我師傅大喝了一聲。

說話間，我師傅就比起了一個相對起來並不是那麼複雜的手訣，口中也開始同時行咒，可就在這時，我發現李鳳仙的身影已經越來越淡，卻是雙目含笑的望著身邊的于小紅，是那麼的滿足。

「師傅，李鳳仙變淡了。」我忽然就有些不忍心，不由得大聲提醒著姜老頭兒。

原本還在行咒掐訣的姜老頭兒忽然歎息了一聲，停止了一切的動作，只是靜靜的望著這一切，聲音有些飄忽的說道：「即使輪迴生生世世，渾噩而空虛的活著也是枉然，也許有的人真的只要燦爛一刻，哪怕魂飛魄散也在所不惜吧。佛說，勘破紅塵，道言，大道無情，但是感情這東西到底是個啥玩意兒？比起極樂，比起大道，更讓人癡迷沉溺。到底是世人不清醒，還是……唉……」

我聽得似懂非懂，只因為年僅七歲的我，連和親人的感情都還有些懵懂，更別提要人命的愛情。

李鳳仙消失了，我呆呆的望著面前空蕩蕩的李鳳仙之墓，彷彿剛才發生的一切都是幻覺，李鳳仙到底有沒有出現啊？

「師傅，她去哪兒了？」我轉頭問到，我覺得我不找出一個答案不安心。

「她……」姜老頭兒伸手按住我的小腦袋，沉默了半天才說道：「我本來想跟你說，她投胎去了，但我不想騙你，她已經徹底消失了，從此這個世上再沒有李鳳仙這個人，連魂也不會有了，非常徹底的消失了。」

姜老頭兒到底沒有騙我，可能是因為註定在以後我要接觸很多殘酷的事兒，所以不能像別的孩子一樣，一開始大人們總是熱衷在他們心中種下一顆顆童話般美好的種子。

「她沒了？」我有些不敢相信，也不知道為啥，就是想哭得很，她明明是害我二姐的厲鬼啊！

「是沒了，我做替身娃娃是了她心願，消她怨氣，但是怨氣一消，她也就魂飛魄散了，只因天網恢恢，疏而不漏，她因怨害了人，並不能因為她可憐就會抵消。我原本想用引路指，全力指引她去往陰司輪迴之路，可是天道豈是小小的我能改變了，我也是太過於執著了。」姜老頭兒的語氣平靜，可他那份執著卻真真是一分對李鳳仙的慈悲心。

我也不知道為啥，心酸酸的，不由得用袖子擦了一把眼睛，我忽然想到了，問道：「師傅，一個替身娃娃又不是真的于小紅，為啥李鳳仙……？」

「這替身娃娃除了化身紋，還打有特殊的手訣，配合于小紅的生辰八字，其實也就是個暫時矇騙的作用，就是這樣也就夠了，因為這樣就能化解怨氣，怨氣一化，也就是普通的鬼魂，配合引路訣，送它入輪迴，事情也就解決了，這是道家超渡方式的一種。」姜老頭兒耐心的為我解釋到。

這一次我沒有再問什麼了，也很懂事的沒有去責問師傅為什麼去欺騙李鳳仙，他這樣做其實也是一份悲天憫人的心思，能讓李鳳仙入輪迴那是最好，如果不能，消解她的怨氣，不讓她繼續痛苦的做厲鬼，並帶著滿足離去也是一件好事兒。

我們師徒倆就這樣望著李鳳仙的墳墓發了一陣兒呆，彷彿還能看見那個年代，那個人比桃花豔的李鳳仙，是如何的在戲臺上風情萬種……

「罷了，先回去幫你姐姐招魂，這片兒墳地的事情也總歸要解決。」說完，姜老頭兒牽著我的手走了，走的時候他望了一眼這片兒墳地，莫名其妙的冷哼了一聲。

在回去的路上，我忍不住說道：「師傅啊，那裡還有一個男厲鬼欺負過我，你不幫我報仇了啊？」

「在那片墳地兒的它們全部都得渡，厲鬼的結局不會好到那裡去，他恐怕也逃脫不了魂飛魄散的結局，當然這要看他做孽的大小。」

「全部都渡，那得多辛苦啊？師傅啊，為啥我遇見的兩隻厲鬼都很年輕？」

「嘿嘿，辛苦？也不，只要破了那個陰地兒，也就好說。至於為啥都是年輕人，也不絕對，只不過在年紀輕輕就身亡的人，怨氣肯定比年老的人重很多，你想，父母恩沒報，子女未長大，夫妻情未了，或者心中理想都還沒得及展開，你說這怨氣能不大嗎？所以，厲鬼之中大多是年紀輕輕就去了的人，只因牽掛太多，怨氣反而深重。」

「師傅啊，鬼到底是個啥東西？我為啥每次看見它們都迷迷糊糊的，像腦子不清醒一樣，反正感覺挺不真實的，有點兒拿不準的感覺。」

「這個啊，等你大些了，我再告訴你，你只需要知道，你其實不是看見它們的，確切的說，是感覺到它們，這並不是什麼虛無縹緲的事兒，仔細想來，是有跡可循的，當然，你必須的上學，多學知識，才能印證這許多道理。」

「師傅，你這樣子不像有文化的人啊？你誆我上學吧？」我以為跟了師傅，就可以脫離討厭的學校，雖然有些捨不得酥肉和一些夥伴，沒想到這師傅鼓勵我上學，我覺得有必要提醒他，他也不像個文化人。

「嘿嘿。」姜老頭兒望著我和藹可親的笑著，可下一秒他的臉就變得怒氣沖天，一把擰起我，「啪」一聲拍我屁股上，並且大吼了一句：「老子打死你個瓜娃兒！」

我氣哼哼的被姜老頭兒牽回了家，一回家就栽在床上，不理姜老頭兒，那麼大一夜了，我爸媽還在等著，大姐熬不住了，挨著二姐睡下了。

而我二姐被「鎖魂結」鎖著，那麼安靜的，就像睡著了，其實真實的情況是，她已經連續三天沒睜過眼了，我媽煮來流食，像餵嬰兒一樣的餵著她。

姜老頭兒見我不理他，他也懶得理我，直接對我爸說道：「纏身的厲鬼已經解決，今晚就為二妹喊魂，你搬一張桌子跟著我，秀雲也跟著我，你親自帶二妹的魂回家。」

我媽忙不迭的點頭答應，不要說帶魂回家，只要能救我二姐，就算帶隻惡鬼回家，她都敢。

我悄悄爬起來了，說實話，經過這一天，我發現我真的有點喜歡和姜老頭兒這樣「混」在一起了，他為我打開了一扇世界的門，是那麼的神奇，對我充滿了吸引力。

就這樣一行四人出發了，我不說話跟在後面，姜老頭兒衝我咧嘴一笑：「三娃兒，你咋跟來了？」

「哼。」我嘟起臉不理他。

姜老頭兒也不計較，樂呵呵地走在前面，七彎八繞的，也不知道他要帶我們去哪兒。

第二十九章　喊魂

走了大概二十幾分鐘，他終於停下了，四處望了望，點了點頭說道：「這裡是這個地兒氣脈流動的彙集點，在這裡是最好不過了。」

我在心裡暗罵到，不就是村裡最高的一個小土坡嗎？就是站得高，望得遠，什麼氣脈流動的匯集點！

姜老頭兒不知道我心中所想，只是指揮我爸把桌子放在一定的位置，開始布置法壇，要是他知道我在想啥，我估計我的屁股又得遭殃。

這法壇布好了，姜老頭兒嚴肅的說道：「我這要走步罡，開眼，和普通看鬼的開眼不同，這次開眼是要望透這村子的一切，才能找到二妹的魂魄所在，這開眼有一忌諱之處，不管是人，還是牲畜都不能撞見，你們退到土坡以下，順便看住不能讓任何牲畜撞上來，特別是貓，狗之類的。」

所幸這土坡是一個從下往上漸漸變小的形狀，我們三個人站在半腰處，就看不見姜老頭兒作法了，而三個人也完全可以守住這裡，不讓牲畜衝撞了。

其實，這半夜三更的，哪家的牲畜會往這裡跑？再說經過了那三年，野生動物也少多了，這樣只是以防萬一而已。

姜老頭兒很鄭重的從隨身的包裡取出了道袍穿上，這一次他拿出了二把桃木劍，總之在我的印象裡，姜老頭兒更多的是喜歡手訣，而少動「法器」，看來這一次不一樣。

接著，姜老頭兒又拿出一塊權杖，和一件我不認識的東西，後來我知道這叫笏，就是後來電視裡那些大臣手持之物。

這陣仗還真了不得啊。

「我要開始踏步罡了，你們速速退去。」姜老頭兒大聲喊到。

我家三人聞言，趕緊從商量好的三個地方分別下去，非常緊張的守護著姜老頭兒作法。

土坡頂上是什麼情況，我們三人看不見，但過不了一會兒，就聽見姜老頭兒那清朗的聲音出來：「太上之法受吾，依旨任吾之行……」

這是我第一次聽見也是聽清楚姜老頭兒的咒語，不過具體是啥意思，我卻不知道。

時間大概只過了二十幾分鐘，但這二十幾分鐘對於我家的人來說簡直跟二十幾個小時一樣漫長，生怕有啥東西竄上去，衝撞到姜老頭兒作法。

但所幸的是，這種折磨很快就結束了，我們清楚的聽見姜老頭兒喊了一聲：「開！」

接下來就是寂靜無聲，我不知道我爸媽感覺到了什麼，但我在這一瞬間，看見整個村子的天空忽然變了顏色，好幾種顏色在緩緩向這裡匯集，然後又散去。

但這只是一瞬間，在下一刻整個村子又恢復了原來的樣子。

我很淡定，我真的很淡定，我對自己這種莫名其妙的能力已經快要習慣了，鬼都見過了，我難道還怕這些五顏六色的氣？

就這樣沉靜了好幾分鐘，我們才聽見姜老頭兒的聲音：「可以上來了！」我們一家三口如釋重負的鬆了口氣，紛紛快速的朝著山頂跑去，非常想知道我二姐的魂魄到底丟在哪兒了。

「有兩魄在同一個地方，其他的一魂兩魄在不同的地方，倒也省了些事兒。」姜老頭兒一見到我們，就說出了我二姐魂魄的所在。

「那在哪兒呢？」我媽非常的著急。

「我會帶你們去的，妳別著急，嗯，為了避免衝撞，老陳，你先回去，秀雲和三娃兒一起跟著我就好了。」姜老頭兒說到。

我爸忙不迭的答應，他可不敢承受女兒少了魂魄的後果。

收拾完法壇，我爸把桌子搬回去了，剩下我們三個，這個時候姜老頭兒從他那個百寶囊似的包裡拿出了一個扁扁的燈籠，隨便撥弄了一下裡面的竹架子，燈籠就鼓起來了，他把燈籠交給我媽。

然後又從包裹裡拿出一截白蠟燭，放了進去，然後才說道：「等會兒到了地方，我和三娃兒會離遠些，為你們護法，畢竟生魂很容易受驚嚇，妳要一路點著燈籠，不停的呼喚二妹的名字，不能停下，腳步要慢，燈籠也絕對不能熄，否則生魂說不定就會因為驚慌而散掉，一定要記得。」

說完，姜老頭兒又從包裡拿出一個紅線編的手繩戴在了我媽的手上，拉緊了上面的那個結，然後說道：「這是鎖住妳的一部分陽氣，二妹的生魂流落在外面好幾天了，說不定女人的陽氣也能沖散了它，妳戴上這個結後，記得無論任何情況不能妄動情緒，這樣陽氣會起伏不定，沖散了這個結就不好了。妳也知道，我不敢鎖妳多餘的陽氣，對妳身體不利。」

原來喊魂有那麼多的忌諱，我媽緊張了，拉著姜老頭兒說道：「姜師傅，你就給我上重點的鎖陽結吧，求你了，我不怕，只要能把二妹的魂安全地帶回來。」

「不行！絕對不行。」姜老頭兒幾乎沒有考慮，一口就回絕了我媽。

我媽知道這姜老頭兒在嚴肅的時候，幾乎是說一不二的，也只好哀哀地同意了。

「就在那棵樹後，是二妹的其中一魂，魂比魄稍強，先把魂叫回去吧。」這個時候，姜老頭已經帶著我媽和我來到了二姐的第一個丟魂處，詳細的說明了位置。

我媽緊張的點點頭，姜老頭兒一言不發的為我媽點亮了燈籠裡的蠟燭，然後對我媽點頭示意，接著就拉著我後退了幾乎十米。

我媽小心翼翼的提著燈籠，生怕裡面的火滅了，然後走到了那棵樹後。

「陳曉娟，陳曉娟……」我媽小聲的，低低的呼喚著我二姐的名字，我和姜老頭兒則密切的注視著那邊的情況。

「三娃兒，想看嗎？」姜老頭兒問我。

我忙不迭的點點頭，我這天生的天眼通，時靈時不靈，這個時候，我是非常想看見我二姐的。

「嗯，看一條生魂難度倒也不大，你聽我的，現在閉上眼睛，舌抵上顎，心裡啥也不要想，全心全意的去感受周圍，然後念這口訣……」姜老頭兒詳細的為我講解著。

其實，天眼通幾乎是最難修的神通，要求的功力累積之高，才能達到配合口訣水到渠成的地步，我這就是上天的「厚賜」，當然對一般人來說是恐怖，才能有這番境遇。

這就是修道的天分，當然我的人品如果不純良，我也會被道的大門拒之門外。

我照著姜老頭兒所說的去做，果然只是一小會兒，我就「看見」了，只不過沒有那次無意中的那麼神奇，我只能看見黑乎乎的一片，我媽模糊的影子，姜老頭兒模糊的影子，還有我媽身後跟著的一團灰濛濛的東西。

再仔細一看，那團灰濛濛的東西，活生生的就是我二姐，只不過表情非常呆滯，整個人也輕飄飄的，有種不真實的感覺。

這時，我看見姜老頭兒在對我媽點頭示意，想是說可以了，我媽喊上了二姐，可以帶我二姐走了。

我媽會意，小心翼翼的舉著燈籠，聲聲呼喚著二姐的名字，朝著我家的方向走去。

可就在這時，我看見另外幾團灰濛濛的霧氣，正在快速的朝著我媽靠攏，我知道那是什麼，幾乎就要叫出來，而這時，一雙大手捂住了我的嘴巴。

捂住我嘴的，不用說，就是我師傅，他這樣一捂，我立刻就發不出聲音了，但同時我也冷靜了下來，我知道我師傅這樣做是有用意的。

我媽提著燈籠，繼續小聲的喚著我二姐的名字前行，等她們走出一段距離以後，我分明看見我媽的身後跟了四、五團灰濛濛偏黑的影子，同樣仔細一看，就是四、五個人的樣子，一樣的表情麻木。

讓人感到恐怖的是它們就這樣一個一個，排成整齊的豎行，跟在我媽的身後，在我的眼裡看來，就跟開火車似的，而我媽是那個火車頭。

「我們跟上去。」姜老頭兒小聲的在我耳邊說到，然後放開了捂住我嘴的那隻手。

「師傅，有好多鬼跟著我媽啊。」我也小聲的對著姜老頭兒說到，這一幕在我看來，不知道為什麼就是很恐怖，感覺我媽在帶著一群鬼走路，而且全是朝著我家走，

「你媽提著的引魂燈，在這些孤魂野鬼看來，就是一片茫茫黑暗中的唯一光亮，有些會被吸引來不足為奇，而且也不全是鬼，有些你看來比較淡的霧氣，不是黑色，而是偏灰色的，是歷來這裡的人，丟掉的魂魄，其實沒有什麼傷害，等那魂回了你二姐的身體之後，小小的驅散一下就行了。」姜老頭兒其實根本不擔心這個在我眼裡很恐怖的場景。

就這樣，我媽一路引著這些鬼前行，我和姜老頭兒一路在後面跟著。

快到家的時候，姜老頭兒忽然帶著我從另一條小路，飛快的朝我家跑去。

「師傅，你這是要幹啥啊？」我搞不懂。

「囉嗦個屁，等下就知道了。」姜老頭兒不耐煩回答，一把提起我扛在肩上，速度那叫一個

飛快。

當我們跨進家門的時候，回頭一看，發現我媽離家門不到五十米了，她顯然也看見了我們，可是並不敢分心。

姜老頭兒帶著我直奔二姐的房間，奔到二姐的床前，他伸手就開始解鎖魂結，邊解邊說道：「不打開鎖魂結，你二姐的魂魄進不來，鎖了這兩天，你二姐剩下的魂魄應該很穩定了，麻煩的事情還在後面。」

「啥事兒？」我看著姜老頭兒的手就像兩隻上下飛舞的蝴蝶在穿花，快得不可思議，也煞是好看，只是解那結太複雜，我根本就看不懂。

「在生魂進入你二姐身體後，鎖魂結又要快速綁住，因為生魂原本被擠出了身體，就不穩定，況且你二姐的生魂還在荒郊野外待了那麼久，更不穩，所以必須還用鎖魂結綁住。只是你二姐丟了一魂四魄，所以要開五次，鎖五次，在這過程中，我怕生魂又跑掉。這個事情是不能輕易冒險的，因為生魂本身就脆弱，常人沖撞一下說不定就散了，只能靠你二姐去留住它了，我是怕意外。」姜老頭兒明顯有些擔心。

畢竟我二姐一丟就是五個，常人丟一兩個就了不得了，在這個過程中需要極大的意志力，姜老頭兒是有辦法，但聽他的說法，都很冒險，不到萬不得已的時候他不想。

我的心也提到了嗓子眼，只得祈求二姐夠堅強。

這個時候，一聲聲「曉娟，曉娟」的聲音傳來，想是我媽已經進了院子，姜老頭兒喊道：

「所有人都迴避。」

說著，又一把把我睡在二姐旁邊的大姐給拎了起來，我那大姐還沒反應過來時啥事兒，就被帶到了我爸在的房間。

簡單的解釋後，我們四人就躲在我爸的房間，透過門縫，盯著我二姐的房間。

我媽進房間了，身後依然跟著五個鬼魂，這次我數清楚了。

我媽進我二姐房間了……

我媽來到我二姐的床前……

站在床前，我媽不停地喊著曉娟……

這時，神奇的事情發生了，一直跟在我媽身後的二姐生魂先是愣愣的站在我二姐的床前，接著就跟不受控制似的，一下就撞進了我二姐的身體。

「成了。」姜老頭兒說了一句，接著他快速的衝出我爸所在的房間，我們三人在他身後緊緊地跟著，我也顧不得那房間還有另外四個鬼魂了。

姜老頭兒快速的在我二姐的身上，重新綁那個在胸口的鎖魂結，我們一家人站在旁邊不敢吭聲，而我發現一件神奇的事兒，從我、我爸、姜老頭兒三個男人衝進來那刻開始，房間裡的鬼魂就生生的跑了二個。

那感覺就跟被風吹了出去一樣，也像是自己快速地飄了出去。

這恐怕就是常人所說的，這鬼魂也怕尋常人的陽氣，這裡也不僅是男人，有的女人陽氣也挺重的，只是相對來說，男人這個群體的陽氣比女人這個群體的陽氣要重些。

綁好鎖魂結，姜老頭兒長吁了一口氣兒，也不管房間裡剩下的孤魂野鬼，說道：「天亮之後，生魂就會躲起來，不好尋找了，今天晚上必須全部把魂喊回來，抓緊時間做吧。」

這時，我轉過頭去發現我媽的臉色有些難看，總有些灰撲撲的感覺，可是我什麼也沒說，因為我不懂，也因為這件事情除了我媽也沒有別人可以辦了，在床上躺了那麼久的二姐真的是太可憐了。

但願一切順利！

聽見姜老頭兒說的，要趕緊為我二姐喊魂，天亮之後事情就不好辦了，我媽連水也沒喝上一口，提著燈籠又要出發。

在她看來，二姐流落在外的生魂也是她的孩子，試問一個母親怎麼忍心自己的孩子在外面受苦？而且這孩子還隨時都會有危險。

姜老頭兒在閒暇的時候曾經說過，生魂脆弱，容易被沖散，所以生魂一般都躲在偏僻，人跡罕至的地方，當然這地方是有範圍的，就是它的陽身活動最多的地方，就像我二姐的生魂只會在我們村的範圍內遊蕩。

所以那偏僻，人跡罕至只是相對而言。

就是因為這樣，我媽才分外的擔心和害怕。

「秀雲，等一下。」我爸追了上去，一碗熱米湯就遞給了我媽。

這就是我爸和我媽，他們不浪漫，更不善於表達感情，日子也就是柴米油鹽醬醋茶和三個兒女，但我絲毫不懷疑他們的感情，就算是在很多年以後，我也非常堅定地相信我爸和我媽的愛情很深。

他們的相濡以沫就表現在平常日子裡的這些細節中，這就是大愛無言。

我媽接過米湯喝了兩口，就急急的把碗遞還給了我爸，我爸就在這過程中碰到了我媽的手，驚呼道：「咋這涼。」

我媽來不及解釋，提著燈籠急急的出門了，姜老頭兒在她身後緊跟著，因為他要為我媽引路。

我停了一下，望了我爸一眼，欲言又止，最終還是跟了出去。

其實我曉得原因，我媽身上帶了一個鎖陽結，陽氣被鎖住，身體怎麼不會發涼？而且一群鬼跟在我媽身後，又怎麼可能沒有影響，但是我還是不能說，說了也於事無補，也只能讓我爸更擔心。

我也不知道我咋在一夜之間就變得懂事了些，在那個年代的孩子普遍懂事的早，我已經算是比較晚熟的人了，但發生了這些以後，我不能不懂事兒了。

走在路上，我心裡難受，眼前老是浮現出我爸那雙壓抑的擔心的眼睛，也就在那個時候，我在心裡默默發誓，這一輩子，絕不讓我爸媽受苦，要讓他們過好日子。

這一晚上分外的忙碌，我們就這樣一趟趟的跑著，一次次的把二姐的生魂引回家。

除了我媽，姜老頭兒的壓力也很大，我看得出來，鎖魂結的一開一鎖，並不是什麼輕鬆的事情，看了幾次，我都知道，在這中間的過程中，一點細節都不容出錯，要不然就鎖不住魂。

而姜老頭兒每次打開鎖魂結都如臨大敵，而每次鎖上以後，就會鬆一口氣，我知道他是在擔心著，我二姐的生魂又跑出來，所幸的是，這件事情沒有發生。

最後一次，我媽同時帶了我二姐的兩個生魂回來，這一次我媽的身後足足跟了七個鬼魂，我發現我媽的腳步有些踉蹌了，連呼喚我二姐名字的聲音，也變得有些虛弱起來。

第三十章　魂魄歸位

我非常地擔心，同時也心疼我媽，拽著姜老頭兒的手，手心都流出了一手的冷汗，姜老頭兒也明白我的情緒，輕聲歎道：「你媽真的很堅強，鎖陽是件痛苦的事兒，何況身後還要跟陰魂？這一鎖，鎖了那麼久，還要一次次地跑，一次次地承受高度的精神緊張。你媽媽……她……真的很了不起。」

姜老頭兒是深知這件事情有多麼艱難的，但是除了我媽根本沒人能完成，他也沒得選擇，或者說姜老頭兒也沒多大把握。

可這時間最不可思議的事情就是母愛，它爆發出來的能量是絕對令人驚歎的，我媽偏偏就做到了。

如同飄泊在狂風暴雨中一艘小船，我媽看來是那麼岌岌可危，可是她就是這樣，在風浪中還是堅強的前行著，把我二姐的最後兩條生魂引回了家。

姜老頭兒依舊是快速的打開鎖魂結，又快速的給我二姐鎖住，當最終完成的時候，姜老頭兒也如釋重負，說道：「成了，二妹的魂魄全部歸位了。」

我爸一下子跑出來，激動地摸了摸我二姐的頭，裂開嘴，笑了，那笑容傻傻的。

可我能看出來我爸其實是有多麼的激動，他表達不來了，就只能這樣傻笑。

「如果沒有問題的，最多再有兩天，二妹就能醒過來，是完全的清醒過來，要是這孩子堅強一點兒，明天就能醒來。」姜老頭兒也挺高興，在一邊激動地說到。

我媽聽見之後，虛弱的一笑，忽然就無聲無息的昏倒了。

我爸立刻扶住我媽，緊張的連嗓音都變了：「姜師傅，秀雲……秀雲……這是咋了？」

姜老頭兒一下子就衝了過來，喊著：「糟了，還沒來記得解開秀雲的鎖陽結。」一邊喊著，姜老頭兒就一邊快速的開始解結。

像這種結，根本不能強拽，強行拽開，會引發很多不同的後果，只能解開，所以非專業的人，不會按照步驟去解，絕對是非常危險的一件事兒。

而這時，我在擔心的同時，盯著我家的屋子，也是一陣害怕，為二姐喊了四次魂，我家起碼聚集了七、八個鬼魂，這都快成鬼窩了。

它們雖然表情麻木，可我根本不知道它們留在這裡，是要幹嘛！

「把秀雲扶到床上去休息，她只是個普通人，在鎖陽結下堅持了那麼久，實屬不易。」此時，姜老頭兒已經解開了鎖陽結，對我那驚慌失措的爸爸說到。

我爸扶著我媽，有些不放心的問道：「姜師傅，這對秀雲以後沒有大影響的吧？」

「沒有什麼大影響，多多休息，陽氣恢復過來就好，明天我去給她採些草藥，煎服了，會恢復得更快。」姜老頭兒一邊說著，一邊把已經變成一條紅繩的鎖陽結放進了他隨身攜帶的包裡。

我爸扶著我媽去休息了，同時也吩咐大姐去休息了，這時，我才小聲對著姜老頭兒說道：

「師傅，我們家快成鬼窩了。」

「無妨，這些鬼魂不是兇厲之物，我待會兒寫張符籙，驅散一下就是了，你也早點去休息吧，記得我教你的靜心口訣，不要一直開著眼，這個對精神的損害是很大的。」姜老頭兒隨口吩咐到。

他不說還好，他這一說，我就感覺到大腦昏昏沉沉的，整個人也很乏力的感覺，剛才緊張之中還好，這一放鬆下來，真是太難受了，而且非常的想吐。

「記得默念靜心的口訣入睡，這樣才能恢復得快，恢復得好，要不你小子下一個星期，都別想活蹦亂跳的。」姜老頭兒嚴肅地說到，接下來就趕我去睡覺了。

我當然是聽從姜老頭兒的吩咐，在洗刷完畢後，一上床就默念著靜心的口訣，還真奏效，只是一會兒的功夫，我就沉沉的陷入了睡眠。

第二天醒來的時候，陽光刺眼，伸了一個大懶腰，我發現肚子餓得慌，可人卻非常的精神，昨天那昏沉噁心的感覺已經徹底的沒有了。

「媽，媽媽，幾點了，肚子好餓啊，我們今天吃啥嘛？」我躺在床上大聲的喊到，卻不想我媽根本沒回，進來的卻是我大姐。

「幾點了，都大中午的了！吃啥？給你娃兒吃頓竹筍炒肉。」大姐一進來，就掐住了我的臉蛋兒，不過沒使勁，態度裡多是親暱。

「啊？今天星期天不吃好的就算了，還要給我吃竹筍炒肉。」我知道大姐是開玩笑，不過也樂得和大姐貧嘴兩句，因為按往常的規律，一到星期天，全家人聚在一起，總會吃些好的。

「是啊，這不抓緊星期天的時間，對你進行『再教育』嗎？哈哈……」大姐一邊說，一邊呵起了我的癢癢，我最怕這個，被大姐呵得在床上亂蹦亂跳的。

兩姐弟瘋鬧了一小會兒，大姐這才叫我穿衣服，順便她也幫我扣著扣子，一邊扣一邊說：「今天我們媽身體不舒服，是我們爸做的飯，還有二妹醒了，就是精神還有些不好。」

「啥？二姐醒了？」我一聽，一下子就從床上竄了起來，連扣子也顧不上扣好，邊提褲子就邊朝二姐的房間跑去。

大姐無奈的在後面喊著：「三娃兒，你慢點兒。」

「二姐，二姐……」我直奔到二姐的房間，一眼就看見在床上半倚著的不就是我二姐嗎？我爸現在正在給她餵稀飯，我一聞味道，就知道是加了肉糜的。

「三娃兒。」二姐的聲音還有些虛弱，不過那股子姐弟間的親熱勁兒還是沒變。

我「嘩」的一下就撲到了二姐的旁邊，惹的我爸一個巴掌就給我拍了下來：「三娃兒，你給老子輕省點兒。」

「二姐，妳好了嗎？還有沒有不舒服？」不知咋的，看見二姐好端端的靠在床上，眼神兒也恢復了正常，我的鼻子就酸酸的，一句話問出口，眼睛都紅了。

我實在太怕二姐又變成沉睡不醒的樣子，我實在太怕二姐那陌生的，兇狠的眼神了。

「好了，沒事兒了，我就覺得自己做了一個好長的夢，我夢見自己跑墳地兒去了，我夢見自己在好多個地方走啊，走啊，周圍有一些陌生的人，他們不說話，樣子也很可怕，我很害怕，想回家，可是周圍黑沉沉的，我都找不到我們家在哪兒。」二姐拉著我的手，對我說著，就算再懂事兒，二姐也是個孩子，她肯定是很害怕的。

「好了，二妹，沒事了。」大姐不知道啥時候也進來了，一把攬過二姐，靠在她懷裡，爸也放下了碗，憐惜的摸著二姐的頭髮，而我則低下頭，狠狠抹了一把眼淚。

「我覺得我難受死了，感覺自己都快要消失了，然後就聽見我們媽叫我的聲音，點著個燈，一路叫著我，往回走，我也不知道我來回走了多少次，才總算走回了家。還有，前些日子總感覺有個好凶的女人來嚇我，她一嚇我，我就不敢看她，連聲兒也出不了，我就對自己說，我不要怕她，我不要怕她……」二姐喋喋不休的說著，她是需要一個發洩的出口。

而我們都沒打斷二姐，只是等她說著，說完之後，全都好言勸慰著。

特別是大姐，一再給二姐強調了，我們家來了個很有本事的人，以後沒有誰敢來找麻煩了。

大姐描述著，沒想到二姐也對姜老頭兒有印象，她說道：「是不是那個髒兮兮，神叨叨的老頭兒，我記得他，小時候他來過我們家幾次，後來我們家三娃兒的病就變好了。」

聽見大姐和二姐討論姜老頭兒，我這才想起他人呢？於是抬頭問到我爸：「爸爸，我師傅呢？」

聽聞我問起姜老頭兒，我爸望著我怪異地笑了一聲，調侃道：「那麼快就叫師傅了啊？」

「我這不是怕他打我屁股嗎？」其實心裡是佩服姜老頭兒的，可是我咬死也不承認，我也不知道我這糾結的性格是為啥，怪不得老被我爸揍，這小子簡直就不討人喜歡。

「懶得和你辯，你師傅一大早給我一張符，讓我貼在大門上之後，就出去了，說是要去辦件事兒，具體是啥沒說。我問他要不要叫你，他說不用了。」我爸是深知我這不討人喜歡的性格的，也懶得和我計較，直接回答了我了事兒。

在床上和二姐賴了一陣兒，看二姐喝完了肉粥，我就出去了，按我大姐的說法是，二姐現在要養身體，不要一直費（打擾）二姐。

第三十一章　挖出來的蛇群

午飯吃的是葷豆花兒，豆花兒是我爸一大早推的，原本是為了給姜老頭兒吃的，他愛吃我家的豆花兒，誰曉得他一大早就出去了，我爸就乾脆做成葷豆花兒，讓我吃了，因為我特愛吃肉。

葷豆花兒非常好吃，農家道地的糍粑海椒，配上滑嫩的豆花兒，辣得我直呼氣，卻又香得我停不下筷子，吃了兩大碗飯，又喝了三碗湯，我這才算吃過癮。

放下筷子，我又去看了下我媽，我媽精神恢復得還不錯，我爸特地給她燉了點兒雞湯補身子，我和我姐都懂事兒了，也不會像小時候一樣，鬧著要吃雞肉了。

我乖乖的趴我媽身邊，看我媽喝完雞湯，就直接滾我媽懷裡撒嬌去了。

「老陳，這下好了，二妹的事兒也解決了，孩子好了，三娃兒也可以在我們身邊待到十五歲，我這心裡舒坦啊。」我媽雖然身體還有些虛，可氣色終歸是好的，比起前幾天的憔悴，簡直不可同日而語。

「是好，我覺得我家三娃兒，該有大前途，我總覺得姜師傅的身分絕對不普通。」我爸把我媽拉到他身邊靠著，任由我在我媽身上滾來滾去的，跟我媽說著話兒。

「咋不普通了？」我媽顯然就沒多想啥。

我爸看了我一眼，沒回答，而就在這時候，酥肉的聲音在我家院門口響了起來。

酥肉這小子義氣啊，自從我家發生了二姐的事情後，村裡很多人有意無意的都比較迴避到我家來，雖然他們一開始也悄悄的來出主意，可是架不住他們怕啊。

就是酥肉這小子，也不管他媽擔心，三天兩頭朝著我家跑，來找我玩兒。

我穿上鞋子，「蹬蹬蹬」的就跑出去了，前些日子因為二姐的事情我沒心思玩，酥肉來找我，我都隨便應付兩句就過去了，今天少不得要和他好好玩玩。

見我「意氣風發」的跑出來，酥肉倒是嚇了一跳，前些日子，哪天我不是灰頭土臉的啊？

「你二姐的事兒好了？」酥肉這小子不愧是我鐵哥們，非常瞭解我。

我拍了拍他肚子上的肥肉，說道：「好了，好了，徹底沒事兒了，我說這次我們走哪兒去玩？不然，我們去把劉春燕家的雞偷來吃了吧？」

二姐的事情解決了，我當然就想起了我和劉春燕的「深仇大恨」，當下就出起了餿主意。

「今天不去了，等下我們去鄉場一次，我跟你說有好事兒，對了，你昨天咋沒來上學？」酥肉顯然今天不想偷雞，提起了鄉場，順便問了句我昨天咋沒上學。

我差點脫口而出我和師傅去辦事兒了，可到底還是沒說，原因很簡單，我以為我原本在酥肉心中的形象是一個英雄的紅軍戰士，這一下變成了一個道士，太毀我形象了，於是我就打了個哈哈應付過去了，倒是對他所說的鄉場上的好事兒很感興趣，於是問道：「鄉場上啥好事兒，你快說，否則我就要上老虎凳，辣椒水伺候了。」

「嘿，你不知道啊，鄉場上在砍竹子，今天上午我和我媽去鄉場趕集知道的。」酥肉忙不迭的說道。

「去去去，我還以為啥事兒呢，砍竹子新鮮？前面就有一小片兒竹林，我回家拿把刀給你，你去砍砍？真是的，你就直說吧，要不要和我去劉春燕家，把她家那隻雞給偷了。」我非常不屑酥肉的好事兒，要砍竹子都成了好事兒，那這好事兒天天都在發生。

「嗨，你聽我說完啊，那不是砍一兩棵竹子，是砍一整片兒竹林呢，也不知道是咋回事兒，說是砍竹子還給工分兒，這都不奇怪，奇怪的是那竹林好多蛇啊。」酥肉喋喋不休的說著。

「蛇？竹林沒蛇才奇怪！」我嚷了一句，農村孩子誰沒見過蛇啊？也知道，竹林那種陰涼的地方，一般都有蛇存在，可是我心底卻有一種說不出來的感覺，我想起了那晚上我待的那個竹林。

「你急啥，蛇是不新鮮，好多人還準備捉了回去吃啊，卻被鄉場上當官的給阻止了，聽說還來了解放軍，我還聽說啊……」酥肉忽然就壓低了聲音。

我聽見解放軍已經是心神蕩漾了，可一聽酥肉說還有事兒，一著急，連忙問道：「啥？」

「我聽說有條大蛇，好大的蛇，這次砍竹子可是要求把竹根兒都挖了的，不知咋的，有條大蛇在地下，那蛇頭就有一個簸箕那麼大。」酥肉比劃著。

我的臉色不好看了，嘴上卻說著：「你就吹，儘管吹牛皮，你看見了？」

「沒看見，呵呵……」酥肉抓著後腦勺笑了，那臉上的肥肉推擠起來，讓他的眼睛成了個眯眯眼，看起來憨厚老實之極，不過他又繼續說道：「可上午那些挖竹子的人來說了啊，現在滿鄉場都在傳呢，反正那蛇頭先出來的，被幾個當官的解放軍看見了，立刻就把人趕走了，說是等下再放人進去。」

我心裡有八九分相信了，酥肉這小子看似老實，其實滿嘴跑火車，但他不糊弄我啊，我終於問出了我一直想問的問題：「酥肉，你說的是鄉場上哪片兒竹林啊？」

「哦，那竹林聽說挨著一片兒墳地，平日裡都沒啥人去的，好在沒啥人去，不然不給大蛇給吞了啊，我跟你說……」酥肉上下嘴皮快速的翻著，一直在說著，就我一聽說是那裡，心臟「噗通噗通」跳了起來。

大蛇啊！前幾天我不僅撞了鬼，還睡在大蛇身上，狗日的，我這是命大呢？

「三娃兒，三娃兒……」酥肉見我發呆沒回應他，不停在旁邊喊我。

「咋了？」我一下子回過神來，裝作沒事兒的問道。

「你剛才聽我說沒，還聽說挖出了個石門，就是靠近墳地兒那一塊。」酥肉非常認真的說道。

我一聽，原來我發呆的時候錯過了那麼重要的資訊，於是說道：「你小子是想我和你一起去鄉場看熱鬧吧？走，我們這就去。」

「好咧，我乾糧都帶上了！」酥肉一身肥肉興奮得發抖，趕緊說道。

「啥乾糧？」一聽有吃的，我也來勁兒。

「你看。」酥肉從懷裡掏出一個布包來，一打開裡面是快被他那一身肥肉擠「糊糊」的煮土豆兒。

「算了，你吃吧。」我實在對那幾個不成形的煮土豆兒提不起啥興趣，進去和我爸媽打了一聲招呼就出去了。

和酥肉一路瘋瘋跑跑，倒也不覺得去鄉場路有多漫長，下午兩點過的樣子，我們就趕到了鄉場，只是奇怪的是，平日裡熱鬧的鄉場，顯得非常的清靜。

「看吧，我說的是真的吧，這鄉場上的人都去竹林兒那邊挖竹子去了。」酥肉有些小得意。

「嗯。」一提起這個，我心裡就有事兒，敷衍的回答了一聲。

「可這竹林兒該咋去哦？三娃兒，你曉得不？」酥肉一般就是這樣，沒了主意就問我。

「咋去？跟著我唄，我熟得很。」我隨口就回答了一聲，說了才知道這不說漏了嗎？

「三娃兒，你咋知道的？」果然，酥肉立刻就問了出來。

酥肉是我最好的朋友，其實我也不想騙他，猶豫了半天，我問酥肉：「酥肉，你是我好弟兄吧？」

「廢話，我們這關係就和董存瑞跟黃繼光似的！」酥肉把自己胸脯拍得砰砰作響。

「他倆啥關係？」還真新鮮，我第一次聽說董存瑞和黃繼光有關係。

「都是戰鬥英雄！英雄之間，當然是，當然是那啥……那反正就是一路人嘛。」酥肉果然是扯淡的能手！

得了，還戰鬥英雄呢，老子註定是個道士了，懶得和酥肉扯了，我鄭重地說道：「那酥肉，你相信這世界上有鬼不？」

酥肉被我的鄭重其事嚇了一大跳，過了好一會兒才說道：「以前不信的，可……可現在有點兒……信了，不就是你二姐的事嗎？那個……我就……」

酥肉怕我生氣，說的小心翼翼的，況且那個時候的社會風氣，註定了從小詭異之事兒見多了的農村小孩子也不能講啥迷信的內容。

「唉，我二姐就是被鬼迷住了，反正為了這事兒，我去了你說那個竹林。你信不信我吧？」我望著酥肉問道。

「你見過？」酥肉一臉驚恐。

「嗯，見過。」我很淡定，見多了，也就沒啥感覺了，況且我還有個便宜師傅保護我。

「啥樣兒？」酥肉的臉色已經煞白了。

「就那樣子吧，也不是青面獠牙的。」我可不想嚇唬酥肉，輕描淡寫的說道。

酥肉長吁了一口氣兒，拍著胸膛，一副驚魂未定的樣兒，然後才問道：「三娃兒，咋回事兒，你能講講不？」

我直覺這事兒就不能詳細的講，只能說道：「反正吧，就是找個人幫忙驅鬼唄，有啥好講的？我二姐現在沒事兒了，但是你要保密！」

「我絕對保密，哪個都不說。」酥肉絕對接受這一說法，身為農村孩子，誰沒聽過找人驅鬼的事兒，就算那個年代不能親眼看見。

我非常信任酥肉，他是肯保密的，除非有人用吃的威脅他，但是這事兒他爸媽是絕對不會問的，更不會拿吃的威脅他。

「那我們走吧，去竹林！」我手一揮，大聲的說道，給酥肉說了，我心裡也輕鬆多了，其實我自己不能料到的是，這一說，是註定酥肉會走進我的生活。

我帶著酥肉駕輕就熟地朝著竹林的方向走去，畢竟是白天，我的心情竟然還有幾分輕鬆。還沒靠近竹林，我和酥肉就聽見人聲鼎沸，我們高興的對望一眼，知道是來對地方了，小孩子一般愛湊熱鬧，我和酥肉幾乎是飛奔著朝竹林的方向跑去。

好多人啊，這是我的第一反應，原本茂密的竹林不見了蹤影，就看見人們裡三層，外三層的圍著，怕是整個鄉場的人都出動了。

不，不，還不只，估計附近村的人都來了。

竹林不見了，可在旁邊的一塊空地上卻堆了好多竹子，看那根兒，就知道是新挖下來的。

我怕酥肉走不見了，就扯著酥肉的衣服，拚命的朝著裡面擠，有大人不滿意了，說道：「小娃兒別擠，裡面危險著呢，小娃兒湊啥熱鬧？」

我是一心進去，因為我感覺我師傅在裡面，所以根本無視他的話，可是酥肉卻停下了，眼巴巴的望著別人問：「叔，你說一下嘛，哪兒危險？是不是有大蛇？」

「大蛇不大蛇我不曉得，就是上午聽見有人說，但是這兒好像挖出個古墓，而且這裡的部隊不准殺蛇，這在讓啥懂蛇的人驅蛇走，你往裡擠，小心被蛇咬哦。」那個大叔倒也熱情，一連串就把話講了出來。

「那你們圍在這兒幹啥呢？」酥肉就是一話嘮，逮著誰都得問個一五一十。

「幹啥？看蛇走卅，我長那麼大，蛇看過不少，就是沒見過一群蛇爬來爬去的，今天就要看。再說，蛇走了，我們還要挖竹子，掙工分誒。」估計這大叔也是個話嘮，酥肉問啥，他都答得詳細無比。

「叔，這古墓是咋回事兒？」原本我是打算擠進去的，一想反正酥肉也和人搭上話了，就不如問問。

「我也不知道咋回事兒，因為這次挖竹子，要求連根一起挖，挖了還要把地翻一遍，堅決不能讓長竹子了，這不是有些竹子的根長得那叫一個深哦，就去挖吧，結果就挖到一塊大石頭，上面要求繼續挖，一挖，嘿，出來一個石門，怪裡怪氣的，說啥的都有，我就覺得是古墓，但是我又覺得，哪兒有古墓開道門的啊？」大叔摸出一根自製的土黃菸點上了，看來是說激動了，需要平復一下情緒。

聽他這樣一說，我二話不說就拉著酥肉往裡面兒擠，在擠的過程中，猶自聽見那大叔在叨叨：「這上頭不曉得咋個想的，一會兒煉鋼鐵，一會兒逮耗子，現在又要挖竹子，過幾年得砍樹了吧？」

我倆個子小，很快就擠到了前排，這一看，不得了，好多解放軍在竹林週邊守著，這片兒竹林已經被挖得坑坑窪窪，在中間一些的地方，竟然拉起了長長的黑布，也看不見裡面有些啥。

我著急，拉著酥肉就朝竹林裡跑，沒跑兩步，一個看起來挺年輕的小戰士就過來了，操著標準的東北話喊道：「那兩小孩兒，哪疙瘩來的？不能往裡跑了啊。」

「我找我師傅。」我一急就用「椒鹽」普通話回道，酥肉在旁邊奇怪的望著我，師傅，啥師傅？在此時，我卻來不及解釋。

「呵，小孩兒可不能撒謊，還師傅呢，去去去，待一邊玩兒去吧，咱可是在執行任務，小孩兒不聽話，一樣給斃了。」說著，那小戰士笑了笑，那兩酒窩挺深的，他嚇我們呢，自己就先笑了。

酥肉別看他憨胖憨胖的，其實人精一個，早看出來那小戰士是嚇他的，就呵呵傻笑著上前去：「哥哥，我給你說嘛，我是來找我爸的，我爸在裡面。」

我差點沒吐，就覺得這酥肉和我師傅咋就是個絕配呢？都是編胡話不眨眼型，我師傅那是猥瑣型的，這酥肉是扮豬吃老虎型的，瞧他笑的那臉兒傻樣子，別人都不敢懷疑是假的，一懷疑感覺就跟犯罪似的。

那小戰士信以為真了，開口問道：「你沒忽悠吧？你爸在這兒？我說……」

那小戰士和酥肉扯，我卻著急的想進去，四處張望起來，這一看還真給我看到一個熟人，是那小院子裡的人。

我記得很清楚，上次我師傅帶我去鎮上，不就去了一個小院子嗎？這就是那個來開門的人，我絕對肯定是他，因為那天我吃花生呢，他要幫我掃殼的，結果被我師傅一吼，他把掃把塞我手裡了。

「叔叔，叔叔……！」我蹦起來大喊道。

那人疑惑的四處張望了一下，我一急，直接喊道：「不要望了，喊的就是你哦。」

那人發現了我，先是一愣，接著就是一笑，走了過來，直接用手指頭彈了我額頭一下，說道：「小娃娃，人不大，脾氣還不小，啥叫喊的就是我？」

「我也是沒得辦法了嘛，我是來找我師傅的。」我是遇見救星了，逮著就不放。

「找你師傅？」那人眉頭稍微皺了一下，然後說道：「哦，我知道，可我不敢隨便帶你去見他，你等著，我去通知他一聲兒。」

說完就轉身走了，我摸著被他彈得有些發痛的額頭，焦急的等待著，沒別的意思，就是好奇得心裡跟貓抓了一樣。

過了一會兒，那人出來了，這次沒彈我了，笑咪咪地說道：「走吧，小娃娃，你師傅說讓你進去。」

我一聽這話，激動的拉著酥肉就往裡面跑，那人看見了，不由得喊道：「嘿，小哥兒，你還要帶個人去啊？」

「我弟兄夥，沒得事的。」我怕他阻止我，牽著酥肉是一路狂奔，朝著那拉著帷幕的地方跑去。

那人其實也沒阻止我的意思，苦笑了兩聲，也就由得我去了。

那個長長的帷幕只有一個入口，我拉著酥肉悶著跑也沒注意前面，結果一下子撞到一個人身上，我抬頭一看，不是我那便宜師傅，又是哪個？

「三娃兒，你消息倒是靈通得很吶。」師傅笑咪咪的，一開口就他獨有的風格——洗我腦殼（諷刺我）。

我急著進去看熱鬧，也不跟他計較，直接一拍胸口，得意的說道：「也不看看我是哪個？我弟兄分分鐘就給我送情報來了，革命戰士哪能不曉得敵人在哪兒？」

「呵！」迎接我的直接就是師傅的一巴掌，「啪」的一聲就打在我背上。

打完他也不理我，只是笑咪咪的上下盯著酥肉看個不停，看了半天他才說了句：「這個小胖娃兒，倒也有福氣，和你也是真朋友，都進來嘛。」

放行了，還是讓我們兩個都進去，我和酥肉歡呼一聲，跟著我師傅背後進去了。

剛一進那個帷幕，我和酥肉就嚇了一大跳，蛇，密密麻麻的蛇，一條挨著一條，一條擠著一條，全在這狹長的帷幕裡，帷幕的一頭是一個平臺，上面站了幾個人，另外一頭我看見直通墳地那邊的小山崖兒。

那小山崖兒下面是一個小河塘，河塘過去點兒，就是一片荒地兒連著就是山，山上是沒啥人居住的。

我當時就在想，如果把蛇往那邊趕倒是一個不錯的想法。

「跟我走，不然掉蛇堆裡了，沒人救你。」我師傅背著個手，走在前面，出言提醒道。

我倒不擔心，我知道他絕對會救我，不過看見這密密痲痲的蛇，我也頭皮發緊，跟著他的腳步，哪兒敢有半點兒怠慢，至於酥肉，早就怕得扯著我的衣角在走路了，也不知道有沒有後悔來跑這一趟兒。

說來也奇怪，這個狹長的帷幕裡除了那個小平臺高出幾分，其餘全是平地，其實我師傅帶著我，也是在蛇群裡走，只是不知道為啥，我師傅走到哪裡，蛇群就會散開來，並不主動攻擊。

我身上起著雞皮疙瘩，走得分外小心，但也忍不住仔細觀望，這些蛇大多是「竹葉青」，也有無毒的菜花蛇，另外夾雜著少量的「痲娃子」（金環蛇，銀環蛇），都是劇毒的毒蛇，這一看少說有上千條，反正都聚集在這一頭兒，沒有要走的意思。

第三十二章　驅蛇人

好容易走上了平臺，我發現上面站著好幾個人，除了其中兩個我不認識，其餘我都見過，就是那小院裡懶洋洋的軍人。

沒見過那兩個是一老一小兩個人，老的那個穿一件兒對襟扣兒的灰色唐裝，衣服顯得有些破舊，上面甚至有補丁，腦袋上纏塊同色的布條，非常沉默地在那裡吸著旱菸，緊皺著眉頭也不知道在想啥。

至於年輕那個，穿得倒是很正常，一套洗得發白的黃軍裝，腦袋上扣個皺巴巴的軍帽兒，在那裡鼓著腮幫子吹一個翠綠色的小小竹笛，估計技術太差，那竹笛聲兒都沒有，看他還吹得面紅耳赤，青筋鼓脹的樣子。

我連鄙視都懶得鄙視他，想我三娃兒，弄片竹葉兒，都能做個竹哨哨吹得那叫一個響亮。

回頭看見酥肉的表情，估計這小子也是同一個想法。

這時候，蛇群有了點兒騷動，我回頭一看，原來是剛才幫我帶話給師傅的那人進來了，看大家的表情都不咋在意，我也不在意了，扯了扯師傅，問道：「師傅，你咋在這兒呢？」

「廢話，我肯定要在這兒，上次我發現這兒是個聚陰地兒，再養幾十年，怕是整個鄉場都要受到波及，到時候怕會人煙難存，我沒看見倒也罷了，這看見了能不管？」我師傅脖子一梗，彷佛在氣惱我咋問這麼蠢的問題。

而旁邊的酥肉聽得是一臉迷茫，生在新中國，長在紅旗下的他就算相信有鬼，一時半會兒也絕對接受不了啥聚陰地兒，人煙難存的說法。

我反應倒是快，立刻問道：「師傅，原來搞那麼大的動靜，是你搞出來的啊？」

「啊，有問題啊？」姜老頭兒雙手往袖子裡一攏，那樣子得意洋洋的，估計是在等我讚美他吧，他就這樣，小孩子的讚美他都非常在意。

可我卻愁眉苦臉起來，一副挺為他擔心的樣子。

「三娃兒，你這是咋了？」姜老頭兒沒等來讚美，反倒看見我一臉擔心，這下他也好奇了。

「師傅，我知道吧，你是想幫鄉里的人兒，可是這下咋辦啊？你騙他們說有工分拿，到時候沒有咋辦？工分可以換糧食的，這下我們咋還啊？」我聽憂慮的，生在農村，太知道工分的重要性了，我能想到這個，不奇怪！

我的話剛一落音，整個平臺上的人都開始大笑起來，連那在抽旱菸一臉嚴肅的老頭兒都咧開嘴笑了，一臉的皺紋就跟樹皮似的。

至於那個在吹竹笛兒的小哥兒，也想笑，可是又不能，一雙眼睛憋得像月牙兒似的，臉更紅了。

「你個屁娃兒……」姜老頭兒老臉掛不住了，氣得一口老血差點沒噴出來，手高高的舉了起來。

我縮著脖子，知道這一巴掌跑不掉了，搞不好還得被打屁股，卻沒想到，這一巴掌卻始終沒落下，到最後，反而是挺柔和地落在了我頭上，摸了我頭髮幾下。

「算了，你倒也挺想著我，還說我們咋辦，看來沒把師傅當外人，今天不揍你了。」姜老頭兒的臉色有些怪異，看那樣子是挺感動，可是又要故意繃著的感覺。

「老姜，你倒有個好徒弟，心裡有師傅，你看我那笨徒弟。」那抽旱菸的老頭兒說話了，聲音跟兩塊石頭在摩擦似的，非常難聽。

「啥好徒弟，還沒教他本事呢，說不得就趕不上老吳頭兒你那徒弟，你看小丁多認真。」姜老頭兒倒挺謙虛，只不過嘿嘿嘿的笑得挺猥褻。

「算了，你看他那笨樣子，就這些小蛇兒，都驅不走，我這些看家的本事兒怕是要丟了。」那被我師傅稱作老吳頭兒的老頭兒罵起徒弟來，倒是挺能的。

那叫小丁的年輕人聞言，轉過頭來，看了看我們，又看了看他師傅，兩隻眼睛裡全是委屈。

我心底兒一陣發涼，心想我那便宜師傅還沒教我本事，你說他若是教了我，我做不好，是不是就跟這小丁一個下場啊？

可姜老頭兒卻不知道我所想，直接拉了我過去，不對，就跟拉地裡的土豆似的，拉了一串兒過去。我身後還有個拉著我衣角的酥肉！

「老吳，這是我徒弟，陳承一，就叫他三娃兒得了。後面這個胖娃兒……」我師傅不知道酥肉的名字，轉頭望著他。

酥肉倒也機靈，趕緊憨笑著上前說道：「我叫蘇來富，小名兒就叫酥肉，師傅你就叫我酥肉好了。」

「啪」，酥肉頭上也挨了一下，姜老頭兒盯著他說道：「師傅可不能亂叫的，你要乖點兒，叫……嗯，就叫我姜爺，來富，來富，倒也名副其實，你這小子一臉福相。」

酥肉可搞不懂我師傅那神神叨叨的一系列說辭，只知道捂著個腦袋，一口一個姜爺的叫著，太他媽的沒氣節了，跟個漢奸似的，倒是那姜老頭兒被叫得爽了，笑得那叫一個風騷。

「好了，三娃兒，酥肉，你們面前這位吳爺爺，是我前幾年在這邊認識的一個好朋友，本事大著呢，他是玩蛇兒的，這天下就沒有他搞不定的蛇。」我師傅給我和酥肉介紹起這老頭兒來。

我和酥肉趕緊叫了聲吳爺爺，那老吳頭兒呵呵的笑了幾聲，非常成功的把我和酥肉笑出了一身雞皮疙瘩，主要是那聲音太難聽了。

「兩個小娃娃倒也機靈，送你們點兒小玩意兒。」說著，那老吳頭兒就遞給我和酥肉一人一個小竹筒。

我和酥肉接過來一看，那小竹筒封得緊緊的，在一頭的蓋子上開了幾個小孔，就跟現在用的倒胡椒粉的瓶兒一樣，聞一下，一股子刺鼻的味道撲面而至，竹筒上還穿了個小洞，上面掛了根繩子，一看就正好綁在腰間。

「小玩意兒，也不值一提，平常綁在腰間，倒也可以避個蛇蟲鼠蟻，尤其是蛇。遇見緊急的情況，剝開竹筒，倒點兒裡面的粉末兒出來，效果是更好的。」那老吳頭兒輕描淡寫的解釋了幾句。

我和酥肉立刻就震驚了，太神奇了，好東西啊，馬上就把那竹筒收好了，跟個寶貝似的。「還不趕快謝謝吳爺爺。」姜老頭兒在旁邊喊了一句，我和酥肉立刻就道謝了，特別是我，覺得新鮮，忍不住又把竹筒拿出來把玩起來。

姜老頭兒也不理我們，直接蹲那老吳頭兒旁邊了，有些憂慮地望著滿地的蛇說道：「我沒想到這窮鄉僻壤的，還有這麼一個局，這下面養著的東西可了不得，這下怕是難處理了。」

那老吳頭兒回道：「這些我是不懂，還是你在行，我只知道，這塊聚陰地兒，還引了條蛇靈來，可是件了不得的事兒，蛇喜陰，蛇靈更是避人煙，難得出現在人眼裡，這塊墳地兒吧，離人煙也近，牠都跑到這裡來修煉，可見這塊聚陰地不凡，如果是有心人為之，可猜不透目的。」

姜老頭兒歎了一聲，問道：「老吳啊，你有把握把那蛇靈弄走嗎？牠就堵在那陰宅的門口兒，也不知道中招沒？」

老吳剛想答話，這時小丁轉過頭來，終於放下了他手裡那根翠綠的竹笛子，用一口北方話說道：「師傅，我沒招了。」

我原本是想問師傅啥叫蛇靈的，這地下又有個啥樣的厲害傢伙，能比李鳳仙那一腔怨氣所化的厲鬼還厲害？可那喚作小丁的小夥子都這樣說了，我就不好問了，總得讓別人先把事情解決了吧。

他沒招了？難道是那竹笛兒吹不響，沒招了？反正以我當時那迷糊的小腦袋，是想不出來為啥的。

「算了，有蛇靈在，群蛇聚而不散也是正常，你的能力有所不足，以後還得多練練。」嘿，別看那老吳頭兒罵自己的弟子罵得厲害，在這種時候他還是挺疼自己弟子的。

說完，他走過去，接過了小丁手裡的竹笛兒，兀自坐在小丁的位置吹了起來，同樣的，沒聲兒。

小丁如釋重負地衝我一笑，挺好看的一個小哥兒，大眼睛，深酒窩兒，就是靦腆了些。

「丁娃娃，過來。」師傅衝小丁一招手，小丁就過來挨我師傅坐下來了，一張臉微紅，有些害羞地略低個頭，也不知道該和我師傅說啥。

「一看就是個老實孩子，不像你和酥肉，沒臉沒皮山猴子！」得，原來在姜老頭兒心裡，我這英勇的戰士，就是個山猴兒啊？

「你咋恁笨？吹個竹笛兒也吹不響？」我湊過去，挨著小丁，口無顧忌地張口就問。

「就是，就是，不然我教你吹竹哨哨嘛。」酥肉在一旁幫腔，反正我倆都覺得，小丁吹了半天沒吹響竹笛兒，太可憐了。

姜老頭兒嘿嘿一笑，像看白癡一樣地看著我和酥肉，也不解釋。

酥肉卻跟發現新大陸一樣的指著老吳頭兒說道：「唉，也別怪人家小丁哥兒，你看他師傅都吹不響。」

姜老頭兒笑得更加肆無忌憚，拿著老吳頭兒剛才遞給他的旱菸猛抽了兩口，才說道：「兩個瓜娃兒。」

姜老頭兒笑我們的時候，小丁可不幹了，剛才我和酥肉一唱一和說他的時候，他都只是害羞的在那兒笑，一說他師傅，他急了。

「不，不……不是那樣的，本來就不是要吹響兒的，又……又不是要唱歌。」這小丁一急就語無倫次，說的啥跟啥，我和酥肉都搞不清楚。

「他那意思是告訴你們，那竹笛兒不是啥吹小曲的笛子，吹那竹笛兒是驅蛇用的，你以為剛才為啥蛇都不咬人？不是小丁吹著竹笛在驅蛇嗎？還有就是他們師傅都給了我們藥粉。」姜老頭兒終於出來幫小丁解圍了。

「可是，那竹笛兒都不出聲，咋驅蛇？咋那麼玄？」我很好奇，酥肉更是對這些事情聞所未聞，一雙小瞇眼都瞪大了望著我師傅，等著解答。

「你們看唄。」姜老頭兒不慌不忙磕了磕旱菸的菸鍋兒，指著檯子下面讓我們看。

奇異的事情發生了，原本聚集在這裡的蛇，開始動了，牠們不再是剛才那樣密密麻麻挨在一起，給人一種焦躁、猶豫的感覺，而是陸陸續續開始朝著帷幕的那一頭緩慢地遊動了，看樣子是要出去。

「師傅，快說，咋回事兒？」我一下就跳到姜老頭兒的背上，扯著他的衣領問道。

姜老頭兒一把把我抓下來，然後才說道：「別人的看家本事，具體咋回事兒，該怎樣吹奏我是不知道的。不過原理我倒是可以給你說說，你知道蛇咋看這世界嗎？基本靠舌頭，感覺那熱，感覺那震動，在野外蛇要生存，啥樣的熱度，啥樣的震動有危險牠自然有一套本能。說穿了，吹著竹笛兒驅蛇，就是模仿一種震動，讓蛇兒感覺有危險。但是這裡面講究可多了，這些震動法可是驅蛇人的看家法門，還有其他的方法多了去了，玩蛇的高手，幾乎就沒有搞不定的蛇，到一定的境界，甚至可以和蛇靈交流。」

我聽得一愣一愣的，原來蛇……那個啥，眼睛沒有舌頭有用？那小小的竹笛兒是在震動啥？

「這……這個竹笛兒可……可不是一般的笛子，做法可……可講究了……難做……很難的。」這小丁一激動就結巴，但是我師傅出來一講解，一解圍，他就自豪起來了。

「哇，好凶哦，好厲害！」酥肉已經驚歎了起來，我也是連連點頭。

可我又有些奇怪，望著我師傅說道：「師傅，你咋知道這多？還知道蛇用舌頭？」

姜老頭兒有些得意地瞟著我，說道：「這奇怪嗎？所以叫你好好讀書，以為當道士就可以不用讀書了哈？老子給你說，老子當年可是大學堂裡出來的，還去留過洋，主攻生物學，從來就沒有真正的道士是不學無術的，他上不好學，也就學不好玄學，因為不懂科學的人，以為一切都是怪力亂神。」

說到激動處，姜老頭兒啪就是一巴掌拍我屁股上：「老子不和你說那麼多，反正你給老子記著，以後讀書成績再那麼丟分兒，老子不打爛你的屁股！」

好吧，我承認我差點被姜老頭兒給罵哭了，而且剛才那一巴掌還真重！我只是實在想不到，我這跟流氓似的師傅還是個讀書的秀才，不不不，高材生，估計是給讀傻了。

「我給你說，別以為驅蛇人是神叨叨的職業，有多玄，他們比世界上最出色的研究蛇的動物學家還要……」姜老頭兒還在繼續教訓我，可在這時老吳頭卻給我解了圍。

「老姜，蛇已經驅走了，咱們要不要去弄一下蛇靈的事兒？」

「蛇靈是要弄一下，不弄就麻煩了，不弄這些蛇還得往這兒聚，地養陰，陰聚蛇，蛇生陰，如果要超渡這些亡魂，徹底破了這塊聚陰地，必須要去搞定這條蛇靈。」姜老頭兒碎碎地念叨著，好像那蛇靈讓他挺為難。

「也好，等我把這些蛇兒徹底驅走，咱們再去弄蛇靈的事兒。」老吳頭兒點頭說了一句，又把那翠綠色的小竹笛兒塞進了嘴裡，鼓著腮幫子吹了起來。

酥肉已經完全被這裡的事情弄傻了，直接狠掐了一把自己的臉蛋兒，由於下手太重，「嘿喲，嘿喲」一直叫喚。

「三娃兒，你必須跟我說，我絕對不是在發夢。」掐完酥肉非常嚴肅的跟我說道。

「你確實不是在發夢。」我也只能那麼回答他了，因為我也是才接觸這些，加上事情又複雜，我不知道該咋給酥肉解釋。

「小朋友，你絕對不是在做夢，你是在接觸國家機密，要說出去了，後果可是很嚴重的哦。」忽然一個人說話了，我轉頭一看，不就是那天小院裡幾個軍人裡的其中一個嗎？

「啥……啥後果？」酥肉膽子不小，威脅他也只能用吃的，可他興許是受我的影響太多了，獨獨就怕解放軍，見解放軍那麼說了，他就害怕了，連說話都不利索了。

「槍斃，統統槍斃，全家槍斃。」那人表情嚴肅，一點都沒開玩笑的意思。

「啊……那我不看了。」酥肉立刻就把眼睛給捂上了，來看個熱鬧，還整個全家槍斃啊？還能這樣？

我憤怒了，說啥也不能這樣欺負我朋友啊，仗著我有師傅保護，我正待說啥，卻被姜老頭兒一把拉了過去，他在我耳邊說道：「這些事兒不能說出去，百姓不懂，也只能平添恐慌，國家也不會讓說。等下你去和酥肉說兩句，反正他看了就看了，事情絕對不能說，等你們長大了……」

姜老頭兒說到這裡頓住了，我一愣，問道：「等我們長大了，咋樣？」

「長大了，你再告訴他，不會槍斃的唄。」姜老頭兒賊笑了一聲兒，不理我了，我那個氣啊，我這個師傅蔫壞！

不過我雖然小，還是知道這個事情是認真的，走過去，掰開酥肉的手，心裡帶著愧疚的跟酥肉說道：「酥肉啊，這些事兒你還真不能說出去，這是祕密，就跟解放軍打仗的祕密不能被間諜知道了一樣。」

「我絕對不得說的，三娃兒，你也看了，咋辦？」我心裡感動，難得酥肉這種時候還記掛著我。

不過我也只能心懷愧疚的告訴他：「我就算有師傅在這兒，說出去了，也一樣得槍斃的。」

「啊，真的？」

「真的。」我只能愧疚地這樣表示了。

沉默了一小會兒，我問酥肉：「你還想看嗎？不想看了，我叫我師傅帶你出去。」

「看，為啥不看，反正看一會兒說了槍斃，看完說了也是槍斃，我……我就是想看，豁出去了。」酥肉大義凜然地說道，這小子和我一樣，明知道好奇心害死貓，還是會往槍口上闖。

我知道酥肉不會說出去了，也就不說啥了，其實我不明白的是，既然這些事情如此保密，我師傅為啥會讓酥肉跟著我？太奇怪了。

直到長大後，我也才知道，師傅已經粗算到酥肉會進入我的生活，這些事情他早知道早好，反正也是不可避免的。

我和酥肉說了這一會兒，再抬頭一看，整個帷幕裡已經沒有蛇兒了，全部聚集在那一頭，正整齊地爬出去。

每個人都很有耐心，直到十幾分鐘，蛇全部出去了，才由我師傅起頭，說了一句：「走，去蛇靈那裡！」

我師傅跳下了平臺，牽著我和酥肉的手走在前面，老吳頭兒緊隨其後，其他人也趕緊跟上了，在這坑坑窪窪的地面上沒走多久，就到了一片兒布的前面。

這片兒布是帷幕的一部分，我還真沒瞧出來有啥問題，結果師傅把那布一扯，我才發現那布是活動的，就跟一個門簾似的，在門簾後面又圍了一圈布，大概二、三十平方米的樣子，中間有一個大坑，多深？站我這角度看不出來。

我師傅拉著我和酥肉抬腳就往那深坑走，不知道咋的，我越走，心裡就越悶得慌，涼得慌，走著走著，臉色就不好看了。

「忘了你對那些東西敏感，也容易招。」師傅停住了腳步，望著我：「還不念那我教你的靜心口訣？」

我趕緊念，這一次是大聲念著，念著念著也就舒服了，姜老頭兒早就料到是這樣，繼續牽著我往前走。

直到走到那深坑，才停了下來，我下意識往裡一看，整個人就嚇呆了。

第三十三章　蛇靈

哪只有我被嚇呆了，和我一起被姜老頭兒牽著的酥肉直接腿就軟了，要不是姜老頭兒牽著他，他能滾這坑裡去。

其他人倒是淡定，估計是已經見過這蛇靈了。

這個土坑有點兒深，從上往下看，大概有七、八米的樣子，在坑子，可見一個隱約露出了一小半的石門，石門正對著竟然有一塊大石，而這蛇靈就趴在這石門門外的大石上。

我終於見識到啥叫蛇靈了，就是一條大蛇，此時牠有半截兒身子還在土裡，可露出的這一半兒，都足足有三個我那麼長。

牠身子上的顏色很怪異，說是白色，又隱約有些淺灰色的花紋，那些花紋看起來非常的……我形容不出來，反正感覺是無跡可尋，卻又隱隱約約像點不成形的文字或者圖騰。

更令人震撼的是，這條大蛇腦袋上有一個白色的鼓包，佔據了牠腦袋三分之一的大小，此時看上去那鼓包有一種軟中帶硬的質感。

「好大的……」酥肉剛說出好大的，就立刻被姜老頭兒捂住了嘴，而那看起來懶洋洋的蛇靈，一聽這幾個字兒，那大腦袋立刻轉向了酥肉，兩紅色的眼睛望著酥肉，一張嘴，那分岔的舌頭不停地吞吐著。

原本蛇類的眼神就冰冷，更看不出絲毫的感情，這麼一盯著就讓人感覺夠恐怖了。

酥肉儘管被姜老頭兒牽著，還是忍不住身子一軟，直接就掛姜老頭兒身上了。

腦袋真有筲箕那麼大！這是我的第一感覺，第二感覺我不知道咋說，按說蛇類給人的感覺就是冷，可我分明感覺到蛇靈望向酥肉的時候，一種緊張混雜著憤怒的感情在傳遞。

酥肉被姜老頭兒捂住了嘴，當然不能再說啥，就這樣僵持了一會兒，蛇靈又緩緩地軟了下去，又趴那石頭上了。

「牠不會輕易攻擊人，因為修出了靈性！你們別開口說牠是啥，這是非常忌諱的，原因我以後再解釋。總之，惹怒了牠，就算幾十條人命也是不夠看的。」姜老頭兒開口吩咐道，其實就是對我和酥肉說。

我心裡非常奇怪為啥不能說牠是啥，不就一條蛇嗎？但既然我這便宜師傅說了，待會兒會解釋，我也就不問了，我只明白，我師傅絕對不會害我。

「老吳，你咋看？」我師傅扭頭望著老吳頭兒，他既然是玩蛇的人，此時肯定有了判斷。

「我認為剛才那一下，就證明牠只是利用這裡的陰氣修煉，還沒受到邪物的影響，否則就不是那麼輕鬆的事兒了。你知道受到影響，或者走歪了路的山精野怪是多麼可怕！或者那種破罐子破摔，已經認為渡劫不過的……這個你是行家，我只是單從這一種類的情況來說而已，因為我祖上傳下的東西裡，有很多那個……反正就牠這種情況的記載，有正有邪。」老吳頭兒說話非常彆扭，看得出來，他也是儘量在避免說蛇這個字兒。

「嗯，這個我一早就有判斷，今天有人挖牠出來的時候，就沒有遭到攻擊，我就知道是咋回事兒了，我是說你有辦法嗎？讓牠離開？」姜老頭兒皺著眉頭說道。

說到離開二字的時候，那蛇靈又有了反應，那大腦袋轉過來，冷冷看了姜老頭兒一眼，我終於忍不住開口了：「師傅，我覺得牠有些那意思，就是那種嘲笑你說的話的意思。」

我那時年紀小小，還用不來不屑二字，只能儘量把我感覺到的說給他們聽。

老吳頭兒一聽我這話，有些震驚，轉頭過來望著我：「你能感覺牠的情緒？」

「我不知道，我就知道牠剛才望著酥肉的時候，我覺得牠緊張，而且還冒火！」我實話實說，無奈酥肉一聽冒火二字，剛剛才稍微硬一點兒的身子，又軟了下去，原本就胖，這下更像掛在我師傅身上的肉球兒。

「呵呵，我豈是亂收弟子的？三娃兒靈覺非常強，能感覺牠的情緒再正常不過了。你倒是先給我說，有沒有辦法讓牠離開啊？」姜老頭兒有些小得意，本能的想抓一抓鬍子，卻發現鬍子今天早上被他刮乾淨了，為掩飾尷尬，他趕緊轉移了一下話題。

「辦法是有，可都是大麻煩，而且你知道的，不小心會傷了牠，再不小心會連累到人兒，我們這一行，都儘量避免傷害牠這一脈的，說實話，斷了人家苦修的修為，是造大孽。我想，還是用我們之前商量的老辦法吧？要我出手，除非逼不得已再看。」老吳頭兒的神情有些憂慮，考慮了一會兒，終於給我師傅答案。

我師傅聽聞沉默了一會兒，然後才開口說道：「那好，就這麼辦吧。」

我終於憋不住了，問道：「師傅，咋辦嘛？」

難不成是要開輛解放車兒來，把牠運走。

「哼哼，談判！」姜老頭兒把袖子往胳膊上一擼，大刺刺地說道，那樣子就是十足的地痞流氓狀。

見到我鄙視的眼神，姜老頭兒一把把我的兩袖子也給擼了上去，說道：「你還跑得脫啊？你就在旁邊給我紮起（撐場面）！」

看吧，又欺負小孩兒，紮起就紮起，你是我師傅，我該的。可是我給你紮起，和我的袖子有啥關係？可憐我就這一件白棉布的好襯衫，還被這便宜師傅這麼糟蹋，他這一弄，我的衣服立刻就皺巴巴的了。

「注意牠的情緒，我就懶得費功夫了，反正這是你的特長，不用白不用。」在我耳邊嘀咕了一句，姜老頭兒把酥肉交給另外一個人牽著，就拉著我朝前走了一步。

我和我師傅是走了一步，可那蛇靈同時也起了反應，「嘩」的一聲就立起了身子，更奇特的是牠頸邊的鱗片竟然也能立起。

只是頸邊的一圈，少量的幾片兒鱗片，可這樣看起來卻威風凜凜，我差點脫口而出：「師傅，這是龍！這就是龍！」

但終究我還是忍住了，不能給我師傅丟人啊，我得撐著。

牠立起了身子，離這大坑的邊緣也就近了，這樣的對視非常有壓力，而且我發現牠埋在土裡的身子也在扭動，弄得這片兒地都在作響，估計是要出來。

我心裡拚命想著董存瑞炸碉堡的英勇，我已經化身成為了他，才勉強鎮定下來，而姜老頭兒卻非常鎮定。

他嘿嘿一笑，非常輕鬆地說道：「我跟你談判是好事兒，說明把你看成和人同等的存在了，你這是啥意思？自己不願承認？」

姜老頭兒這話說得非常輕鬆，可我從他握我手的力度來看，卻知道他全身在用力，果不其然，脖子上的青筋都略有些突出。

再仔細一看，我發現我師傅身上正散發著一股子威勢，這股子威勢直接就壓過了蛇靈帶給人的壓迫，讓人感覺到舒服。

果然，那蛇靈雖然沒有趴下去，但是卻也不再掙扎著要出來了，我自己是非常疑惑蛇靈怎麼會埋在土裡，還咋呼吸？這不科學，可是我也注意到，埋住牠下半身的土層已經鬆動了，牠要出來絕對是分分鐘的事情。

此時，我感覺到蛇靈的情緒平靜了下來，不像剛才那種充滿敵意的戒備。

於是小聲開口說道：「剛才牠把我們當階級敵人了，現在平靜了，師傅，你可以繼續談了。」

姜老頭兒「嗯」了一聲，雙眼目光灼灼地望著蛇靈，那眼光鎮定，但絕不退縮，他朗聲說道：「我們是想你離開這裡，你在這裡修行，我想總是能感覺到那地底下的東西不好，說不得就會給這世間帶來災難，你離開，我們才能針對地底下的東西想辦法，也算是你的功德一樁，你認為如何？」

蛇靈沒有反應，至少表面上看去是沒有反應，我仔細感受著蛇靈的情緒，卻總覺這次情緒很複雜，比較模糊。

「瓜娃兒，把眼睛閉上，靜心，全部的心思全部放在感受牠身上，腦子裡一定要存在我在和牠溝通，對談的想法，只能有這一種想法，立刻這樣做。」姜老頭兒在我耳邊小聲的說道。

他其實已經在教我道家最簡單的修煉要求——存思了，可是在那個時候他卻沒有點明，這也是姜老頭兒的風格，做任何事做就是了，沒必要先說個條條框框來告訴人我要做啥，反而給人壓力。

姜老頭兒那麼一說，我立刻閉上了眼睛，可是靜心對於我這種小娃兒來說太難，只能依住於姜老頭兒教的靜心口訣，我深吸一口氣，開始在心裡默默背誦靜心的口訣，多背了幾次之後，整個心靈一片空靈的感覺又來了。

在這個時候，我拚命想著蛇靈的形象，然後想像牠坐我面前，我們一邊烤著包穀，一邊在談話。

我腦子的畫面比較詭異了一點兒，一條大蛇和自己坐一堆兒，還烤包穀，但是原諒我是一個七歲的孩子，我腦子裡覺得比較適合談話的情形就是這種樣子了。

漸漸的，我感受到了越來越清晰的情緒，那種感覺非常詭異，牠的確是什麼都沒說，可我就是清楚牠所思，牠所想，就像牠真的在和我對談一樣。

我猛地睜開了眼睛，因為忽然間腦袋就像要爆裂開了一樣，我開口對姜老頭兒說道：「師傅，牠說了，牠自修煉，別人也自有因果，這一切關牠何事？」

說完我就愣住了，這話像是我這種水準能講出來的嗎？

可是在下一刻，那頭痛就如潮水一般的快要將我淹沒，姜老頭兒看了我一眼，下一刻，一樣東西就給我塞嘴裡來了，是個丸子一樣的東西，味道甘苦，還帶著一股子薄荷的清涼味兒，不算太難吃。

我準備嚼吧嚼吧幾下就給吞下去了，反正我對姜老頭兒是放一百二十個心。

卻不想姜老頭兒眼睛一瞪，吼道：「你個瓜娃兒，好吃嘴（饞嘴的人），是不是想給我吞了？含舌根下面，等它慢慢化開，再慢慢嚥下去，然後你給我坐下來休息。」

我被他這一吼，嘴裡的丸子差點就給滑喉嚨裡去了，好在我緊咳了幾聲才穩住，老老實實含舌根底下，坐下休息了，真刺激，在一條巨大無比的蛇面前坐著休息。

見我照做了，姜老頭兒也不理我了，而是望著蛇靈，開口了，而他說話的聲音很奇怪，不是很大，卻像滾雷一般，聲聲不絕，那種威勢讓人心驚膽顫。

「你離開這裡，是因，我為你封正，是果，如何？」

就這麼簡單的一句話，我耳朵邊上一直繞著如何，如何，如何二字……起碼過了十秒，那聲音才漸漸停止。

我不敢再去感受蛇靈具體的情緒，卻能粗略體會到蛇靈那種心動，驚喜的感覺，我想開口告訴師傅，卻發現他早已閉起了眼睛，不用說，分明是他自己在和蛇靈交流了。

我大怒，在心中暗罵，明明自己做來就很輕鬆，偏偏折騰我這個可憐的小孩兒，不要臉，可是我不敢說。

片刻，姜老頭兒睜眼了，他繼續說道：「貪戀這裡本就為你自己種下了因，待到他日，這裡遭受劫難，難道你就可以避開那果？你不怕那雷劫滾滾而來？你不怕你身死道消，到頭來一場空？」

姜老頭兒這番話一說，那蛇靈竟然開始顫抖，牠忽然開始點起頭來，像是在對著姜老頭兒作揖，又像是在請求什麼，總之這樣的情緒我不能具體體會了，只知道牠在害怕，又似在祈求。

姜老頭兒沉默了，閉眼似在思考，又似在感受，過了半天他才睜開眼睛，說道：「我為你封正，但是雷劫，走蛟之日就不是我能控制的，走蛟之日的劫難原本也是天定，只希望你能儘量控制，少讓人間受劫，可你記得，萬萬不能在此地走蛟，大江大河有的是，就算辛苦些，你也去到那裡，我在這裡發下誓言，若你不遵守我的所言，我的封正也會全然失效。」

那蛇靈連連點頭，似是同意了姜老頭兒所言。

我看得好玩，連酥肉也不是那麼害怕了，懂得和人交流，有了靈性的大蛇，似乎不是那麼可怕。

過了一會兒，姜老頭兒神色平靜了，他從隨身的包裡掏出三炷香，恭恭敬敬地點燃，插在土裡，然後又恭敬拜了幾拜，接著他望著眼前不遠處的蛇靈，朗聲說道：「入江成蛟，入海為龍。他日之日，必得正果。」

這是第一次，接著他又反覆念了八次，加起來念了九次。

我不知道是不是我的錯覺，我竟然從蛇靈那原本冰冷的眼眸裡看出了感激之色，這麼幾句話，值得這樣嗎？反正我是不懂其中的因由。

接下來，大蛇動了，就如我所料的那樣，牠輕易就抽出了牠埋在土裡的身子，比我想像的還長，我原本估摸著牠就七、八米長的樣子，待牠整個身子出來，我發現這大蛇起碼有十米以上。

大家都有些害怕，除了姜老頭兒和老吳頭兒師徒，這時老吳頭兒說話了：「牠這是要挪窩，大家讓開一條道兒，切莫驚擾就對了。」

這時，姜老頭兒和老吳頭兒無疑就是大家的頂樑柱，老吳頭兒的話剛一落音，大家就紛紛朝著兩邊退去。

那條蛇靈緩緩從土坑裡爬出來，那巨大的身子無疑給人一種窒息般的壓力，但是大家都強自鎮定著，看著牠緩緩爬動，牠爬到姜老頭兒面前時，停了停，忽然就仰起了上半身，張大了嘴。

我看見，忍不住驚呼了一聲：「師傅！」

姜老頭兒卻搖搖手，表示無妨，結果那蛇靈只是朝姜老頭兒微微點了點頭，就又趴下了身子，緩緩爬動起來。

奇的是，牠根本就不亂走，而是按照帷幕圈定的地方爬動，我也不知道哪兒來的膽子，就慢慢的跟隨著牠，看著牠爬下那道小山崖兒，然後再消失不見。

「走了，老姜，剩下的事兒，我就幫不上忙了，要你自己處理了。」看著蛇靈爬走了，老吳頭兒忽然對我師傅說道。

「嗯。」我師傅罕有的，神色嚴肅的對著老吳頭兒點點頭，然後牽著我和酥肉的手又逕直走了回去。

這時，師傅給我嘴裡塞的丸子已經完全化開，被我和著唾液吞了下去，別說，這丸子真的很有效果，只是一小會兒，我的頭就不疼了，過了一會兒，我的腦袋被一種清清涼涼的感覺縈繞著，說不出的舒服。

「師傅，你剛才給我吃的是啥啊？我現在腦袋舒服得很。」得了好處，自然是要賣乖，而且我也好奇得緊。

「便宜你娃兒了，你吃的東西，我也只有一小瓶，是我……是我……反正是我一個故人配製的，凝神醒腦是最好不過，現在可不好弄了，因為一些上好的，到年份的野生藥材不好找。」姜老頭兒回答得倒是爽快，只是中間有些語焉不詳，不過我也沒在意。

我只是說了句：「師傅，原來不是你做的啊？」其實，在我心裡姜老頭兒已經是無所不能了。

「術業有專攻，你當我是神仙啊？這弄藥的本事兒，我是趕不上他的，他就是那一脈的人。」姜老頭兒說到後面像是在自言自語，我聽了也不甚在意，總之，小小的我，是非常討厭打針的，連帶著也討厭吃藥。

既然不感興趣，我也就沒問，這個話題也就到此為止，而在說話間，我們又走回了那個大坑，姜老頭兒兀自盯著那個大坑的石門沉吟不語。

酥肉耐不住這沉默，早去纏著丁小哥兒，問他些關於蛇的稀奇事情了，我嘛，身為弟子，自是不好在這個時候離開師傅的。

但畢竟是小孩兒，就是這樣沉默了幾分鐘，我也耐不住了，也管不上打不打斷師傅的思考，終於開口問道：「師傅，你為啥不能讓我們說那蛇靈是蛇？」

「人為萬物之靈，自然有萬物之靈的驕傲，那些修正道的傢伙，最渴求的就是人類的一句封正，你說牠是蛇，無意中就已經封了牠是條蛇，牠這輩子苦修也難成龍，如果你們當面嚷出了牠是蛇，就是犯了牠最大的忌諱，那怒火可是常人難以承受的。」姜老頭兒望著石門苦思無果，乾脆給我解答起問題來。

這些是忌諱，多說一些給我知道也是好的，我學玄學，以後註定要遇見不少稀奇古怪的事兒，能抓緊時間多給我講一些忌諱之事兒也是好的。

「那師傅，你剛才就是在封正牠為龍嗎？」我很好奇。

「是的，不過我的封正只是外因，成蛟也許還好說，成龍卻是萬難無比。其實普通人也能為牠封正，但是效果卻萬萬不如我們這些修道之人，況且我封正了牠九次，算是最大的祝言贈與牠，以後成龍還是怎樣就看牠自己了。」姜老頭兒回答得挺直接，也言明了修煉一途千難萬險。

「師傅，可牠咋在土裡埋著呢？還不給憋死？」我終於問出了我最好奇的問題。

第三十四章　銀色符籙

姜老頭兒聞言哈哈大笑，摸著我的腦袋說道：「蛇在土裡有啥奇怪？你不信問問當地的農民，有時砍竹子都能遇見一條睡在空竹筒裡的蛇兒，都不知道牠們咋進去的。牠在土裡是牠自己鑽進去的，你看。」

說著，姜老頭兒指著土坑讓我看，我一看，可不是嗎？那個土坑裡，有很多坑坑窪窪的長條形通道，一看就像是有一條蛇在裡面拱的。

「牠修煉就會進入一種類似於冬眠的狀態，而且修煉的時候不是靠口鼻呼吸，吸收靈氣的，而是身體髮膚呼吸，動物修煉也是同理。」姜老頭兒繼續給我解釋道。

「啥？動物那麼厲害？」這對於我來說，簡直是太神奇了。

「動物厲害？人也可以啊！你在你媽肚子裡的時候，難道會是用口鼻呼吸？人在母親腹中的呼吸之法，是修道之人最渴求的呼吸境界，胎息術啊，練成這個才尤為不易。」姜老頭兒感慨道。

「人也可以？那麼，我也要練習嗎？師傅也要練習嗎？」我簡直不能想像，我有一天不用鼻子和嘴巴呼吸。

「呵呵，以後你正式進了門，就會知道！你師傅我啊，說起來是最沒用的，山之一脈沒落，這行走世間的都是其他四脈的人，唉……這中間才是最難說的。」姜老頭兒歎息了一聲。

我根本不懂師傅說的啥，但是為了給他面子，我還是不懂裝懂的哦了一聲，結果就是腦袋挨了一巴掌。

姜老頭兒斜著眼睛說道：「知之為知之，不知為不知，你娃兒裝？以後再裝，老子打不死你。」

我……

就這樣，師徒倆沉默了一陣兒，姜老頭兒帶著我離開了這個大土坑，在土坑外面，一群人還在候著，一出去，一個人就迎了上來。

我一眼就認得，那個人是那個院子裡的軍人，看樣子好像還是個領頭的。

「姜師傅，你決定咋弄了嗎？」那個人恭敬的問道。

「決定了，不開石門，封了它，然後再埋起來，晚上我再渡了這養陰地裡的亡魂，破了這塊地，再改一下這片地兒的風水流動，慢慢將下面的東西給化解了。」姜老頭兒平靜地說道。

「真的不打開看看？」估計那人也有好奇心。

「打開？裡面有人養邪器，你也要打開？打開可是要人命來填的，好奇心適可而止。」姜老頭兒正色道。

可是，他不知道的是，在我們離開這裡的時候，終究還是要打開這裡，經歷一場恐怖。

姜老頭兒這人吧，看起來猥瑣，接觸起來沒正形兒，可真的認真起來卻自有一股威勢，他已經決定封了石門不打開，其他人也不敢多言了。

問題就停留在兩點上。

第一，是這石門裡面究竟有什麼？因為大家都不知道養邪器是個啥概念？

第二，如何封了這石門？

在這種時候，唯一敢向姜老頭兒提問的就是我，果然我也沒負了大家殷切的希望，第一時間就問道：「師傅，啥叫養邪器？這石門裡面沒有鬼嗎？」

「這石門裡面有啥不好說，但是這樣刻意為之，最可能的情況就是養邪器，正道有法器，可做陣眼，可為人擋災，可以做很多事……可這世間有正就有邪，就如同有陽就有陰一般，有法器，自然就有那害人的邪器，法器需要靈氣來溫養，人是萬物之靈，身上自帶一點兒靈氣也可以溫養。但這邪器嘛，就要找專門的陰邪之地來養器，怨氣沖天的地方那更是最好不過。」姜老頭兒耐心回答道，對於我，他總是不厭其煩會為我解釋許多。

「可是師傅，為啥養邪器的地方就不能打開呢？」

「有啥必要打開呢？養邪器的地方，一般都透著一股邪勁兒，裡面的事物才是詭異非凡，總是要出人命的，而且你打開，到最後也不過是尋著一件兒邪器，最多是把它銷毀，如果能封了它，散了這塊兒聚陰地，不就是最好的辦法？無論在啥時候，你都要考慮用最小的代價，辦最好的事兒。這代價裡面，錢是最不緊要的，那一條條生命才是最緊要的，知道嗎？」

「嗯！」

姜老頭兒的話總是有一股子讓我信服的力量，在這個時候，我就記住了，一條條生命是最緊要的。

「那姜師傅，啥時候封這石門啊？」大家的疑問，托我的福，都得到了解答，這時那個院裡的領頭人終於忍不住開口了，畢竟外面還有那麼多等著挖竹子掙工分的人兒，等久了，怕是要謠言四起，不好辦啊。

「現在！」說完姜老頭兒就從隨身的包裡非常珍重地拿出了一件兒東西。

那件兒東西是裝在一個木盒子裡的，那木盒子長方形的，不是太大，雕刻得非常精緻，還有一個金色的小鎖扣兒。

我是個不識貨的傢伙，也不懂那木頭盒子的材質，到後來，我才知道，那木盒子的所謂木面是沉香與紫檀做的，那金色的小鎖扣兒就是真黃金。

姜老頭兒手拿著小木盒，目光中流露出一絲緬懷和哀傷，他摩挲著木盒子，自言自語說道：「師傅留給我的東西，是用一件兒少一件兒，這東西我是沒有能力去做出來的，要去做的話，一百次裡能不能成功一次都不知。更可惜的是，我哪有那個能力，去用一百次這樣的東西畫符，沒想到一個小小的山鄉，竟然會讓我動用它。」

姜老頭兒的話說得沒頭沒尾，沒人能明白全部的意思，但是所有人都聽懂了兩件事，第一是這東西異常珍貴，姜老頭兒都沒能力複製。第二，他竟然破天荒地提起了自己的師傅。

這番話，讓所有人都對盒子裡的東西好奇起來，姜老頭兒摩挲了木盒子一陣兒，終於用一種特殊的手法來回扭動了盒子上的小鎖扣兒幾次，打開了木盒子。

讓人沒想到的是，木盒子裡頭還鑲嵌了上好的白玉裡子，也就是說這是一個玉盒子，外面套著木套子，可見做工之精緻，而裡面的東西卻讓人有些失望，因為裡面只有一張符籙！

可那符籙竟然是銀色的。

銀色的符紙在太陽底下竟然有幾分炫目，更神奇的是上面鮮紅的字跡也透出一絲兒琉璃光，彷彿是用紅寶石書寫。

姜老頭兒拿出那張符籙，有些不捨地看了看，也就在這時候，我看清楚了那張符籙上的符紋，簡直和平常的符籙不一樣，那不是類似於文字形的東西，而明顯的是一種圖騰，周圍有一些看不懂的文字。

當然，那時候的我是不知道啥圖騰的，就覺得符籙上的那玩意兒，是一隻震天欲吼的大老虎，但是又不像老虎，我說不上是啥。

「讓人把這個坑挖開，讓石門完整露出來。」姜老頭兒手持符籙，自有一股威嚴在，他一吩咐下去，過了一會兒，就有一小隊解放軍來，拿起鐵鏟開始挖起坑來。

然後他又吩咐了那個院子裡的人：「去找一些糯米，新蒸出來的最好不過。」

接下來就是耐心等待，我和酥肉去纏著小丁去了，想問人家那竹笛兒咋弄的，要咋吹，能驅趕蛇對孩子來說真是太有誘惑力了。

可是這是人家小丁的師門祕密，人家哪能說？小丁人又害羞，嘴又笨，被我們纏得沒有法子，乾脆閉嘴，低下頭，還憋了個大紅臉，跟個大姑娘似的。

他那無良師傅只管呵呵直樂，壓根不為他解圍。

過了大概一個多小時以後，石門被徹底挖了出來，新鮮的糯米也找來了。

這一次，姜老頭兒的行動讓大家覺得太過於簡單了，就連身為他弟子的我也覺得和以往那讓人炫目的術法比起來，這一次姜老頭兒的行動太過於簡單了。

他只是拿過糯米，在那石門前左看右看了一番，就找個位置，用新蒸出來的糯米把符貼了上去。

這算啥？

所有人面面相覷，卻不敢質疑他的行動，只有我在符籙貼上石門的一瞬間，恍惚中看見了一隻紅色異獸嵌進了石門裡。

這銀色的符籙絕對不簡單，連我都有這樣的感覺。

這感覺只是一瞬間的，當我清醒過來時，發現剛才只是注意姜老頭兒的行動，卻沒有留意這石門，現在才發現這石門太詭異了。

咋說呢？這石門的週邊框架，直接雕刻成了一張大嘴，也不知道是什麼動物的，那兩根尖利的獠牙更外瘆人。

石門上刻著詭異的浮雕，那些雕刻我不知道是啥，但是都是那種高不過半米的小人，瘦骨嶙峋，肚子卻突出，圍著樹葉，詭異的是那些小人的臉，全都是鼻子異常突出，獠牙尖利。

那浮雕極為傳神，只要看了那些小人兒的人，都有一種感覺，它們餓，它們很餓，你彷彿可以看見它們滴著口水，面露饞色看著任何一樣東西，都只想吞下去。

這些浮雕裡的小人，都在膜拜一口棺材，而那棺材上雕刻著一副詭異的笑臉，似笑非笑，那眼神非常詭異，就像是明明很貪婪，卻努力裝作慈悲，那笑臉只是單純的一個笑臉，再沒有多餘的雕刻去表達什麼，可每個人都感覺，那個笑臉的主人是個女人。

而棺材的中心還雕刻著一顆正在滴血的心臟，那顆心臟讓人看了第一眼，就不想再看第二眼，因為普通人都能感覺得到怨毒。

這不是我妄自揣測的，在我旁邊的酥肉就很好的證明了我的想法：「三娃兒，我看了那個豬心一樣的東西，咋感覺有種全世界都欠它似的感覺呢？跟向我要債似的。」

我不知道咋解釋這現象，我也不懂，只是那些詭異非凡的感覺，在符籙貼上去一小會兒後，都消失了，這石門變得普普通通，我也再也體會不到那陰冷的感覺了。

姜老頭兒貼上符籙以後，走了回來，回來只說了一句話：「把它埋起來，最好給這裡管事兒的人打個招呼，修個啥在這裡，不要讓普通人靠近這裡，就說出了事兒，誰也擔待不起。」

說完，姜老頭兒就牽著我和酥肉的手往外走去。

「師傅，這是去哪兒？」這就完事了，要走了？

姜老頭兒不理我，轉過頭對著老吳頭兒師徒倆說道：「去我徒弟家喝杯茶水不？」

「不去了，馬上要去鎮上的老林那裡買些旱菸葉子，去晚了就沒了。你改天帶著你徒弟來我這兒吧，我請你們兩個吃好東西。」說完老吳頭兒就帶著小丁走了。

「老林的旱菸葉子，呵，這老吳頭兒是咋知道這好東西的？」姜老頭兒自言自語了一陣兒，還是拉著我和酥肉的手往外走。

我不幹了，說道：「師傅，這就完了啊？你要帶我去哪兒？」

「去哪兒？回你家唄！啥叫這就完了，晚上還得來一趟，那些孤魂就不管了嗎？」姜老頭兒放開我的手，揪了一下我臉蛋兒，然後拉著我繼續走。

這時酥肉興奮得一身肥肉都在發抖，他說道：「姜爺，我都還沒見過真鬼呢？晚上能帶著我嗎？」

我簡直服了酥肉了，平日裡沒發現他這樣膽兒大啊？今天卻要主動要求看鬼，這是啥道理？

「不行！我可沒有半夜三更把你帶出來的理由！想看鬼啊？呵呵，你以後只要跟著三娃兒，有的是機會。」姜老頭兒直接就拒絕了酥肉。

酥肉有些垂頭喪氣的，但一想也是這個理兒，他半夜跑出去，回來還不得給他爸罰個一個星期不許吃飯啊？

算了，今天也算看到不少新鮮事兒了，估計是想到這個，酥肉又重新興奮了起來，還是那副沒心沒肺的樣子。

就我，還是對那個石門念念不忘，於是問道：「師傅，那石門上雕的是些啥東西啊？我看著咋恁不舒服？」

一聽這個，姜老頭兒臉色一沉，一時間竟然沒開口。

我耐心等著姜老頭兒給我回答，而酥肉不知道啥時候，從他的衣服裡摸出那包壓得爛兮兮的煮土豆，開始「吧唧，吧唧」的吃起來。

我等了半天不見姜老頭兒回答，抬頭一看，卻只看見姜老頭兒的兩隻眼睛盯著酥肉的「爛土豆」。

「小胖娃兒，你吃的啥呀？」姜老頭兒笑咪咪的，那樣子我看了心裡一陣惡寒。

「煮土豆啊。」酥肉一邊往嘴裡塞著土豆，一邊含混不清地說道。

「那好吃不？」姜老頭兒鍥而不捨地問道。

「煮好了，灑點兒鹽，香。」酥肉一邊吃一邊答道，他根本搞不清楚姜老頭兒是個啥意思，說起來，我和我這便宜師傅也才相處了兩天，也搞不清楚他追問那包爛乎乎的土豆是啥意思。

「胖娃兒，給我吃點兒。」沉默了將近半分鐘，姜老頭兒忽然有些憤怒地吼道，把我和酥肉都嚇了一跳，特別是酥肉，抓手裡的土豆差點沒掉地上去。

「真的是，問你那麼多次了，都不曉得給我吃點兒。」姜老頭兒一把抓過酥肉手裡的土豆，一邊念念叨叨，一邊大口吃了起來。

酥肉欲哭無淚，我卻覺得我的面子都被這姜老頭兒給丟完了，酥肉是我好兄弟，親眼看見我有這麼一個師傅，連小孩兒手裡的土豆都要搶……

我腦子亂成一團麻，只得趕緊轉移話題：「師傅啊，你還沒說那石門上雕的是啥呢？」

估計是得吃了土豆，姜老頭兒心情好，一邊大嚼著，一邊就非常直接地回答道：「餓鬼啊，就是那種啥都吃的傢伙。」

「咳……咳……」酥肉一陣兒劇烈的咳嗽，嘴裡的土豆都噴出來了，估計是咳嗽得太厲害，有些土豆直接從鼻子裡噴出來了，那樣子要多狼狽有多狼狽。

咳完酥肉直接和我對視了一眼，那意思，我倆不用交流都明白，眼前正毫無形象在大嚼搶來的，特別強調是搶小孩的土豆的姜老頭兒才是一隻餓鬼吧？

可惜給我一百二十個膽子我都不敢問姜老頭兒是不是餓鬼這種問題。至於酥肉，給他三百六十個膽子，他也不敢問姜爺是不是和餓鬼有啥關係。

姜老頭兒毫無感覺地啃完土豆，拍了拍手，咂吧咂吧了幾下嘴，確認酥肉那裡沒有了，才咳嗽了兩聲，竟然還裝出一副趾高氣揚的樣子，背著手走前面去了，估計是在酥肉面前當姜爺當上癮了。

我無奈和酥肉對視一眼，眼中千言萬語都沒辦法表達，只得緊趕幾步，追上了姜老頭兒。

「師傅，餓鬼也是鬼？」我問道，那石門上的雕刻給我的印象太過於深刻，總覺得這餓鬼咋有些與眾不同的樣子。

「餓鬼只是一種稱呼，嚴格說來它們不算是鬼，它們是一種生物，具體是啥，佛家和道家的解釋不同！你們看見的那雕刻，就是餓鬼的鬼子，它們參拜的棺材，埋葬的……應該就是鬼母。知道民間鬼吃人的傳說哪兒來的嗎？其實說的是餓鬼，而不是人死後的靈魂所化之鬼。」

姜老頭兒一說完，我就打了個寒顫，其實於現在的我來說，一般般的鬼我已經快要麻木了，可是這吃人的鬼，哪個小孩子不怕？我回頭看了一眼酥肉，他的雞皮疙瘩都冒上脖子了，這小子比我還不如。

我很想瞭解多一些餓鬼的事兒，什麼鬼母之類的，餓鬼在師傅眼裡又是一種什麼樣的存在，可是我不敢問了，估計在一旁的酥肉也不敢聽了。

好在姜老頭兒也不願多說，只是說了句：「在一百多年前，餓鬼幾乎就已消失在這世間了，沒想到這裡還有這樣一個墓……唉，那地方邪性兒，你們兩個少去，聽到沒？」

我和酥肉唯唯諾諾的答應了，誰沒事去看那種要吃人的鬼啊？還有鬼他媽，想起就心裡發寒。

說完這個以後，姜老頭兒沉默起來，神情也和以往不同的沉重，不知道他在想些啥，反正我和酥肉也不敢問，今天發生了那麼多事兒，我們兩個的腦子都不能完全消化。

第三十五章　一堂思想品德課

一路無話地回了村子，把酥肉送回家後，姜老頭兒就和我逕直回了我家，由於我媽刻意宣傳的原因，村裡人不到一天都知道姜老頭兒認我做了乾兒子，這下姜老頭兒常到我家也不是啥奇怪的事兒了。

「姜師傅，你咋和三娃兒一起回來了啊？」看見我們回來，我媽非常吃驚，搞不懂我出去耍一下，也能遇見一大早就出門去的姜老頭兒。

「秀雲，身體好些了嗎？我去鎮上給妳買了些草藥，熬來喝了吧。」姜老頭兒倒不急著解釋啥，只是給我媽遞過了一包草藥。

我媽心裡感激，接過了姜老頭兒的藥，一時間不知道咋感謝姜老頭兒。

可姜老頭兒好像看透了我媽的心思一般，把手一擺：「我這藥沒花什麼功夫，更沒花啥錢，我有認識的人，妳儘管熬來喝就是了。二妹醒了嗎？」

「醒了，醒了，早醒了。」我媽一疊聲地回答。

姜老頭兒微笑著點頭，也是由衷的高興，順道兒就去看我二姐去了。

晚飯是在我家吃的，一家人吃得熱熱鬧鬧，也不知道從啥時候起，我們已經把姜老頭兒看成家人了，在飯桌子上我講起了蛇群、蛇靈還有地下石門的事兒，把我家裡人聽得一驚一乍。

姜老頭兒倒也不介意，只管倒了甘蔗酒一杯杯地喝，我家裡人還有啥不知道的呢？所以，他不介意我講這些。

只是在我講完後，他說了一句：「晚上，我要去引渡那裡的孤魂，明天在鎮上找人，組織鄉里的人把墳地遷了。不過就算如此，那裡也非常的邪性，在煞氣洩完之前，非『大建築』不能壓住。所以，必須要讓人們少去那裡，免得再生是非。」

「啥叫大建築？」我扒拉了一口飯，還不忘記問這個。

「人氣旺的建築，像學校啥的，可是不能冒這個險，還是讓煞氣自然散去。」姜老頭兒顯然不願多談那個地方了，只是淡淡的解釋了一句。

我原本還想問問餓鬼的事兒，可一想到它吃人，心裡瘆得慌，想著橫豎我也遇不著它，何況我還有師傅保護，也就懶得跟自己找不自在了，乾脆就不問了。

一頓飯吃完，姜老頭兒休息了一陣兒，就有幾個人找上門來，這幾個人我認得，就是鎮上小院裡的軍人，姜老頭兒說了一句做法事，渡孤魂，就要和他們走。

我不依，原本說了渡孤魂要帶我去的，咋就不帶我了呢？

姜老頭兒眼睛一瞪，大聲說道：「你明天給我老老實實去上學，我差點忘記你得上學這事兒了。」

說完，轉身就走了，而我們一家都無言了，敢情我和他混了兩天，他還真忘了我要上學這檔子事兒了。

不過也好，我爸媽明顯鬆了一口氣，不管外面經歷過怎樣的風雨，在他們心裡，對知識還是非常崇敬的，見姜老頭兒重視我的學業也是一件好事兒。

另外，我才當了姜老頭兒的弟子，也沒學啥本事，在我爸媽看來，這些神神鬼鬼，非人力能控制的事兒，我現在能不摻和，最好還是不摻和的好。

姜老頭兒這一忙就是一個星期，我在鄉場上上學，自然也是知道他在做啥，他在幫著鄉親們遷墳。

那天晚上他是怎樣渡孤魂的我不知道，我只知道在第二天下午鄉場上的領導就說了，以後那片兒墳地是要修啥鄉禮堂，叫鄉親們把墳給遷了。

總之怎樣安民心，領導是自有一套的，鄉親們在接到通知的第二天下午就有人開始遷墳了，而姜老頭兒就在這過程中全程幫忙，另外一些沒有人管的孤墳，也是需要處理的。

我上學，離那裡近，總之下午一放學，我就往姜老頭兒那裡跑，只是他不讓我靠近遷墳的地兒。

「師傅，我想看看。」我也不知道我自己是咋了，接觸了這些事情之後，對一切相關的事情都非常的感興趣。

「看個屁，你又不是不知道你自己容易招這些東西。」

「可是你把孤魂渡走了啊？」

「渡走是一回事兒，可是有些鬼魂不是渡走就能輪迴的，在這之前，還是在一定的時間會回它的陰宅，你懂個屁，不許去，不許去，遷墳顧忌的事兒多著呢，你少給我湊這個熱鬧。」

就這樣，我被姜老頭兒無情地排斥在外了，只得眼巴巴好奇，卻一點兒也不得看，弄得我也無心學習。

再過了一個星期，我們班裡考測驗，我數學考了個六十四分，語文更慘，考了全班倒數第一，五十六分，我一頭冷汗，這下完了，又得承受我爸的「鐵拳」了。

我思考著對策，卻不想還有個比我爸更厲害的人在等著我，那就是──姜老頭兒！

「三娃兒，不然……你就不要跟你老漢說考試了嘛？」酥肉是這樣給我出主意的。

這傢伙，雖然成績也是一般般，但這次好歹還考了兩個八十分，就算會挨罵，也不會挨揍，哪兒像我那麼慘？真是站著說話不腰疼，給我出這個餿主意。

「屁，你回去不跟你爸媽說考試成績下來了啊？就算你不說，那個劉春燕，這次考了雙百分，她回去能不說？就劉春燕她媽那個大嘴巴，不到一個小時，全村的人都知道她女兒考兩個一百了。」一想起劉春燕，我就牙癢癢，我挨打十次倒有五次是她害的。

這些酥肉也想不出辦法了，和我一起坐在路邊出神，過了好一會兒，我忽然想到了一個辦法，拉著酥肉直奔鄉場上那個小小的供銷社跑。

平日裡，我還是偶爾會有個一分錢之類的零用錢，雖然是農村孩子，我那能幹的爸爸也不曾虧待了我們三姐弟，雖然是偶爾中的偶爾，我還是得到了不是？

但是，鄉場上能有啥好賣的，連背著背篼賣零食的人都是偶爾才會出現，我也不知不覺存了八分錢，這下這八分錢可以派上大用場了。

「三娃兒，你這是要幹啥去？」酥肉不解。

「我前兩天，把我大姐的鋼筆借來玩了，還沒還，現在我去買瓶紅墨水兒，拚了。」我一邊大步走，一邊簡單地說道。

可酥肉是誰？是我好兄弟，我們兩個之間簡直太瞭解對方了，他一下就猜到了我的意圖，必然的，全身肥肉開始發抖。

他一興奮，或者一害怕就這樣。

「三娃兒，你是說你要改分啊？」酥肉有些不確定，估計這小子這次發抖是因為改分這件事兒，對於他來說太刺激了。

「嗯，還能有啥辦法？」我咬牙說道。

紅墨水五分錢一瓶，被我弄到了手，把我姐的鋼筆原本的藍墨水洗乾淨，我灌了一管子紅墨水，在練習了好久以後，我大著膽子，手有些顫抖的，將我數學卷子的分改成了84分，語文考了56分，不好改，我乾脆加了個八，改成了85.6！

另外還有酥肉，他原本數學只考了81分，也不知道也小子是不是愛湊熱鬧，一定要把他那數學改成了87分。

「你是有病吧？」我有些搞不懂酥肉，一定給改高六分做啥？

「哎呀，好兄弟要有難同當。」酥肉笑得跟憨包似的，估計他就是純粹找刺激。

就這樣，我做了假，一路懷著忐忑的心情回了家。

一進門，我就看見我爸立那兒了，表情嚴肅地問我：「三娃兒，你們考試了是不？成績下來了是不？多少分？」

我臉一抽抽，問我爸：「爸，你咋知道我們考試了，卷子也發了啊？」

「廢話，人家劉春燕考了雙百分，人家媽都到我家裡來了一次說考了雙百分了，你喃？」我爸神情不善，估計是給劉春燕她媽刺激的。

「哦，我考了二個八十多分，以後爭取趕上劉春燕。」我戰戰兢兢取出卷子，遞給了我爸。

我爸也不認幾個字，但是數字好歹是認識了，他掃了幾眼卷子，臉色稍微緩和了一些，說道：「你娃兒啥時候能爭氣點嘛？你大姐二姐像你那麼大的時候，不是雙百分，最差也是九十五分以上。好在你還知道考了個八十多分，不然老子打死你。」

說完，我爸把卷子塞給了我，我暗鬆了一口氣兒，這次總算險險過關了。

可就在這時，一個人從屋子裡出來了，那不是姜老頭兒又是誰？

「三娃兒的卷子啊？拿給我看一下，考了好多分？」你說我這便宜師傅的耳朵咋就那好？我沒辦法，他說要看，我敢不給嗎？抱著又上一次斷頭臺的心情，我在心裡暗歎一口氣，把卷子遞了出去。

姜老頭兒接過我的試卷，悠閒的展開一看，眉頭就有些微微皺起。

這個時候我可緊張了，下意識的就決定「打擾打擾」他。

「師傅啊，你咋回來了？」
「忙完了。」姜老頭兒神情緩和了一些。
「師傅啊，墳都遷好了啊？」
「嗯……」拖著長長的尾音，姜老頭兒有了些笑意。
「師傅，今天晚上你在我家吃飯啊？」
「是啊……」姜老頭兒笑嘻嘻的。
「師傅啊……」我還準備再問。
我爸在旁邊一臉不耐煩的打斷我：「狗日的娃兒，你說你話咋恁多？」
估計我爸是被我煩到了，直接吼了一句，我爸這人吧，是最討厭小孩纏著問東問西的，見我這樣一直纏著姜老頭兒，他估計覺得不禮貌吧。
「呵呵，沒事兒。」姜老頭兒樂呵呵地把試卷一收，捏在手裡也不還我，直接出聲就阻止了我爸。
然後叫著我和我爸，在院子裡的石桌旁坐下了，我心裡「噗通噗通」的跳，一心就想把試卷拿回來，而我爸呢，他是莫名其妙，這不要做晚飯了嗎？我媽這兩天要休息，晚飯的事情該他忙，咋這時候愛吃到極點的姜老頭兒還拉著自己坐這兒，這是準備聊天呢？
「三娃兒……」姜老頭兒拖長了尾音，叫到我的名字。
「誒……」我有些戰戰兢兢地答道。

「這人嘛，都有個有錯的時候，偶爾也會愛耍愛玩，耽誤正事兒。但是呢，能坦然面對錯誤就是一件好事兒，面對錯誤之後能改過，那就更好了。三娃兒啊，你說，在犯了錯之後，啥樣兒的人是最可惡的呢？」姜老頭兒笑咪咪的。

「那還用說？死鴨子嘴硬，不認錯的人。」我爸在旁邊脖子一硬，就冒出了這句話，他是最討厭有錯還頂嘴的人。

「那個……啊……就是……」我在旁邊前言不搭後語的，手心冷汗直冒，有不好的預感。

「我覺得不是，最可惡的是犯錯之後，想著逃避，不敢面對，還要選擇欺騙的人是最可惡的。特別是男娃娃，坦誠正直是最可貴的品德，欺騙的人比小人還不如。」姜老頭兒不疾不徐地說道。

「嗯，就是，就是，我就最討厭撒謊的人。」我爸在旁邊贊成道。

我冷汗直流……心裡已經做好要逃跑的打算。

可我那便宜師傅好像看透了我的心思一般，一把就逮著我的肩膀問道：「三娃兒，你覺得師傅說得對不對喃？」

「嗯，對，比思想品德的老師說得還對。」師傅的手就跟鐵鉗子一樣，我是動都動不了，更何況逃跑？乾脆這個時候臨時拍點馬屁，也許等下要好過點兒，我是一個相當有覺悟的人啊。

「嘿嘿……」姜老頭兒一笑，也沒放開我的打算，而是把我的卷子打開了。

首先是數學卷子。

「13+6=16，嗯，不錯。」

「5+7=13，聰明。」

我一邊聽他念著，一邊冷汗嘩嘩地流，其實我是不知道對錯啊，知道也就不會考那麼低的分了，問題是我看見姜老頭兒兩個眼睛都是看著我答錯的地方念。

枉我聰明一世，改了分數，卻改不了卷子上那麼多叉叉。

把數學卷子放在一邊，姜老頭兒又拿過語文卷子。

「鋤禾日當午，汗水流下河。嘿嘿嘿……」姜老頭兒笑得我心裡直打顫，我在心裡罵道，×老師太可惡了，汗水流下河有啥不對？

我記得就是有個啥河字的啊？

「請照示例填空，『綠油油』，呵呵，好，你挺聽安排的，後面填了六個同樣的『綠油油』！」說到這裡，姜老頭兒把試卷一放，一拍桌子，一把抓起我，就給摁桌子上了。

「老陳，給我把竹片兒拿來。」姜老頭兒氣哼哼的。

我爸簡直沒反應過來，廢話，我爸又不懂語文卷子上說些啥，小學算術題，他倒能算，問題是他也沒仔細聽，搞不懂姜老頭兒是不是在表揚我。

可是，姜老頭兒吩咐他哪兒敢不聽，況且姜老頭兒語氣還那麼嚴厲，我爸一個沒反應過來，竹片兒已經送到了姜老頭兒手裡。

姜老頭兒扒拉下我的褲子，「啪」一下，竹片兒就結結實實打在了我屁股上：「你真有本事啊，還敢騙人！」

「啪」「啪」竹片兒連續不斷落下，那力道真的均勻適中，每一下都一樣的疼，我立刻就嚎了起來，這火辣辣的疼比我老爸的鐵拳還要讓人難受些。

我爸開始沒反應過來，後來一聽我騙人，火立刻就上來了，他是絕對相信姜老頭兒的。這火一上來吧，我爸立刻就有了反應，袖子一擼，這拳頭就要上來了。

我一看，差點沒哭暈過去，狗日的啊，不興「雙重打擊」的啊！

卻不想姜老頭兒一隻手就把我爸給攔住了，可手上的竹片兒卻是不停落在我屁股上：「不忙，這娃兒可惡，我教訓完，你再來教訓不遲。師傅老漢各算各的教訓，這五十下竹片兒他是跑不掉的。」

我爸一副不得發洩的樣子，在旁邊「忿忿不平」，倒也認了。

慘的是我，知道了兩個不幸的消息，第一是我要被打屁股五十下。第二就是挨完這頓，還有一頓等著的，俗話說長痛不如短痛，你們不能這樣啊……

我哭得越發的悲慘，嘴裡念叨著：「紅軍戰士不怕艱險，不怕艱險，就是不怕……」

我爸知道這是我的習慣，被打得急了，又跑不掉，就會大喊紅軍戰士來「鼓勵」自己，我爸就常常被氣得發笑。

可這姜老頭兒是紋絲不動啊，只是說了一句：「就你這樣子，騙人還好意思說紅軍戰士。」說著，那打我的竹片兒更有節奏了。

我媽，我兩個姐姐早就被驚動了，都來到了院子裡，看到姜老頭兒打我那架勢，目瞪口呆的，我那「熱情」的爸爸，立刻就把卷子拿給她們看了。

「姜師傅就是看了這個打他的，說他騙人。」我爸到現在還沒弄清楚事情，但不妨礙他顯擺似的告狀。

我媽看不出個所以然，我那兩個姐姐可不是吃素了，看了一會兒就看出問題了，看到我卷子上寫的內容，我那直率的大姐哈哈直笑，我二姐則抿著嘴，笑出兩個好看的酒窩兒。

「媽，三娃兒該被打，他把卷子上的分數給改了，這卷子上的錯和老師打的分對不上。」大姐笑完後，直接就說出了問題。

二姐則沉默著笑，估計對於我這種行為，是又好氣又好笑。

「啥，狗日的，把分數改了？」我爸一聽又來氣了，衝上來想揍我，但想到姜老頭兒的吩咐，他又忍下來了。

終於，姜老頭兒打完了這五十下屁股，淡定把竹片兒扔到了一旁，此時我的屁股蛋兒已經紅腫不堪，趴在石桌子上抽抽噎噎的，動都不想動，一動屁股蛋兒就疼。

第三十六章　入門

「把褲子穿上，還嫌不夠丟人啊？」我爸在旁邊大吼道，估計他想揍我，看我這個樣子又下不去手了。

我忍著疼把褲子提好了，那片火辣辣啊，摩擦著褲頭兒都疼，可還必須老老實實站著，因為姜老頭兒要教育我。

「看看這卷子，很明顯這紅筆的痕跡就不一樣，這字跡也不一樣，其他的我也不想多說了。等一下，你去拿毛筆來，就在這桌子上，用毛筆寫兩百個你的名字，聽見沒有？」姜老頭兒開口說道。

我心裡苦啊，打完不說，意思是還得罰寫字？兩百個名字，那得多少字啊？

「沒寫完，不許吃飯，我必須得告訴你，如果你今天直接拿考得差的卷子來給我看，或者只會被打十下，然後罰寫五十次。如果你還能誠懇告訴我，以後會努力，讓我看你表現，那麼你或者不會挨打，只會罰寫五十次。可為啥你會這樣挨打？第一，是因為欺騙。第二，是因為不敢面對錯誤。欺騙是一種啥樣的行為？那是人品上的缺陷，人品上有缺陷的人，就算得僥倖的一時順利，終歸會付出代價。至於不敢面對錯誤，就是不敢承擔因果，你種下了什麼因，就要承擔什麼果，就如你學習不認真，你就必須要承擔著考試考不好的後果，不承擔，逃避，事情只會更重地報在你身上，就如你挨了五十下竹片兒，要罰寫兩百次自己的名字。」姜老頭兒一字一句緩緩跟我說道。

言語間並不高深，他就是要讓我明白這其中的道理，他打我就是我自己造成的「果」，因為中間含有欺騙這一「惡行」，所以果報也就更為嚴重！

到最後，我爸終究是沒打我，而我則老老實實地在石桌子上用毛筆本子寫陳承一。

這時，酥肉的爸媽牽著酥肉來了，很簡單，酥肉也被發現了改分這一事實。

開玩笑，酥肉他媽多精明的人啊，家裡吃穿用度那本帳更是算得比哪家都細，這吃完飯吧，沒事兒就看酥肉的卷子，結果一對分不對啊，活生生多了幾分。

再仔細一看，那分數的顏色不對，於是，酥肉露餡了，於是，在不能吃飯的威脅下，我這勇敢的「紅軍戰士」又被酥肉這個叛徒給賣了，於是，人家一家三口登門告狀來了。

我爸的怒火又被挑起來了，沒打我，但是把我罵了個狗血淋頭，我師傅更直接，甩了一句，教人行不端，加罰寫五十次。

而我則在肚子裡把酥肉的祖宗十八代都罵了個遍，你個酥肉，你說你有啥必要？81非得改成87，你找刺激，被揍得更「胖」了一些不說，還把我又光榮拖下了水！

狗日的！

在那之後，我的行為被姜老頭兒設上了一個「緊箍咒」，第一條就是不准欺騙，第二條就是坦蕩，第三條是凡事不能損人利己，第四條是做事必須有原則，原則底限我自己定，但是必須是不能做惡的，不能凡事都自我為中心，就是說不能事事自私。

姜老頭兒說了：「你是要修道的人，別人我不管，但在我這裡修道的人必須先立德，德行是根本，沒有德行之人，就如房屋沒有根基，哪怕有一天修到天上去了，也得倒下來。」

這番話我是不太懂，但我怕姜老頭兒收拾我，只得聽話，說是強行的規範我的行為也好，還是提前讓我不走上歪路也罷，但姜老頭兒總歸是抓住了教育要趁早的重點，對我的人格進行了一個豎立，這些基本上也是我以後做事的一個準則。

另外，還有一個讓我「熱淚盈眶」的決定，以後我的考試成績以劉春燕為標準，任何科目不能低於別人十分。否則，哼哼……

我自認為我除了體育可以穩穩達到並高於這個標準，其他的……

我在心裡罵了娘，終於把劉春燕豎立成了我人生的第一個「敵人」。

這件事情三天後，我上山了，終於上山了，姜老頭兒回來那麼久，從第一天說收我當徒弟，到現在，我陳承一要正式拜入師門了。

這事兒怪不了姜老頭兒，也怪不了我，誰能預料到從姜老頭兒回來到現在，發生了那麼多事情呢？而且到如今都還有個啥餓鬼墓在鄉場待著呢。

入師門是要看日子的，姜老頭兒是個不注重這些的人，他認為命裡有定數，跑不掉也丟不了，可是在入門這件事情上，姜老頭兒卻分外重視，也不能免俗。

那天他一忙完，就是來告訴我爸日子的，卻撞到了我改卷子，也算是在入門之前給我上了一堂道德課。

入門儀式姜老頭兒要帶我去山上完成，他說了，山上有他的一處臨時修所，在很多年前，他來到這一片兒不久後就建好了，並慢慢完善了。

這次回來後，大概收拾了一下，也就可以當做入門儀式的地方了。

「這次就我帶三娃兒去就行了，晚上我送他回來，但是從今天晚上過後，以後三娃兒每天放學後，就到我那裡來住了，星期六，星期天在家住，平日裡，你們也可以上山來看他，我會告訴你們咋走到我那兒去。」這是他帶我上山入門之前，姜老頭兒對我家裡人說的話。

當時，我媽眼淚就掉下來了，我爸我兩個姐姐的神色也不好看，捨不得啊。

好在我大姐那爽朗的性格在這種時候發揮了作用，說道：「那山就在我們村後面，那麼近，想的話可以天天去看啊，我們初中還有住學校的學生呢，就當弟弟住校了啊。」

這一說，我爸媽心裡頓時覺得好受了起來，也就開開心心送我和姜老頭兒出門了，一直送到山腳下。

接下來姜老頭兒就帶我山上了，山上還是有一條翻山的大道兒的，其實不能稱之為大道，只能說是一條比較明朗的路，但是只是翻山所用，是絕對走不完整片山的。

說過了，這片山嶺不高，但就是連綿不絕，典型的四川丘嶺地形。

在那條大道上走了不久，姜老頭兒就帶我走入一條比較偏僻的小道兒，沿路已經不是那麼好走了，可是姜老頭兒卻走得非常輕鬆。

小道走了十來分鐘，在一個拐彎向下的路口，姜老頭兒卻帶我向上一拐，竟然還有條模模糊糊的路。

平常人是絕對想不到在這種地勢下，還有一條路向上。

順著那條隱祕的小道兒走了不到五分鐘，我就看到一片鬱鬱蔥蔥的竹林，和墳地兒那片陰森的竹林不同，這片竹林給人的感覺就是清新，俊逸的感覺，讓人看了心裡十分舒服。

「竹子這種植物，中空，也就註定了它養氣場，養陰地兒是再好不過，放在一片寧靜清和的環境下，它也能形成這種清寧『勢』，再是讓人靜心不過的。」姜老頭兒隨口說道。

我點點頭，在心裡對竹子這種植物又有了一種新的認識，原來同樣的東西在不同的環境下，竟然會有截然不同的作用，也會帶來截然不同的結果。

這樣就說明，不在乎物本身，而在乎持物人的本心。

一片竹林可以被有心之人做成養陰地兒，也可被有心之人做成寧神靜心的修所。

山風吹來，帶著一股子草木的香氣兒，而在這個時候，我也聽到了潺潺的水聲，心裡不知不覺就感到了涼爽舒服和一片寧靜。

快走入竹林子的時候，姜老頭兒的神色忽然嚴肅了起來：「三娃兒，這片竹林子咋走，你可要看好了，以後走迷路了我可不負責，你就在這片竹林子過夜吧。」

我有些不滿，大聲說道：「師傅，我又不是飯桶，一個竹林子還能走不出去嗎？」

姜老頭兒斜我一眼說道：「這個竹林被我設了一些小陣法兒，我不給你講咋走，你還真走不進來，除非靠運氣闖進來了。」

「陣法？」我是一點兒都不瞭解這些東西，總覺得就是一片兒竹林，憑個啥陣法，還真能攔住人啊？

「也不是什麼很神奇的陣法，要破去也簡單，把這兒的竹子都砍了就行了。只是道家講究清修，做個陣法也不過是為了防止打擾或者別人誤闖進來而已，既然你要做我的弟子，也會學到陣法的，現在好好跟我走，只是小玩意兒，好好走，很好記得。」姜老頭兒說完，就率先進了竹林。

由於他的提醒，我趕緊跟上進了竹林。

一進這竹林子，我就發現這竹林東一叢，西一叢的，說亂也不亂，但是就是有種視線被恰好擋住的感覺，在整個竹林好似有路，但是卻是雜亂無章的，又讓人感覺沒路。

姜老頭兒牽著我的手，一路走，一路開始給我講解，別看他東幾步，西幾步，前進幾步，倒退幾步的，但是說起來還是有規律可循，那規律也簡單。

過了一小會兒，連我這個他口中的笨蛋、瓜娃兒也掌握了這個規律，自己也知道下一步該咋走了。

我有些小得意，吹起了口哨，可姜老頭兒卻毫不留情的一個巴掌拍在了我腦袋上：「最簡單的陣法兒，就圖個清靜用，哈兒（傻瓜）都能學會，你得意個啥？好好走路，再吹口哨，看我不收拾你，沒個正經樣子！」

可是說完，他卻得意地吹起了口哨，我嘴一撇，委屈得差點哭了出來，我咋就這倒楣？遇見這麼一個師傅？

姜老頭兒不管我，只管帶我在這竹林中走著，因為已經初步掌握了規律，我倒也能跟上他的腳步。

到底是小孩子心性兒，雖然這竹林中空氣清新，山風涼爽，可是看來看去都是竹子，這樣走了十來分鐘以後我也煩了，問道：「師傅，還有多長時間才能到啊？這竹林子多大啊？」

「這竹子林倒是這片兒山中最大的竹林子，你走你的啊，要不了多久了。」姜老頭兒背著個手，走得悠哉悠哉，我無語，只好繼續走著。

誰想再走了不到五分鐘，在經過一個看似無路的拐彎後，眼睛的景致就變了，豁然開朗，一直聽見的潺潺流水此刻也出現在了自己面前。

我驚喜地張大了嘴，沒想到這片山中還有這樣一個地方，這是竹子林夾著的一個小小山谷，一片不大的綠地兒，也不知道被姜老頭兒種了些啥花兒在上面，姹紫嫣紅，在這秋天竟然也開得分外好看。

在綠地兒的中間，搭著一座竹樓，我那時候不知道吊腳樓，就覺得這竹樓搭得太神奇了，竟然離地搭著，下面靠幾根柱子撐著。

竹樓不大，但是那黃中帶綠的顏色分外的好看，也沒修啥圍牆和籬笆，就這樣立在綠地兒當中。

最讓我驚喜的是竹樓的背後有個小小的瀑布，那清澈的流水直直落下，跟一道銀色的門簾兒似的，落在下面的小水潭裡，而一條小溪流兒從小水潭裡流出，伴著歡快的「嘩啦啦」的聲音，讓人心情分外愉悅。

「待著幹啥？走啊。」姜老頭兒努力裝著淡定，可眼中的得色卻咋也掩飾不住，逕直先走了。

這時，我才注意到腳下竟然還有條石板路兒，天曉得姜老頭兒是咋把這石板弄上山的。真是山窮水盡疑無路，柳暗花明又一村！算下來，從我家出發到這裡，只走了不到一個小時，根本算不得遠，問題就是這地方，不知道的人存心要找，還真的不好找。

我懷著一種說不上的心情，應該是驚喜吧，大踏步緊緊跟在姜老頭兒的身後，看來這在山上的日子也不會太糟糕。

走了不遠，就到了那座兒小竹樓，蹬著不高的梯子上去了，發現門口還有一長廊，長廊上放著兩張竹椅子，一張小木頭桌兒，從這裡看去，整個綠地，小瀑布盡收眼底，還有就是那鬱鬱蔥蔥的青竹，最為神奇的是，這個竹樓好像修在這片小山谷裡最高的一塊兒，一眼望去，竟然還影影綽綽能看見山腳下，再仔細點兒，還能看見模模糊糊的房子。

「好看是吧？」姜老頭兒嘿嘿一樂，看著發呆的我。

「嗯，好看。」我忙不迭的點頭。

「以後有得你看的，現在進屋吧，我這一脈雖然入門儀式簡單，可還是得講究一下，別耽誤了。」說完，姜老頭兒推開竹門，進了屋，我懷著好奇的心，連忙跟上。

推門，進屋，一眼就看盡了眼前的整個屋子。

這是一個大廳，布置得非常簡單，在靠裡牆的那面有一條案几，案几上有一個簡單的香爐，在案几背後的牆上呢，掛著三幅畫像，在案几下面有個蒲團，除此之外，就是左右兩邊的各擺著二張竹椅。

如此簡單的陳設當然一眼就看盡了。

姜老頭兒進屋後，拉著一張椅子在案几的旁邊坐下，這才對還在門邊有些不適應的我說道：「進來吧，到這兒來。」

他指的地方是放地下的那個蒲團面前，我依言走了過去，也不知道為啥，想著這是入門儀式，我心裡總有那麼一絲兒緊張，所以連帶著平日裡活蹦亂跳的我，動作也不由得有些戰戰兢兢。

「關於我們這一脈的來歷，我的師傅也語焉不詳，他只是告訴我，我們這一脈不講名頭，一切行為閒散也好，懶惰也罷，能發自本心自然就最好。所以，我們這一脈的規矩真的不多，唯一重的就是個傳承，以後你行走在這世間，難免遇見同道中人，問起你出自哪一脈，你盡可答我師承於誰就好，只要……」姜老頭兒像是想講些什麼，但終究還是沒有說下去。

入門，介紹師門傳承那是必須的，姜老頭兒也不能免俗，但奇就奇在我們這一脈當真是散人中的散人，只是簡單的幾句，姜老頭兒就已經說清楚了。

我認真地點頭，不講名頭也好，我的小心思非常簡單，如果以後別人問起，我難道說我是哪兒哪兒，哪脈哪脈的道士嗎？

在那個年代，道士可不是啥光榮的職業。

「把案几上的香拿過來。」姜老頭兒吩咐道，我這才注意到在那香爐的背後放著一束沒開封的紅香。

把香拿在手上，姜老頭兒吩咐道：「拿出九枝來，就算規矩簡單，可這三清是入門必拜之人，牆上就是三清相，他們是我們道家玄學的祖師爺，拜祖師爺，就跟你拜祖宗一樣，心裡必須誠懇，這三拜九叩，也得扎扎實實，你此時若心不誠，以後難免會受責罰，這責罰的形式，就跟你二姐遇的不順一樣，可大可小。我不強迫於你，只是話盡於此，你自己拜吧。」

我一聽，額頭上就布滿了冷汗，我這便宜師傅明明就是「恐嚇」，這比強迫的性質還惡劣好不好？我哪兒還敢怠慢？

非常認真地抽出了九枝香，在師傅的幫助下點燃了，我凝望著牆上的三清相，心裡默念著師傅教我的靜心口訣，待到心靈空靜之後，我是懷著滿心的虔誠跪了下去。

「跟我念，弟子陳承一。」姜老頭兒忽然開口說道，也不知道是咋回事兒，平日裡嬉笑怒罵皆由本心的他，此刻的樣子竟然變得非常的莊嚴，連帶著我也跟著非常嚴肅起來。

「弟子陳承一。」

「自今日起拜入姜立淳門下，為姜立淳唯一關門弟子。」

「自今日起拜入姜立淳門下，為姜立淳唯一關門弟子。」

「在此上表三清。」

「在此上表三清。」

……

……

跟著姜老頭兒念完了入門的話以後，我雙手舉香過頭頂，對著牆上的三清相開始恭敬的三拜九叩，這每一下叩在地上都是實實在在的，不僅這竹地板兒砰砰作響，我的腦門也生疼。

叩拜完後，我恭敬地把香插進了香爐，而這一次，姜老頭兒又讓我抽出了三枝香。

「你把香點燃，在這裡稍等片刻，我去拿件東西。」說完姜老頭兒也不理我，逕直穿進了大廳左邊的一道門裡。

我拿著香等了好一會兒，才看見他手裡拿了一個畫軸走了出來。

第三十七章　山中修行

「三娃兒，我們這一脈，師傅就是最親的人，我的師傅，你的師祖是個散人，他的道統是怎樣來的，傳承於誰我不知道，但是他說過我們這一脈就由他而開。所以，他就是我們這一脈的祖師爺。」說話間，姜老頭兒把手裡的畫軸慢慢打開，掛在了三清相的下面。

「三娃兒，你師祖他平生不愛受人跪拜，但做為弟子，做為徒子徒孫，自己的心意卻要盡到，我師傅是我最尊重的人，你是我的弟子，你必須加倍兒地尊重他，這就是你師祖的畫像，過來三拜九叩的大禮伺候著。」姜老頭兒的聲音飽含感情，也有些顫抖。

我聞言也被打動，拿著三枝點燃的香，「噗通」一聲就跪下了，同時，也第一次把眼光落在了師祖的畫像上。

畫像中的師祖是一個容貌非常普通的中老年人，就是四、五十歲的樣子，頭髮簡單地挽了個道髻，不過咋看都亂糟糟的，估計是為了全身格調統一吧，畫中的師祖穿著也真的是……嗯，很隨意。

一件普通的灰色短袍，用一根黑色的布帶鬆鬆地繫著，上面還有好幾個歪斜的補丁，一雙普通的布鞋，竟然露了腳趾頭。

而且這畫中的師祖吧，動作也十分懶散，雙手攏在袖子裡，竟然是蹲著的，這幅畫沒有背景，就師祖一個人，可咋看咋像一個正蹲在牆根兒曬太陽的老農。

我也不知道這畫是誰畫的，可真的太傳神，畫中師祖的相貌雖然普通，可是那神態中露出的懶散和無所謂，眼神中卻隱含著一種讓人信服的清明和透澈都畫出來了。

給人感覺師祖的存在就像一個矛盾體，明面上是落魄、懶散的一個人，而那骨子裡又散發著一種與眾不同的韻。

我那時年紀小，根本不懂一個人的韻之所在，只是從內心覺得這師祖不普通，但不普通在哪裡，我根本就不知道。

「還不快拜？」姜老頭兒眼睛一瞪。

聞言，我趕緊恭敬地舉著香，又實實在在地來了個三拜九叩，這一次比對著三清相還要虔誠，畢竟三清相給我的感覺太過高不可攀，可面對這師祖的畫像，卻感覺他實實在在就在我面前，他實實在在就是不普通。

拜完師祖，我在香爐裡上好了香，望著姜老頭兒，也不知道下一步要做什麼，不過在拜師入門這種嚴肅的時刻，我還是不皮的，老老實實就在姜老頭兒面前站定了。

姜老頭兒也不理我，只是自己站起來，凝望了好半天師祖像，才小心翼翼把畫像捲了起來，然後才對我說道：「這幅畫像是我畫的，也是唯一一幅你師祖，我師傅的畫像，是他同意之後，我才畫的。可惜那個時候水準有限，把你師祖的神韻畫得不足，至少不夠內斂，和真人比起來實在相差太遠。」

說完，姜老頭兒歎息了一聲，看著他如此懷念我師祖，我也忍不住問了句：「師傅，那我師祖現在在哪兒？」

姜老頭兒轉過頭來看著我，那眼中流露的神情是我第一次看見，姜老頭兒竟然也有些迷惑。

這可新鮮了，我師傅他都會迷惑？可不想，下一刻姜老頭兒就變得「凶悍」了起來，對我喝道：「你以為入門拜師儀式就完了？老子還沒喝到師傅茶，你去燒水泡茶，我等著喝你的師傅茶，要泡的茶我不滿意，你就等著泡一晚上茶吧。」

不該那麼欺負小孩的！

最終，我生平第一次生火，第一次挑水，第一次燒開水……花了一個小時，還是懷著畢恭畢敬的心情給姜老頭兒遞上了一杯師傅茶。

山上的日子是清苦的，雖然姜老頭兒這處竹樓小築景色清雅，但對於一個孩子來說，住久了也就那樣。

轉眼已是三個月過去了，又是一個冬天到來了……

在川地的冬天，說不上多冷，只是一股侵潤在骨子裡的涼意讓人難受，山上還要清冷一些，那也就意味著我的日子更苦一些。

「凡事自給自足。」這是姜老頭兒在我入門拜師以後，給我提的第一句話。

就是因為這句話，在這裡，我的一切生活都要自己打理，包括洗衣做飯，可惡的是，我是自給自足了，姜老頭兒卻一副理所當然的樣子，憑著這句話，把一切雜務都丟給我了。

「反正你做一個人的飯也是做，洗一個人的衣也是洗，就一起了吧。」

「師傅，不是自給自足嗎？」

「放屁，徒弟才自給自足，我是你師傅，這是你的孝道！」

就這樣，我一個八歲的小孩（此時已滿八歲），非常「淒苦」地要擔起兩個人的雜務。

更可憐的是，我一開始煮不熟飯，更洗不好衣服，姜老頭兒還不許經常上山的我家人幫忙，不熟的飯那就不熟吧，吃下去！反正他也吃。不乾淨的衣服就不乾淨吧，穿上！姜老頭兒更不在意這個，反正他也髒兮兮的。

於是我又要上學又要寫作業，又要做雜務，還要完成姜老頭兒給我布置的任務，他說了，這是學習他一身本事的第一步。

而他呢？每日裡總是那麼清閒，除了一些他每日固定要做的功課，就是烹茶看風景，外帶「教育三娃兒」。偶爾的時候，他會背些米麵雜物上山，再偶爾的時候，他會去弄些野味。

這就是我們在山上的日子。

入冬後的日子難過，主要是因為做飯洗衣都要用水，而這冬日裡，那水潭裡的水別提有多冷了，我簡直碰都不想碰。

上山的日子清苦，相對來說，每日上學倒成了最輕鬆的事兒，以前上課無聊，趴桌子上就能睡著，這下好了，也不知道姜老頭兒咋弄的，反正每日晨間做完他給的任務，我精神得跟隻猴兒似的，腦子還特別清楚，聽課也就輕鬆了，連平日裡難背的課文也不覺得咋樣了。

廢話，當然課文不咋樣，能和那什麼晦澀難懂的《道德經》比嗎？

我永遠都記得，上了師傅茶之後，姜老頭兒就從他那間密室裡拿出一本破破爛爛的書扔給我：「這本《道德經》是我輩中人修心的聖典，從今天開始，你每天朗誦一遍，抄習一遍，現在就開始讀，不認識的字問我。」

可憐我才小學一年級的文憑啊！

所以，上學咋就不是件輕鬆事兒？那上學放學的路對於我來說更是和天堂一般。

「三娃兒，你走恁快做啥？」酥肉在我身後跑得氣喘吁吁的，可憐這小子，跟我一樣，長了一歲，我長高了，他是又長高，又長肥。

我的確沒覺得我走得有多快，於是說道：「我也沒走多快，要能的話，我恨不得就站這兒不走了，問題是我晚上又得做作業，又得抄那啥《道德經》，睡覺之前還得打個啥拳的，我苦命啊，要不趕著點時間，晚上覺都睡不飽。」

「啥拳啊？你教給我吧？」酥肉非常想當武林高手。

「讓我師傅教去，我都還沒學全呢。」提起那啥拳我就鬱悶，什麼五禽戲，我現在連「一禽」都沒學會，還被那姜老頭兒挖苦：「我說你像個猴兒，先教你猿形，結果你連猿形都學不好，估計只能學個猴形。」

真的氣死我了，哪有當師傅的嘴巴那麼惡毒！

「算了，我不去找姜爺，萬一我要學套拳，他讓我抄那一百次啥《道德經》咋辦，算了，算了。」酥肉抖著一身肥肉說道。

我鄙視地看了他一眼，就這樣兒，不讓你抄《道德經》，怕是你也練不了一個小時就哭爹喊娘了。

我滿腹心事地往回走，暗歎著自己命苦，這時酥肉又沒話找話說了：「三娃兒，你最近是想找哪個打架吧？我咋看你一天到晚都捏著個拳頭啊？」

我翻了翻白眼，把拳頭舉起來在酥肉面前一晃，說道：「看清楚了，是握一會兒，鬆一下，再用更大的力氣握！有講究的，比如握幾個呼吸啥的，我師傅說這叫『握固』，是提高人的精氣神兒的。」

這個也是無奈，一開始我並不習慣，這下好了，在姜老頭兒的「諄諄教導」下，我這握成習慣了，上課都一握一鬆的，走個路也是隨時垂在腰間握著，我說同學都不敢靠近我了，劉春燕更是見著我就躲，弄半天他們以為我要打架啊。

「哎呀，姜爺本事大，我不懂他那一套，我這個星期天上山找你玩哈，你要來接我，要是姜爺能再弄個野兔子來吃吃就好了。」酥肉一說起姜老頭兒弄的野味就饞，那副樣子就差口水沒有流下來了。

這就是姜老頭兒可惡的地方，我一開始做不好飯，難吃是必然，能熟了我都感謝老天，他倒是和我一起吃，可架不住他吃完去水潭邊摸個魚，去林子裡整個野味開小灶啊，還不給我吃，說是我可以跟他學這套本事。

可我家裡人來了，或者酥肉來了，姜老頭就會整個野味啥的招待，我才能得到便宜跟著吃。說起來姜老頭兒燒菜的手藝絕了，非常好吃，可他為啥要我做飯？

「不接，我星期天都是回家住的，接你個屁。」開玩笑，我才不想一天到晚在山上待著，而上山入竹林的路，只有我和姜老頭兒會走，我家人來了，都得我們來接人，好在山間空曠，喊一嗓子絕對能聽見。

「回家住？三娃兒，這個星期你師傅給你的任務你完成了？可以回家住？」酥肉一臉不甘願的樣子，媽的，你說這是啥兄弟？為了吃的，情願我受苦！

但酥肉一說起這個，我又頹廢了，我這個星期的任務還真沒完成，回不成家了，只得等家人來看我了。

姜老頭兒這個老騙子，以前老說週末可以回家住啥的，可現在弄出個啥任務來，完成不了就回不了家……

說話間，酥肉就快到家了，我和他道了再見，懷著沉重的心情開始往山上走。

說起來，姜老頭兒住的地方離村子不算遠，我又走得熟了，半個小時左右，就回到了山上的小屋，這一路走得是臉不紅，氣不喘。

「回來了？」姜老頭兒笑咪咪的，握著他的紫砂壺，吸溜了一口茶，那樣子逍遙得緊。

「回來了。」與之對應的是我的有氣無力。

「正好，為師餓了，等你生火做飯呢，這陣子，這竹林子裡的冬筍正好，你去弄點兒，晚上我們炒個嫩筍吃。另外，昨天還剩了一塊野兔子肉，我放在……」姜老頭兒一疊聲地吩咐著。

「師傅，我還要做作業。」其實抗議是無效的，可我就是想抗議一下。

「做作業也要做飯，記得生火的時候用我教你的吹氣法，做菜的時候用我教你的『腕動法』，你要敢偷懶，今天晚上給老子練一晚上猴形，不對，是猿形。」姜老頭兒氣哼哼的，彷彿他才受了天大的委屈。

是夜，一輪清冷的月光照在竹樓小築前的空地上，周圍寧靜無比，除了偶爾傳來一兩聲不知道啥動物的啼叫聲。

冬夜總是有風的，也特別的涼，可是我穿一身單衣單褲依舊汗流浹背。

「砰」，又是一個蘋果核準確丟在了我身上，我大口喘著白氣兒，有些不滿地吼道：「師傅，今天晚上你都扔我八次了。」

「扔你八十次也沒用，告訴過你多少次了，正宗的五禽戲不是只練其形，而是要配合正確的呼吸方法，講究一口氣在內聚而不散的流動，從而達到養生健體的作用。就如武家練武，也講究內氣含而不露，氣一散，力氣也就散了。你大口大口喘粗氣兒，是耍猴呢？還是攆雞給累的。」姜老頭兒原本坐在竹樓前的長廊上看我練拳，我這一反駁，他倒是憤怒了，說著說著就跳到了我面前。

「又要做動作，又要做那麼奇怪的呼吸動作，什麼三長一短，什麼呼、喝配合，又什麼口鼻互換呼吸。師傅，這咋出氣都不是一口氣兒嗎？」我擦了一把汗，有些賴皮地蹲在了地上。

實在是太累了，做飯，做作業，抄早上沒抄完的《道德經》，完了，還得練幾次這個，就算鐵打的身體也受不了。

姜老頭兒還想說啥，可是看見我打了個哈欠，終究還是沒說話。

沉默了一陣子，姜老頭兒也不知道從哪兒摸出一張髒兮兮的帕子扔給我：「擦擦汗，進來喝湯，泡澡。」

「還有湯喝？」我從來沒想到我還能有這待遇。

「呵，窮不練拳，就連習武之人不補，身體不出五十歲都會垮掉，更別說修道之人！修道之人更重養生之道，光練不補，身體沒有吸收到營養，那麼練氣練體有什麼用？除非到了更高的層次，不過，那是傳說。」姜老頭兒很嚴肅地說了幾句，就一把拉起我，帶我到了廚房。

所謂廚房，也不過是小竹樓的後長廊的一部分，上面搭了個棚子，下面做了幾個很簡陋的小灶。

這時，其中的一個小灶上正放著一個瓦罐兒，瓦罐兒冒著熱氣，裡面「咕嚕嚕」的作響，空氣中就這樣飄散著一股莫名的香氣兒。

那是一股子清淡的肉香夾雜著一股藥香，讓累了半宿，早已饑腸轆轆的我直嚥口水。

「瞧你那樣兒。」姜老頭兒看得好笑，不由得說了一句正宗的老北京話，自從上山以後，姜老頭兒就開始教我說普通話，日常對話也常常是四川話和北京話交換著來。

他跟我說：「以後少不得要走南闖北，會一口官話總是好的，以後各地的方言你多少也要學點兒。」

姜老頭兒難得慈愛，我也樂得享受，望著那冒著香氣的瓦罐，只管傻笑。

「也算便宜你小子囉，誰叫你是我徒弟，否則我這些寶貝才不會拿出來，這是吃一點兒，少一點兒，管不了你十五歲，還得想想辦法。」姜老頭兒揭開了瓦罐兒，一股子更加濃郁的香氣撲面而來。

我饞得連肚子也咕嚕咕嚕直叫喚了，也就沒仔細聽姜老頭兒那番話，只是問道：「師傅，你不喝？」

「我喝了也沒用，浪費了！有些事情是命裡有定數的……」姜老頭兒的語氣忽然就有些哀傷起來，莫名弄得我也跟著難過起來。

我說不上來為啥，姜老頭兒一說這句話，我心裡就堵得慌。

可是在下一刻，姜老頭兒就把眼睛一瞪，吼道：「還不去拿碗來？要我倒了嗎？」

我趕緊去拿了碗來，姜老頭兒非常珍惜地把瓦罐子裡的湯連著湯料給我盛了滿滿一碗。

在油燈下，我看見湯有些微微的發黑，可是掩不住那股清亮的可愛樣兒，肉我認得是鳥肉，具體啥鳥不知道，湯裡還有些藥材渣兒，我更不知道是啥。

「這肉是野鴿子肉，快吃吧，保證香得你連舌頭都吞下去，這熬湯的方子還是二哥……」姜老頭兒說著就閉了嘴，神色變得很奇怪。

我顧不得燙，吸溜了一口湯，果然好喝得不得了，但是聽見二哥還是好奇得很，我師傅還有二哥？

「誰是二哥啊？」

「什麼二哥，我還是你二大爺呢。」姜老頭兒眼睛一瞪吼道：「把這罐子湯都給我喝了，肉也吃完，我去熬香湯料，你吃完了來幫忙燒開水！你要敢不洗碗，哼哼……」

肚子吃得飽飽的，然後泡在香湯裡，在那時，我認為是人生最快樂的事兒，那一幅場景我永遠都忘不了，我在那個大浴桶裡泡著，時不時地玩玩水，姜老頭兒就在旁邊抽上一管兒旱菸。

姜老頭兒很少抽旱菸，也就是我泡香湯的時候會抽一管兒，平常就很偶爾了，由於泡湯之前，我往往都會吃藥膳，所以只要是泡香湯，我十有八九都會睡著，結果就是被姜老頭兒拎起來，胡亂擦兩把，然後扔上床去。

每晚，我最期待的就是那個時刻，在過完勞累而充實的一天後，這樣溫暖的時刻。

一轉眼，又是一年，我滿過了九歲，升小學三年級了，而在山上也待了一年半。

在這一年半裡，我沒學到姜老頭兒那身神祕的本事，其他一些在我眼裡雜七雜八的東西倒學了不少，比如背誦《道德經》、五禽戲、太極拳等等。

又是一個很平常的冬日早晨，我照例五點鐘就從床上爬了起來，洗漱過後，來到了竹林小築的長廊上。

面對著空曠而安靜的竹林，我深吸了一口氣，開始叩齒，這是晨間必做的功課。

舌抵上齶，左齒扣，到右齒時，則改為叩，如此循環往復三十六次後，才算結束。

接著，我又開始以舌頭攪動牙齦上下，直至滿口生津，再分三口嚥下，每次嚥下時，都有悶雷一般的聲音，當然下嚥的時候我十分用力，姜老頭兒說過必須要把津液嚥至丹田，一開始做不到時，可以努力想像是在往丹田裡流動。

做完這瑣碎的齒舌功夫後，我把雙手使勁搓熱，在兩個手掌還在滾燙之際，完全的把耳朵捂住，十個指頭抱在後腦，然後用食指把中指壓住，用食指的指尖彈在腦後骨上，各彈了五十次。

當然，姜老頭兒說過幾個穴位，但大多在腦後骨上，效果是差不多的，我能偷懶也就偷懶了。

這些功夫非常的麻煩，但是我每日晨間是跑不掉必須要做的，有時候想著敷衍了事兒，每到這種時候，姜老頭兒就會冷不丁出現在我身後，接下來絕對就是懲罰。

做完這些以後，我就會去廚房燒水洗米，然後叫醒姜老頭兒，他說了，隨著我這晨間「功課」越來越多，只要我把水燒燙，米洗上，接下來的早飯由他做。

叫醒姜老頭兒後，我會繞著竹林慢跑三圈，然後在小水潭裡停下，開始練習十六錠金訣，一吸便提，氣氣歸臍，一提便嚥，水火相見，這簡單的十六個字，我是練習到現在也沒有完全的純熟。

可是姜老頭兒說過這口訣的好處很多，尤為益體養身，叫我必須堅持下去。

整完這些以後，也差不多是早晨六點了，學校八點開課，我要留一個半小時走路，以前這時間是不夠的，可是現在我發現自己的步伐越來越輕快，一個半小時堪堪就能走到學校。

六點十分是吃飯的時候，在吃飯之前，姜老頭兒往往會和我一起打上十分鐘的太極拳，當然他的動作圓潤如意，有一股自然的道韻在其中，而我用姜老頭兒的話來說就是：「一個空架子，沒有練出韻，更別提勢了。」

今天的早飯很豐盛，除了平日裡煮的濃稠稀粥，二個煮雞蛋，二個下食小菜外，竟然還有熱氣騰騰的大包子，要知道平日裡就是饅頭。

「看啥看？我昨天晚上弄包子餡兒的時候你已經睡著了，要不是想著你生日，這包子可不給你吃。」姜老頭兒罵了我兩句，卻把包子塞我手裡了。

我一驚，這才想起，今天是我生日，我已經九歲了。

「師傅，你還記得我生日？」我咬了一口包子，心裡說不感動，那是假的。

「咋不記得，其他生日都還好，你娃兒過九就該慶祝一下，今天早些回來，送樣兒東西給你吧，等你滿十的時候，我就該給你交代一些話了。」姜老頭兒說道，但並不給我解釋為啥我過九就該慶祝。

我稀里呼嚕的喝著稀飯，滿口答應著，也不知道姜老頭兒是要送啥東西給我。

小孩子的忘性快，一上學我就把這些事情丟在腦後了，不過不敢丟在腦後的事情是午後的鍛煉，我所在的學校是中午十一點半下課，下午二點半上課，由於家遠的孩子不回家，就有了三個小時的午休。

姜老頭兒是這樣給我安排的，吃飯用半個小時，午睡一個半小時，剩下的一個小時必須打一套五禽戲，我不做都不行，因為他在我身邊安排了一個奸細劉春燕！

人家劉春燕中午可是不睡覺的，人家要學習，也正好方便監視我，我自認為管天管地管不住劉春燕那嘴，哪兒還敢不老實？

結果就是我成學校的名人了，因為總是有一群看熱鬧的學生，看我打五禽戲，有那麼十幾個人是每天中午固定看我打。

學校本來就不大，一棟二層小樓，一棟平房，外加一個做為操場的栽了一排樹的大院子，我那是躲都沒法躲，特別是臨近上課時間，來上學的來上學，午睡起來的起來，導致比中午更多的人圍著我看。

「你看，這好像猴子哦……」

「哎呀，那是老虎……」

「在學野雞吧？」我一口老血堵在喉嚨，屁的野雞，鳥形啊，我這是鳥形。

不過好在那個年代的人純真，要現在這個時代，我跟別人說句我是鳥形，估計得把人笑瘋。

反正，名人我就這樣當上了，這鄉場小學是人人都知道有個中午不睡覺，模仿各種動物的傻子。

傻子就傻子吧，姜老頭兒反正不准我去解釋什麼，「每個人的想法不同，只是有些人說出來，有些人不說出來而已，你娃兒就算比天大，也管不了別人想什麼，做好自己的事兒就行了。」這就是姜老頭兒的言論。

這一天的中午我照樣去當了次「名人」，可心情還好，今天過生日嘛，姜老頭兒說了會讓我全家人來幫我慶祝，也說了可以叫上酥肉。

好歹盼到了放學，我拉著酥肉就往山上跑，到了山上，發現我爸媽早已經待在竹樓裡，都笑咪咪的看著我，我興奮地問道：「媽，我姐呢？」

「你師傅下山去接她們了，等會就來，過來媽看看，我三娃兒又壯實了一些。」我媽喜孜孜的，也難怪，小時候以為我養不活，卻沒想到我竟也慢慢長大了，還長得又高又結實。

晚飯的氣氛十分的溫馨，一向吊兒郎當，以懶惰為光榮的我師傅，竟然在這天親手包攬了所有的吃食，山裡別的沒有，就是野味多，看那桌上的菜真是讓人垂涎欲滴。

炭火烤的兔子肉，撕成一條條的，用剁椒涼拌了，新鮮的水潭子裡抓的鰱魚，片成一片片的，混著菌子、野雞燉了一大鍋鮮濃的湯，雪白的冬筍炒得嫩嫩的，還有我爸媽帶上來的熏香腸，和一些新鮮的時蔬，那一桌子就是平常人過年的水準也趕不上。

姜老頭兒還拿出了他珍藏的老酒，破例給四個孩子都倒了一杯，那酒濃稠得都快成漿了，入口甜甜的，直到喉嚨才化為一股子火辣的氣息，燒得人整個肚子都發燙，我只喝了一小口整張臉就紅了。

我爸這種常年喝酒的人，喝下一杯也要歇好大一陣兒，可姜老頭兒卻「哧溜」「哧溜」連喝了二杯都沒事兒。

問他啥酒，他就是不說。

一頓飯吃到差不多的時候，姜老頭兒說道：「三娃兒，今天師傅給你一個驚喜，我託鎮上的人到大城市裡捎來的，費了一些勁兒，不過孩子嘛，有時不能委屈了，當是給你看個新鮮吧。」

瞧姜老頭兒說得神神祕祕的，我也不知道是啥，他進了他的屋子，過一會兒就提來了一個紙盒子，一打開，酥肉就吃驚地喊道：「這是啥，見也沒見過啊，能吃嗎？」

盒子裡是一個圓圓的東西，奶白奶白的底子，上面還有幾朵粉紅色的花兒，和白色的漂亮邊子，散發著對小孩子致命的香甜氣息。

「咋不能吃？這是奶油蛋糕，大城市裡的少數孩子過生日才能吃到的，來，我給你們切上。」姜老頭兒的神色倒很平常。

吃完這奶油蛋糕，我才算徹底開了眼界，心裡直想，這世界上原來還有這好吃的東西？又香又甜帶股子奶味兒，入口軟綿綿的，裡面還有層雞蛋糕。

我就只知道那黃澄澄的雞蛋糕，沒想到還有奶油蛋糕這種前所未見的東西！

吃罷蛋糕，連我爸媽都沉浸在一種對世界感到新奇的莫名幸福感中，只有姜老頭兒平靜的說道：「奶油蛋糕倒也罷了，今天我還想送三娃兒一件東西。」

說完姜老頭兒掏出了一串黑乎乎的珠子遞給了我，我接到手裡一看，這串珠子不僅黑乎乎的，還透著一股油光亮色，入手很沉，聞起來有一種神祕而奇異的香味，摸起來似木非木，總之有一股子油滑感。

「師傅，這是啥？」我舉著珠子問道。

「沉香，奇楠沉，說起來有驅穢避邪，調中平肝的作用，這倒也罷了，因為道家不以金錢來衡量東西的價值。這東西珍貴在是我師傅，也就是你師祖傳下來的，他常年把玩，有他的念力在裡面，現在我傳給你，你要好好珍惜，平時戴著不要離身，有空也把玩把玩，無聊時，可以對著它誦讀《道德經》，知道嗎？」姜老頭兒少有的，嚴肅地說道。

「師傅，和這個一樣，是不能取下來的嗎？」我是不懂什麼是沉香，更不懂沉香價值幾何，只是有點困惑這珠子我戴著有些大了，於是取出脖子上掛的虎爪問道。

「嗯，是不能取下來的。你最是難過九，這些年送了你兩場功德，讓你這生平第一個九歲平安度過，可是這樣的事情不能做大多，只有讓你養些靈氣十足的物件兒，保你順利過四九。」姜老頭兒說道。

這番話我爸媽是聽懂了，臉色變得有些難看，我兩個姐姐也隱約有些明白，只有我和酥肉倒不不以為意，因為我確實沒感覺到啥，而酥肉他小子是根本沒有聽懂姜老頭兒在說啥。

在場的人，除了姜老頭兒都不知道這奇楠沉有多珍貴，我聽姜老頭兒這樣說了，乾脆把那串沉香珠子和虎爪綁在了一起，掛在了脖子上，等以後大了，戴著合適了再戴吧。

「可惜啊，我師傅他遍尋天下，也沒找到古代記載的幾種沉香，只能找到這奇楠沉，雖說道家的心境不能沉迷於物，苛求完美和最好的，不過啊……」我師傅歎了一聲就不再說下去了。

而我爸在這個時候忽然就激動了，一下子站起來說道：「姜師傅，你對三娃兒真的沒說的，我讀書少，沒文化，也不知道這沉香是個啥物件兒，但是我知道絕對比那虎爪還珍貴，說起你是三娃兒的師傅，但是對他真的比父母還要恩重，如果這三娃兒以後敢對你有半分不孝，我絕對打死他，要不就不認這個兒子了。」

我媽在一旁也連連點頭，表示贊同。

而姜老頭兒卻只說了一句：「他承我的道統，於我來說，就是比兒子還重要的人，你們不必如此的。」

總之，在這個九歲的生日，我再次收到了師傅給我的一件兒東西，沉香的串珠兒。

而在這生日的最後，師傅再次對我說了一次，等我滿十歲以後，會給我交代一些事情，在那個時候也會正式的傳授我一些東西。

對於這樣一個交代，我本人是十分好奇的，到我十歲時，他會對我說些什麼呢？

第三十八章　打開寶庫的大門

平靜的日子就如流水，又一年匆匆過去了。

這一年，我升上了小學四年級，個子沒長多少，不過人倒是稍微懂事了些，和別的小孩子相比，我過得非常忙碌，但也非常充實。

爸媽又老了一歲，許是生活不易，爸爸臉上已經有了抹不掉的皺紋，媽媽也有了明顯的白髮。

姐姐們更漂亮了一些，水靈靈的半大姑娘了。

酥肉呢，更胖了一些，朝著正方形堅定地發展。

至於姜老頭兒，唔，他是怪物，樣子就沒啥變化。

又是一年冬天，對於我所在的小山村卻是一個難得的暖冬。

依舊是我的生日，可卻沒有了去年的那種待遇，我師傅說了，我這人滿九才能大張旗鼓過一次，其他日子就算了罷。

可這一天恰逢難得的週末，我家人還是上來了一次，在這山上走走當郊遊了，姜老頭兒說是不辦，我家人那是堅決不辦的，我懷念去年的奶油蛋糕，當然我只能在夢中見到它。

我爸媽在草地上看姜老頭兒種的東西，一起過了兩年半，我早就知道姜老頭兒在草地上種的是一些藥草了，可我爸媽卻覺得新鮮得很，也常常摘一些帶下去。

我那兩個姐姐也不嫌天氣冷，在水潭邊玩得不亦樂乎。

我像一個小老頭似的，跟姜老頭兒坐在竹樓的長廊，一人一杯清茶，中間擺個象棋盤子，殺二盤象棋。

山中的日子沒啥娛樂活動，姜老頭兒教會了我下象棋，於是師徒倆就常常殺兩盤，姜老頭兒別的本事厲害，可這下象棋的技術簡直「臭不可聞」，我學會半年後，就常常「殺」得他丟盔卸甲，不過姜老頭兒這人為老不尊，什麼借著撒尿就不回來下了啊，什麼我該練拳了啊，什麼他沒看清楚啊是常有的。

最離譜的是他常常把桌子踢翻，然後怪桌子腿兒不穩。

誰叫他是師傅呢？我只能吃啞巴虧，有心不和他下了還不行，人家是師傅，叫我下我就必須得下。

姜老頭兒又下了一步臭棋，我卻走了一步好棋，我估計他要玩把戲了，乾脆把兩手攏在袖子裡，老神在在等他想理由。

可就是這樣卻給姜老頭兒借題發揮的理由：「看你像啥樣子，明明才十歲，裝啥老成，還把手攏袖子裡？給我拿出來，嗯，就衝你這副德行，我決定了，今天要罰你，去給我抄《道德經》去。」

我滿臉無奈，我就知道是這樣子，趕緊把手拿了出來，做出一副恭敬樣兒，我也真是的，贏了姜老頭兒就算了嘛，做出這副樣子，他不惱羞成怒才怪。

「師傅，你說我咋沒怎麼長高呢？這劉春燕今年都超過我了。」這時，做恭敬樣兒是不夠的，還得轉移話題才行。

「你懂啥，男孩子厚積薄發，你就特別的厚積薄發，別浪費老子那些補身子的藥，抄《道德經》去。」姜老頭兒不依不饒。

「師傅，今天我生日啊。」抄《道德經》確實有好處，至少我的古文水準突飛猛進，能聽懂厚積薄發，不過也架不住天天抄，月月抄啊，特別是加抄，我拿生日當擋箭牌了。

「少廢話，抄《道德經》去。」姜老頭兒鼻子一哼，根本不為所動。

「師傅，今天我十歲了，你說過這十歲之後，要對我交代一些事情的啊，你要啥時候說啊？」我忽然就想起了這個，情急之下抓來當了擋箭牌。

「抄道……」姜老頭兒忽然頓住了，沉默了半晌，忽然說道：「今晚你來小房，我跟你說吧。」說完，姜老頭兒不忘把棋盤子弄亂了。

可我卻懶得計較了，小房，我師傅竟然叫我去小房！我震驚了。

其實說起來這個竹樓小築不大，加上大廳總共也只有三間房，茅廁和廚房是在單獨的地方搭起了一個竹棚子。

這三間房，有一間是我睡覺的地方，有一間是姜老頭兒睡覺的地方，還有一間就是姜老頭兒臥室帶著的一間小屋，平日裡總是大門緊閉，我和姜老頭兒都叫它小房。

再說了，這竹樓小築裡的一切擺設都乏善可陳，大廳就不說了，通共的傢俱就一張長几，幾把椅子。

姜老頭兒的臥室，就一張竹床，一個藤箱，外加一個蒲團。

我的臥室東西要多些，是一張木床，有一個木製的寫字檯，一把椅子，外加一個裝衣服的小櫃子。

所以，說起去小房我會震驚，那是因為上山兩年半了，我從來就沒有跨進那小房一步，而姜老頭兒卻時常在裡面待著，但待著的時候都是把門緊緊關上的。對於小房裡面有啥，我是真的好奇無比！

姜老頭兒今天竟然要我去小房，我咋能不震驚？

吃完晚飯，送完我爸媽下山，再回山上時，已經是晚上了，但夜晚的功課不能不做，抄完《道德經》，我練習了一陣兒八錦緞，五禽戲已經很熟悉了，姜老頭兒又讓我練習八錦緞，沒辦法。

接著，依舊是補膳，依舊是香湯沐浴，我平日裡最享受的事情，今天卻做得匆匆忙，因為我急著去小房，連平日裡在這時候總會冒出來的睏意都沒有。

姜老頭兒是一個說一不二的人，說帶我去小房，當我沐浴完後以後，就果真帶著我去了小房。

當那扇對於我來說，神祕得過了分的房門被打開時，我覺得自己的心都在噗通噗通的直跳。

結果卻入眼一片漆黑，我由於過於失望，不由得「啊」了一聲。

「燈都沒點，你指望看見些啥？當自己是貓呢？進來吧，傻娃兒。」姜老頭兒覺得好笑，把我拉進了小房，接著他駕輕就熟地點燃了一盞油燈。

在燈光的映照下，小房的一切都映入了我的眼簾，我有些驚奇的打量著這一切，沒想到小房裡竟然是這樣。

一個大的竹架子，占滿了一面牆，樣式就跟現在的多寶閣一樣，分為一個個的小格子，這些小格子裡都擺滿了雜七雜八的東西，但大多是一些盒子。

幾口大箱子，擺在竹架子的一旁，也不知道裡面裝了些啥。

在另一邊牆上，是一個小書架，上面擺著好些書，我一看，全是些線裝書，怕是有些年頭了。

最後一面牆上有一扇小窗，窗下是一條比較大的竹製書桌，桌上擺著好些玩意兒，我認不全，但是我見過的，就有師傅的桃木劍，朱砂盒子，反正是法器類的玩意兒，還有好幾塊各式各樣的玉。

這簡直就像一個寶庫！

「看夠了沒？這就是你師傅的全部家當，中間說起來珍貴的，也就是那些書，和你師祖傳下來的一些東西，其他也就罷了。往日裡，我不帶你進小房，是怕你亂摸亂弄，弄了一些不該的東西。不過，你上山也有兩年半了，熟讀《道德經》，也懂事了許多，加上我要正式給你講一些我們這一脈的事情了，這小房帶你進來也沒啥。」姜老頭兒在一旁解釋著，和我的驚奇加驚喜不同，他非常的淡定。

「師傅，這些東西都是些啥，你能給我看看嗎？」我完全被這房間裡的物事兒吸引了，小孩子就貪個新鮮嘛。

誰想姜老頭兒眼睛一瞪，說道：「我教你什麼來著？除本心外，外物都如浮雲，本心若是寶，外物就如草芥，你看你那樣，再說我的東西不留給你，又留給誰？我這些家當，和那些人比起來，又算得了什麼？」

我連連點頭，其實我不懂，就是新鮮，要放現在，全民都知道古董的概念，那進入這間房間玩得就是心跳了，也只有姜老頭兒才那麼淡定，就算他知道一些東西的價值。

「我要和你說正事，我們這一脈其實不只我一個人！」姜老頭兒忽然說道。

第三十九章　神奇往事

我當時就嚇了一跳，不只師傅一個人？難道還是那種師門興旺的樣子？怎麼我除了師傅沒見過還有誰啊？

師傅看我那樣子，就知道我又一肚子問題了，他說道：「你別問，我會慢慢給你講，還不去泡二杯茶來？」

我連忙點頭，忙乎了一陣兒，端來了二杯清茶。

在熱茶裊裊升騰的蒸汽中，師傅給我展開了關於我們這一脈的往事的神祕畫卷。

師傅出生於一九一二年，湖南人，具體是湖南哪個地兒的人，師傅自己都不知道，因為在那個亂世，國家尚處在水深火熱中，民不聊生，無父無母的孤兒很多，師傅就是其中一個。

沒有父母，甚至連親人是誰都不知道，師傅從一出生起就被丟棄在一個小村子裡，這樣的情況在當時很常見，比較幸運的是師傅被村子裡一個放牛的老頭兒給撿回了家。

那老頭兒是個孤家寡人，屬於一人吃飽，全家不餓那種，撿了師傅，收為養子，倒也是合適的。

日子很苦，因為那老頭兒非常窮，能給師傅吃的，也就只有米湯，可師傅還是頑強地活了下來，兩個相依為命，雖然清貧，過得倒也平靜。

可是天有不測風雲，在師傅八歲那年，放牛老頭兒死了，而且死得很慘，是被人活活打死的，原因只是因為他放的牛不小心吃了一口地裡的菜。

原本這只是小事兒，老頭兒也很快把牛趕開了，可命裡註定那老頭兒有這一劫，就因為這個他被人打死了，連唯一的一頭老黃牛也被人搶了。

原因只是因為那地是村裡的「霸王」劉三的地，而這一幕也恰好被劉三看見了。

劉三是個痞子，又懶又壞，一天到晚靠的是混吃混喝，偷雞摸狗過日子，後來他因為懶在這個小小的村子裡混不下去了，就乾脆出外去「闖世界」了。

在外面劉三發生了啥事兒，村子裡的人不知道，只知道他回來的時候就變成了個殘疾人，原本殘疾人沒什麼，村裡人對這樣的人多半還抱有同情心，但人家劉三不需要同情，他是「衣錦還鄉」的。

因為他是被一隊軍隊護送回來的，那個時候土匪多軍閥多，什麼軍什麼軍，老百姓是分不清楚的，反正老百姓怕他們。

所以被一隊軍隊護送著回來，劉三算是衣錦還鄉了。

聽說他是因為救了一個軍隊的重要人物變成的殘廢，人家報答他呢。

回來以後，那軍隊裡的人就給全村人打了招呼，劉三是他們的人，所以村子裡有誰敢對劉三不敬，那就要吃槍子兒的，然後還強佔了村裡人很多地，搶了村裡一個小地主的宅子給劉三。並強行命令那些被搶了地兒的人給劉三家幹活種地，劉三就依靠這個，搖身一變，從一個小癟三，變成了村裡的一霸，當霸王就不說了，人家還弄了個鄉紳的名聲，據說還跟鎮上城裡的大人物都有往來。

這樣的人，村裡人哪裡敢惹，面對劉三的霸王行徑，大家也都是敢怒不敢言，活生生忍著。放牛老頭兒就一個孤老頭兒，人又老實，敢和劉三對上嗎？

吃了劉三地裡的菜，點頭哈腰，不要自尊的道歉是免不了的，說要賠也是免不了的，劉三這個人愛錢，人家就是拿了他一棵草，他也得弄一擔柴回來那種。

面對老頭兒的唯唯諾諾，劉三可不領情，他沒有同情心，更沒有尊老這種想法，他看上了老頭兒的牛！一定要老頭兒用牛來賠他。

這種人是沒有道理可以講的，況且還逮著了一點兒理由，放牛老頭兒原本就是靠給村裡人放牛為生，自己那頭牛是他唯一的財產，他哪裡捨得？

況且那頭老牛和他算是相依為命了七年，早就有了感情，在農忙時節，牽牛出去幫活，看見牛累了，放牛老頭兒都會心疼地掉眼淚。

這劉三要搶他的牛，簡直就是在搶他的命，求饒沒用，跪地沒用，泥人也有三分火氣兒，那放牛老頭兒憤怒了，就說了一句：「你都那麼有錢了，為啥還要搶我唯一一頭牛。」

這就是老頭兒唯一的反抗，也就為了這一句話，老頭兒賠上了性命。

劉三在村裡稱霸慣了，何時有人敢那麼對他說話？況且還是一個家裡包括他，都只有二個人的老頭兒？於是，劉三的那幫爪牙行動了，對著老頭兒一頓好打，到最後劉三還嫌棄不過癮，狠狠踩了老頭兒心口幾腳，就是那幾腳，把老頭兒活生生踩死了。

見打死了人，劉三的手下還是多少有些害怕，可是劉三卻跟沒事兒人一樣吼道：「怕啥？老子打仗的時候多少死人都見過，放他在那兒，自然會有人收屍，牛給我牽回去。」

當然會有人收屍，那個收屍的人就是我師傅，當村裡人來告訴我師傅這件事兒的時候，我師傅簡直不敢相信，老爹那麼老實，竟然會被劉三活活打死，那可是他在這世上唯一的親人啊。

村裡人同情我師傅，大家幫襯了一下，讓老頭兒得以以一口薄棺下葬，又把放牛的事兒交給了我師傅，讓小小的他能有一個賴以為生的活計。

可是一顆仇恨的種子卻不可避免的在我師傅心中埋了下來。

在這中間值得一提的是還發生了一件事兒，那就是被劉三牽回去的那頭牛，在被牽回去的當天，就撞翻了牛欄，生生頂傷了三個人，還踩死了一個人。

令人稱奇的是，那幾個人全是那天打了老頭兒的人。

事情的最後就是牛被劉三下令宰了，吃牛肉，吃不完的，就弄鎮上去賣了。

在忙完了老頭兒的喪事以後，我師傅悄悄跑到劉三院子的後門，為牛兒哭了一場，還燒了一些紙錢，都說畜牲、畜牲，可畜牲尚且有情，有的人卻連畜牲都不如，劉三就是這樣的人！

日子不鹹不淡的又過去兩年，師傅的日子依然清貧而勞碌，唯一有變化的就是他對劉三這個人的仇恨越來越深。

師傅發誓長大了要報仇，可是這兩年以來，劉三的日子卻越過越風光，勢力也越來越大，甚至禍害到鄰村去了。

難道真的是好人不長命，禍害留千年？師傅對這世間都產生了疑問，他想的是，等他長到十八歲，有了更大的力氣，就逮著個機會和劉三同歸於盡。

老頭兒對師傅恩重如山，這恩豈能不報？師傅只把自己的人生規劃到了十八歲。

如果按照歷史的正常軌跡，師傅最好的結局不過就是和劉三同歸於盡，可是歷史之所以迷人，往往在於它的出人意料，在一年後的一天，村子裡來了幾個人，師傅人生的重要轉捩點也到了。

確切的說，那天村子裡來了三個人，兩個少年，一個老頭兒，他們是被村裡另外一個體面的人家請來的，那個人家出過舉人，所以在村裡也算有頭有臉的。

和劉三不同的是，別人家多少也算書香世家，有些權財，卻不張揚，更不會欺負村裡人，反而會時不時的幫襯一下，就連老頭兒的安葬，那家人也是村裡出錢最多的人。

可是就是這樣一戶好人家，家裡卻怪事連連，鬧得雞犬不寧，反觀劉三卻活得自由自在，這也是師傅在那個時候憤世嫉俗的原因。

閒話少說，這請回來的三個人，聽說就是給那家人「看事」的，而這三個人又怎麼會和師傅扯上關係呢？

那家怪事連連的人家姓趙，說起趙家人的怪事兒已經發生了一年了，村裡那是人盡皆知，最先出事兒的是趙老太爺，他半夜被東西掐住了脖子，差點活生生憋死，幸好睡在旁邊的趙老婆婆警醒，聽見老頭子呼吸不對勁兒，給叫醒了來。

接著就是趙家的姑娘，睡覺的時候老是感覺有個「人」在旁邊，還伸出毛茸茸的手摸她臉，可一睜開眼，卻啥也沒有，這都還是小事兒，可是後來這姑娘開始做惡夢，夢裡老是看見一個男人背對著她「嘿嘿」直笑，笑完了，就在夢中對她拳打腳踢，還老是看不清楚臉。

更奇怪的是，明明是夢中被打，醒來身上卻有瘀痕，弄得趙家姑娘都不敢睡覺了，這事情怪是怪了些，還算不上嚇人，嚇人的是有一次趙家姑娘終於在夢中看清楚了那「人」的臉，卻是尖嘴猴腮，毛茸茸的一張臉。

那是多麼恐怖的事情？人的身子，妖怪的臉！趙家姑娘差點沒被嚇瘋，吃了好幾副寧神的藥才算緩了過來。

要說這些遭遇都還罷了，可情況最嚴重的是趙家的公子，他已經「瘋」了。

整天恍恍惚惚，一個人自說自話，那神情更是癡迷無比，問起來，他說是愛上了一個叫王淑的姑娘，在和那姑娘說話呢。

可是人們哪裡看得見有啥人？把那公子逼問得急了，他就開始罵人，甚至提刀，說是人們要害他，更要害王淑。

漸漸的，下人們都不敢在趙家待了，怕得慌，要不是趙家人厚道，怕是這些下人都會走光。

更令人傷心的是，趙家只有一子一女，眼見兒子瘋了，女兒日漸憔悴，卻絲毫沒有阻止的辦法，搬家吧，這裡是祖產，那時候重孝道，怎麼可能捨棄故土，捨棄祖產，到了別處，沒有田地又要怎樣謀生？

趙家儼然快被逼到了絕境！

可是畢竟趙家還算是村裡有頭有臉的人，另外多少還是有些人脈，特別是趙老爺子有個表弟，是城裡的一個人物，更是見多識廣，在他的打點下，趙家終於請來了這三個人。

說是請三個人，其實要請的只有這三個人中的老頭兒，那兩個少年郎，聽說是他的徒弟。

那老頭兒趙老太爺聽那表弟說過，別看他名聲不顯，樣子普通，衣著邋遢，可是有不少真正的貴人知道他是有真本事的人，而且是有大本事的人。

那老頭兒姓李，名卻很怪，叫一光，那時候名字多少有些講究，這一光，一光暗含一掃而光，不是說啥都不剩嗎？

而且那老頭兒喜歡別人稱呼他為老李，跟個下人似的，可是人家振振有詞啊。

「年輕時候，就是小李，中年就叫大李，老了就叫老李，這才是最地道的稱呼，也是人活一輩子的規律，別來那些尊敬來尊敬去的話，都是一些空話。」

老李是個怪人，他輕易不會出手，一出手至少要有兩條「小黃魚兒」，城裡再有頭有臉有財的人，他都不給面子，多講一句價，不好意思，加錢！

所以，趙老太爺的表弟說了：「啥也沒有人重要，錢財之物也就不要太計較了。」

而趙老太爺也當面給老李承諾了：「只要能救人，傾家蕩產也在所不惜。」

那老李只是喝茶，卻不答話。

話說那老李來了村子的第一天，在趙家吃過午飯後，就到村子裡轉悠了，也不做別的，就是到處搭話，瞭解了一下趙家的為人，這一天他們並沒有遇見我師傅。

當天夜裡，老李在趙家住下了，奇怪的是，在當天晚上趙家卻沒發生半點兒怪事，連一向不甚清醒，光顧著談「戀愛」，談到茶飯不思的趙家公子都稍微正常了點兒。

他沒有自言自語了，雖然人還是恍惚的，甚至還吃了一碗乾飯，這可是他談「戀愛」以來從來沒有的事，那些日子他不是餓到了極點，家人逼著，是絕不吃東西的，就算吃最多也就是半碗粥飯。

中間還有一個細節，是趙家的僕人說出來的，那就是在趙公子吃完飯後，老李一把拉住了趙公子，在他身上使勁吸鼻子嗅了一通，然後說了句：「這一身都是騷臭味兒啊，去洗洗吧。」

這番話說的趙公子當場就差點翻臉，若不是趙老太爺勸住，少不得又要提刀罵人。

最終趙公子拂袖而去，老李卻不以為意，只是對趙老太爺說道：「我知道是啥東西作怪了，明天就幫你把事情辦好，小事而已！你把酬勞準備好就是了，這事情不收酬勞說不過去。」

當然他還小聲嘀咕了一句：「說起來，我來這兒也是緣分，是要來的，要來的。」

可卻沒人去深想，這些有本事的人說話都神神叨叨的，到哪兒他們都會說是緣分。

我師傅是在第二天出現的，他幫村子裡的人家放牛，其中最大的主顧就是趙家人，這一天上午，他是去領牛兒來放的，這是他每天的差事。

趙家的下人早已經熟悉我師傅，讓他進門以後對他說道：「今天有法師來作法驅妖，你晚點兒才能牽牛出去，那法師說布了啥陣法，只能進不能出的，你也看場熱鬧吧。」

師傅雖然早熟，但終究是個小孩子，有些小孩子心性也是難免的，一聽有熱鬧可以看，他當然就跟去看了。

趙家人謙和，看下人領了放牛娃進來，也沒多說什麼，所有人的心思全部集中在老李身上，他們都神色緊張，除了老李的兩個徒弟，他們只是神色平靜在聊天。

此時的老李正在趙家的院子裡四處走動，時不時的蹲下去畫兩筆，又時不時的扔顆石子兒，那神態輕鬆而平靜，顯然和人們的緊張成反比。

那老李四處走動，我師傅第一時間沒注意到他，反而注意到了那兩個少年郎，那兩個少年眉目清秀，衣著整潔，一舉一動都有一股子說不出來的書生氣，給人博學之感，見到他們的人反正很難對他們產生惡感。

那兩個少年郎在師傅望著他們的時候，都不經意地和師傅對望了一眼，其中年紀小些的那個只是微微一笑，禮貌地點了點頭就轉過了頭，年紀大些的那個卻盯了師傅好半天，嘴唇還動了動。

離得近些的，聽見那少年輕輕「咦」了一聲，他望了我師傅很久，幾次都想邁步走過來，卻猶豫了半天，沒動。

反觀那老李在院子裡，房間裡四處轉著，轉著轉著就來到了我師傅的身邊，他一眼望見了我師傅。

這一望倒也不特別，特別是他望見我師傅，和他的徒弟一樣「咦」了一聲兒，不同的是他徒弟眼裡是疑惑，他的眼裡卻是驚喜。

他一把拉過我師傅，把我師傅嚇了一大跳，立刻掙扎了起來。

趙老太爺經過和老李一天的接觸，也知道這個人說話做事，沒頭沒尾，而且從不解釋，他連忙安撫我師傅道：「姜小兒不慌，他不是壞人，你別亂動，他是有本事的人。」

我師傅是尊敬趙老太爺的，一聽趙老太爺這樣說，他就安靜了下來，那老李也不多說，逮著我師傅看了半天，接著更過分的是，還上上下下摸索了半天，也不知道在摸啥。

最後他竟然欣慰地點了點頭，開口對著師傅說道：「叫啥？」

「就叫姜小兒，還沒名字。」因為趙老太爺的面子，我師傅還是比較禮貌地回答了一聲。

「哦，他的養父姓姜，我們都叫他姜小兒，是沒取名字。」趙老太爺在一旁解釋道。

「你住哪兒？」老李根本像沒聽見趙老太爺說話一樣，只是問著師傅。

師傅還是禮貌地回答了一聲，卻不想那老李激動地一把抱起了師傅，狠狠摸了摸他的頭，說道：「就是你，錯不了，就是你！」

什麼就是他？我師傅很迷糊，卻不想那老李更絕，沒解釋，又一把把師傅放下，然後說道：「在這裡等我，哪兒也不要去。」然後又去忙他的事情了。

我師傅莫名其妙，這人也太霸道了，哪裡也不要去，那今天放牛咋辦？不放牛也就沒飯吃。

這時，趙老太爺走到我師傅旁邊，說了句：「姜小兒，你就留下吧，今天的工錢我照樣結給你，還給多補上一些，你看如何？」

師傅還沒來得及答話，又見那兩個清秀的小哥兒走了過去，其中那個小些的對著師傅友好的笑了笑，說道：「我叫陳立仁，說不得你以後就是我師弟了。」

那個叫陳立仁的還待說什麼，卻被旁邊那個大些的少年打斷了，他開口說道：「立仁，你忘記師傅說過的話了？萬事隨緣，不要以自己的本心來偏執地左右任何事情，我們的心思放那裡，那是我們，這位姜小弟是什麼心思，要隨他，你怎麼能枉自就左右別人？」

接著，他對我師傅微微行了個道禮，略帶歉意說道：「等下師傅和姜小弟談了之後，一切會隨姜小弟的意思的，你不用擔心什麼。我師傅素來說話不喜解釋，還望姜小弟見諒。」

這文謅謅的說話方式，讓我師傅愣住了，怎麼一下就冒出個城裡人？然後又冒出個書生給自己道歉，還說什麼師弟？

「對了，我叫李立厚。」那成熟點兒的少年又自我介紹了一次。

說起來，那個李立厚談吐間自由一股讓人信服的氣度，而那陳立仁卻讓人覺得很好相處，師傅對這二人的印象還不錯，又加上趙老太爺的勸慰，他就答應留下了。

只是那趙老太爺聽說了什麼師弟之類的，看向我師傅的眼光就明顯不同了。

我師傅倒沒那麼多心思，他很快就被院中老李的一切吸引住了，此時的老李正在院中畫一個奇怪的符紋，那符紋的樣子奇特，在中間老李挖了一個小洞，在符紋畫完之後，很隨意的丟了一塊玉進去，然後就拍拍雙手說道：「你們可以自由進去了，但是記得閉口慎言，不准提起一點兒有關於我的事，也不要流露出一絲兒不正常，那東西倒好解決，麻煩的是太過狡猾，記得了嗎？」

在場的，除了我師傅，都是趙家的人，還有就是趙家的下人，聽到之後，連忙點頭稱是，只是心裡還是難免泛起一股恐怖的感覺，什麼東西啊？還狡猾？

「一切就在今晚分曉。」說完，那老李也不再多解釋，而是逕直走向了我師傅，深深地看了我師傅一眼，然後說道：「跟我來。」

我師傅到這個時候多少也明白了眼前這人不是什麼壞人，相反可能是個有本事的高人，再想到心裡的那股仇恨，我師傅倒也不咋抗拒這個叫老李的人了，而是順從地跟他走了。

趙家早就為老李師徒三人收拾了一間乾淨的廂房，師傅就被老李帶來了這間廂房。

「我是來這裡找徒弟的，你就是那個有緣成為我弟子的人，你願意嗎？」老李一坐下，就望著我師傅說出了這番話。

「你可有真本事？」此時我的師傅心裡有點底了，無奈走江湖的騙子太多，就連在村子裡做為放牛娃的我師傅都知道，他想著自己的心事，懷著一種期待的心思問出了這一句。

「我師傅的本事大著呢。」說話的是陳立仁。

「不得無禮。」李立厚也開口說道。

而我師傅只是倔強地望著老李。

「你可是背著大仇恨？」老李沒有直接回答我師傅的問題，反而是問了一句不相干的話。

這時師傅真的是大吃了一驚，不過他心思聰穎，很快就想到了一個可能，問道：「你可是聽村裡人說過？」

「廢話，我又不認識你，我到哪裡去聽說你？眉間有煞氣，眼底乏血色，不是身負大仇，又是什麼？罷了，說來你還是要眼見為實才肯當我弟子？」老李倒也不生氣，很直接地說出了他的想法。

「如果你能為我報仇，不要說弟子，就是為你做牛做馬我都甘願。」我師傅咬牙說出了他的想法。

他也不知道為什麼，對眼前這人有種本能的信任感，原本在村子裡，我師傅一向都謹言慎行，唯恐被劉三以及他的爪牙看出些什麼，壞了自己的大事，今天他卻很直接地說出來了。

「我不要牛馬，我要的是弟子，你的仇在我忙完這裡的事情以後再說，你就在這裡吧，既然你要看真本事。」老李說完，也就不再囉嗦了，而是直接盤腿在床上坐定，很快就跟沒了氣息一樣。

而李立厚則是從隨身行李中，拿出一本書，安靜坐在老李旁邊翻看起來。

只有陳立仁到底是孩子，很快和我師傅交談起來。

有個人陪伴時間自然過得很快，加上我師傅他被老李相邀，也算趙家的客人，在這天吃到了以前從不曾吃到的好飯好菜，這一天倒也過得悠閒自在。

老李是在大家吃完晚飯後一個時辰之後才醒來的，今天吃飯時辰，趙家人幾次相邀都被李立厚給攔住了，說是師傅在修行，不能打擾，這番舉動倒讓我師傅越發好奇起來，這坐了一天不動，也不吃東西，難保不是有真本事。

醒來後的老李只是喝了一杯清水，就說道：「你們跟我來，『客人』已經到了。」

說完他大步走在前面，加上我師傅三人緊緊跟在後面，李立厚，陳立仁是老李的弟子自然跟隨老李，我師傅則完全是來見識真本事的。

老李大步地在院裡走著，目標竟然是趙公子的房間。

趙公子的房間還亮著燈，隱隱約約有人語聲傳來，相比其他房間，這裡算是很「熱鬧」了。只因為村裡人家休息得早，幾乎是晚飯後休歇兒一陣兒就睡了。

老李在房間門口停住了，同時對跟來的師傅三人做了一個噤聲的手勢，大家也不敢言語，一時間這院裡又分外安靜起來，房間裡的說話聲也清晰傳來了，但就是趙公子一人在自言自語。

「我父親認為我有病，請了一個人來看我家這宅子，也不知道是驅妖，還是除魔，真是好笑。」

「我看多半是個騙子，今天在院裡比比劃劃半天，還說什麼晚上見分曉，到時候推說我們看不到鬼物，也就訛去了一筆錢財。」

「什麼，說不定是害妳的，不行，我要去父親那裡，讓他們把那人趕走……」

那趙公子說話的語氣陡然著急起來，聽那語氣就像是馬上要行動，可這時老李卻一腳把大門踹開了，神色輕鬆地走了進去，望著那趙家公子說道：「算了，我也不怪你，你被迷得不輕。」

那趙家公子慌了神似的，強作鎮定，說道：「怪我什麼？我家處處當你是貴客，待你不薄，想必事成之後銀錢也少不了，你處處針對於我是為何故？」

「我哪裡是針對於你，我是救你，真是蠢貨！」那老李倒是嬉笑怒罵自然之極。

可這句話剛落音，老李忽然就雙目圓瞪，大聲朝著趙公子身旁大吼了一句：「爾敢！」

那聲音真是如落雷滾滾，驚得我師傅後背寒毛都立了起來，那陳立仁倒是笑嘻嘻的，兩人交談玩鬧了一天，已是有些交情，他小聲跟我師傅說道：「師傅這一聲暗含功力，那普通小妖早就嚇趴下了。」

而李立厚只是嚴肅的，不動聲色的站在一旁。

這時那趙公子不知道眼裡看見的是什麼，大喝了一句：「淑兒快跑，這老道不安好心，我保護妳。」

「癡兒！那你就好好看看你的淑兒是個什麼東西！」老李冷哼一聲，從懷裡摸出一個小瓶，打開瓶塞，把瓶裡的東西快速地朝著窗口潑去。

那老李的手法極準，那瓶子原來裝著的是血紅的液體，竟然一絲不漏地全部射向了窗戶。到窗戶的時候，卻像是被什麼東西阻攔了一下，原本呈一條線的紅色液體「撲啦」一聲灑在了地上。

可就在這時，令人又驚又怕的事情發生了，那窗臺上忽然出現了一隻碩大的黃鼠狼，身上的毛皮還沾染著那紅色的液體，正滴滴答答往下落。

「王淑，黃鼠，淑兒，鼠兒。癡兒，你還不醒悟？」我師傅朝著趙公子大喝了一聲，那原本已經驚呆的趙公子才陡然回過神來，一屁股坐在了椅子上，那眼神兀自不相信。

過了半刻，他竟然衝向老李，抓著他的衣襟喝道：「你這個妖道，妖道！我就知道你要害我淑兒，竟然把她變成了一隻黃鼠狼。」

老李也不解釋，只是推開了趙公子，說了一句：「眼見未必為實，還不收了你那沉迷美色之心？下次只怕就沒人能救你了。」

「師傅，那隻黃鼠狼跑了，還是個瘸腿的貨。」陳立仁就是一個唯恐天下不亂的人，立刻大喊道。

「這裡已經被我布下了陣法，跑得了誰都跑不了牠，隨我來。」老李轉身就要走，可那趙公子卻不知道哪兒來的力氣，竟一把抓住老李喝道：「你還我淑兒！」

「好，你要什麼淑兒，我就把牠還給你，走。」老李冷哼了一聲，很輕鬆就擺脫了趙公子，反而一把把他手腕抓住，直直朝著院子走去。

這麼大的動靜，早已驚動了趙家人，一時間大家都湧了出來。

湧出來的人們被眼前的景象驚呆了，只見老李拉著少爺大踏步的往院子裡走，而少爺顯然是在反抗，吼著什麼妖道，還我淑兒。

夜色朦朧，大家也看不清楚兩人的神情，但看神態，那老李拉著一個奮力掙扎的大活人，也似閒庭漫步，反觀少爺，只能被動地被拉著走，腳步踉蹌，顯然這段日子身子骨已經虛弱到一定的地步。

「老爺，你看要不要去勸那老道放開我兒啊？」趙老太太心疼兒子，忍不住說了一句。

趙老太爺沉吟了一陣，只是大聲吩咐了一句：「掌燈來！跟上去！」也不阻止老李，就這樣跟在了老李的身後。

老李拉著趙家少爺來到了院子裡，站的地方正是他上午畫那複雜符紋，扔下一塊玉的地方，人們也跟著圍了上來，不一會兒三個提著大燈籠的下人也來了，把這裡照得透亮。

趙家少爺依舊鬧個不休，嚷著「淑兒」「淑兒」什麼的，看那樣子若不是被老李鉗住了一隻手腕，只怕又要去拿刀拚命了。

趙家人早就聽慣了他念叨淑兒，所以看他被老李這樣制住，也沒阻止，只是趙老太爺神情焦慮，而趙老太太則滿臉焦急，心說我這是請人來捉妖，咋捉到自己兒子身上去了呢？他們心疼兒子，只是被折磨得太慘，強忍著希望老李能治好家裡這病根。

老李根本不管旁人的眼色，只是很隨意地跟趙家公子說道：「不消片刻，你的淑兒就會自動出現在這裡，咱們就看著吧。」

他說話間指著一個地方，那正是上午他畫符紋的地方。

人們聽了老李說的話，俱是半信半疑，這道人有那麼神，還能平空變個女人出來？大家都知道，淑兒不就是少爺口中的女人嗎？

只有我師傅三人知道，那淑兒是隻大黃鼠狼，可是沒人說穿。

那李立厚穩重還隱隱有些傲氣，自是不屑解釋，自有事實作證明！

而我師傅則忙著和陳立仁聊天。

「你師傅是有些真本事的啊！」我師傅是由衷地感歎。

「那是，這個算什麼？更恐怖，更奇怪的事兒我們都見過不少，就沒見過我師傅沒解決好的，以後有機會慢慢說給你聽。而且什麼我師傅啊，以後不就是你師傅，你不就我師弟？」陳立仁頗為得意。

我師傅沉吟了一陣兒沒回答，老李不答應他報仇，他是不可能鬆了這口的，魚死網破都不可能，這是我師傅的倔強之處，他只是問道：「那瓶子裡裝的啥啊？咋一碰到，就變個黃鼠狼出來啊？」

「嗨，這妖魔鬼怪哪個不會障眼法兒？我師傅的說法就是影響人的本心產生幻覺，每種障眼法都有不同的破法，破這障眼法的東西也多。最管用的是守住本心的清明，但那個說起來簡單，做起來難。但還有一個法子對妖物的障眼法最是管用，那就是污穢的東西，越是髒越好，我師傅剛才潑出去的是黑狗血。嘿嘿，惹急了，一瓢大糞潑出去也是管用的。」陳立仁根本就不把今夜離奇的事情當回事兒。

「黑狗血哪裡髒了？」我師傅搖搖頭，不以為意。

「不髒？狗最愛吃啥？最愛吃屎，你說髒不髒？而且黑狗血的陽氣重，一切術法皆是魂魄的作用，啥念力啊，精神力啊，但是魂魄屬陰，陽氣強了，陰氣兒就自然弱了，術法有時說穿了，就是那麼回事兒。」陳立仁隨口說道。

「黑狗血為啥陽了？」我師傅非常感興趣地問道，他也說不上為啥對這些感興趣。

「為啥？我學醫的，我簡單告訴你一個例子吧，像冬天天冷吧，用狗的頭骨煮湯泡腳，不僅一個冬天腳都不冷，還治凍瘡，你說陽氣重不重？」陳立仁倒是很耐心。

「你不是學道士的嗎？咋變成學醫的呢？」我師傅非常不解。

陳立仁剛待回答，卻聽見人群裡陡然響起一陣驚呼，接著騷動了起來。

「來了！」陳立仁興奮得很，拉著我師傅就擠到了最前面。

我師傅定睛一看，果不其然，一隻跛腳的大黃鼠狼跟喝醉了酒似的，迷迷茫茫，跌跌撞撞朝著老李畫符紋的地方堅定地跑去。

人們心中恐懼，紛紛讓開一條道，可那黃鼠狼就跟沒看見周圍的人似的，沒任何反應，也不避人，只顧走自己的路。

「看見了嗎？你的淑兒來了！」老李平靜對著趙家公子說道。

趙老太爺臉色難看，趙老太太則嚇得臉色蒼白，而趙家小姐差點昏過去，她一見這隻黃鼠狼就想到了夢中那張毛茸茸的臉，她幾乎可以肯定夢中見到的就是牠，一想起自己感覺到的有毛毛的東西在摸起來，一想起夢中的那個人身子，趙家小姐幾乎昏厥，若不是有人及時扶住，趙家小姐就要昏倒了。

下人們自然也是怕的，可是現在有高人坐鎮，又加上人多，人們還是留在這裡看熱鬧的，只是免不了議論紛紛。

在燈籠的光亮下，人們把這隻黃鼠狼看得仔細，比一般的黃鼠狼大了兩圈還不止，從頭頂開始到尾巴處結束，那一溜兒毛呈極淡極淡的黃色，幾乎就要發白了。

「這黃鼠狼可大！」

「你看牠那白毛，我聽村裡的老人說了，那是老黃鼠狼才有的顏色……」

人們議論著，只有一個聲音最為突出，那就是趙家公子的，他大吼著：「你們都瞎了嗎？這哪裡是黃鼠狼，這是妖道、妖道，我親眼看見他把淑兒變成這樣的。」

可是事實擺在眼前，誰會相信趙家公子？

趙家公子急了，兀自指著老李大罵道：「妖道，你有種放開我，我要和你拚了！一定要拚了！」

「哥哥，我夢中見到的就是這張臉，老李師傅不是妖道。」趙家小姐不由得開口勸道。

趙老太爺陰沉著一張臉，走過去，「啪」的一聲就搧在了趙家公子的臉上：「你真是把祖宗的臉都丟盡了，沉迷美色到是非不分，你一定要自己被害死了，還看我們全家也被害死了，才肯甘休？我打死你這個不肖子！」

說話間，趙老太爺提起拳頭就要往趙家公子身上送，卻被老李攔住了：「趙老爺子不用太在意，妖物一定要迷惑他，他也鬥不過，等下他自然就會醒悟，啥事兒發生都不會是沒有原因的，我們再且看看，如何？」

趙老太爺歎息了一聲，跺了跺腳，終於還是忍下去了，只是那趙家公子依然執迷不悟，用仇恨的目光死死盯著老李，老李卻一點兒也不在意。

這個時候人群中又響起了驚呼聲，因為神奇的事情發生了，那隻黃鼠狼終於跑進了那個符紋裡，可進去之後，卻開始四處轉圈，咋也出不去。

周圍根本沒有任何阻擋之物，黃鼠狼又是極其敏捷的一種動物，咋會出不去？人們都大呼神奇，開始誇獎老李好本事。

老李卻一點兒也不在意，只是視若平常，連眼皮子都不曾動一下。

相比老李的淡定，趙家公子卻激動了，他不管不顧，誰的感受都被他忽視了，他只是大喊道：「淑兒，我在這裡，妳出來啊，出來啊！」

「淑兒，我來救妳！」吼完這句，趙家公子也不知道哪兒來的力氣，竟然掙脫了老李的鉗制，朝著那符紋的方向衝去。

老李頗有些吃驚看著自己的手，莫名的說了句：「情之一字，於修行只是阻礙，可是情之一字，怎麼如此厲害？」

而李立厚和陳立仁則驚呆了，他們怎麼也不相信虛弱的趙家公子能逃脫老李的鉗制，儘管老李只是隨意地逮著他。

趙家公子衝了過去，老李還在發呆，這時一直很沉默穩重的李立厚一下衝了出去，抓住了趙家公子，難得他還是個少年，竟然很穩地抓住了趙家公子這樣一個成年人。

「師傅，要怎麼做？」李立厚轉頭望著老李問道。

「放了他，任憑他去放。」老李沉吟了一陣兒說道。

「可是……」李立厚有些驚奇於老李的決定，不過還是依言放開了趙家公子。

趙家公子才不理老李他們說什麼，衝過去，竟一把把那隻黃鼠狼抱進了懷裡，愛惜地撫摸著，非常纏綿地說道：「淑兒，妳受苦了，走，我帶妳回去。」

可那隻黃鼠狼根本不領情，在趙家公子的懷裡只管掙扎，此時牠的眼神也恢復了清明，明眼人一眼就能看出那隻黃鼠狼急著逃命。

不出意料的，那隻黃鼠狼只是掙扎幾下就掙脫了趙家公子的懷抱，一溜煙跑了，也不知道那黃鼠狼是有多大的力氣，趙家公子竟然這樣就被掙脫了。

「淑兒，淑兒，妳跑什麼啊？」趙家公子只追了幾步，就被已經要氣昏的趙老爺子抓住，可惜他根本不在意，只是自己低頭想著，嘴裡念念有詞，一下子他就驚喜抬頭說道：「我知道了，淑兒只是嚇到了，那妖道要害他，跑吧，跑吧，淑兒妳跑得越遠越好，躲好，我會去找妳的。」

「你這畜牲！」趙老爺子急火攻心，又一巴掌要拍過去，無奈一口氣喘不上來，一隻手是怎麼也落不下去。

這時，陳立仁走過去，扶住了趙老太爺，一隻手輕輕搭在趙老太爺的胸口，輕撫了幾下，那手法看起來有一種流暢而圓潤的味道，沒想到就這樣趙老太爺竟然緩了過去。

老李上前幾步，走到趙家公子的面前，說道：「我這個迷陣，不迷人，不迷鬼魂，不迷一切，就單單會鎖住你的淑兒，牠哪裡也去不了，過一會兒又會回到這裡。如果牠不是那隻黃鼠狼，就算我鎖牠也沒用，你知道為什麼嗎？」

「為什麼？」趙家公子一聽到關於「淑兒」的問題，立刻來了精神。

「還記得那天我拉住你嗎？我在你身上順手拿了這個，在這個陣法裡用上了兩根，所以這個陣法只會針對牠。」說著，老李伸出手去，遞到了趙家公子眼前，那手裡霍然是幾根黃色的毛。

「看來你平時也沒少抱牠。」老李平靜說道，隨手一拍，那幾根毛就飄蕩在了空中，緩緩的落了下去。

而在這個時候，趙老太太也心慌慌地走了過來，說道：「有人說知道那隻黃鼠狼的來歷了。」

想起這隻黃鼠狼的，是一個趙家的老下人，他這一說起，很多人都有了印象，紛紛附和起來。

事情發生在三年前，那段兒時間裡，趙家養的雞少了不少，也死了不少，住鄉下的人這種事情見多了，一看就知道是黃鼠狼做的。

說起黃鼠狼這種東西，鄉下人是深惡痛絕的，偷雞摸狗不說，性子還特別的「凶邪」！為什麼？是因為黃鼠狼不僅偷，興之所至，還會咬死幾隻，即使牠不吃！

所以鄉下人最痛恨的就是黃鼠狼。

不過，這事兒一開始並沒有引起趙家的注意，畢竟趙家是有些家業的，也不是特別在乎那十幾隻雞，只是吩咐了一句，叫下人們盡快捉住「元凶」，抓住了有賞賜，不可讓牠再傷家畜。

可是這黃鼠狼很狡猾的，而且一般都是晚上出動，下人們也不可能不睡覺，天天晚上守著啊，誰知道牠什麼時候來？於是，有人就想了個主意，弄隻狗來吧，不指望逮著，至少能給個警示。

這個辦法得到了贊同，巧的是那時候趙家公子就餵了一條狗，那是一條大狼狗，聽說還是名種。

第一，趙家沒有其他的狗了。

第二，趙家公子還算平易近人。

出於這兩點，趙家下人大著膽子，給趙家公子說了，趙家公子答應了，他說：「我這隻黑虎最是凶猛不過，可以與狼鬥，區區一隻黃鼠狼，交給牠就是了。」

於是，就這樣，狗一到晚上就會被牽去雞舍守著，前兩天倒也沒事，狗也沒叫，雞也沒死，可是到第三天晚上卻發生了一件讓趙家公子憤怒非常的事情！

狗被咬死了，只來得及叫了幾聲，就活生生被咬死了，被咬的地方還是最致命的咽喉！

先不說這隻狗的名貴，就說這幾年下來，這隻狗已經和趙家公子有了非常深厚的感情，牠被咬死了，趙家公子咋能不憤怒。

當時就有人提出：「這隻黃鼠狼怕是成精了，不然能咬死這麼大一隻狼狗？公子，這成精了的黃鼠狼惹不得，還是算了吧？」

為啥會這樣說？只因為趙家公子做了決定，要帶著五個男下人，還要在村子裡找五個壯丁，加上他十一個人，守著雞舍，不把黃鼠狼打死，誓不甘休！

總的來說，這趙家公子還是講道理的，並沒有怪罪於人，而是知道那隻黃鼠狼才是元凶，不過鄉下人迷信，有些怕而已。

勸也勸過了，無奈趙家公子決心要做這件事情，大家只有硬著頭皮上了。

就這樣，十一個人在雞舍裡守了五天，都沒有任何收穫，到第六天時，每個人都開始精神不濟了，再是白天休息，也趕不上晚上休息的效果啊。

那天半夜，就連趙老爺子和趙老太太都來勸解，說算了吧。

可巧的是，偏偏就在那個半夜，那隻黃鼠狼出現了，在十一個人和陷阱的幫助下，人們還真捉住了牠。

那個時候，那隻黃鼠狼可沒有現在那麼大的，就是比正常的大一圈而已，不過背上的毛還是淡黃色的，有些發白，可也沒現在白。

這也難怪人們一時想不起！

抓住黃鼠狼以後，那隻黃鼠狼好像非常通人性，先是害怕得發抖，到後來，竟然做出了作揖的動作，眼角竟然還有兩行淚痕。

無奈有些老黃鼠狼偶爾就有這種類似作揖的動作，人們見怪不怪了，再說鄉下人對黃鼠狼那種痛恨已經深入骨髓，自然不同情牠，沒人說什麼。

只有趙老太太不忍心，說了句：「我看就放了吧，你看牠那樣子，好像是知錯了。」話一落音，沒想到那黃鼠狼竟然連連點頭，這下連圍觀的人都嘖嘖稱奇了。

卻不想趙家公子提了一根大木棒子，就是不依：「黑虎和我感情那麼深，那麼忠誠於我，我如果不給牠報仇，說不過去。再說了，那些被咬死的雞呢？牠的命是命，黑虎的命，雞的命就不是命了？」

趙家公子非常倔強，從他對那所謂淑兒的態度就可見一斑，趙老太太見勸說不動，也就算了。

提著大木棒子，趙家公子一步步走向那隻黃鼠狼，這時，那黃鼠狼的眼淚流得更厲害了，可惜趙家公子根本不為所動，眼看那大木棒子就落下了。

第一下，打得那黃鼠狼「嘰」的悲鳴了一聲，嘴角立刻就噴血了，趙老太太不忍心看，轉身走了。

到這第二下，卻發生了意外，這黃鼠狼竟然噴出了一股子「悶煙」，那「悶煙」臭不說，範圍還特別大，整個院子裡的人幾乎都聞到了。

特別的是，那「悶煙」還讓聞到的人有一種頭昏腦脹，昏昏欲吐的感覺，還真的有些人已經吐出來了。

「太臭了，這比一般的黃鼠狼不知道臭多少倍！」

「我怎麼想吐？」

「嘔……」

院子裡一時間嘈雜無比，趙公子的情況最嚴重，不僅吐，而且已經快暈倒了，誰讓他離那黃鼠狼最近呢？

可是，他那一棒子還是在之前落了下去的，比第一下更狠，只是失了準頭。

這時，有人看見那黃鼠狼竟然就在這個時候，咬斷繩子跑了，那腿明顯的瘸了，顯然趙家公子這第二下是打在了黃鼠狼的腿上。

這件事過去了三年，自然也就被人們淡忘了，這下這個老下人提起，人們自然想起了，趙家公子聞言之後，立刻想起了那段往事，登時臉色變得蒼白，整個人「蹭蹭蹭」的往後連退了幾大步。

李立厚神色平靜地扶住了趙家公子，趙家公子大吼了一句：「我好心痛……」一口鮮血就噴了出來。

趙家老爺子終歸是心疼自己兒子的，見狀他憂慮地看著老李，老李卻說：「無妨，急火攻心而已，這口血，也算他執迷不悟的代價。」

見老李如此說，趙家老爺子放心了不少，老李走到趙家公子面前說道：「你也不用心痛，一切不過是鏡中月，水中花而已，牠要迷惑於你，自然是做任何事都分外合你心意，這段因緣了卻後，你自然會放下。」

趙家公子吐出這口血之後，彷彿清醒了不少，點點頭，直接用袖子抹乾了嘴角的血跡，有些落寞地說道：「多謝李師傅了。」

老李點點頭，也不多言，就在這個時候，人們又驚呼了起來，果然如老李所言，那隻大黃鼠狼跌跌撞撞的又回來了。

同樣的情景再現，牠一樣跑進了那個符紋裡，一樣在裡面轉著圈出不來。

老李走上前去，直接用幾尺紅繩綁住了這黃鼠狼，最後在牠後腦處打了一個繩結，奇的是老李做這一切，那黃鼠狼竟然乖得跟一隻小貓似的，渾身發抖，卻不敢有半點反抗。

綁完黃鼠狼，老李有腳看似隨意地抹了幾下符紋上的幾處，這時人們看見那隻黃鼠狼竟然可以走出那個符紋外了，不由得又驚呼著倒退了幾步。

可不想那隻黃鼠狼走出來後，自己又乖乖的走了回去，趴在地上，低著腦袋，一副柔順的樣子。

這就怪了，這野物哪個不是桀驁不馴，何況成了精的？況且那老李雖說綁了黃鼠狼，可是那綁法，又沒綁住四肢，又沒蒙住眼睛的，就打了個結，這黃鼠狼咋這老實？

「事情已經解決，這黃鼠狼要怎麼解決就看趙公子你的了，畢竟最大的因果是你與牠結下的。」一說完，老李淡然地站在了一旁。

人們沉默了，望著那隻乖順的趴在院中的黃鼠狼，怎麼也不想到這就是讓趙家一年寢食難安的傢伙，可沒人敢輕易說打死牠，發生了這麼多事兒，人們對黃鼠狼這種東西莫名多了一份敬畏之心。

在鄉下，關於黃鼠狼的傳說不少，人們多多少少也聽過，可這親眼看見，親身經歷過後的感覺總是不一樣的。

這時，趙家公子神色頗為複雜地望著這隻黃鼠狼，從眼神中，人們也能看出這趙家公子終於是清醒了，那個瘋瘋癲癲的趙公子已經消失了，那個頗有禮節，通事理的趙公子又回來了。

趙公子還沒來得及說什麼，趙老太太卻首先說話了：「我兒啊，我看你就放過牠吧，這隻黃鼠狼也不是十惡不赦，這一年趙家雖被牠鬧得不安寧，可牠還分是非。你想當日，我為牠說了一句好話，這一年來牠並沒有加害於我就是證明。」

「也是，那晚牠掐我脖子也沒有下狠手，否則我還怎麼能掙扎？而且也僅此一次。」趙老太爺此時也充滿了慈悲之心。

「是啊，哥哥，牠也就是嚇嚇我，偶爾在夢中打我幾下，畢竟當初你是差點要了牠的命啊。」趙家姑娘也開口勸道。

趙家公子長歎一聲，對著老李做了個揖，然後才說道：「李師傅，麻煩你對牠說，只要牠以後不再找我家人麻煩，此事就此揭過吧。」

「哈哈哈……」一向不苟言笑的老李此時卻大笑起來，笑完之後才說道：「變成了善果，真是出乎我的意料，其實不用你說，我也不會取牠性命，我就想看看，這一番事情下來，人心會不會有所悟，有所敬畏，這結果真是可喜啊。何況畢竟修行不易，何況還是山精野怪的修行？哪個不是沾了大機緣才能走到此步。」

說著，那老李踱步到那隻黃鼠狼跟前，說道：「知道你錯在哪裡嗎？是非心太重，睚眥必報，這樣的心態少了一份淡然、開闊，怎求正果？況且因果因你而起，你不能因為已修習有成，就看不起那在你眼中如愚物般的家畜，不要忘了你修行前也是那般！況且趙家的雞和狗都是受了趙家的養育，這和你在野外找食是有本質的不同，你懂了嗎？」

沒想到老李這番話說下來，那黃鼠狼的眼中竟然泛起淚光，一副感激的神色，也不知道牠從老李的話中悟出了什麼，還是牠感激老李不取牠性命。

「趙公子，你可知你那兩棍子，差點就毀了牠百年道行？最後放出的那股臭氣，我若所斷不錯，是牠保命的絕招，用之是要付出大代價的，說不得就是苦修的功力，牠能不恨你嗎？」老李又轉身對趙家公子說道。

趙家公子連連點頭，同時面含愧色地望了家人兩眼，想是愧疚自己連累了家裡人。

「你也是，原本損了功力，該是苦修十年才能所有恢復，看你這樣子，卻能力更強大，想必又是有一番機遇，既然如此，又何必報仇？畢竟已經因禍得福，就該感謝上天垂憐。」老李又對那隻黃鼠狼說道。

他的話剛落音，那隻黃鼠狼竟然人立而起，依次對著趙家人連連作揖，想是認識到了自己的偏執。

「我問你，你可還要和趙家人糾纏不休？在我面前你說謊是沒用的！如果你還有此份心思，將來就算得果也不是正果，我雖念你修行不易，不取你性命，但免不了要廢你一身功力。」說著，老李從隨身的包裹裡取出了一把桃木劍，直直的指著那隻黃鼠狼，而另一隻手捏了個劍指，整個人的氣勢陡然提升。

那黃鼠狼渾身發抖，望著老李雙目不停垂淚，可那嘴尖卻在不停的蠕動，似是在說話一般。

過了片刻，老李忽然就收起了桃木劍，說道：「好罷，我知你沒騙我，就算你今天騙我，也該知道，修行之途，下了重誓，違背了是什麼後果！」

收起桃木劍，散了劍指的老李此刻又恢復成了一副老農的樣子，他望著趙家之人說道：「牠說這件事就這樣算了，發下重誓，以後絕對不會再糾纏任何趙家之人，只會安心修行，另外，牠謝謝你們為牠求情，說他日若得正果，必會用心祝你們一家安好。那你們的意思呢？你們若認為這樣就滿意了，我現在就打開那鎖住牠功力的結子，這件事情就算了了。」

趙家公子走上前來說道：「李師傅既然說過這是善果，當然也就因此了結，就算牠不祝我們家人什麼，不謝我們什麼，我們也會放過牠的。」

「哈哈哈……那就好，誰說我道家渡己不渡人，這一渡的善果真是令人心大暢啊。」老李大笑的樣子灑脫不羈，而在笑談間，他已經解開那個結，黃鼠狼最後做了一個揖後，匆忙的消失在了夜色中。

這一場原本不死不休的鬧劇，能得到這般結果，簡直出乎了所有人的意料。

過了一會兒，人們就散去了，趙家一家人把老李，當然還有我師傅三人請進了堂屋，畢竟老李沒有開口說迴避我師傅，他們自然也不會趕走我師傅。

進了堂屋，趙老太爺命下人奉上了茶水糕點，就開始和老李有一句沒一句的聊了起來，而這時候獨獨缺了趙老太太。

其他人也不知道趙老太爺這麼晚喝茶聊天是要做什麼，可別人畢竟是主人家，也不好說什麼。

過了一會兒，趙老太太來了，手裡捧著一個小盒子，交給了趙老太爺。

趙老太爺捧著盒子，先是對著老李拜了一拜，然後恭敬的把盒子遞到老李面前，並且打開了它。

盒子裡放著的是整整齊齊的五管銀元，用紅紙包著，另外還有些金銀首飾，反正那是窮人家一輩子都不可能賺到的錢。

要知道，那個時候銀元的購買力可是驚人的，何況五管銀元就是五百個，更不要說還有些首飾。

「李師傅，我聽我表弟說起，在城裡你沒有兩條『小黃魚兒』以上是不肯出手的，就算再小的事情，哪怕是為人批一個字。你這次算是救了我全家的身家性命，再多的錢其實也不足以表達謝意，可是我們鄉下地方，和城裡的貴人比不得，這些錢已算是我傾盡了全家之力才湊出來的，如果不夠，我就算賣了這祖屋，也是要付給李師傅的。」趙老太爺恭敬地說道，神色有些忐忑，他真怕是有些不夠，小黃魚兒是啥？那是金條！而且是一斤重的金條，這可遠遠不是這些銀元能比的，何況還是二根起價！

老李不說話，只是神色平靜地拆了一管銀元，拿出了兩枚在手裡掂了掂，又吹了一口氣兒，放在耳邊聽了聽，然後才把兩個銀元收進了懷裡。

「這件事兒，對於你家和那隻黃鼠狼來說都是好事兒，好事成雙，我就收你二個銀元吧。若沒啥事兒，我就帶著我的徒弟們去休息啦。」說著，老李就起身準備走出去了。

我師傅三人自然也是跟著。

「李師傅，我們可是誠心誠意的。」趙老太爺惶恐不已。

「我打聽過了，你們家在村裡頗多善行，今天對事情也表達出了足夠的善意，這是你們結的善果，二個銀元足矣。」說罷，老李大笑了幾聲，非常瀟灑地拂袖而去。

當天晚上，老李不顧趙老太爺的再三挽留，帶著我師傅三人逕直離去了，去了哪裡呢？去了我師傅那個家徒四壁，比牛棚也好不了多少的家。

是夜，一盞昏暗的油燈照亮了唯有一床、一桌、兩個木箱子、幾條破凳子的屋子，老李師徒三人坐在僅有的凳子上，而我師傅站在老李面前，正一五一十地跟老李說起他的過往。

說到動情處，師傅早已是淚水滿襟，畢竟只是十歲的孩子，平日裡撐得再堅強，在陡然遇見一個可依靠的人時，也終於把深藏的悲傷通通發洩了一回。

「師傅，這就是事情的全部經過，我求師傅能幫我，親手結果了這劉三，讓姜爺爺在天之靈能夠安息，我……我……」說到這裡，我師傅「噗咚」一聲跪下，看著就要給老李磕響頭。

老李一言不發，只是一把扶起了我師傅，這時陳立仁忍不住了，說道：「師傅，這劉三如此可惡，早就該得報應，我們來這裡，就是他命中註定要得的報應，那我們做事也算應了天道，我看不如就畫個引魂陣，把孤魂野鬼，厲鬼惡鬼全引到他家裡去，讓這惡人和他的惡奴……」

陳立仁話還沒有說完，就被李立厚打斷：「引魂陣太過惡毒，切不可輕易使用，有傷天和。我看可以用一些小法門，聚煞氣於他家，改他家風水運道，專門針對屋子主人那種，不出一年，保證他……」

「不然我明天去探聽他出生的日子，讓師傅推出他的生辰八字，我們用打小人之法吧？保證打得他……」

老李沒有說話，陳立仁和李立厚倒是熱烈討論開了，師傅的事情有些淒慘，而那劉三也著實可惡，也難怪他們會那麼憤怒，連一向穩重的李立厚都沒有忍住，說的還全都是些惡毒法子，聽得我師傅一身冷汗。

引鬼、引煞、打小人……這些東西真的可靠嗎？

「別忙叫師傅，你說過你大仇得報，才會當我弟子，那麼我們就去報了你的大仇，我才收你這個弟子。」老李終於表態了。

我師傅聽得一陣激動，又是想跪，卻被老李抓得死死的，跪不下去，只得激動得再次流淚。

「你別忙跪，待到入門時，有得你跪！」老李望著師傅說了一句，然後站起來說道：「天道輪迴，報應不爽，這該是劉三的現世報，我們這就去罷！」

「這就去？師傅，這仇要怎麼報？」李立厚不由得愣了一下，連我師傅和陳立仁都愣了。

「他明目張膽地在村子裡橫行霸道，草菅人命，那我們也就明目張膽地打上門去。」老李的神態頗有幾分瀟灑和豪氣。

「打上門去？不行啊，那劉三可是有槍的！」我師傅有些搞不懂老李了，明明是個道士，怎麼有時候會像個江湖俠客，可是江湖俠客功夫再高，也不能和槍比啊。

「有槍？有槍也無妨，這件事就要快意恩仇。」說著，老李又轉頭對著師傅說道：「只有快意恩仇才能徹底解開你心中鬱結，在以後修行之路上心境無隙。陰毒的法子不是沒有，但沒必要讓你因這事兒背上太多的業，再說，這是你和我師徒緣分的開始，怎能以一個陰毒的法子開始？走吧。」

老李說的話，我師傅不能理解，他只是被老李牽著手，在這黑沉沉的夜色中，有些盲目地走出了屋子，直到走出了上百米，我師傅才開始害怕。

這也怪不得他，劉三在村子裡積威已久，這忽然要上門去找劉三的麻煩，他一個小孩子咋能不害怕，心底沒底，他只能問相對於沉默的老李和李立厚來說，比較活潑親切的陳立仁。

「城裡人，你師傅的功夫很好嗎？」我師傅已經習慣了叫陳立仁為城裡人。

「道家原本就要強身健體，練的功夫能少嗎？這練得久了，內氣充足，比起武家的內力也不遑多讓，一些武家的把式，學起來也是到手擒來，分外輕鬆的事兒。你別小看我們師傅，他懂的東西可多，一些功夫是不在話下的。」陳立仁的確話多，我師傅問他一句，他能答出一串兒來。

但不管怎麼樣，他這樣的回答總算讓我師傅放下不少心來，畢竟我師傅知道，這村子裡可沒啥會武功的人，都是些仗勢欺人的傢伙。

兩人開始談論一些別的，在交談間，不知不覺也就走到了劉三那棟在村子裡最氣派的院子面前。

到了劉三住的地方，我師傅又開始有些害怕，老李察覺到我師傅的情緒，不自覺地摸了摸他腦袋，說道：「不怕。」

也不知道為什麼，就是那麼簡單的兩個字，卻像給了我師傅無窮的力量，頓時我師傅就不那麼怕了。

老李鬆開師傅的手，就那麼逕直走上前去，開始「咚、咚、咚」敲起劉三的院門，那沉悶的敲門聲，在這黑夜裡是分外刺耳。

不一會兒，門裡就有了回應，那罵罵咧咧的聲音讓站在門外的幾人都聽了個分明，可見劉三在村裡有多麼的霸道，就是一個下人，也可以這樣不問是誰，就開始罵人。

老李也不答話，更不動怒，只是那搥門的聲音更大了一些。

「你要是不給老子說出個二五八萬來，老子開門就打死你。」「吱呀」一聲大門開了，那人兀自罵罵咧咧，這就是智商上的問題，也不知道劉三咋會用這樣的人，就算在村裡再橫行霸道，不知來客是誰，就喊打喊殺的，不是智商上的問題是啥？

那人開門後，第一眼就看見了老李，老李是個啥形象？就是個老農民的形象，這下那人更加跋扈了，二話不說，那樣子張口就要吼人了。

可是老李根本不給他這個機會，快速一伸手，就聽「啐嚓」一聲，那人捂著下巴，連話也說不出來了，接著老李的腳一勾，那人「啪嗒」一聲又摔地上了，老李看也不看他，用腳在他的腿彎處一踢，又聽見「啐」的一聲悶響，那人又連忙去捂著膝蓋，無奈他說不出話，只能發出「嗚，啊」的聲音。

老李的這一連串動作極快，我師傅甚至都沒看清楚是咋回事兒，就見到那人倒在地上一副痛苦的樣子了。

「看見了嗎？這就叫真功夫，我師傅一來就把那人下巴卸了，又把他絆倒，再一腳踢到他的關節處，這小子脫臼了，這是叫也叫不出，跑也跑不了。」陳立仁可不忘給我師傅解釋老李的厲害之處，跟個搞宣傳的似的。

只有我師傅目瞪口呆，這就叫武功？一點華麗的招式也沒有，動作也很樸實，跟他想像的完全不一樣。

「看你惡形惡狀的樣子，想來平日裡也沒少狐假虎威，少做壞事，略施懲戒也不為過。」老李拋下一句，就逕直朝著劉三的院子裡走去，我師傅三人連忙跟上。

劉三的院子相比於其他的地方很是熱鬧，雖然只有幾處房間亮著燈光，可那「呀啊」「呀啊」，或者男女的靡靡之聲卻是不停傳來。

可見劉三和他的爪牙們日子過得是多麼「瀟灑」，也多麼墮落。

「哼……」老李只是冷哼了一聲，略微在院子裡望了望，便舉步朝著其中一處屋舍走去。

我師傅倒是有些佩服劉三這些下人爪牙，剛才有人敲門，又發出了那些動靜，竟然沒有別的人出來探查，可見他們在村裡作威作福慣了，已經不把這村子的任何人或事放在眼裡。

老李走在那棟屋舍前停下了，那男女的靡靡之音就是從這裡傳出來的，老李倒是不為所動，可憐後面三個孩子未經人事，都鬧了個大紅臉。

「砰」的一聲，老李直接抬腳踢開了大門，那木製的門閂竟然被老李一腳踢飛了去。

這時，院子裡才有了動靜，幾聲「誰」「哪個在搗亂」「什麼事兒」的呼喝聲後，院子裡響起了腳步聲。

只有劉三的房間倒是分外安靜起來，剛才那讓人聽了不好意思的聲音也沒有了。

老李根本不管院子裡的動靜，逕直就走進了劉三的房間，沒走幾步，就看見一個衣衫不整的女人坐在那大床上驚慌失措地看著老李，劉三卻不見蹤跡。

老李只是站在房中，不動神色，只是過了一小會兒，就看見一個人趿著腳，披了件唐裝從那大衣櫃背後出來，手裡赫然拿著一把盒子炮，也就是駁殼槍，正神色陰沉，似笑非笑地指著老李。

「人都跑哪兒去了？都到老子這裡來！」劉三倒是個謹慎的人，他拿著槍，占盡優勢，卻先不質問老李，而是喊人到他房間裡來再說。

老李可不管他這一套。儘管是槍口對著他，他依然是從容朝著劉三走去，速度不快，但也不慢，就是平常步伐。

劉三的房間很大，所以老李和劉三還隔著一段距離，面對老李的從容，劉三拿著槍反倒有些心慌，用槍指著老李，劉三不自覺退了兩步，有些聲厲色荏地喝道：「你是誰？三更半夜到我這裡來做什麼？你給我站住，不要過來，我要開槍了。」

老李哼哼冷笑兩聲，不答劉三話，更沒停下步子，就那麼逕直走著，劉三吼了一聲：「老子斃了你再說。」那樣子就要開槍。

而這時老李忽然怒目圓睜，一聲炸雷似的聲音彷彿從他胸腔湧出：「混帳！」

這聲音吼得整個屋子裡的人，包括李立厚、陳立仁都恍惚了一下，劉三更是愣了片刻，跟丟了魂似的，因為聲音是衝他來的。

待到我師傅回過神的時候，發現那劉三還在恍恍惚惚，而老李就站在他的面前，他手裡的槍已經到了老李手裡，這時院子裡的下人們紛沓而至，已經有好幾個人衝進了這屋子，見這情況，我師傅三人趕緊去到了老李跟前。

這個時候劉三終於回過神來，第一眼就看見老李似笑非笑拿著槍站在他面前，再一看，那些下人們已經衝進來好幾個。

「你們不要輕舉妄動！」劉三狂吼了一句，他已經習慣了過這種好日子，對自己的命也就分外愛惜一點兒。

「立厚，你去守住大門，一個也不要放出去。」老李吩咐了李立厚一句，然後扯著劉三說道：「到院子裡去，這裡不嫌太憋悶了嗎？把人都給我叫出來。」

李立厚答應了一聲，就跑到大門那邊去了，而劉三被扯到了院子裡，連同那些下人們也跟著到了院子。

在這功夫，我師傅問陳立仁：「叫李師兄去守大門幹嘛？」

「廢話，不守大門，那天參與動手的人跑了咋辦？我師傅這人，要麼就不做，做就是要做到極致的，反正那天參加的人一個都跑不掉。」

「可是李師兄一個人守得住大門？」

「那咋不能，我跟師傅的時間才七年，身手也就那樣兒吧，可我師兄也是個孤兒，從出生起就被師傅撿到了，到現在為止十五年了啊，那身手跟江湖上的高手過招都沒有問題，還看不住幾個鄉下把式？」

我師傅點了點頭，心裡有一種說不出的暢快，可他還是不忘問陳立仁一個問題：「剛才那聲吼是咋回事兒？我被吼得全身麻麻的，恍惚了好一陣兒啊。跟吼黃鼠狼那次一樣嗎？」

「有區別，但是也差不多吧，佛門的獅子吼知道吧？道家也有這功夫，叫驚魂吼，專門針對人的，你知道小娃兒不？有時會被忽如其來的一聲大吼嚇掉魂兒，師傅這吼也是這個道理，剛才咱們在屋子裡，他只是隨便吼了一聲，要是他全力出手，劉三的魂都會被震出去。」陳立仁給我師傅解釋道。

這功夫說不上多玄奇，其實武家也有相同的功夫，講究的是一股瞬間爆發的氣息，用現在的說法跟聲波的影響差不多，不過對功力的要求就相對較為苛刻了，真正把這門功夫修到極致的高手，一口爆發的氣息悠長，真正發起功來，那才是可怕。

兩人說話間，劉三已經被扯到了院子中間，十幾個下人圍著老李三人，不敢輕舉妄動，情勢詭異。

那些人顧忌啥，連我師傅這個十歲的孩子都看得出來，一是怕劉三因為自己的莽撞，出點啥事兒，負不起這個責任。第二才是最關鍵的，怕老李手中的盒子炮。

老李倒是很瀟灑，這十幾個下人根本就沒放在他的眼中，他自顧自的扯爛了劉三的衣服，把他綁了起來，口中還問道：「這就是你的全部人？」

「不是，除了我家人，還有些女下人，還有兩個老頭兒，一個是管家，一個是守夜的。」性命在別人手裡捏著，劉三倒也老實。

「把人全部叫來。」老李淡淡說了一句，然後一腳把劉三踢來跪下，自己老神在在地守在旁邊。

不到一會兒功夫，劉家的所有人都被叫來了，包括劉三的老婆和兩個填房，還有一個四歲的女兒也被牽來了，那小姑娘還沒醒，被牽到院子裡，一看自己爹被綁著跪在院子裡，才清醒過來。一清醒了，就大喊：「打他，打他，快去打死欺負我爹爹的人。」

那聲音脆生生的，可那話兒嘛，聽得老李都皺了幾下眉頭，咋小小年紀就如此狠毒霸道？

「你的女兒教得倒是好。」老李望著劉三不鹹不淡的說了一句，那諷刺的意味不言而喻。

劉三倒是心疼自己女兒，忙喊了一聲：「來鳳，不要喊。」他這一喊，估計是他妻子的一個女人，趕緊就蒙住了那小女孩的嘴。

老李把我師傅牽到劉三跟前，說道：「劉三，你認得他？」

劉三先前一直沒有注意到我師傅，這仔細一看，再皺眉一想，立刻面如死灰，一個村子裡的，他多少還是有印象，這不就是那個放牛的姜小兒嗎？

看到姜小兒，他難道還想不起打死那放牛老頭兒的事情嗎？他在這片地兒，包括附近的村子，欺壓死的人不只一個，就是咋也想不到，自己都懶得去動手的放牛娃兒會有一天找上門來。

要知劉三性格謹慎，他整死了別人，但凡覺得別人家人會有些威脅的，無不是把那些人打殘的打殘，用關係弄進大牢的弄進大牢，這放牛娃兒……

想到這裡，劉三竟然歎息了一聲：「斬草不除根啊……」

聽到這裡，我師傅再也忍不住，這個劉三簡直是壞到了極點，不但不思悔過，竟然還怪自己斬草不除根，我師傅撲了上去，朝著劉三的肩膀就是狠狠的一口，立刻劉三就殺豬般慘叫起來，片刻功夫，那鮮血就隨著我師傅的嘴角流下來，可我師傅卻死死咬住不鬆口。

那是恨到了極點，才恨不得食其肉，喝其血！

「姜小兒，這邊來，帳會算清楚的。」最後還是老李把我師傅牽了過來，此時我師傅怒目圓睜，嘴角全是鮮血，樣子頗有些駭人，要知道他只是個十歲小孩啊。

「劉三，把那天參與打死姜老頭兒的人全部給我指出來，我許你個痛快，不然我保證今天包括你的家人，一個都逃不出去，你不要懷疑我的身手。」老李此時的樣子，像極了個大流氓，那威脅就是擺在檯面上的。

看得陳立仁在旁邊不由得說道：「嘖，嘖，我師傅的自然之心越來越有火候了，就算當流氓也當得那麼自然。」

老李一聽，瞪了陳立仁一眼，陳立仁吐了下舌頭，不敢出聲了。

劉三估計也知道在劫難逃，老李的威脅也是有用的，他有氣無力地指認了三個人，然後說道：「還有一個那天被那條瘋牛頂成了重傷，過了一年死了，就這些人了。」

那些被點到的人，一下子就變了臉色，看那樣子不是因為那盒子炮，估計轉身就得跑。

反觀老李淡定地聽完後，就把槍扔給了陳立仁，然後望著我師傅說道：「跟我一起打壞人。」

說罷，老李就衝入了人群，說動手就動手，我師傅也被點燃了一股熱血，揀起一塊石頭，跟著衝了上去。

在場的男人，老李都打，而重點照顧的當然是那三個被點名的人，到了這個地步，那些下人自然是要反抗，可是面對老李他們根本就走不出兩招。

當然也有想跑的，不到片刻功夫，李立厚就又把想跑的兩個人一路踢回了院子。

一時間，這個院子裡呻吟聲一片兒，十幾個男人，不到二十分鐘，就全部被放倒在了院子裡，爬都爬不起來，而我師傅還拿著一塊石頭，猶自在砸著一個當日裡參與動手打死姜老頭兒的人。

「這樣就行了。」老李牽起我師傅，柔聲說道。

然後望著院子裡的人說道：「你們也沒少造孽，我斷你們手腳也算略施懲戒，以後若再為惡，你們丟掉的就是性命。」

是的，一院子的人都被老李折斷了手腳，只不過除了那三人，其餘人或許好好將養，還能恢復，那三人老李是捏碎了他們的骨頭，再也恢復不了了。

這時，劉三的屎尿竟然流了一褲子，老李嫌惡地看了劉三一眼，說道：「立仁，把槍拿給姜小兒。」

第四十章　玄學五脈

茶葉泡過了幾泡，滋味早已淡如水，不過新添的熱水，那熱氣兒還在，煙霧蒸騰中，那跌宕起伏的往事早已吸引住了我全部的心神，有好幾次茶杯端在嘴前，都忘了喝下去。

姜老頭兒已經不說了，獨自點了一管旱菸，吧嗒吧嗒地抽了起來，我心裡著急，不由得問道：「師傅，後來呢？後來你開槍沒有？」

「開了，先是不敢，我師傅說了，大丈夫快意恩仇，在那世道可沒有個朗朗青天為誰主持公道。再後來，我師傅拿走了劉三大部分的錢財，讓趙家分給村民們，我就隨他們離開了那村子。」

「然後呢？」故事太好聽，我忍不住還在追問下去。

「什麼然後不然後的，我跟你說這些事兒，就是要告訴你，你還有三個師叔，加上我是四個，我們四個分別承了你師祖幾樣本事而已，讓你搞清楚，你是屬於咱們門裡的哪一脈。」姜老頭兒不耐煩回答我的那麼多問題，直接說出了重點。

「不是有李師叔，陳師叔加你三個嗎？咋還有一個？」我不解。

「後來還收了個小師弟，王立樸，就是你王師叔。」

「那師傅，師叔們呢？你咋不和他們在一起，他們是不是都在一起的啊？」說實話，我真的很想見見這幾個師叔，和師傅兩個人的日子未免寂寞。

姜老頭兒不說話了，連旱菸放到嘴邊都忘了抽，神情再次出現了那晚一般的哀傷。

可這老頭兒沒個正形兒，我也不知道他是不是真傷心，又忍不住問了一句我師祖呢？在我心裡，我師祖比起我這便宜師傅，更讓我神往，男人！江湖俠客！好身手！孩子的一切夢想他簡直都滿足了。

想著我師傅，猥瑣、喜歡看大姑娘、好吃、欺負小孩子……那罪狀簡直數都數不完。

可沒想到這句話一問出來，姜老頭兒的身子卻輕輕震了一下，我不知道是不是錯覺了，發現他眼眶都紅了一下，可下一刻他就暴跳如雷，一個旱菸鍋就給我敲了下來，大喝道：「你說你個瓜娃兒，咋就恁多問題，信不信老子叫你去抄《道德經》一百遍，一百遍！一百遍！」

因為激動，這姜老頭兒強調了兩次一百遍，那旱菸鍋也敲得我腦袋生疼，我承認我怕了，縮了縮脖子，不敢再問了。

平靜了一會兒，姜老頭兒說道：「你師祖天縱奇才，按說道家玄學五脈，除了上古那幾位，這流傳千年來，沒人能說五脈都精通，可你師祖說他得了際遇，有幸五脈都有涉獵。」

「哪五脈？」其實對這些基本常識我是抓瞎的，師傅也沒給我詳細說過，今天難得他說起，我也是很有興趣聽聽的。

「山、醫、命、卜、相！醫是最好理解的，那就是醫術藥學，還有一些附帶著存在的雜學，如附念力於藥上，靈療之術什麼的，這個是你陳師叔承的這一脈。命學、卜學，這兩脈說起來密不可分，看人命，看大運，推乾坤，窺天機都是這兩門學問的繼承者最是厲害，你李師叔承的就是這兩脈。相學，看人相，就如摸骨、手相、面相之類的，相陽宅，相陰宅的風水術都屬於相學，這是你王師叔承的。」師傅慢慢給我解釋著。

我覺得簡直太神奇了，這玄學的本事兒個個都聽得我很嚮往，更沒想到醫術也是玄學的一脈。

「醫術也是啊，師傅？」我忍不住再次確認了一遍。

「醫術咋不是？扁鵲就是咱們道家的人，和莊子一樣師承長桑君，《黃帝內經》，也是咱們道家玄學的醫書，可以說中醫一脈都是屬於咱們玄學一脈，你說是不是？」姜老頭兒跳起來激動地說道。

可惜我才十歲，他說的人兒我一個都不認識，他那麼激動也沒用啊，可是我不敢表露出來，只得連連點頭，一副心服口服的樣子，姜老頭兒這才滿意。

唉，有什麼辦法呢？出了個特別不懂事兒的師傅，那麼註定他徒弟就要特別懂事兒才行。

鬧了這一陣兒，我才想起問起咱們這一脈，說道：「師傅，那咱們就是山字脈了，是不是也特別厲害？」

「咱們這一脈，唉……」姜老頭兒歎息了一聲，也不鬧了，醞釀了好久，才對我說道：「咱們這一脈，說起來的名聲好聽，是玄學五學之首，那四脈的本事都是圍繞著咱們這一脈服務的，可是啊，現在行走江湖的，在外面能吃得開的都是那四脈的人，咱們這一脈沒落得很，封建迷信說的基本就是咱們這一脈。」

「咱們這一脈，咋了？」我一聽，心裡也跟著師傅發苦，可又不信，在我眼裡，我師傅其實挺有本事的。

「山字脈，最主要的追求是啥？成仙！發展醫之一脈是為了給自己提供強身健體的藥物，命卜兩脈一是為了給自己驅凶避禍，二是為了行走江湖，籌得錢財，因為窮不修道，特別是山之一脈的修身是個無底洞，珍貴藥材，各種作法材料跟燒錢似的。發展相之一脈，更好理解，給自己相弟子，相風水之地清修，也需要籌錢。這一切都是為了修山之一脈。」姜老頭兒一聲歎息。

我嘴巴都張大了，我在學啥？我在學成仙？雖說鬼怪我是見了，可這神仙卻是從來沒見著的，更沒聽師傅說起過，我自覺我也沒這成仙的命啊，這不扯淡嗎？

「成仙一說，唉……」姜老頭兒也一聲歎息，接著說道：「反正道家的養生學幾乎都出自咱們山字脈，說起來咱們山字脈的祕術也是最多，仙、道、幻、靈、兵，講的就是咱們山字脈的祕術，這成仙之術，道法、幻術、修靈、武術、掌兵說的就是這個，再分細一點兒，符籙之術、壓陣之術、祈星借力、手訣、步罡、劍修等等，全部是咱們山字脈的祕術，總之在民間抓鬼，除魔捉妖也是咱們山字脈的人才做得了的事兒。」

我現在也理解為啥咱們山字脈會被說成封建迷信了，都他媽真玄的啊，成仙啊，抓鬼啊，你不迷信誰迷信？

而山字脈這身本事，的確在這世間行走，是比不得其他四脈的，而且還是個花錢的簍子，怪不得那麼慘。

「道家最終的追求和目的，都是這山之一脈大成，不說其他的，能成個人仙也行啊，可惜的是，這樣的人千百年才能出幾個？徒弟，你跟了我不覺委屈吧？」姜老頭兒說到這裡，竟然像個小孩子似的，那眼光非常期盼地看著我。

「不委屈，抓鬼捉妖也挺威風的。」我趕緊說道，是挺威風的，不管咋說，我心理上還是有優越感的，玄學五脈，我們到底還是老大，不是？

「好，好……」姜老頭兒還頗感欣慰，不停用力摸著我的腦袋，那力氣大得差點沒讓我成腦震盪。

「說起來，當年由我繼承山之脈，唉……師兄弟們其實也都是想繼承這一脈的，算了，當年之事不說了。」姜老頭兒吞吞吐吐，言語晦澀，天知道他在說啥，我就聽懂了一個意思，反正這最迷幻的山字脈，敢情在他們幾個師兄弟裡面還是個搶手貨。

「反正從今天起，我就要傳你修密之術，一些練氣練內丹的法子，也要開始慢慢傳授與你。」姜老頭兒感動了一陣兒，忽然就嚴肅了起來。

「修密之術？」我好奇道。

「嗯，你不是羨慕我這一身本事嗎？修密之術就是畫符、手訣什麼的，從今天開始就要教你。」

我心裡一陣兒高興，這學了這麼多年，終於開始學我最想學的東西了。

「不過，還得告訴你一件事兒，我的身分。」姜老頭兒忽然說道。

身分？什麼身分？我一下子愣了，在我心裡我那師傅就是個好吃懶做的主兒，一身本事卻甘於平淡，難不成還有個啥身分？

不過我雖然才十歲，而且屬於一點兒也不敏感的那種孩子，見姜老頭兒這樣嚴肅的說起，我還是想到了一些事兒，我爸去打電話的神祕專線，鎮上的小院兒，還有就是那轟轟烈烈的遷墳工作，竟然是鄉領導承諾給工分，虧我那時以為要全部算在姜老頭兒頭上。

這些事情我原本是沒有細想的，此時一下子湧上腦海，我還真就覺得我這師傅神神祕祕的。

「雖說我喜歡閒雲野鶴，但是我是為國家做事的。」姜老頭兒說道。

「給國家做事？」我疑惑地望著他，國家的工人農民就他這樣懶散，怕國家是建設不起來的，我是的的確確沒看見他做什麼正事兒。

「嚴格說起來，就是國家要我出手的時候，只要是正面的事情，我是會出手的。當年我的條件就是絕不給單獨的什麼人做什麼事兒，只會為關乎國計民生的事情出手。」畢竟我只是個小孩子，姜老頭兒儘量淺顯地給我解釋著。

「可是……」我的腦袋有些轉不過彎來，「可是……前些年不是破四舊嗎？」

「破四舊破的可不是有真本事兒的人，以前騙子太多，以致於人民愚昧，真有本事的人又清修不出，搞得魚龍混雜，甚至還有一些別有用心的人兒，這些事情太複雜了。而且，道家玄學就如一把鋒利的刀子，你覺得鋒利的刀子能交給壞人玩兒嗎？又能交給小孩玩兒嗎？」

「我不就是小孩兒？」那可不好，我就快成破四舊的對象了。

「老子這是比喻！」姜老頭兒怒道：「就如很多人對世事蒙昧，就如小孩兒，忽然學得了一招兩式，很容易被挑唆，你懂嗎？而且玄學限制條件太多，比起科學來說，是不容易轉化成生產力的，只要有少部分有真本事的人，幫忙看住國家就好了，而且幫忙處理一些事情，不要引起百姓恐慌，讓百姓好好過日子，就是這樣的。」

我似懂非懂地點點頭，問道：「師傅，你的官很大？」反正我見到那院子裡的人都對師傅恭恭敬敬的，也見到鄉領導都出面。

「這個……其實世間權力於我無用，以後我會慢慢跟你說一些事情的，關於我身分更詳細的事兒，現在你還太小，就記得我是會為國家做事的就行。」姜老頭兒考慮了半天才這樣跟我說道。

「那師傅，你為啥要幫國家做事兒？你不是說你喜歡逍遙自在嗎？」

「道家之人當然要順道而為之，助得道者，你讀那麼久《道德經》這點兒都不懂？再說，這是你師祖之命，他早就說過以後我們幾個弟子安身立命之處就是幫助現在政府，因為他們是得天下大道者，也就代表了國家！為家國做事兒，是為大德，大善。」姜老頭兒很簡單地說到就不再提這個話題了。

而我也只有個簡單的想法，我這師傅還挺看重積德的。

從那之後，我每日的功課內容就變得更加繁重，《道德經》是不抄不讀了，這讀讀寫寫了三年半，我就算想把它忘了都不可能，至於能悟到些什麼，這個就是自己的事兒了。

可《道德經》不讀不抄了，卻忽然多出了一堆兒的東西要我背，首先就是那繁複的關於畫符的口訣，以前我認為道德經已經晦澀難懂之極，可這些口訣對於我來說才是真正的「天書」。

這些口訣姜老頭兒是不會讓我寫在紙上的，他教授我時，也是直接口口相傳，再具體到每個字兒，入門符籙的口訣相對簡單，一般只有四句話，可是該怎麼發音啊，具體的意思啊，能把人腦袋都給搞爆炸。

「每種符籙對應的口訣都不一樣，你要深悟其意，而且這只是入門，除了這畫符之時的口訣，每種符籙對應的，還有結符煞的口訣，有些是心裡默念，有些是需念念有詞，有些是要大聲念出，嘿……你給我注意斷句，發音的重點兒在哪個字上。」姜老頭兒就是這樣對應我的抱怨的，一般最後的結果都是我挨訓。

天知道我是有多想實際的操作，親自去畫一張符籙看看效果，可是姜老頭兒只是瞟了我一眼：「功力都沒有的小傻娃兒，畫出來也是廢紙一張，給老子練功去。」

是的，練功！

從那天開始，我要練習的可不是什麼簡單的修身法門了，而是真正的「修真」，這個修真可不是世人理解的長生之術，或許它曾經是，但到現在確實遙遠了一些。

簡單的說，我開始練習真正的氣功了，姜老頭兒曾經神叨叨地跟我說過，修而大成者，食氣，氣中自有靈，而最高等的呼吸之法，是胎息之術。

我一聽就差點暈過去了，首先我就不能接受不吃飯，光喝西北風，讓我當神仙我都不幹。第二，胎息之術是啥？說白了，就是不用口鼻呼吸，而是用身體皮膚外吸自然之氣，天地元氣。內氣流動穴竅。我一想就覺得那非得憋死我不可。

面對我的情緒，姜老頭兒覺得非常好笑：「瓜娃兒，你想多了，這食氣的氣是天地元氣，可不同於用口鼻呼吸的陰陽二氣，你能到那層次？你能到那層次，老子天天做飯給你吃。至於胎息之術，偶爾能達到那境界半個時辰都不錯了，你這輩子把龜息之術給我練成就好了，你沒見那烏龜都特別長壽嗎？」

「我到那層次，還用你做飯給吃？我天天喝空氣，不不，天地元氣不就好了？師傅，你這耍我呢？」長期和姜老頭兒鬥智鬥勇，我已經總結出豐富的鬥爭經驗，他話裡的漏洞，我一聽就知道了。

「對對，那我做氣給你吃。」姜老頭兒嘿嘿一笑。

「氣咋做？還能炒？還能蒸？還能燉野鴿子吃？」我不屑地說道。

「咋不能做，我天天放屁給你吃不就好了？屁不就是一股氣？」姜老頭兒頭一仰，得意地說道。

當時正準備打坐練功的我，差點一口喉頭血沒噴出來，我忍了又忍，一張臉憋通紅，得了，得了，就當我上輩子欠這便宜師傅得了！

不過，玩鬧歸玩鬧，到我真正練功的時候，姜老頭兒卻是比誰都緊張，雖說關於我們這一脈功法的獨門訣竅，他已經反覆給我說明，並細細把他的心得也教授於我，可他還是緊張。

這氣功不是說著玩的，一不小心就會練岔，甚至走火入魔，姜老頭兒緊張是情有可原的，所以道家的師承非常重要，沒有師傅指導，除非大才大能者，普通之人絕不能輕易嘗試。

只是入門的氣功，就已經很難，我每天花在這個上面的時間非常多，可是進境卻緩慢非常，首先要過的第一關就是氣感，氣感是非常飄忽的東西，在捉住「它」以前，只能靠存思行氣，這存思說起來簡單，可全部心思集中在一件事上，是非常耗心神的事情，我一開始時，常常做不到半個小時，就會有頭昏想吐的感覺。

面對這種情況，姜老頭兒卻常常鼓勵我：「你的天賦已經夠高了。我一開始時，存思不到十分鐘，就會心神不集中，強行做下去，更是傷腦。慢慢來，我的徒弟是很厲害的。」

這番鼓勵包含著濃濃的情誼，那護短的感覺更是強烈，我時常也在感歎，其實我師傅對我挺好的，常常讓我很感動，當然在這些時候，我必須努力不去想他無賴的時候，比如讓我吃屁什麼的。

第四十一章　賣寶

日子就在這樣的勤學苦練下過去了，冬去春來，春盡夏至，轉眼又是一年夏天。

這一年的夏天我十歲半，在這一年的夏天我家搬家了，告別了熟悉的村子，告別了祖祖輩輩賴以生存的土地，搬到了縣城，其中的緣由就是因為我大姐、二姐讀書的問題，這是姜老頭兒給的建議。

在給這個建議之前，我大姐已經在鎮上的高中讀了一年了。

事情的起因是這樣的。

我們這片地兒，我曾經說過，就只有鄉場才有小學和初中，那是沒得選擇，孩子小，就只能就近讀。

但到了高中，選擇就多了起來，近的有另外兩個鄉的高中，遠一些的有鎮上的高中，最好的是縣城裡的高中。

我爸媽是注重教育的人，他們雖然大字不識幾個，可打心裡崇拜大學生，恨不得自家也能培養出個大學生，我大姐二姐成績優秀，我在姜老頭兒的「暴力」教育下，成績也好了起來，我爸媽這心思就更活泛了。

正好我大姐去年初中畢業，成績一如既往的優秀，選哪個高中都沒問題，我爸媽按我們家的條件算來算去，就給我大姐報了個鎮上的高中。

這已經是我爸媽能做到的極限了，鄉高的教育品質肯定是不能和鎮上比的，鎮上的教育品質肯定是不能和縣城比的，可縣城，我爸媽敢想嗎？

那時，我媽盤算著，我家成分是好的，女兒成績也優秀，到時候說不定就能讀個大學，不能去縣城讀也就算了。

七十七年夏，我大姐讀完高一，全國都在傳著一個政策即將執行，那就是全國即將恢復高考。

這無疑於一個重磅的炸彈，炸在了每個人的心裡，大家都明白，從此以後讀大學，跟成分，推薦什麼的再無關係了，唯一能說話的就是成績。

這也就罷了，我爸媽對我大姐的學習是有信心的，這不到鎮上高中讀書也是班裡前十名嗎？可是，我大姐卻難過了，只因為她的一名同學。

那個同學是大姐初中班上的一個女同學，以前讀書的時候成績就排在我大姐後面，可人家家裡有本事，把女兒弄到了縣城去讀書，這一年下來對比可就大了。

暑假相聚的時候，我大姐就發現了問題，首先自己的學習進度落後於人家，知識的細節掌握落後於人家，連知識面的掌握都落後於人家，而且人家還說了，自己在班裡成績也只是中等偏上一點兒。

我大姐是優秀的，也是心高氣傲的，她的心裡一直有個夢想，是受小時候我身體虛弱的影響而產生的夢想，那就是要當一名醫生，去讀醫科大學！

而在這種對比下，在全國都盛傳要恢復高考的氣氛下，我大姐對自己沒有信心了，甚至惶恐了。

高考是全國的學生都考，自己連一個縣城高中的中等生都比不上，拿什麼去考？

翻來覆去幾夜以後，我大姐鼓足勇氣找到了我爸媽：「爸，媽，我能不能到縣城的高中去讀書？王曉梅她就在那裡讀書，她……」

我大姐的話還沒說完，我媽就奇怪了：「好好的，為啥要去縣城讀書啊？那得多貴啊？」

我爸也奇怪：「縣城那麼遠，怕一個月也只能回來一次，我們家條件也供不了去縣城高中讀書啊。」

我大姐是個懂事兒的人，她知道家裡的情況，也知道家裡還有弟弟妹妹，自己是不能那麼自私的，這件事情她就再也沒提過，連原因都不再向我爸媽提起。

暑假就這樣過了半個月，我大姐強壓著心事，勉強裝得沒事兒，人卻明顯憔悴了些。

我媽心細，見這樣以為大姐在鎮上慣了，有些不習慣鄉下地方了，人悶著了，於是就和大姐說道：「妳和二妹去山上待兩天吧？那空氣好，風景漂亮，姜師傅帶著妳們打點野物兒玩兩天吧。」

姜老頭兒對我是「凶悍」，對我兩個姐姐可是和藹，幾乎有求必應，帶著她們抓鳥捕魚的積極得很，我估計是因為我兩個姐姐水靈兒，滿足了他愛看大姑娘的嗜好，我一男的，我活該「受虐」。

媽都這樣說了，大姐也確實想散心，就帶著我二姐上山了。她們上來了，我的房間就讓給了她們，我只有挨著我那師傅睡去，可是我那師傅晚上睡個覺，那叫一個鼾聲如雷，弄得我根本睡不著。

就在那天晚上的夜裡，我聽見一個女的在哭。

「狗日的女鬼，膽子也太大了，連我師傅的地盤兒也敢闖！」經歷過太多的我早已沒有了半絲兒害怕，心裡卻是興奮，一骨碌坐起來，報復性的一腳就踢在姜老頭兒的屁股上。

「師傅，起來抓鬼！」

姜老頭兒睡得正香甜，被我這一踢一喊嚇了一跳，一起來就給了我一巴掌：「哪個不長眼的鬼敢往姜爺我這兒跑？老子要沒看見鬼，今天晚上就把你當鬼抓了。」

這種情況下，我可不敢和他鬥嘴，忙拉著他說道：「真的，師傅你聽，有個女鬼在我們屋子外面嚎呢！」

姜老頭兒一聽，真的有隱隱約約的哭聲傳來，忙穿了衣服牽著我出去了，只是在出門的時候他說了句：「這可不是鬼哭，怕是有人心裡委屈。」

我不信，一出門就打開手電筒在四周照了照，果然照到了一個人影兒，這一看我也知道不是鬼了，並沒有那迷迷濛濛的感覺，而且還有清晰的影子，再仔細一看，那坐石頭上哭的，不是我大姐又是誰？

拉著姜老頭兒我趕緊跑了過去，看著大姐這樣兒，我也著急，不知道咋的，話到嘴邊就變成了：「大姐，妳這膽子咋恁大？半夜裡敢一個人在荒郊野外哭了，也不怕人家把妳當鬼？」

我大姐抽噎著說道：「怕……怕啥？也不看看這裡住的是哪個！」

我一聽大姐這樣說，心裡稍微放心了一點兒，這才是我大姐的風格嘛！說明這難過的事情還沒到讓我大姐尋死覓活的地步。

只是姜老頭兒在我姐面前又充分發揮了他的和藹，說道：「丫頭，妳有啥事兒，就說吧，姜爺爺能不幫妳嗎？」

聽見姜老頭兒的話，我大姐哭得更厲害了，抽噎了半天才對姜老頭兒說了一句：「姜爺爺，我可能上不了大學了。」

接著，我大姐抽抽噎噎地把事情一五一十講給姜老頭兒，姜老頭兒沉默了一陣子，最後說道：「妳今天晚上好好睡覺去，明天等我消息。」

姜老頭兒是屬於那種輕易不承諾，但是承諾就一言九鼎的人，我大姐是知道他的性格的，有了他這句話，忽然就覺得安心了不少，想著不能去縣城讀書也算了，竟然還真的安心睡了。

第二天一大早，天剛濛濛亮，我還在做早課的時候，姜老頭兒就出門了，出門去幹啥了，也不告訴我，就扔了句：「早飯午飯自己解決。」就這樣走了。

他這一走，就是大半天，回來的時候，已經是下午了，當時我還在水裡泡著，我兩個姐姐在溪邊抓魚兒。

可是他不是一個人回來的，同時跟著他的還有我爸媽。

「全都到屋裡來，我有事情要說。」姜老頭兒非常嚴肅地說了一句。

我們哪兒敢怠慢，急急收拾了一下，就趕到屋裡去了，然後我們一家子坐了一堆，都圍著姜老頭兒，誰都不知道他要說啥。

「過兩天，你們家搬縣城裡去吧，大妹的學校我已經找人幫忙聯繫好了，這高考制度也確實要恢復。」姜老頭兒平時說話沒個正形兒，可這一嚴肅起來說出來的話，差點把我們全家嚇死。

我爸當時一口茶就噴出來了，咳得半天都說不出話來。

而我媽猶豫了一陣兒，說道：「搬去縣城？可……可我家哪來的錢吶？」

「我有！」姜老頭兒說著就站了起來。

姜老頭兒那一句我有，把我說楞了，我知道那小房裡有一屋子的東西，不過稍微值錢點兒的就是玉吧？這玉能值多少錢吶？在我小小的我心裡，估計值不了一間房子吧？

那個時候的我比較幼稚，這想法要放現在我得搧自己的耳光，我那時哪裡知道姜老頭兒這一屋子的價值啊？一間房子算什麼？

「姜師傅，我們咋能用你的錢？」我爸急了，連忙說道。

「姜師傅，你的積蓄我想也不多，你為我們三娃兒……」我媽也趕緊說道。

他們感動，他們也相信姜老頭兒，但是他們的想法也是和我一樣的，姜老頭兒能有多少錢？想想他平時在村裡的行為吧，為了饞嘴，給別人幹活……

「不要再多說什麼了，三娃兒沒有啥父母緣雖說是註定的，但我也是一個因，三娃兒身為一個男孩兒，不能常侍父母身邊，我心裡也堵啊，我粗通面相之術，觀你們面相也不是晚年無福無錢之人，我這個忙得幫，去縣城吧！上午我問過一個人，不出三年，華夏之地……哎，還是簡單的說，不出三年，國家的經濟政策會變，你們抓住機遇，將會有財。」說到這些的時候，姜老頭兒微微有些臉紅，我當時不理解他臉紅的意思，可現在回想起來卻理解了。

他這麼多年，幾乎不求人，也幾乎不用道術為自己謀私利，結果他去為我父母欠下了人情，告訴我父母這些，也算是為自己徒弟家謀了私利，所以他會臉紅。

而且他生怕害到徒弟家，悄悄讓人推了我父母的生辰八字，是命定有財運的拐點，才放心說出了這些，不然有了不屬於自己的財，也是守不住的，更糟糕的可能還會隨財盡帶來噩運。

「姜師傅，我們知道你有本事，可就算有財運，我們除了種地，一無所長，也抓不住的，我們……」我爸歎息了一聲，隨著兒女的長大，他們的壓力也大，能多些錢財總是好的，只是……

「我想過了，你們就在縣城的高中附近買間屋子吧，買個小樓兒，下面改個門面，做點生意，賣個本子、筆、小零嘴兒啥的，就這樣。」姜老頭兒其實知道的更詳細，他知道不出三年，在中國最早一批生意人會發財，大運旺商，可姜老頭兒自己對生意都沒什麼概念，只能想出這個。

但就是這個，對我幾乎世代為農的父母來說，都無疑於天方夜譚，縣城買房？還一棟小樓兒？還帶做生意？不敢想，真不敢想！

「姜師傅，這……」我爸已經不知道說啥了，感動是感動的，可是他不好意思說，姜師傅你是不是流浪慣了，不懂得咋生活了，這規劃是好的，但根本不可能實現啊。

姜老頭兒擺擺手，示意我爸媽不用再說，只是問了一句：「如果我拿錢給你們，你們要是不要？」

「不要！」

「肯定不要！」我爸媽幾乎異口同聲說道。

「算當我借你們的，如果你們還是不要，那我與你們的情意也就算啦。」姜老頭兒嚴肅地說道。

他一嚴肅，我爸媽就緊張，加上這話又重，他們不敢說話了。

只是我爸心思活泛一些，他老早就懷疑姜老頭兒的身分了，加上這次姜老頭兒連縣城的關係都搞定了，我爸更加懷疑，猶豫了半天，他說道：「姜師傅，你能給我們講講你到底是個啥人物，做啥的嗎？有時，我這心裡琢磨著，不安心啊。」

「我是為國家做事的人，只不過國家要我親自出手的事情不算太多。」姜老頭兒倒也沒隱瞞什麼。

「那上次你一走就是七年……？」我爸的理解能力當然比少不更事的我強，他明白姜老頭兒這句話的意思了，他絕對知道了姜老頭兒怕是在國家的身分都不一般，他身為一個鄉野村民都親自「見」了鬼事兒，怕是國家暗裡有不少的「玄」事兒，估計是得有高人守護著。

「那七年，呵呵……我出了個任務，挺不容易的。在出任務之初，我就擔心著回不來，所以會跟你說出怕是和三娃兒有緣無分的話，其實證明我和三娃兒是有緣分的啊，哈哈……」姜老頭兒說得輕描淡寫，更說的樂觀，可是除了我，任誰都聽出了其中的凶險，連姜老頭兒這樣的高人都擔心回不來。

我爸臉憋得通紅，半天才說出一句：「姜師傅，就算以後三娃兒也要出任務，也要犧牲，我也是甘願的，只要是為了國家。」

這是做為一個農民最質樸的話和最真誠的心，我爸媽那一輩人也許沒啥文化，但是他們心中那股最真摯，最赤誠的心，卻不是這往後的一輩輩能相比的，他們在精神上，也許比我們都富足。

「我……我也是願意的。」我媽也跟著說了一句。

姜老頭兒被感動了，拍了拍我爸的肩膀，也是憋了半天才說了一句：「你們這種人有財，也是應該的，光是這輩子的善良就當報給你們運道兒，不用上世積德啊。」

事情商量到這裡就大致有了結果，吃完了晚飯，姜老頭兒吩咐我爸媽一個星期以後就上來拿錢，錢管夠！

這話說得可大，錢管夠！

在我心裡卻冷哼了一聲，我這師傅又逞強了唄，就跟他下棋一樣，每次都把自己說得跟個高手一樣，結果還不是一手臭棋，在縣城買房子……

我想著想著就冒了一句：「師傅，在縣城買房子，再咋也要一百塊錢吧？」

沒辦法，我就是個土包子，一百元錢已經是我能想像的最大數字，其他再多的數目，已經超出了我的想像空間！

姜老頭兒像看神經病一樣看了我幾眼，接著說了句：「瓜娃子！（傻瓜）」就飄然而去，從屋裡拿了根魚竿，釣魚去了。

是夜，一盞油燈照亮了小房，姜老頭兒背著個手在小房裡走來走去，而我就擺弄起桌上的法器，天知道他在煩啥？

「這書是古籍，好多是孤本，是師傅畢生收集而來，我也跑遍了大半個中國……還有好多是道家的珍貴文獻，哎……不能賣！」只見首先他書架上的書都翻了一遍，歎息了一聲，走開了。

接著，他又走到另外一邊，把架子上的一些雜七雜八的玩意兒又看了一遍：「這些東西……哎……都是有關於咱們道家歷史的古董，不能賣！」說著，又歎息了一聲，走開了。

接著，他又打開了放架子上的一些盒子，我對這些盒子裡裝的是啥早好奇了，於是伸頭一看，都是些啥啊？我失望轉過頭，繼續擺弄桌上的法器之類的了，對那些盒子再不感興趣。

原來盒子裡放的就是一些藥材，有些還特別難看，黑乎乎的一大塊，虧姜老頭兒用那麼漂亮的盒子裝著，有幾個還是玉盒子，簡直暴殄天物！

當然，後來我才是知道暴殄天物的是我！

「三娃兒的補藥原本就吃緊，而且好幾樣，得他大了，練氣功有小成之後還得用到，這些東西是用一樣少一樣，難不成要我去求二……嗯，不能賣，不能賣！」再是一樣的歎息，姜老頭兒還是走開了。

我心裡感動，原來姜老頭兒那麼惦記著我啊，可我也更加認定，我這師傅就是個窮師傅，這藥沒有了，去中藥鋪子抓點兒就好嘛，等我以後長大要賺了錢，我得給這老頭兒買好些才是，免得他捨不得。

小小的我一直在心裡表著這樣的決心，幸好當時沒說出口，不然我是跑不掉一頓訓，外加挨幾下的。

最後，姜老頭兒走到了幾口大箱子面前，「吱呀」一聲打開了箱子！

我再次好奇伸長了脖子，在我的想像中，這種大箱子用來裝金銀珠寶再好不過了，估計也可能有，在姜老頭兒講述的故事裡，老李，不，我祖師爺不是沒有二根金條以上都不肯出手的嗎？

嗯，這是極有的可能的，我心底興奮，馬上推翻了我師傅窮的想法，做好了被金銀財寶晃花眼的準備，結果……

結果，我啥也沒看見，更沒見那箱子裡有啥寶光泛出！

我正準備看清楚，卻不想姜老頭兒主動叫我：「三娃兒，你過來，閉著眼睛幫我選一件兒吧。」

我非常積極的，叮叮咚咚跑過去，伸著脖子一看，都什麼啊，箱子裡裝著一長條，一長條的盒子，其中一個打開了，裡面是畫軸！

我知道姜老頭兒愛畫兩筆，可常常是畫了就燒了，也愛寫幾個毛筆字兒，可同樣是寫了就燒了，原來他留了這好些啊！

看來我這窮師傅是沒辦法了，準備賣自己的書畫了。嘖、嘖，太慘！

「那……那就這個吧。」我也不知道他要我選啥，就直接拿了一個長條形的盒子遞給他。

他接過，滿是心疼地打開盒子，然後小心翼翼把裡面的畫軸伸展開來，只見畫裡面是幾朵栩栩如生的荷花，非常漂亮，我也說不出哪裡好，反正就是挺好看的。

除了這荷花，上面蓋了一個印章，寫了幾排小字兒，還有提名，那名字不是我那便宜師傅的啊。

哦，上面題名是壽平！

第四十二章　迷霧重重

「師傅，你還有個名字叫壽平啊？」我實在想不通這人是誰，就認定是師傅騙了我，他原來有個小名兒叫壽平。

「小娃兒不懂就不要亂說，這是你師祖年輕時候得到的畫了，這個畫畫的人叫惲壽平，是明末清初之人，他這一手荷花畫得可叫好，不畫骨架，直接以墨渲染，卻別有風骨，實在是『沒骨畫』的大成者。你師祖愛那好字好畫，幫一些頗有風骨的文人墨客，從不貪金銀之事，往往會求一些墨寶，當然不給也就算了，他也不強求。」姜老頭兒小心把畫拿起來，細細觀賞著，嘴裡絮絮叨叨給我解釋著。

我始終覺得哪裡不對勁兒，但又說不上來，就下意識問了句：「有不給的嗎？」

「基本都會給啊，你師祖拿字畫又不是為財，真正只是欣賞，他常說不得了，好多人生平就沒接觸過道家玄學，字畫裡卻有一股道韻，實在是大成者。你師傅我啊，也跟著你師祖愛起了字畫，這些年來，也有幸得了些墨寶。」

姜老頭兒最後一句話像一道閃電似的劈中了我，我終於想起是哪兒不對勁兒了，我師傅這些年得了些墨寶，那一定是他人活著的時代的畫家，我師祖得的那啥惲壽平的畫！剛剛師傅明明說惲壽平是明末清初之人啊，我師傅一九二三年才遇到師祖，我師祖他……

我的心怦怦地跳了起來，這事比讓我見到鬼怪還覺得詭異，一時間我竟有種口乾舌燥的感覺，誰說小孩子沒智慧？只是要遇見讓他調動全部心智去認真的事兒。

突生的急智讓我不動聲色，這些年了，我知道我這師傅說話及愛說一小半兒，而且喜歡遮遮掩掩裝神祕，我得想個辦法套套話才行啊。

沉默了一會兒，我開口問道：「師傅，師祖那麼有錢，又喜歡個字畫兒，不可以自己買嗎？非得去求人家。」

「你知道個屁，你師祖啥時候有錢了？自己修道，還帶幾個徒弟，不窮得叮噹響就算不錯了，而且墨寶這種東西到誰手上，才真正講個緣分，有時不是金錢可以衡量的。」姜老頭兒彷彿沉浸在那幾朵荷花裡，有一搭沒一搭回著我的話。

「師祖就沒買過畫兒？我不信，我愛吃『鵝板兒糖』（鵝板兒，四川對石頭的叫法，多指河邊的石頭），我都忍不住要買。」我儘量讓自己裝得非常不相信的樣子，姜老頭兒就是挨不得激。

「你，你個娃兒的境界能和你師祖比？你師祖就從來沒買過畫兒，那些文物也是輾轉到手，除了那些古籍！你師祖是個連自己生活都不講究的人，不會把錢花在那些地方。」果然，姜老頭兒被我激怒了，轉頭過來罵我，可罵完之後，他忽然就覺得不對勁兒，一下子就閉了嘴。

接下來，他看我的目光有些小心翼翼的，似在探查著什麼，我終於也憋不住了，我又不是演員，能做到這個地步，已經要感謝爹媽給的智商了。

我一下子站起來，雙手叉腰，大聲的說道：「師傅，我師祖到底多少歲？」

姜老頭兒一陣兒猛烈的咳嗽，一直咳，一直咳，就是不答我的話。

我就知道，雙手一攏，乾脆蹲在凳子上說道：「師傅，你要賴是要不得的，今天就是等到天亮我也要等你咳完，今天你就是打爆我的腦袋我也必須知道答案，對，就是抄一萬次《道德經》，我也認了！」

姜老頭兒一聽，也不咳嗽了，轉過頭來說道：「一萬次《道德經》？」

「我那是比喻！你都常常比喻的！」我趕緊說道，這老頭兒「報復」心極強，被我擺了一道兒，天知道會不會「惱羞成怒」，真讓我抄一萬次《道德經》，那可不是好玩的！

「算了，這也不是啥祕密，你師祖是明朝末年的人，你說他有多少歲？」姜老頭兒一邊捲著畫，一邊淡淡說道。

小學已經開始上歷史了，可那些對於我來說太淺薄，因為我這便宜師傅閒來無事，總愛給我說歷史，比起同齡的孩子我比他們知道的太多了。

明末大概是多少年，清朝大概又統治了多少年，我心裡是有底兒的，在腦中一默算，我驚得一下子跳了起來：「師傅，你可不許騙人，我師祖活了三百多歲？」

於此同時，我腦中浮現出了師祖那幅畫像，一個非常樸實的老農民的樣兒，而且就像個中老年人那樣，只是有些滄桑，根本不是那種耄耋老者，更不顯垂垂老相，那樣子再活個二、三十年根本沒有問題！

關鍵是，那畫像還是我師傅畫的啊，那更說明了他當時的形象就是那樣兒。

其實，在問出那個問題的時候，我就知道我師傅絕對沒騙我了，惲壽平的畫擺那裡呢，而且我這便宜師傅是絕對不撒謊的一人，至少在大事上是這樣子的。

「我可沒說你師祖活了三百多歲，他只是……只是恰巧存在在那個時代，又存在在這個時代而已。」姜老頭兒裝作若無其事地在收畫，其實他的背影有些顫抖，我和他在一起朝夕相處這些年，我瞭解，他內心其實極不平靜才會有這表現。

「師傅，他也是我師祖啊，你跟我說說師祖的事兒吧？求你了！」我的好奇心從來沒有那麼旺盛過，有一種不讓我知道我得難受死的感覺。

「啪啪」幾聲，姜老頭兒關了箱子，背著個手自言自語說道：「字畫還是不能賣，送出墨寶的時候，都是人的一片心，而且字畫在我心中是有靈，可欣賞之物，不能和錢劃上等號，會污濁了我這片兒心。」

「師傅啊……」我央求著，可姜老頭兒總不理我。

他逕直走到桌子面前來，抓起一塊兒白玉，念道：「這塊兒玉，我在靈泉裡溫養了五年，又跟了我十幾年，天天隨我聞經誦道，也是件兒寶物了。」

「這就成了寶物？」我的注意力被分散了，馬上問道。

我就是這個樣兒，常常被我師傅說成是心思太活泛，也不算好事兒，還不如笨點好，有時笨點兒，反而能一心沉入某種修行的境界。

「咋不是寶物？你以為靈泉，靈地兒那麼好找？一片茫茫大山中，靈氣彙聚的地方也就那麼幾個，有些地兒一個都沒！而且靈氣有多有少，玉的受力也有大有小，有的地方看似靈氣十足，玉一埋下去一個月，靈氣就耗盡了，有的地方靈氣十足，沒找到一塊好玉，一塊兒普通的玉埋下去了，過不久一看，就起裂紋了，那就是受不住，經過這些靈地兒滋養的玉，就已經是寶了，更別提從靈地兒挖出來的天然形成的玉。」一提起專業的知識，姜老頭兒就非常願意為我解答了。

「那這塊玉是靈地兒天然形成的？」我望著姜老頭兒手中那塊白玉，有些好奇的問道。

「屁，你想得美，那東西那麼好找？價值連城，有價無市都不足以形容！這塊玉經過靈泉的溫養已經不錯了，而且我還溫養了它十幾年，原本就想拿來做法器的，用來做陣眼，用來鎮物，用來幹點兒什麼都不錯的。當然，給了尋常人，這就是件兒寶貝了。」姜老頭兒說道。

「師傅，你溫養過後就從不錯，變成寶貝了？你說過，我們修道之人應當謙虛低調的啊。」我小聲兒說了一句。

「你個狗日的娃兒，別給老子不懂裝懂！」姜老頭兒頓時暴跳如雷！

「人為萬物之靈，哪個身上不自帶點兒靈氣，那靈氣雖然微弱，和天地間形成的靈地兒不能比，但強在生生不絕，只要人還活著！而且就算普通人，只要心誠且心神集中於某件事兒，也可產生念力附於玉上。善念、誠心的經文，日子一久，當然可以養出一塊兒福玉，你師傅我是有功力的人，這養的玉，可比普通人的都強了不少！」姜老頭兒說話間，我腦袋已經挨了十幾巴掌。

我自認倒楣，誰叫我多嘴，可是我還是有問題想問：「師傅，你說善念、誠心的經文，那我要是天天對這玉吐口水，那它會成啥？」

「吐口水？」姜老頭兒轉頭神色怪異地看著我，又是一巴掌下來了，不過打完這巴掌，他接著說道：「你吐口水，也算不得惡毒之事，最多也就養不成靈玉而已，玉這種東西對於磁場最敏感，靈地兒成靈玉，陰煞之地當然就滿含陰煞之氣！也有惡毒的法子把玉練成詛咒的東西。而且，古玉最好不要戴，有些是沾染了血氣兒，屍氣的東西，這個還真不好說。重點是，你娃兒別對玉打啥壞主意，修道之人，心中一點善念不滅，就如心中一盞燈火不滅。」

我連連點頭，最後問道：「師傅，古玉都不是好東西？」

「胡說，如果是風水寶穴出的古玉，又恰巧不是棺材裡的東西，讓它長年累月沾染了靈氣，也是好的。可是那樣的古玉難求，而且拿到了還得淨一下，畢竟在墓穴裡埋久了，就算有靈性，也有邪性。」

關於玉的問題我們就談到了這裡，聽我師傅這樣一說，我心裡對他手裡那塊玉也不捨了，而姜老頭兒卻沒有不捨，只是歎息了一聲：「賣靈玉與人，但願是個慈德之人，否則憑空為惡人擋劫，我這心裡也過意不去。」

我也默然，其實以前聽師傅談起過了道家的靈器，知道靈器有助運、擋災的功能，沒想到這玉也蘊養到了這地步！而且我心裡深知，這玉是我師傅養的，真的是一件寶貝，根本是萬金難求！如果不是這次為了我家的事情，他根本不會出手這樣一件兒對他來說算是法器的東西。

師徒倆相對沉默了一會兒，我抬頭問道：「師傅，師祖的事兒，你到底跟我說不？」

姜老頭兒正在拿著那塊玉發呆，一聽這話，驚得手裡的玉都差點掉了下去，有些不相信地看著我說道：「你還沒把這件事兒忘了？」

「那是，我咋可能把師祖的事忘了？欺師忘祖最是要不得，這不是你教我的嗎？」這就是鬥爭經驗啊，無論啥事兒先把理占住。

「得了，得了，你師祖的事情不是我不說給你聽，是現在說不得而已。」姜老頭兒也是被我逼得沒辦法了。

「那你也總得告訴我師祖還在不在啊？他那麼厲害，一定不會輕易不在的，我就想知道這個。對了，我還想知道我師祖咋活了恁長的時間。」原本我是真的只想知道師祖還在不在的，可是這好奇心啊。

可我的問題剛落音，姜老頭兒又跟以往一樣，神色變得怪異而哀傷了起來，頓了半天，他才說道：「得道之人，生命悠長是正常的，你師祖這三百多歲也不算拔尖兒，古之有記載的長壽之人不知凡幾，更別提有些隱世不出的高人。只是今人不願去相信罷了。一個簡單的道理，今人比古人長壽，盛世人比亂世人長壽，這就是營養改善身體的原因，如果方法得當，又得極好的補品，長壽是理所當然的，你以為山之一脈的養生是扯淡嗎？成仙全無根據嗎？」

「師傅啊，我知道，可是重點呢？」我急得抓腮幫撓耳的。

「重點是，你師祖其實沒有三百多歲，這其中有緣由而已。」說到這裡，姜老頭兒又停頓了一下，然後說道：「你師祖……你師祖……在還是不在了，我也不知道。」

說完姜老頭兒深深歎息了一聲，一時間人顯得憔悴又哀傷，彷彿瞬間人都老了十歲。

可我沒看見，猶自還在問：「為啥？」

姜老頭兒這次沒有憤怒，而是轉身深深看了我一眼，然後說道：「這個問題不許再問。」然後就把我趕出了小房。

我心裡當然不舒服，可是面對這樣的師傅我可是不敢爭辯的。

第二天一大早，我起來做早課，非常奇怪是，師傅竟然破天荒地沒起來，房間裡還傳出他那熟悉的打鼾聲兒，這是第一次發生，以往這個時候，我起來，他也起來，偶爾會督促我早課，偶爾就不知道到哪裡轉悠了，反正不會在房間裡。

我不想叫醒師傅，或許昨夜他沒睡呢？因為我總覺得他昨夜趕我離開的時候滿腹心事，我下樓，照例要去空地兒那邊先行晨練，路過小房窗口的時候，卻意外的發現了小房的窗戶開了一半，想是師傅昨夜沒有關好，而地上還有幾張散落的紙。

山裡總是有些風的，想是從桌子上吹下來的，我把幾張紙撿起來一看，就知道是師傅的筆跡，我太熟悉了！他的字總是透一股子張揚的不羈，瀟灑得很，可這紙上的字我都能感覺到一股沉重還有一種說不出的迷茫之感。

我也說不上來我為啥有這感覺，幾張紙上都滿滿全寫上了字兒，可通共也就只有兩個字——崑崙！

崑崙？我倒是知道有個崑崙山，師傅的愛人在那裡嗎？我搖搖頭，又把紙給放地上了，他習慣燒自己的字畫，說功力火候不夠，羞見世人，我也得尊重他不是？

師傅這一覺一直睡到接近吃午飯的時候才起來，一醒來就嚷著餓了，要吃東西。

這夏天的吃食還是好弄的，我早就準備好了，涼拌幾根黃瓜，炒個土豆絲兒，拌個雞絲兒涼麵，再有一鍋老紅薯稀飯就成了。

這修道也挺辛苦，尤其在吃的方面，偶爾想清淡都不行，必須頓頓吃肉，師傅說到了一定的境界就可以吃素了，可我還不行，必須得吃肉，除了早飯，腸胃不能太油膩，其他一頓都不能落下。

這也不能怪我抱怨，天天晚上一小砂鍋兒補湯，我能不膩嗎？就連今天的午飯，夠清爽了，弄涼麵還得放個雞絲兒，我拿一碗裡，起碼有小半碗都是雞絲兒。

姜老頭兒簡單洗漱完畢後，就開始狼吞虎嚥吃起來，「呼嚕呼嚕」喝著稀飯，「哧溜哧溜」吸著涼麵，大口大口嚼著土豆絲兒，「咔嚓咔嚓」咬著拌黃瓜，他還有真有本事不被嗆到！

昨天還滿腹心事兒的人呢，今天就能成這副吃相。

「師傅，你今天咋起這晚？」我呼的一聲吸了一大口涼麵，好奇問道，其實我這吃相也好不到哪裡去，這練過之後都特別餓唄，還不是吹的，我在學校的飯盒都是出了名的，滿滿二大鋁飯盒！一般小男生吃一盒就得撐脹，我也就剛剛好不餓而已。

「昨晚練字忘了時間，一回神都天亮了。」姜老頭兒隨口答道。

「昆侖是啥啊？昆侖山嗎？今天早上你的字飄窗子外面來了，我看見了。」

「我知道，起來就發現小房窗子沒關好。」

「崑崙是啥？」

「崑崙山唄，新疆崑崙山。」

「師傅，你愛人在那兒啊？就是我師母？」

「嗯，咳……咳……放屁！我是……我是喜歡那裡的景色。」伴隨著他說話的，還有一聲清脆的巴掌聲兒，無疑，我又被打了。

「三娃兒，待會兒和我下山，去你家一趟。」

「幹啥？」

「跟你爸媽說聲兒，錢要晚幾天給，我要帶你出去。」姜老頭兒挺淡定，這會兒肚子估計有些東西墊著了，他開始拿個杯子去倒酒了。

「出哪兒？縣城嗎？」我興奮了，這輩子我就沒出過縣城，我敢肯定是去縣城，不然不會專門給我爸媽打招呼。

「哦，不是，是去省城，去成都。」姜老頭兒在給自己倒酒。

「咳……咳……」這下換我猛烈咳嗽起來了。

我咳了半天才算好，憋得這叫一個臉紅脖子粗，甚至有一根涼麵都從鼻子裡完整地飆出來了，姜老頭兒抿一口酒，笑得那叫一個開心，臉上全是報復的快感。

我趕緊去扯了一張紙，把臉上咳出來的鼻涕眼淚全抹乾淨了，又殺氣騰騰地殺回飯桌，說道：「師傅，你這是報復我，才故意說要去成都吧？」

「嘿，你這娃兒，不要以你三娃兒的小人之心，來度我姜爺的君子之腹好不好？」姜老頭兒怪聲怪氣兒的說道。

「真是要去成都？」我忽然有一種不真實的眩暈感，這省城是啥概念？在我心裡它根本就是一個符號，一點兒都沒辦法具體化！因為太遙遠了。

「嗯，真是要去成都。」姜老頭兒鄭重地點點頭。

「去成都賣那塊玉，這裡是沒人識貨的。」姜老頭兒補充說道。

第四十三章　成都騾馬市

姜老頭兒無疑是個行動派，這午飯剛說要去成都，午飯過後，就和我簡單收拾了點兒東西，準備出發了。

「師傅，這一走，小房裡的東西咋辦？」我有些擔心。

「這個你不用擔心，誰還能找到這裡？找到了，這竹林他也轉悠不出來！再說，這裡民風淳樸，我不擔心。退一萬步來說，要真有人偷去了啥，我也自有辦法找回來。」姜老頭兒絲毫不擔心。

既然他說有辦法，那就有辦法吧，我也就不多問了，兩人也沒啥好收拾的，帶了一套換洗的衣服，就很光棍的出門了。

先去的是我家，到家的時候，就我爸一人在家。

「姜師傅，你帶三娃兒來了啊？他媽去周家幫忙看看去了，你知道這周寡婦走了三年了，留一個孤兒雖然有叔叔嬸嬸看著……要不，我把她叫回來，晚上我們吃頓好的？」我爸看我們一進門，就囉囉嗦嗦說了一串兒。

自從周寡婦三年前走了，我媽是常去幫幫忙，畢竟周二家老的老，小的小，我媽因為以前的事情，這心裡總是記掛著他們家。

「秀雲是好人，你別叫她了，我們馬上得走，我下來這一趟是告訴你，錢可能要晚幾天才能給你，我這要帶三娃兒去趟成都，去了回來後給。」姜老頭兒擺擺手，阻止了我爸忙乎。

我爸當時手裡正拿著個水瓢兒，一聽姜老頭兒這話，驚得水瓢兒都差點掉地上，連忙問道：「這好好的，去成都做啥？」

「有事兒。」姜老頭兒就簡單回答了一句，我在旁邊也不敢說話，姜老頭兒早在下山的路上就已經給我打過招呼，我爸問起，啥也不准說。

「哦，哦……」去的原因姜老頭兒看來是不願意說了，我爸也不知道該問些啥，反正把我交給姜老頭兒總是放心的，他只能愣在那裡，哦了兩聲，他這一輩子也沒去過省城，也提不出啥建議。

「那走了，記得和秀雲說一聲。」姜老頭兒說完，牽著我就走了。

從長途客運車上下來的時候，我已經一路吐得人都快恍惚了，誰能想到去趟成都，得坐一天多的汽車啊？

說起來，我們是前天出發的，可前天晚上就趕到了縣城，到了昨天早上才坐上了到成都的班車，我們那兒不通火車。

「沒用的娃兒，土包子，坐個車就成這樣，一看就是沒坐過車的人。」一下車，姜老頭兒的聲音就極大，引得周圍的人紛紛側目，幹啥？看土包子唄。

我扶著那輛大客車，很想反駁姜老頭兒說看你那身衣服，不知道誰才是土包子，無奈胃裡的酸水一陣一陣兒的冒，根本說不了話。

在車站磨了十來分鐘，直到姜老頭兒不知道從哪裡弄來一杯熱水給我喝了，我才算好點兒，一好點兒，我就抱怨道：「你前天先說去鎮上有事兒，結果去了那裡又說沒事兒，別人說開車送我們，你也不要，誰第一次坐那麼遠的車不吐啊？你就整我，上車之前，拚命叫我多吃點兒，要不吃那麼多……」

「走，走，走，別在這兒丟人現眼的。」姜老頭兒見人們又望了過來，匆匆忙忙拉著我走了。

一出車站，我的頭就暈了，不是剛才坐車的反應還沒好，而是被車站外面那種熱鬧繁華給「嚇」暈了，成都口音綿軟溫柔，我們就在那裡站了一下，一個賣煮包穀的大嬸就走了過來。

「買點包穀吃嘛，大爺，現煮的，新鮮得很吶。」

那聲音聽得我全身發軟，加上那麼大個地方，我沒來由地就怯怯的，一下就躲姜老頭兒背後了，姜老頭兒倒是笑咪咪的，應付自如，買了兩根包穀，順便打聽了一下路，就牽著我走了。

「師傅，我們等下要去哪兒？」包穀新鮮好吃，我正好肚子都吐空了，倒是吃得很高興，但那麼大個城市，路上跑著汽車，兩旁還有我從沒見過的高樓，加上人流如潮，我總是不適應得很，緊緊的抓著姜老頭兒，生怕自己走丟了。

「說你土包子，你還不承認？這樣兒要到了北京，你不得站在火車站哭啊？這裡算啥？春熙路那邊才熱鬧，要不是有事兒，我還想帶你去看看。這成都吃的可多，不行，這事兒辦完了，我得帶你去吃吃。」姜老頭兒說了一堆話，就是不說帶我去哪兒。

不過我也是個吃貨，一聽吃的，兩個眼睛都發光了，連忙問道：「都有啥吃的啊？好吃嗎？」

「多了去了，鐘水角兒、賴湯圓兒、擔擔麵、蛋烘糕、龍抄手兒……多得很，好吃得不得了。」姜老頭兒邊說邊吞口水，一吞口水，就啃一大口包穀。

我也拚命啃著包穀解饞，過了半天，我才問道：「師傅，到底要去哪兒嘛？」

「騾馬市。」姜老頭兒簡單說道。

騾馬市，成都市的一個地名兒，我不知道師傅為啥帶我來這裡，總之轉了幾趟公車，我已經被成都的「宏大」給迷暈了。

到了一個小招待所，師傅和我簡單洗漱了一下，我肚子有些餓，就問著要吃飯的事情。

姜老頭兒卻說：「不忙吃飯，我們先去茶館。」

「師傅，這是大城市的高級生活啊？先喝茶，再吃飯？還是在茶館裡邊喝茶，邊吃飯？」我惦記著師傅路上給我說的吃的東西，心裡跟貓抓似的，那些東西，不要說吃過，我連聽都沒有聽過。

「你就知道吃，我這是帶你去辦正事兒，原本我想著去鎮上，聯繫一個人，讓他幫我聯繫一個香港的買家，然後再在這省城會面，可是香港那邊的東西流通太快，我保不準兒他買來做啥，萬一落到懂行的外國人手裡，我這心裡也不踏實，我想既然要賣，還是賣給一個我看得順眼的中國人吧。」姜老頭兒如此說道。

我「哦」了一聲，心說怪不得我師傅到了鎮上說有事兒，又說沒事兒：「那為啥不坐他們的車來？」那大客車的空氣就別提了，吐得我啊，我心裡耿耿於懷的。

「我不想那麼張揚，你娃兒給我記住了，你以後總是要自己走『江湖』的，萬事別張揚，知道嗎？」姜老頭兒很嚴肅地說道。

他一般用這種表情說話，就是不准我問為什麼，而是必須執行的時候，我點了點頭，表示記住了，不要張揚。

「去茶館吧。」姜老頭兒換了一身兒乾淨衣服，牽著我出門了，我也沒問為啥要去茶館，因為到時候自然就會知道。

騾馬市多茶館，一出門師傅牽著我的手，非常熟門熟路地走著，可路邊這麼多茶館和茶攤的，他卻並不停留。

「師傅，這不都是茶館嗎？」我好奇得很。

「哎，你懂啥？這玉啊，有兩種人眼睛最毒，一種是屬於國家的高級專家，一種就是民間專門倒騰的玉世家傳人，這靈玉啊，也只能他們才識貨。這騾馬市恰恰就有這種世家傳人，你知道不？」

又不直接回答我的問題，可我也習慣了，索性搖頭表示不知道，聽他說。

「這騾馬市，明面兒上是這樣，可暗地裡是啥？是個金銀玉器的地下交易市場，有些見不得光的東西也是通過這裡流通的，這些茶館、茶攤裡也有人坐陣，可是他們的檔次不夠，識不得我的東西。」姜老頭兒隨口說道。

「見不得光的東西是啥？」我好奇了。

「就比如墳裡扒出來的東西。」

第四十四章　入「江湖」

一聽姜老頭兒這話，我全身一緊，因為修道，姜老頭兒教育的敬畏之心，以及自己的親身經歷，我對墳墓那種東西其實也是懷有一股尊重避讓之意的，卻沒想到有人還去扒墳裡的東西。

「師傅，這樣的人，你不管？還來這裡交易？」我年紀小，在我心裡白就是白，黑就是黑，在我的世界好人就該長命，壞人就該被抓起來。

師傅在我眼裡是高人，這種扒人墳的事情，我覺得他該管。

「我不管，他們盜墓的也屬於一個行業，很多也是被逼慌了的窮人！其實這一下去了吧，就生死由命，命都不在他們自己手裡了。而且他們扒人家墓，自然也有自己的報應，這天啊，是盯著的，他們自己也知道，也有自己的規矩，而且報應來的時候，很多人也是認的。三娃兒，這世間的是是非非，黑黑白白，有時不是你看的那麼簡單，就像這天吶，有白天，也得有晚上，是不？另外我們山之一脈管的事兒，是另一個世界的事兒，不准那些東西來壞了人們的生活，可這世間事兒，不是我們管的。」姜老頭兒歎息了一聲，幽幽的說道。

其實當年我才十歲，現在想來，他也是不懂怎麼給一個十歲的小孩子說明白這其中的道理，人心才是最可怕的，可是道家的主旨卻是由他自然，天道自有輪迴。

要一個小孩子去接受某些黑暗，其實是殘忍的。

沉默了一陣兒，姜老頭兒說道：「等你十五歲了，我帶你出去了，以後每年我都會帶你去跑江湖，那時你就會明白許多了。」

我心裡有些膈應（不舒服）的點了點頭，畢竟我還是不能以一顆平常心去接受世間事兒，看透他人任由他，本心皆由我的道理。

走了一陣兒，姜老頭兒終於拉我進了一家茶館，這家茶館和其他的茶館比起來有非常明顯的不同，小二層，透著一股不屬於市井的氣派。

「這開地下舖子，也開得那麼張揚，這怕是在張顯行業老大的身分。」姜老頭兒一進茶館就嘀咕了一句，不過聲音非常小，就我聽見了。

頓了頓，姜老頭兒卻不上那二樓，就在一樓的角落裡隨意的找了一張桌子坐下了。

坐下一會兒，就有一個夥計來招呼，姜老頭兒隨意叫了兩杯花茶，叫了一碟子花生米，就準備讓那夥計下去，可想了想，他又叫那夥計幫忙在隔壁喊了二碗牛肉麵送來，估計是想著我餓了。

二碗牛肉麵都是我吃的，味道一般般，可總算混了個半飽。

「師傅，你說成都的東西多好吃，可這麵就一般嘛。」吃慣了山裡野味的我，真覺得這牛肉麵不咋的，說著，我伸手端了面前的茶來喝，一喝就覺得極不順口，差點沒吐出來。

「你這娃兒，這牛肉麵就一般路邊小攤的，你還能吃出朵花兒來？這茶嘛，估計你是被我把嘴慣刁了，你平日裡在山上和我喝那些茶啊……算了，以後你跟我多跑些江湖就明白了。」說完，姜老頭兒自顧自地剝著花生米，眼前那花茶，他也一口一口地喝，沒見得有啥不習慣。

我畢竟是個小孩子，這茶館坐一會兒還好，坐上二十分鐘，難免就無聊起來，開始打量起這茶館的一切來。

這個茶館裡的客人真讓人琢磨不透，聽聲音吧，有不少根本就不是四川人，看樣子吧，區別也大，不像別的茶館，要不就是老年人打堆兒，要不就是牌客打堆兒。

咋形容這裡的人呢？這裡喝茶的人，有看起來老實巴交的農民，有的褲腿子上甚至還有泥點子，有戴個眼鏡兒，拿把扇子，看起來無比斯文的人，還有那種看起來平常，眼光卻異常沉穩，透著一股子狠勁兒的人。

也不知道是不是師傅口中，我那天生「天眼」的原因，總之吧，我對一個人是咋樣的存在，總是特別的敏感，就是能感覺到一個人骨子裡的東西。

這茶館的茶客那麼魚龍混雜，倒也讓我看得不亦樂乎，過不久我就發現了一個奇怪的現象。那些坐著喝茶的茶客，坐不了一會兒，總會有人過去搭話，有些是一進茶館，觀察一圈，就直接去招呼人的，有些是原本喝茶的茶客。

被搭話的人，神色一般都比較緊張，基本是幾句話，就能看見那些被搭話的人搖頭或是點頭，搖頭的話，那些搭話的人很乾脆地也就走了，點頭兒的更怪了，就直接跟別人出去了，一般這樣出去的話，那些閒散在一旁的茶館夥計也會跟一個去。

反正出去也就一會兒，有些人回來後，繼續坐著喝茶，有些人回來後，就直接結帳走人了。

「三娃兒，看出名堂來了嗎？」姜老頭兒悠閒地吸溜了一口茶，隨口問道。

「看出一些來了，就是不知道為啥，這些人吧，跑來跑去的找人說話，又進進出出的，看他們那樣子，互相也不熟悉啊。」

「這就是在做生意了，那些找人搭話的人，就是收東西的人販子，一般就是用行話問人家有貨沒有，成色咋樣，問清楚這些基本的東西後，他會出個大概的價錢，然後問人家願不願意拿貨出來看，畢竟這生意不能放明面兒上來做，願意給看貨的，一般就走這茶館的後巷，或者廁所附近去看，不願意的也就算了。畢竟這家茶館的主人可不一般，他們不敢亂來，也不敢私底下搶別人的貨，一般吧，能進這家茶館的，都是非常瞭解這一片兒的人，尤其是長期客才能進，一般誤打誤撞進來的，問一兩句後，會被請出去。」姜老頭兒給我解釋道。

「那他們出去看貨，茶館的夥計跟上去做啥？還有，我們咋沒被請出去呢？」

「夥計跟上去是抽錢去了，這家茶館的人收貨只收一流的，但允許別人在他家茶館收貨，但交易成了，買賣雙方都得給按一定的數目給這家茶館一點兒錢。至於我們咋沒被請出去，是時間沒到唄，坐上一個小時，他們的人就會來探底了。」姜老頭兒小聲說了一句。

果不其然，說話間，就有個夥計朝這邊走來了。

「大爺，你到這兒來喝茶是熟人介紹來的？說我們茶館好？」

「我自己來的。」姜老頭兒非常的平靜。

「我說看著面生嘛，我們這裡都是些老客人，喜歡在這兒談點事兒之類的。」那夥計說完這話，死死地盯著姜老頭兒，這個時候若不懂點兒行話，估計就要攆人走了。

「不談天上事兒，更不談地下事兒，要談談錢事兒才算正事兒。」姜老頭兒莫名其妙回了一句，那夥計一笑，朝著四周莫名奇妙輕點了一下頭，轉身就走了。

我看得一愣一愣的，這都啥跟啥啊？

「這是行話，其實暗裡的意思就是在這裡不要談扒墳盜墓之類的事兒，大家就只談出來的東西，也暗示這裡是做生意的，跟盜墓的沒關係，算是一個撇清關係的行為，後來就成了行話兒。這夥計剛才點頭是暗示我們是明白人，等不了多久，就有人找我們做生意了。」姜老頭兒又給我「掃盲」了。

說實話，到這地方來，觀察了這麼久，我心裡有一種莫名的，入江湖的興奮，從一開始的抗拒，竟然變得新鮮好奇了起來。

果然不出所料，不一會兒，一個看起來跟刺頭兒似的年輕人，開始大刺刺地朝著我們這桌走了過來。

看那人走了過來，我的心立刻有種莫名的緊張夾雜著興奮，這是要找我們做生意了嗎？畢竟任何未知的東西對於一個小孩子來說，都是充滿了吸引力的。

相對於我的興奮，姜老頭兒則淡定了許多，連看向窗外的眼光都不曾轉一下，只是端起杯子來，淡淡喝了一口茶。

那年輕人走過來坐下了，對著我做了個鬼臉，惹得我嘿嘿直笑，心說這人看起來就跟小流氓似的，人還不壞。

「大爺，你這情況還真少見哦，帶著個娃娃來跑生意。」那年輕人挺熱情的，一來就拉家常，說話間，就拿出一包紅塔山，抽了一枝遞給姜老頭兒。

紅塔山啊！高級菸啊！我雖然來自小山村，這點兒見識還是有的，我所在的村子，逢年過節人們才捨得抽個紅梅，這要誰家，誰誰忽然拿包紅塔山出來打樁（散菸），那絕對夠村子裡的人們議論個一兩天，猜測背後的「故事」的。

我以為姜老頭兒會接過去，他平常偶爾也抽個旱菸不是？可姜老頭兒連表情都沒變化，就擋住了這年輕人遞菸的手，摸出他的旱菸杆兒，說道：「不了，我都習慣抽這個了。」

年輕人臉上露出一絲兒尷尬，一時間不知道說啥，就只能沉默著看姜老頭兒點起旱菸，不消片刻，我已經熟悉萬分的旱菸葉子味道兒就在這裡緩緩的升騰而起。

聞著這味兒，那年輕人卻奇怪地抽了幾下鼻子，重重吸了幾口氣兒，帶著一絲詫異說道：「大爺，你這旱菸葉子不一般啊，聞著味兒，就知道醇厚，還有一股藥香味兒，是加了啥特殊香料嗎？」

「你懂這個？」我師傅這時表情才有了一絲變化。

那年輕人撓撓腦袋，說道：「也說不上，我師傅也好這一口兒，平時聞多了，也聽他說了多了，也就懂了一些，其實這旱菸啊，比香菸帶勁兒，就是好菸葉子……」

我無聊地趴在了桌子上，敢情這年青人是個話癆？看別人都是三兩句話就簡簡單單決定了要不要交易。

「來兩口？」姜老頭兒把旱菸杆子遞了過去。

那年輕人毫不客氣地接過，逮著就「啪嗒啪嗒」吸了兩口，那表情非常沉迷。

姜老頭兒拿過旱菸杆兒，平靜地說了句：「剛才就看你在吞口水了。」

「咳……咳……」那年輕人一聽，立刻就被嗆著了，我倒是習慣了，要說我師傅別的本事倒也罷了，這忽然開口把人氣死憋死的本事卻是一流。

等年輕人咳完了，那姜老頭兒才問道：「你師傅哪個？」

「馬榮貴，外號馬獨獨，大爺你聽說過沒？對了，我都還沒自我介紹，我姓曹，叫我曹二就好，我是我師傅的二徒弟。」原來那年輕人叫曹二。

「馬獨獨？一隻眼睛看玉比兩隻眼睛都毒的馬獨獨，呵，倒也算個懂玉的人。」姜老頭兒吸了口旱菸，說起這個人神色倒也平靜。

「你還真曉得我師傅？」那曹二吃了一驚，喃喃說道：「師傅教的看人辦法真準，一相就讓我相到個懂行的主兒，既然這樣子，大爺我們也不多說了，我都懶得問你有色沒色，開門貨還是私貨了，我們出去看貨？」

姜老頭兒搖搖頭，悠閒的出了口菸，說道：「免了，我這貨你看不出名堂，你去吧。」

「大爺，你不要看我年輕，我跟我師傅十二年，這過我手的好貨兒，沒有一百，也有八十了。」曹二可不死心，他是個江湖老油條了，幾句話就讓他認定了姜老頭兒身上可能有了不得的好貨。

「我懶得騙你，我手裡這東西，你師傅都看不出名堂，你去吧。」姜老頭兒根本不為所動。

曹二在旁邊有些著急，咬了咬牙，曹二說道：「大爺，話也不能這麼說，這樣吧，當我一個不情之請，你那貨千萬留著，我去叫我師傅來，要不了多久的，最多半個小時，一定到。」

姜老頭兒不置可否。

曹二匆匆忙忙跑出去，我眼尖，看見幾個站在樓下的茶館夥計都露出了一絲兒詫異的神色，還有一個匆匆忙忙上樓了。

「師傅，我們就在這裡等他師傅來？」我也不知道姜老頭兒葫蘆裡面賣的啥藥。

「我說了，他師傅看不出啥名堂的，我這是在釣大魚呢，我找上門的，和別人自己上鉤的，價值可不一樣，你就好好等著吧。」姜老頭兒神祕莫測的。

裝高深，我在心裡暗暗嘀咕了一句，也就不再問了。

二十幾分鐘一晃而過，令人詫異的是，自從那曹二來和我們談了幾句後，我們這一桌開始分外熱鬧，幾乎每隔兩分鐘，就有一個人過來搭訕。

幾乎都是那幾句話，開門貨？有色的？私貨？新貨？原石？

反正無論那些人一開始咋問，姜老頭兒都只一句話就打發了：「這貨你們看不了。」

這一齣唱得整個茶館的人都注意到我們了，就連有些賣貨的都開始向別人打聽，我和姜老頭兒啥來路，這兒裡揣的是個啥貨色？

這時，曹二也回來了，跑得氣喘吁吁，他到茶館門口先也不急著進來，而是恭敬等在門口，讓一個人先走進來了。

走進來的是個老頭兒，頭髮稀稀疏疏的，全部給他梳來貼頭皮上，戴一副那時比較罕見的有色眼鏡，穿的是一身白綢布的短袖唐裝，還頗有幾分老學究的味道。

他一進來，茶館裡立刻安靜了很多，那些跑來跑去問貨的「串串」幾乎都閉口不言了，看著這人，眼中帶著幾分尊重。

待到他跟著曹二來我們這桌坐下，周圍才有了小聲的議論聲兒。

「獨爺親自出馬了哦，這是一兩年都不可能發生的事兒啊。」

「我就說那老頭兒身上有重器。」

「師傅，就是這位大爺，他說他身上的貨我看不了，師傅你可能也看不了，我就把你給請來了。」曹二殷勤地給馬獨獨搧著風，一邊搧一邊說著。

馬獨獨倒也不動怒，只是望著姜老頭兒說道：「可能你的貨我真的看不了，但我這個人貪個稀奇，也有話說過活到老，學到老，我想請你老人家去二樓，你的貨讓我過個眼，學習一下可好？」

那馬獨獨的話說得倒也客氣，可話裡那不服氣的意思可就重了，這在江湖上跑著，在行業裡立著的人，其實是把一生名聲看得比什麼都重的。

也在這個時候，一個貌不驚人的中年人在茶館夥計的指引下下樓了，逕直走向了我們這桌。

姜老頭兒嘀咕了一句：「狗日的，早不下來，晚不下來，這個時候才下來，害老子坐了一個多小時，這面子比屁股還大。」

這話聲音不大，可在桌上的人都聽見了，馬獨獨只是臉色不好看地說了句：「還有攔胡的呀，看來有了好貨，這兒也不講規矩了。」

馬獨獨可以如此，可是曹二卻被口水嗆得直咳嗽，姜老頭兒的話他師傅可以不在意，畢竟「江湖地位」在那兒了，他曹二聽了可是驚著了，這下來的，就是這茶樓的老闆，這川地兒收貨這一行裡都響噹噹的人物，曾經這地下生意行當的「瓢把子」雲寶春，也就雲豹子的獨子——雲小寶。

就這麼一位人物啊，這大爺完全不把人家放在眼裡，還敢調侃說人家面子比屁股大？好膽識啊。

那馬獨獨進來坐下後，人們還敢議論兩聲兒，可這中年人下樓，直到坐在了我們面前（曹二給讓的位置），人們都不敢議論，只是探尋的眼光不斷的看向此處。

「鄙人雲小寶，是這家茶館的老闆兒，能不能請幾位到二樓去坐坐？」那中年人一上來就和善地微微一笑，一張口就自我介紹了一番，然後就邀請我們到二樓去。

「師傅，這二樓有啥啊？他們咋都叫我們去二樓呢？」我有些不解，直接當面就問道，有師傅在身邊，我覺得自己啥也不怕。

「這二樓上是單獨的小間茶室，方便談事兒。」姜老頭兒咬著旱菸杆兒，不咋在意地說道。

可姜老頭兒不在意，有人卻很在意，馬獨獨說話了：「小寶兒，就算寶春兒在也不能做這攔胡的事情吧？在這條道上走的，哪個不曉得寶春兒是最講規矩的一個人。」

「寶春兒是哪個？」我在旁邊小聲問著師傅。

這一問，茶館夥計立刻狠狠瞪了我一眼，曹二直擦冷汗，馬獨獨露出一絲兒感覺有趣的微笑，雲小寶則不動聲色，還是一副沉穩溫和的樣子笑著。

至於我和姜老頭兒哪能是吃虧的主兒？兩人立刻步調一致的——瞪回去。

那夥計扛不住，立刻咳嗽兩聲，把頭轉了過去，他瞪得贏我們嗎？開玩笑！我和師傅哪天沒有因為無聊，大眼瞪小眼啊？咱可是練過的！

「哈哈，好耍，好耍，這位馬爺口中的寶春兒，叫雲寶春，就是家父。」雲小寶看得有趣，乾脆自己大笑了兩聲回答了我的問題。

我哦了一聲，又趴桌子上了，平日裡老是聽姜老頭兒講古，這古人的智慧見多了，那馬老頭兒的意思我也明白一些，不就是說人家父親講規矩，提醒當兒子的也要講規矩嗎？

果然，雲小寶轉頭對馬獨獨說道：「馬爺，我們雲家能得到一些名聲，最講的就是一個規矩，哪能做攔胡這種事情喃？只是這位爺懷揣重器，這樓下實在不方便談，才邀請你們幾位上樓。馬爺，生意人人都做得，你看這樣要得不？如果這位爺願意，他的東西可以先拿給你長眼，你要認出了東西，給個合適的價錢，這位爺滿意了，我們雲家也就不插手了，如果你們談不成，我們雲家恰好識貨，那……」

那馬獨獨也是極其自負的人，立刻拍了一下桌子，說了句：「好，就恁門（這樣）辦！」

這時，姜老頭嘿嘿笑了兩聲，說道：「兩位有意思，我沒開腔，你們就把生意給我定了，好好……我這東西憑你們兩個可能還看不出個道道來，不過試試也可以。」

說著，就牽著我的手率先朝二樓走去。

這番話說得不是不狂，可是那雲小寶、馬獨獨摸不清楚我和姜老頭兒的背景，也都是老奸巨猾的人，竟然各自笑了笑，忍了下去，跟著上了二樓。

到了二樓，果然是一間間的小茶室，雲小寶吩咐開了一間最幽靜的，就帶著大家進去各自坐定了。

這其中最忐忑的就是曹二，他平日裡哪得機會上二樓來見識？聽說，這上面的交易是每一筆都驚人，今天不僅上了二樓，周圍還盡是一群大人物，他覺得自己算燒了高香，能來見識一番了，可咋能不忐忑。

坐定不到三分鐘，一位茶夥計就捧了一壺熱茶，幾個杯子過來，雲小寶身為主人，自然親自為大家斟茶，並介紹道：「也算不得啥子好茶，就是一般的明前茶，大家將就喝。」

雲小寶親自斟茶，還是喝這產量稀少的明前茶，曹二已經被弄得誠惶誠恐了，馬獨獨的臉色也算平和了很多，就我和我師傅一副很隨意的樣子。

師傅聽聞是明前茶後，就說了一句：「是一般。」

我喝了一口之後，則說道：「師傅，沒我們的茶好喝。」

任雲小寶那麼好的修養，聽聞我們師徒倆的話以後，都覺得臉有些控制不住的抽抽，估計這兩師徒不是那種土不拉嘰加欠抽的人，就是背景極其深厚。

雲小寶可能固執地以為，我一小孩不懂茶，才覺得自己家的大碗兒茶好喝吧。

馬獨獨喝了一口茶之後，有些按捺不住了，看那樣子是要急著開口了，卻不想姜老頭兒「嘿嘿」笑了一聲，說道：「東西你們隨便看。但是，話先說在前面，你們要是認不出，就叫雲寶春來吧。」

「這事兒，不用寶春兒出馬了吧？」

「應該不用請家父來。」

馬獨獨和雲小寶幾乎異口同聲地說道，姜老頭兒也不說話，一伸手把懷裡的玉摸了出來，很隨意地扔在了桌子上。

在姜老頭兒扔出玉的同時，桌子上的三雙眼睛就開始死死地盯著那玉了，就看了不到一分鐘，這三個人的臉色都古怪了起來，特別是曹二，那嘴巴幾乎張成了「O」字形，這是極度吃驚的表現。

曹二不敢亂說話，倒是馬獨獨一把抓起那玉，翻來覆去看了半天，越看臉色越古怪，最後竟然隱隱有些發怒，他望著姜老頭兒說道：「這玉的質地還是好的，但也不是特別出色，就是羊脂白玉，是新料，不超過五十年，更不是什麼古玉了。唯一的亮點，就是這水色兒出奇的好，估計是懂得玩玉的行家特別地玩過，讓玉這樣溫潤。但是……但是……」

姜老頭兒笑咪咪看著他說道：「別但是了，這玩意兒是我雕的。」

的確，他這話一說，我都有些不好意思，這玉就做成了一塊兒玉牌的樣子，還是不規則的，一面刻著一個歪歪扭扭的福字，另一面……刻著一個身材比例極不好的胖娃娃，跟簡筆劃似的，原本胖娃娃不是抱魚嗎？這玉牌上的胖娃娃抱著的是一個土豆形的東西，我問過師傅這是啥？他說想刻個魚的，實在做不來這細活，就刻了個輪廓，大致就這樣。

「糟蹋玉，簡直是在糟蹋玉……難怪你說我看不出名堂。」馬獨獨把玉往桌子上一放，氣哼哼的，看樣子這個人也並不完全是為了錢，確實是個愛玉之人，估計是因為剛才姜老頭兒表現得太過神祕，他摸不透背景，才沒有當場發作。

其實，我心說，你要是知道了我師傅想吃火鍋了，就在玉上刻個火鍋二字，還有一塊玉上刻著什麼涮羊肉，你不得瘋了啊？這塊玉好歹也整了個吉祥的福字吧？

雲小寶的眼中也全是疑惑，不過他還是伸手拿起了桌上那塊玉，問道：「馬爺是看過了吧？」

「廢話，明擺著的事，你還用問？」馬獨獨說完後，哼了一聲。

得到馬獨獨的肯定後，雲小寶才仔細端詳起這塊玉來，當然，看見我師傅那兒戲一樣的雕工，他還是忍不住皺眉，他這一看，比馬獨獨看得就久了很多。

十分鐘後，他輕輕地放下這塊玉，有些疑惑的說道：「明明就是普通的羊脂白玉，卻給人感覺靈氣十足，那潤色兒讓人愛不釋手，也不知道是哪家玩玉的高手把玩出來的玉。但這些東西都是飄渺的，畢竟玉這種東西都是無價的，一塊普通的玉，遇見玩玉的高手，也能把玩得溫潤可人，那麼這塊玉在他心中就是無價之物了。這位爺，你是要告訴我們這個意思嗎？你是個玩玉的高手？」

「我以為你能看出啥來？原來看法還不是和我一樣。」馬獨獨又氣哼哼地說了一句。

姜老頭兒卻不依了，說道：「玩個屁的玉，你說那些玉都是養出來的，你不懂，讓雲寶春來。」

這話可不客氣，見識了玉，雲小寶很疑惑這老頭兒是不是故作神祕，到這兒來搗亂來了，可是他還是按捺住了脾氣，說道：「這玉基本就是這樣，我自認不會看走眼，用不著請家父來了吧？如果這位爺是缺個路費錢啥的，我也少不得會幫襯一下，畢竟人在江湖，哪個沒個困難的時候？」

「呵，也怪不得你們不識貨，這塊玉我肯出手，怕是你爺爺雲瘋子在世，都會搶著要，你去請你的父親來吧，只說一句話，老李的弟子上門了。」姜老頭兒怒氣沖沖地說道。

雲小寶臉色陡然一變，他父親的名頭響亮，可是到了這一輩兒，又剛剛經歷了這十年不甚安穩的日子，知道他過世的爺爺──雲家金的人可不多了，何況雲瘋子這個外號！

雲瘋子，愛玉成瘋！而且爺爺早年的身分，也不好擺檯面上來的說，用川地的話來說，就是個搞太和生意的，那是啥？自己下地去摸東西出來賣那種，就是盜墓的。

雲小寶沉吟了許久，臉色變了再變，最終他開口叫了人進來，說道：「去，去家裡把老爺子叫來，帶個話兒，就說一個認識我爺爺，叫得出我爺爺外號，自稱是老李的徒弟的人找。」

那茶夥計答應了一聲，飛快的走了，一時間這茶室的氣氛有些沉悶。

雲小寶轉頭望著馬獨獨：「你還不走？這玉你不是看出來了嗎？」

「我就不走，難得寶春兄要出手，我必須看到最後。」

雲小寶悶了一下，不吭聲了，只管低頭喝茶，過了不到半小時，茶室的門被撞開了，一個老頭兒幾乎是衝進來的吼道：「哪個是老李的徒弟？」

第四十五章　那一天

這老頭兒誰啊？正在發呆想著好吃東西的我，被他這一吼給嚇一跳，卻不想原本安坐如山的雲小寶卻更失態，先是那嘴張得跟要吞下一個鴨蛋似的，緊接著，他趕緊站起來，扶住了那衝進門的老頭兒。

「爸爸，你莫激動，莫激動，先坐下再說。」雲小寶一邊扶著那老頭兒，一邊關心地說道。

原來這個激動的老頭兒就是雲寶春啊，我好奇看了他一眼，樣子挺普通，人卻很有氣勢的樣子，不過一般吧，還沒我那便宜師傅做法的時候有氣勢，嗯，差遠了。

「坐個屁！神仙上門，你都不知道，給老子怠慢了老神仙沒有？」雲寶春「啪」一下就拍在了雲小寶的背上，一點兒也不給已是中年人的雲小寶面子。

雲小寶在旁邊唯唯諾諾不敢說話，雲寶春轉過頭來，就跟變了一個人似的，神情恭敬而親切地問道：「哪個是李神仙的弟子啊？早說要來成都，我絕對要親自迎接，親自迎接的……」

這時，姜老頭兒才站起來說道：「老李正是在下的師傅。」

「哎呀，你趕緊坐，坐……」雲寶春說話間，就親自拉著姜老頭兒坐下，自己也陪坐在了姜老頭兒的旁邊。

「請問你是立字輩兒的哪位神仙呢？李老神仙還好嗎？」坐下之後，雲寶春就迫不及待地問道。

「神仙一說就免啦，我是姜立淳，至於我師傅雲遊去了。」原本聽見提起我師祖，我是豎起耳朵在聽，那是我最好奇的事情，可姜老頭兒太狡猾了，竟然一句話給打發了。

「原來是立淳兄，當年我也才十來歲，見到你時，你比我還小三歲，要不是你師傅，我們一家怕遭大難，我也不可能還能有個兒子，這樣說起來，你的樣貌雖然老了許多，還是依稀能見故人的影子啊。」雲寶春竟然閒話起家常來。

「好說，好說，這些事情說起來都是我師傅做的，我沒做啥，當不起你這麼客氣啊，我這次上來就是出手一塊兒玉，我自己親手養的玉，你兒子和這位馬獨獨認不出來，就只有請你來親自判斷價值了。」姜老頭兒好像沒有扯當年的興趣，直接就說出了他的目的。

他是輕描淡寫地說，可這雲寶春的臉色一下就變了，驚奇、不敢相信、狂喜等等情緒一下子全堆在他臉上了，他兀自不敢肯定地問道：「你說你是要賣你親手做的玉？這……這你是有什麼困難？我自當義不容辭，這……這玉太珍貴了啊。」

「不啦，有一求必有一報，我不白拿，你看看這玉吧，如果你也覺得稀鬆平常，那我就走啦。」姜老頭兒很直接就拒絕了雲寶春，執意堅持只賣玉。

可雲寶春看也不看那玉，直接就說：「姜師傅，不用看，你直接開價就好。」

這時，雲小寶也急了，他可不知道啥老李，啥立字輩兒的誰誰，這種在商言商的商人性格是刻進了他的骨子裡，他還有一點兒傲氣，認為在這四川的地界兒吧，也不用怕了誰，老爺子有時太過刻意講「江湖情義」了，這樣對生意不是很好。

其實，要講江湖情義不是不行，幫襯一個，大方一些都可以的，但生意規矩可不能壞，何況還有馬獨獨在這裡呢？

這樣想著，雲小寶忍不住開口說道：「爸爸，你就看看那玉也好啊。」

雲寶春一聽，啥話也不說，原本他就拿著一個拐棍的，這下他直接站起來，拿起那根拐棍就朝雲小寶身上打去，吼道：「你是著（被）豬油糊了心，著錢遮了眼睛嗦？老子打死你個不長眼，不長心的。」

姜老頭兒一把就拉住了雲寶春，而雲小寶則一臉委屈。

「還是看看吧。」姜老頭兒平靜的說了一句，說話間就把玉遞給了雲寶春。

雲寶春深吸了一口氣兒，有些餘怒未消地指了指雲小寶，這才坐下，雙手有些顫抖的，非常恭敬的，可以說是捧過了姜老頭兒遞過來的這塊玉。

接下來，奇怪的事情發生了，雲寶春壓根不看這玉，而是一下把眼睛閉了起來，把玉緊緊貼在了心口的位置，像是仔細在感覺啥。

雲小寶愣了，馬獨獨愣了，曹二愣了，我照樣無聊地趴桌子上，因為我知道師傅房間裡的玉有啥不同，我自己只要非常認真的盯著那玉，凝神閉眼，就能恍惚的「看見」師傅房間裡的玉周圍有一層微微黃芒，有些刺眼些，有些要淡些。

姜老頭兒呢？更淡然，乾脆捧起杯茶，兩個眼睛就去瞄窗外了，我知道，他在看大姑娘。

只是一小會兒，那雲寶春就睜開了眼，那臉上的狂喜是怎麼也掩飾不住，雙手緊握著那塊玉，嘴角抖動著，一直說著：「天佑我雲家啊。」

接著，他轉頭對著姜老頭兒說道：「姜師傅，我猜你出手的可能就是靈玉，沒想到你真的要賣出一塊靈玉，這種東西根本無法用錢來衡量，你得受我一拜！」說著，他就要站起身來給姜老頭兒鞠躬。

卻被姜老頭兒再一次攔住，他說：「好說，真的好說，各取所需罷了。」

「我的一半家產咋樣？」雲寶春直接把拐棍一頓，豪氣地說道。

姜老頭兒不說話，只是喝了口茶，天知道他在想啥。

雲寶春生怕姜老頭兒不賣，直接說道：「姜師傅，我曉得你師傅的規矩，越是來得容易的錢，他收取得越多，要是錢髒了，他是連看都懶得看，更別提出手了。雲家早年聽了李神仙的勸解，不做那地下的營生了，錢也乾淨了許多，我想姜師傅定是有所耳聞，才肯上門來賣這東西。我家比不得那些港商，他們要知道這東西，價錢一定比我出的高，可是姜師傅，我心誠，這些年善事也做了不少，姜師傅這樣吧，我只留下家裡生意所需要的流水錢，其餘的全用來買這塊玉。」

他的話剛一落音，馬獨獨差點沒把嘴巴裡的茶噴出來，雲小寶更是「霍」的一聲就站了起來。

姜老頭兒沒說話，馬獨獨卻大吼道：「不行，不行，雲老爺子，你一定要給我講一下這玉的名堂，你說你是要買個人情，還是真的要買這塊玉？」

雲小寶也沉聲說道：「爸爸，家裡的生意我也有參與，你要說服我才行。」

雲寶春握著那玉就不曾放下，他望著兩人說道：「馬獨獨，我曉得你倒是個愛玉之人，雲小寶，你要理由是不？你們兩個觀玉那麼多年，曉得一樣傳說中的玉不？靈玉！也就是擋災玉，關鍵時候能救命的東西。」

「你說這是靈玉？」馬獨獨那原本不大的眼睛此刻瞪得眼珠子都快掉出來了。

雲小寶有些失神地一下子坐在了凳子上。

有的時候，當錢到了一定的程度，命就顯得非常重要了，這種傳說中的玉有多寶貴，他們相玉久了，自然知道，可是這種玉虛無縹緲，也沒個辨認的法子，要咋相？

聽說，有一種人天生天眼，或者是修行之人修有天眼，最不濟要那種靈覺很強的人才能一眼看穿這靈玉。

「知道嗎？長期相玉久了的人，會對玉有一種很敏銳的直覺，有一種相玉之法，名為心相法，用心去相玉，這種心相法局限很多，幾乎失傳，但偏偏相這靈玉卻能相一些名堂出來。會這心相法的高人，厲害之極，憑心相玉，閉眼甚至能感覺玉的內部紋理。」雲寶春說道。

「我知道這心相之法，知道！也聽說雲老爺子你會一些，不過太玄了，我想學都不知道哪兒學，難道剛才……？」馬獨獨失聲說道。

「那麼多年了，爸爸，我這是第二次看你用心相玉啊，沒想到是塊靈玉。」雲小寶也感歎不已。

「其實我火候不夠，可你們不知道姜師傅師徒的傳奇之處，他們能拿靈玉出手是絕對的，他們養出來的靈玉絕對強過一般的靈玉，就如真正的高僧開光之物，就是你曾經見過一次的，那種用頭蓋骨做的開光之物！這玉，你們閉上眼去感覺，我曾說過古玉煞氣重，你們最好去找一塊來對比感覺。」雲寶春解釋道。

四十幾分鐘過後，馬獨獨是一臉懊惱的看著桌上的兩塊玉，雲小寶則一副神清氣爽的樣子。

剛才他們找過古玉來對比了，用心去感覺了，剛出土的古玉握在手裡用心去感覺，總有一股說不出來的，透心裡的涼意，這不是真的涼，而是讓人心生不安。

而閉眼握住姜老頭兒那塊玉，卻莫名覺得心平氣和，一種令人愉悅的情緒莫名的從心間升騰而起，更多竟然是一種不由自己控制的安心！

這是姜老頭兒功力強大，靈玉效果之強造成的感覺，一般的靈玉達不到這種效果，反正一般的靈玉馬獨獨和雲小寶是不可能有那麼強烈的感受。

「哎，寶從眼前過，抓不住就是抓不住啊。」盯了半天，馬獨獨歎息了一句，抱了一下拳，就準備離開了。

「哈哈哈……馬獨獨，你的錢也賺得不少了，不差這一個，以後有機會的，有機會。」雲寶春心中大是暢快，開口笑道。

「爸爸，這玉，是給寶根戴著吧？」雲小寶的臉上也滿是笑意，其實錢雖然給的多，留下了流水錢，加上雲家的人脈，這生意不照樣做，錢不照樣來？有個保命符的感覺可不一樣。

寶根，就是雲寶春的獨孫兒，雲小寶的獨兒。

「寶根自小身子弱，當然是給他，還不謝謝姜師傅。」雲寶春是人逢喜事精神爽，聲音都大了幾分。

「慢著，這玉我可沒說這樣賣了。」姜老頭兒終於開口說話了，而我則在同情那個啥寶根兒，戴著這麼一塊玉在身上，還不給同學笑死？娃娃抱土豆，哈哈哈，我在心裡笑得肚子都要抽筋了。

早知道，乾脆把刻有火鍋那塊兒賣給他家得了。

「姜師傅……」雲寶春急了。

姜老頭兒卻站起來，慢慢的說道：「雲家這些年確實做了不少善事兒，我有心呢，聽說了不少。看來你們家也是把我師傅的話記在了心頭才會這樣。我也明白，你們做這生意吶，雖然不太光彩，但是這是祖上累下的人脈兒，說起來也不算太傷天害理，因為你們不收剛出地下的東西。我只是想問，在縣城裡買棟樓大概要多少錢？」

姜老頭兒說了一串兒，問出那麼一個問題。

雲寶春有些摸不清楚姜老頭兒葫蘆裡賣的啥藥，但還是說道：「大城裡頭兒喃，私人房子少，基本都是國家的，買賣是不好整的，但是縣城裡私人房子倒還多，一棟樓吧，好點兒的地段兒，八百一千總是要的，一般點兒的，再咋也要五百吧。」

「那這樣吧，這塊玉，我就收你三千塊。」姜老頭兒這樣說道。

雲寶春簡直不敢相信，這價錢，這價錢真是便宜得很了，他有錢，應該說是成都城裡很有錢的人了，三、五萬他都拿得出來，原本他也準備拿更多，沒想到才三千。

「這……姜師傅，這恐怕不好吧？」雲寶春猶疑不定的說道。

「當然不好，我話都沒說完！這只是我收的錢，可是這玉我可沒打算才賣這點兒錢，從今年開始，到往後十年，我要求你們每年的做生意所得利潤的三分之一，都拿出去做善事，做足十年。」姜老頭兒這樣說道。

「好！」雲寶春和雲小寶幾乎同時答應道。

「別想著蒙混，寶春老兄，你曉得我這邊你是蒙混不過去的。」姜老頭兒的神色嚴肅了起來。

「絕不會！」雲寶春也落地有聲地承諾了一句。

接下來的時光，我過得非常滿意，姜老頭兒有錢了就瀟灑，帶著我逛了成都，還給我買了身兒「難看」的新衣裳，全身都是土紅色的！也給自己買了身「難看」的新衣裳，全身都是土黃色的。

可憐我那時沒啥欣賞能力，覺得有新衣裳穿就是幸福。

更讓我滿足的是，姜老頭兒帶我去吃了那些傳說中的小吃，鐘水角兒，賴湯圓兒啥的，吃了好多，吃得我肚子都圓滾滾的。

那些小吃吃得我念念不忘，在路上都念叨著：「師傅，那鍾水餃子真好吃啊，薄薄的，一口一個，那灑在餃子上的作料，辣絲絲兒的，但是又有甜味，好吃。」

「不是餃子，是角兒，一角兩角的角，因為它長得像個角子一樣，最早最早，它叫鍾水角，不是鍾水餃。」姜老頭兒給我解釋了。

夜風吹來很舒服，我飽著肚子感覺這風，愜意得眼睛都眯了起來，被師傅牽著走的感覺挺好的。

回去後，師傅就給了我爸兩千塊錢，這錢無論是買房子，還是做生意都綽綽有餘了，為了我大姐和二姐的教育問題，我爸一咬牙，真的搬家了。

其實要帶的東西也說不上太多，幾天就收拾完畢了，走的那天宴請了鄉親們，然後找了好幾輛拖拉機，風風光光地走的，只是我媽哭得厲害，放心不下我。

我當時沒哭，就記得那天拖拉機開走的時候，夕陽滿天了，伴隨著「突突突」的聲音，看著我爸、我媽、我大姐、我二姐的身影離我越來越遠……

直到這個時候，我才發現他們咋都走了，剩我一個在這裡！我才覺得心慌，才覺得一股刻骨的孤獨湧上心頭，有些茫然無助，終究是望著那一串兒的背影，蹲在地上，抱著腦袋哭了。

這時候，一隻溫暖的大手搭在了我腦袋上：「咋了，還是小氣了，捨不得了？哭了？」

我站起來，一把抹乾淨了眼淚，說道：「哪個說的？我不是可以常常去縣城看他們嗎？」只是說話的時候，那眼淚還是一直掉。

「是啊，所以別哭了，男娃兒不興這個樣兒。」姜老頭兒難得溫情的安慰道。

我沉默了半天，有些傷心的說道：「師傅，我總聽我媽念叨我父母緣薄，我這時想著就害怕了，我怕我想他們。」

「是想的，這想念要放心底，不必太過表露，只要這感情夠深就行。」

「師傅，你不會離開我的吧？」我問了一句，忽然間，就覺得家人都離開了，我孤獨得快要憤怒的感覺。

「走吧，咱們也該回山上了。」

高寶書版集團
gobooks.com.tw

DN 240
我當道士那些年（壹）

作　　者　仐三
責任編輯　吳珮旻
企劃選書　蘇芳毓
封面設計　林政嘉
內頁排版　賴姵均
企　　劃　鍾惠鈞

發 行 人　朱凱蕾
出　　版　英屬維京群島商高寶國際有限公司台灣分公司
　　　　　Global Group Holdings, Ltd.
地　　址　台北市內湖區洲子街88號3樓
網　　址　gobooks.com.tw
電　　話　(02) 27992788
電　　郵　readers@gobooks.com.tw（讀者服務部）
　　　　　pr@gobooks.com.tw（公關諮詢部）
傳　　真　出版部　(02) 27990909　行銷部 (02) 27993088
郵政劃撥　19394552
戶　　名　英屬維京群島商高寶國際有限公司台灣分公司
發　　行　英屬維京群島商高寶國際有限公司台灣分公司
初版日期　2020年 11 月

國家圖書館出版品預行編目(CIP)資料

我當道士那些年（壹）／仐三作 -- 初版. -- 臺北市 :高寶國際出版 : 高寶國際發行, 2020.11
面；　公分. --（戲非戲 ; DN240）

ISBN 978-986-361-926-0（第1冊 : 平裝）

857.7　　109015897